suhrkamp taschenbuch 286

Max Frisch, am 15. Mai 1911 in Zürich geboren, starb dort am 4. April 1991. Seine wichtigsten Prosaveröffentlichungen: *Tagebuch 1946–1949* (1950), *Stiller* (1954), *Homo faber* (1957), *Mein Name sei Gantenbein* (1964), *Tagebuch 1966–1971* (1972), *Dienstbüchlein* (1974), *Montauk* (1975), *Der Traum des Apothekers von Locarno*. Erzählungen (1978), *Der Mensch erscheint im Holozän*. Eine Erzählung (1979), *Blaubart*, Erzählung (1982). Stücke u. a.: *Graf Öderland* (1951), *Don Juan oder Die Liebe zur Geometrie* (1953), *Biedermann und die Brandstifter* (1958), *Andorra* (1961), *Biografie: Ein Spiel* (1967), *Triptychon. Drei szenische Bilder* (1978). Sein Werk, vielfach ausgezeichnet, erscheint im Suhrkamp Verlag.

Der Verfasser von *Stiller* (1954) und *Homo faber* (1957) hat in seinem dritten großen Roman *Mein Name sei Gantenbein* (1964) sein zentrales Thema, das Problem der Identität, die Spannung des Ichs zum anderen, nicht verlassen. Radikaler erfaßt, entfaltet es sich heiterer, reicher als bisher. Der Komplexität des Themas entspricht die Form. Der Roman spiegelt die Verschiebung von Realität und Phantasie im Bannkreis einer Situation, die die erprobte Rolle eines Menschen in Frage stellt, sein Ich freilegt. Die Geschichten des Buches sind nicht Geschichten im üblichen Sinn, es sind Geschichten wie Kleider, die man probiert. Es sind Rollen, Lebensrollen, Lebensmuster, die die Wirklichkeit erraten haben.

Max Frisch
Mein Name sei
Gantenbein

Roman

Suhrkamp

suhrkamp taschenbuch 286
Erste Auflage 1975
© Suhrkamp Verlag Frankfurt am Main 1964
Suhrkamp Taschenbuch Verlag
Druck: Ebner Ulm · Printed in Germany
Umschlag nach Entwürfen von
Willy Fleckhaus und Rolf Staudt

22 – 94

Mein Name sei
Gantenbein

Die dabei gewesen sind, die letzten, die ihn noch gesprochen haben, Bekannte durch Zufall, sagen, daß er an dem Abend nicht anders war als sonst, munter, nicht übermütig. Man speiste reizvoll, aber nicht üppig; geredet wurde viel, Palaver mit Niveau, wobei er wenigstens zu Anfang, scheint es, nicht stiller war als die andern. Jemand will sich gewundert haben über seinen müden Blick, wenn er zuhörte; dann wieder beteiligte er sich, um vorhanden zu sein, witzig, also nicht anders als man ihn kannte. Später ging die ganze Gruppe noch in eine Bar, wo man vorerst in Mänteln stand, später sich zu andern setzte, die ihn nicht kannten; vielleicht wurde er deswegen still. Er bestellte nur noch Kaffee. Als er später aus der Toilette zurückkam, sagen sie, war er bleich, aber eigentlich bemerkte man es erst, als er, ohne sich nochmals zu setzen, um Entschuldigung bat, er möchte nachhaus, fühle sich plötzlich nicht besonders. Er machte es kurz, ohne Handschlag, leichthin, um ihr Gespräch nicht zu unterbrechen. Jemand sagte noch: So warte doch, wir werden hier auch nicht alt! Er war aber, sagen sie, nicht zu halten, und als die Garderobiere endlich seinen Mantel brachte, zog er diesen nicht an, sondern nahm ihn nur auf den Arm, als habe er Eile. Alle sagen, er habe nicht viel getrunken, und sie waren nicht sicher, ob er sich wirklich unwohl fühlte, ob das nicht ein Vorwand war; er lächelte. Vielleicht hatte er noch eine andere Verabredung. Die Damen foppten ihn schmeichelhaft; er schien auf die Verdächtigung einzugehen, aber ohne noch ein Wort zu sagen. Man mußte ihn gehen lassen. Es war noch nicht einmal Mitternacht. Als man dann seine vergessene Pfeife auf dem Tisch bemerkte, war es zu spät, um ihm nachzulaufen... Der Tod muß eingetreten sein, kurz nachdem er sich in seinen Wagen gesetzt hatte; das Standlicht war eingeschaltet, ebenso der Motor, der Winker blinkte und blinkte, als wollte er jeden Augenblick in die Straße ausfahren. Er saß aufrecht, Kopf nach hinten, beide Hände am aufgerissenen Kragen, als ein Polizist kam, um nachzusehen, warum der Wagen mit dem laufenden Motor nicht ausfuhr. Es muß ein kurzer Tod gewesen, und die nicht dabei gewesen sind, sagen, ein leichter Tod – ich kann es mir nicht vorstellen – ein Tod wie gewünscht...

Ich stelle mir vor:
So könnte das Ende von Enderlin sein.
Oder von Gantenbein?
Eher von Enderlin.
Ja, sage ich auch, ich habe ihn gekannt. Was heißt das! Ich
habe ihn mir vorgestellt, und jetzt wirft er mir meine Vorstellun-
gen zurück wie Plunder; er braucht keine Geschichten mehr wie
Kleider.

Ich sitze in einer Bar, Nachmittag, daher allein mit dem Barmann,
der mir sein Leben erzählt. Warum eigentlich? Er tut's, und ich
höre zu, während ich trinke oder rauche; ich warte auf jemand,
ich lese eine Zeitung. So war das! sagt er, während er die Gläser
spült. Eine wahre Geschichte also. Ich glaub's! sage ich. Er trocknet die gespülten Gläser. Ja, sagt er nochmals, so war das! Ich
trinke – ich denke: Ein Mann hat eine Erfahrung gemacht, jetzt
sucht er die Geschichte seiner Erfahrung...

Er war ein Mann meines Alters, ich folgte ihm von dem Augenblick an, als er seinen Wagen, einen Citroën, glaube ich, verlassen, die Wagentüre zugeschlagen und den Schlüsselbund in seine
Hosentasche gesteckt hatte. Die Gestalt kam in Frage. Eigentlich
hatte ich vor, ein Museum zu besuchen, da mein beruflicher Kram
erledigt war und da ich in dieser Stadt niemand kannte, und es
war ein Zufall, daß er mir aufgefallen war, ich weiß nicht wieso,
eine Bewegung des Kopfes, als jucke es ihn: er steckte sich eine
Zigarette an. Ich sah es in dem Augenblick, als ich mir selbst
eine Zigarette anstecken wollte; ich unterließ es. Ich folgte ihm,
noch ohne sein Gesicht gesehen zu haben, rechtskehrt, indem
ich meine Zigarette wegwarf, ohne Zögern und ohne Hast. Das
war in der Gegend der Sorbonne, vormittags. Als habe er etwas
gespürt, war er nochmals zu seinem Wagen zurückgekehrt, um
zu prüfen, ob er die Wagentüren wirklich geschlossen hatte,
suchte den Schlüsselbund in der falschen Tasche. Unterdessen
tat ich, als betrachtete ich ein Plakat, und steckte mir dabei, um
mich von ihm zu unterscheiden, eine Pfeife an. Ich fürchtete

schon, er werde sich in den Wagen setzen und losfahren, während ich das Plakat zu lesen vorgab, Spielplan des TNP. Dann aber, ich hörte das Zuschlagen der Wagentüre und drehte mich um, ging er zu Fuß, so daß ich ihm folgen konnte. Ich beobachtete seinen Gang, seine Kleidung, seine Bewegung. Auffallend war nur die Art, wie er mit seinen Armen ruderte. Offensichtlich hatte er Eile. Ich folgte ihm von Block zu Block, Richtung zur Seine, und sei es auch nur, weil ich in dieser Stadt gerade nichts andres zu tun hatte. Er trug jetzt eine Ledermappe, nachdem er, wie ich mich erinnerte, seinen Wagen zuerst ohne eine Ledermappe verlassen hatte. Von Leuten zur Seite gedrängt, die mir auf dem Fußgängerstreifen entgegenfluteten, verlor ich ihn aus dem Blick und wollte schon wieder aufgeben; andere Leute drängten mich aber weiter, alle wollten noch vor dem Rotlicht über die Straße. Ohne zu wollen, ging ich weiter. Ich weiß genau, daß nichts dabei herauskommt; früher oder später wird jeder, den ich ins Auge fasse, in einer Türe verschwinden oder er winkt plötzlich einem Taxi, und bis ich ebenfalls ein freies Taxi erwischt habe, ist es jedesmal zu spät, dann kann ich mich nur noch ins Hotel zurückfahren lassen, um mich in Kleidern und Schuhen aufs Bett zu legen, erschöpft von meinen sinnlosen Gängen... Es ist ein Tick von mir!... Kaum hatte ich also aufgegeben, eigentlich froh, daß ich die Verfolgung nicht fortzusetzen brauchte, erkannte ich ihn wieder und zwar an der Art, wie er mit seinen Armen ruderte. Obschon es Vormittag war, trug er einen dunklen Abendanzug, als käme er aus der Oper. Vielleicht war es dies, was mich mit dem Unbekannten verknüpfte, Erinnerung an einen Vormittag im dunklen Abendanzug, als ich von einer Frau kam. Er spürte meine Verfolgung noch nicht oder nicht mehr. Übrigens war er hutlos wie ich. Obschon in Eile, kam er nicht rascher voran als ich, der ich nicht durch gleiche Eile auffallen durfte, sondern zu gehen hatte wie alle andern; so gewann er von Block zu Block einen kleinen Vorsprung, zumal ich die zwecklose Verfolgung aufzugeben bereit war, dann aber vor dem Stoplicht kamen wir jedesmal wieder ins selbe Rudel. Sein Gesicht hatte ich noch immer nicht gesehen; kaum war ich einmal, eine Lücke im Gedränge nutzend, auf gleicher Höhe mit ihm, blickte er nach der andern Seite. Einmal blieb er vor einem Schaufenster stehen, so daß ich es in der Spiegelung sehen konnte, sein Gesicht, aber ich redete ihn nicht an; sein Gesicht kam nicht in Frage – ich

9

ging in die nächstbeste Bar, um endlich zu frühstücken... Der nächste, den ich ins Auge faßte, hatte eine Haut, wie nur Amerikaner sie haben, Milch mit Sommersprossen, Seifenhaut. Ich folgte ihm trotzdem. Ich schätzte ihn, von hinten, auf fünfunddreißig Jahre; ein schönes Alter. Ich hatte eben meinen Rückflug gebucht und war eigentlich im Begriff, die verbleibenden Stunden vielleicht im Central Park zu verbummeln. Sorry! sagte er, da er mich gestoßen hatte, und ich drehte mich um, sah ihn aber nur noch von hinten. Er trug einen schiefergrauen Mantel, ich war gespannt, wohin der mich führen würde. Manchmal schien er es selbst nicht zu wissen, zögerte und schien in diesem Manhattan auch etwas verloren. Je länger wir gingen, um so sympathischer wurde er mir. Ich überlegte: wovon er lebt, was er arbeitet, wie er wohnt, was er in seinem Leben schon erfahren hat, was nicht, und wie er denkt, während er so geht unter Millionen von andern Leuten, und wofür er sich hält. Ich sah seinen blonden Kopf über dem schiefergrauen Mantel, und wir hatten eben die 34. Straße überquert, als er plötzlich stehenblieb, um sich eine Zigarette anzustecken; ich merkte es zu spät, so daß ich, versehentlich, bereits an ihm vorbeigegangen war, als er die ersten Züge rauchte; sonst hätte ich die Gelegenheit vielleicht genutzt, höflich mein Feuerzeug anzubieten, um mit ihm in ein Gespräch zu kommen. Als ich mich umdrehte, hatte er keine Haare mehr auf dem Kopf, und natürlich sagte ich mir sofort, daß es nicht derselbe Mann sein könnte, ich mußte ihn im Gedränge verloren und verwechselt haben, schiefergraue Mäntel gibt es viele. Trotzdem erschrak ich, als er plötzlich ein Mann von fünfzig Jahren war. Darauf war ich nicht gefaßt gewesen. Can I help you? fragte er, und da mir nicht zu helfen war, ging er seines Weges weiter mit einem Räuchlein über der Schulter. Es war ein blauer Tag, sonnig, aber im Schatten bitterkalt, windig; die besonnten Hochhäuser spiegelten sich in gläsernen Schattenwänden, und man konnte nicht stehenbleiben in der Kälte dieser Schluchten. Warum soll er nicht ein Mann von fünfzig Jahren sein? Sein Gesicht kam in Frage. Warum nicht ein Gesicht mit Glatze? Gern hätte ich ihn nochmals von vorne gesehen, aber dazu kam es nicht mehr; zwar ging er gelassener als der Jüngere zuvor, verschwand aber plötzlich in ein Haustor, und obschon ich folgte – ich zögerte kaum zwei oder drei Sekunden – sah ich nur noch, wie er gerade in einen Lift trat, dessen bronzene Türen, von einem Neger in Uniform bedient, langsam sich schlossen (wie im Krematorium), unaufhaltsam; zwar nahm ich sofort, nachdem auch ich meine Zigarette in den landesüblichen Eimer voll Sand gesteckt hatte, den nächsten Nebenlift, stand im Gepferch wie alle andern, die, kaum eingetreten, die Nummer eines Stockwerks nannten und ausstiegen, wenn ihre Nummer ausgerufen wurde; ich stand und sah die flinken Nummern aufleuchten, schließlich allein mit dem Neger und achselzuckend, als dieser mich fragte, wohin ich denn wolle; das Gebäude hatte 47 Stockwerke...

Ein Mann hat eine Erfahrung gemacht, jetzt sucht er die Geschichte dazu – man kann nicht leben mit einer Erfahrung, die ohne Geschichte bleibt, scheint es, und manchmal stellte ich mir vor, ein andrer habe genau die Geschichte meiner Erfahrung...
    (Der Barmann ist es nicht.)

Das Morgengrauen vor dem offenen Fenster kurz nach sechs Uhr erschien wie eine Felswand, grau und rißlos, Granit: – aus diesem Granit stößt wie ein Schrei, jedoch lautlos, plötzlich ein Pferdekopf mit weitaufgerissenen Augen, Schaum im Gebiß, aufwiehernd, aber lautlos, ein Lebewesen, es hat aus dem Granit herauszuspringen versucht, was im ersten Anlauf nicht gelungen ist und nie, ich seh's, nie gelingen wird, nur der Kopf mit fliegender Mähne ist aus dem Granit heraus, wild, ein Kopf voll Todesangst, der Leib bleibt drin, hoffnungslos, die weißen Augen, irr, blicken mich an, Gnade suchend –
    Ich machte Licht.
    Ich lag wach.
    Ich sah:
    – unversehens erstarrt, eine Mähne aus roter Terrakotta, leblos, Terrakotta oder Holz mit einem kreideweißen Gebiß und mit glanzschwarzen Nüstern, alles kunstvoll bemalt, lautlos zieht sich der Pferdekopf langsam in den Fels zurück, der sich lautlos schließt, rißlos wie das Morgengrauen vor dem Fenster, grau, Granit wie am Gotthard; im Tal, tiefunten, eine ferne Straße,

Kurven voll bunter Autos, die alle nach Jerusalem rollen (ich weiß nicht, woher ich das weiß!), eine Kolonne von bunten kleinen Autos, spielzeughaft.

Ich klingelte.

Draußen regnete es.

Ich lag mit offenen Augen.

Als die Krankenschwester endlich kam und fragte, was denn los sei, bat ich um ein Bad, was aber, ohne Erlaubnis des Arztes, um diese Stunde nicht möglich war; statt dessen gab sie einen Saft und mahnte zur Vernunft; ich solle schlafen, sagte sie, um morgen einen schönen Befund zu haben, so daß ich am Samstag entlassen werden könne, und löschte das Licht...

Ich stelle mir vor:

Als die junge Nachtschwester endlich kommt, eine Lettin (Elke hieß sie), findet sie ein leeres Bett; der Kranke hat sich selbst ein Bad einlaufen lassen. Er hat geschwitzt, und da er ja baden will, steht er nackt in Wolken von Wasserdampf, als er ihre Vorwürfe hört, noch ohne sie zu sehen, Elke, die sich entsetzt und behauptet, er wisse nicht, was er tue. Erst nachdem sie das Fenster geschlossen hat und als das graue Gedampf, das auch den Spiegel beschlagen hat, allmählich schwindet, wird sich der Kranke plötzlich seiner Nacktheit bewußt; er lächelt. Er solle ins Bett gehen, sagt sie, solle sofort den Wasserhahn abstellen, und da er's nicht tut, will sie es tun; aber da steht der Nackte ihr im Weg, und da er im Augenblick nichts andres zur Hand hat, um sich vor dem jungen Mädchen zu bedecken, hilft er sich mit einem Scherz: Ich bin Adam! Sie findet's nicht zum Lachen. Er weiß nicht, warum er lacht. Warum er denn baden wolle um diese Zeit, fragt sie fachlich, dazu ohne Erlaubnis des Arztes? Und dann nimmt sie flink ein Frottiertuch aus dem Schrank, um dem Unsinn ein Ende zu machen; sie hält es ihm hin, damit er sich nicht erkälte, wortlos, während er sie ansieht, als sehe er Elke zum ersten Mal. Ein Mädchen mit wassergrauen oder grünlichen Augen. Er faßt sie an beiden Schultern. Ein Mädchen mit falbem Haar und großen Zähnen. Was soll das denn! sagt sie, während er, seine beiden Hände an ihren beiden Achseln, sich selbst sagen hört: Ich bin Adam und Du bist Eva! Noch tönt es wie ein Scherz; sie wagt nicht zu rufen im nächtlichen Krankenhaus und drückt bloß auf eine Klingel, während sie mit der andern Hand gegen den Verrückten boxt, plötzlich doch voll

12

Furcht, seit er ihr das Häubchen, das blaue mit dem roten Kreuz, behutsam vom Kopf genommen hat. Ihr Gesicht kennt er seit Wochen, aber neu ist ihr Haar, ihr falbes, jetzt loses und aufbrodelndes Haar. Er will Elke nicht wehtun, nur sagen: Ich bin Adam und Du bist Eva! wobei er ihr Haar hält, so daß sie den Kopf nicht mehr rühren kann. Hörst Du mich? fragt er. Und sie brauchte nur zu lächeln, Eva als Nachtschwester, eine studentische Ostseebäuerin mit grünen Augen und mit einem Pferdegebiß; nur zu lächeln, um den Scherz wiederherzustellen. Aber sie starrt ihn an. Er scheint nicht zu wissen, daß er nackt ist. Sie boxt nicht mehr, er spürt es ja nicht einmal; sie wehrt sich nur dafür, daß sie das blaue Häubchen wiederbekomme, aber vergeblich, obschon inzwischen ein Nachtarzt erschienen ist im Korridor. Er wiederholt es – natürlich versteht der Nachtarzt überhaupt nicht, was los ist – wie ein Sprachlehrer, der durch Wiederholung etwas einpauken will: Ich bin Adam und Du bist Eva, ich bin Adam und Du bist Eva! während Elke, hilflos wie vor einem Betrunkenen, nicht ihn anschreit, sondern den Nachtarzt: warum er dort stehe und ihr nicht helfe. Dabei geschieht ihr ja nichts. Der Nachtarzt, seine beiden Hände in den weißen Mantel gesteckt, rührt sich nicht, grinsend, unsicher, ob das Ungehörige nicht auf seiner Seite liege, ein Voyeur, wenn auch unfreiwillig. Was sollte er tun? Erst als der Nackte bemerkt, daß sie, obschon Adam und Eva, nicht allein in diesem Korridor sind, und als er auf den Nachtarzt zutritt, verliert sich sein Grinsen; aber auch jetzt nimmt er die Hände nicht aus den Taschen seines weißen Mäntelchens. Wer sind Sie? fragt der Nackte, als hätte es diesen Nachtarzt noch nie gegeben. Die Hände in den Taschen seines weißen Mäntelchens, das ihn von dem Nackten unterscheidet, tut er, was schlimmer ist als Grinsen: er spricht den Nackten mit seinem Namen an. Freundlich. Aber von diesem Augenblick an ist's aus. Rettungslos. Elke, entlassen aus seiner Bedrohung, büschelt ihr Haar. Sie sind der Teufel! sagt er, bis der Nachtarzt endlich seine Hände aus dem weißen Mäntelchen zieht, um sich am Treppengeländer zu halten, um zu weichen Schritt hinter Schritt. Sie sind der Teufel! sagt der Nackte, ohne zu schreien, jedoch entschieden, sowie der Weiße wieder stehenbleiben und sich äußern will: Sie sind der Teufel, Sie sind der Teufel! während Elke, jetzt wieder mit dem blöden Häubchen auf ihrem falben Haar, zu beschwichtigen versucht, aber vergeb-

lich. Er denkt nicht daran, der Nackte, in sein Zimmer zurückzu-
gehen. Er will in den Lift, der aber nicht auf diesem Stockwerk
ist, und da er nicht lang warten kann, läuft er die Treppe hinunter
– vorbei am Nachtarzt – so plötzlich, daß der Nachtarzt und
Elke einander bloß anblicken können... Zwei Minuten später
geht er, offenbar auch vom verdutzten Pförtner nicht aufgehal-
ten, tatsächlich auf der Straße, die er seit Wochen nicht mehr
betreten hat, vorbei an Leuten unter glänzenden Regenschirmen,
die gerade auf die Straßenbahn warten, ihren Augen nicht trauen:
ein Mann splitternackt, der schräg über die Straße geht, ohne
auf Verkehrszeichen zu achten, Richtung zur Universität. Mitten
auf der Straße, im Stehen, richtet er seine Armbanduhr, das einzige, was er auf sich trägt; ein Radfahrer, ein pfeifender Bäcker-
junge, muß seinetwegen stoppen, rutscht auf dem nassen Pflaster
und fällt, was den Nackten erschreckt, so daß er plötzlich zu
laufen beginnt, obschon niemand ihn verfolgt. Im Gegenteil, die
Leute weichen zur Seite, bleiben stehen, schauen ihm nur nach.
Dennoch fühlt er sich verfolgt. Schon bei der Universität muß
er verschnaufen; vornübergebeugt, Hände auf die bleichen Knie
gestützt, dann wieder aufrecht, indem er die Arme seitwärts hebt
und senkt und hebt wie im Turnunterricht, lang ist's her, keucht
er. Zum Glück regnet es. Er weiß nicht, warum das ein Glück
ist, empfindet es aber. Er weiß, daß er nicht Adam ist, weiß,
wo er sich befindet: in Zürich, keineswegs außer sich, aber nackt,
so daß er neuerdings laufen muß, die Ellbogen so locker wie
möglich. Er weiß nicht, wieso er nackt ist; wie es dazu gekommen
ist. Einmal versichert er sich, ohne dafür stehenzubleiben, seiner
Brille, und daß er nackt ist, merkt er nur am Gependel seines
Glieds. Also weiter, die Ellbogen so locker wie möglich. Wäre
er nicht nackt, er würde zusammenbrechen vor Erschöpfung.
Also weiter. Um Kräfte zu schonen, trabt er abwärts, obschon
er lieber in die Wälder möchte, also stadtwärts. Einmal eine Um-
leitung, Stoplicht, eine Kolonne von Wagen, die nicht nach Jerusalem wollen, und Gesichter hinter pendelnden Scheibenwischern, während der Splitternackte, schirmlos, sich durchzwängt
zwischen glänzendem Blech: er kann nicht warten, man ist nackter, wenn man nicht läuft. Also weiter, vorbei an dem Verkehrs-
polizisten, der, als traue er seinen Augen nicht, mit gestrecktem
Arm auf seiner Kanzel bleibt. Wie ein Tier findet er, was ihm
günstig ist, einmal eine Baustelle, ZUTRITT NUR FÜR BERECHTIGTE,

14

hier verschnauft er hinter einem Bretterverschlag, hält es aber nicht lange aus, ohne zu laufen und zu laufen. Wohin? Einmal ein öffentlicher Park, wo um diese frühe Stunde kein Mensch ist, zumal es regnet; er könnte sich hier auf eine nasse Bank setzen, unbehelligt, so leer sind alle Bänke um diese Zeit; behelligt allein von seiner Nacktheit, die nicht geträumt ist, o nein, die er sieht, sobald er nicht läuft. Es gibt kein Erwachen wie aus einem Traum. Er ist nackt, bleich mit schwarzem Schamhaar und Glied, Brille, Armbanduhr. Erschöpft und keuchend, aber eine Weile lang selig, Erde zwischen den Zehen, Gras zwischen den Zehen, langsamer, ohne jedoch stehenzubleiben, vor Atemnot zuckend wie ein Gepeitschter, langsam und immer langsamer, selig wie ein Schlittschuhläufer, die Hände in die Hüften gestützt, wie ein Schlittschuhläufer in gelassenen Schleifen läuft er über den öffentlichen Rasen, einmal links und einmal rechts um die nächste Platane herum; dabei muß er lachen: Ich bin Adam und du bist Eva! Nur heißt das nichts mehr, so daß er weiterläuft und wieder über die Straße, die Ellbogen so locker wie möglich, bis er die Polizei sieht, sie kommt nicht von hinten, sondern von vorn, zwei Motorräder, und da er lächelt, meinen sie, er ergebe sich, stellen ihre schwarzen Vehikel an den nächsten Straßenrand, schnappen das Gestell aus, ziehen die Vehikel rückwärts, um sie aufzubocken, bevor sie ihm entgegenschreiten, zwei Männer in schwarzen Lederjacken und Stiefeln und Helmen, ausgerüstet wie Tiefseetaucher, schwerfällig, und bis sie wieder auf ihren schwarzen Motorrädern hocken, bis sie die Motoren angetreten haben, bis sie, einen Stiefel aufs Pflaster gestemmt, ihre Motorräder gedreht haben, hat er bereits die Treppe erreicht, die mit Motorrädern nicht zu nehmen ist. Es ist nur noch sein Körper, der jetzt läuft. Eine Haustüre mit Messing, die er kennt, ist verschlossen. Jetzt wieder mitten auf der Fahrbahn, als wolle er's ihnen leichter machen, läuft er, trabt er, bis die schwarzen Motorräder auf Umwegen wieder da sind, eins links, eins rechts, ein Geleit, das ihn belustigt. Ihre Zurufe, er solle stehenbleiben; sie scheinen zu vergessen, daß er splitternackt ist...

Ich erinnere mich:

Das Weitere hat mir einer erzählt, dem es wirklich zugestoßen ist... Man war freundlich zu ihm, sagte er, verständnisvoll. Er saß auf der Bühne schlotternd in den Kulissen des Vorabends. Der Vorhang war offen, das Parkett aber leer, finster mit Sessellehnen glänzend in einem schwachen Tagesschein, der über der Galerie einfiel, das Orchester ebenfalls leer. Arbeitslicht. Aber es wurde noch nicht geprobt; erst die Bühnenarbeiter waren da. Der Polizist mit seinen schwarzen Stiefeln und mit seinem Kugelhelm verschüchtert, da er sich zum ersten Mal in seinem Leben auf einer Bühne befand, wagte sich nicht zu setzen, obschon an Sesseln, hingestellt wie in einem Krönungssaal, jedoch lumpig anzusehen, wenn die Beleuchtung ausfiel, kein Mangel war; er staunte in die Soffitten hinauf. Als sich Türen öffneten im Zuschauerraum, es waren die Putzfrauen, schickte er sie hinaus; im übrigen hatte er nichts zu tun. Auf und nieder zu gehen, um die Wartezeit zu verkürzen, scheute er sich. Ebenso scheute er sich vor einem Dialog mit dem nackten Mann, obschon niemand im Zuschauerraum war, wie gesagt, nicht einmal die Putzfrauen; er blätterte in einem dienstlichen Notizblock, Rücken gegen das Parkett, das ihn offensichtlich beunruhigte. Ein Bühnenarbeiter brachte endlich dem Nackten, da er schlotterte, irgendein Kostüm, das nach Kampfer roch, eine Art von Mantel, wollte wissen, was los sei, aber der Polizist, die Daumen im Gurt, verwies ihn mit stummer Miene. Der Nackte bedankte sich, und es tönte höflich-alltäglich. Der Mantel war himmelblau mit goldenen Quasten, ein Königsmantel, Futter aus billigem Rupfen. Seine Füße schmerzten, sie waren durch Teer gelaufen, Teer mit feinem Kies. Später erschien ein Herr in Zivil, der wider Erwarten nicht nach Personalien fragte; er schien unterrichtet zu sein. Und alles verlief wie alltäglich. Im Wagen – es war kein Krankenwagen, aber der Fahrer trug eine Mütze mit dem Wappen der Stadt – sprach man übers Wetter, Föhnzusammenbruch; vorne im Wagen: der Fahrer mit der Mütze und der Tiefseetaucher, der seinen Helm aufs Knie genommen hatte, jetzt ein unwahrscheinlich kleiner Kopf, beide stumm; hinten im Wagen: der Inspektor (so hatte der Fahrer ihn angesprochen) und der im Königsmantel mit goldenen Quasten, aber barfuß. Warum er gerade in die Oper gelaufen sei, fragte der Inspektor leichthin, unterbrach sich aber selbst, indem er Zigaretten anbot. Der im Königsmantel schüttelte den Kopf. Man fuhr nicht zum Kantonsspital, sondern Richtung Balgrist, ohne natürlich das Fahrziel zu erwähnen; spätestens am Kreuzplatz war es klar, daß man ihn als Geisteskranken behandelte. Bei der Burgwies, nach schweigsamer Fahrt seit dem Kreuzplatz, erkundigte er sich sachlich, ob seine Post heute noch umgeleitet werde; er wiederholte dieselbe Frage, als er in dem Vorzimmer saß, gegenüber einem jungen Assistenten, der über den himmelblauen Mantel mit goldenen Quasten nicht verwundert zu sein sich bemühte. Seine Kleider würden jeden Augenblick eintreffen, hieß es. Wieder diese Freundlichkeit, die so weit ging, daß man seinen Namen auszusprechen vermied. Der Professor war noch nicht im Haus. Um Konversation zu machen, sagte er, derartiges sei ihm noch nie zugestoßen, und man glaubte es ihm, soweit der Assistent (auch wieder mit den Händen in den Taschen seines weißen Mantels) vor dem Eintreffen des Professors selber zu glauben befugt war. Er habe einen Schrei ausstoßen wollen, sagte er; dabei saß er vollkommen ruhig, vernünftig, höflich-alltäglich. Als er seine Hände wusch, die von Teer und Blut verschmiert waren, und als er seine Hände trocknete, sah er sich im Spiegel; er erschrak über das Kostüm, es fehlte nur noch eine Krone. Seine eignen Kleider, hieß es nochmals, sollten jeden Augenblick eintreffen. Dann sagte er nochmals, er habe einen Schrei ausstoßen wollen. Man nahm es zur Kenntnis. Einen Schrei? Er nickte, ja, mit der Dringlichkeit eines Stummen, der sich verstanden wähnt. Wieso einen Schrei? Das wußte er nicht.

Es ist wie ein Sturz durch den Spiegel, mehr weiß einer nicht, wenn er wieder erwacht, ein Sturz wie durch alle Spiegel, und nachher, kurz darauf, setzt die Welt sich wieder zusammen, als wäre nichts geschehen. Es ist auch nichts geschehen.

Ich sitze in einer Wohnung: – meiner Wohnung... Lang kann's nicht her sein, seit hier gelebt worden ist; ich sehe Reste von Burgunder in einer Flasche, Inselchen von Schimmel auf dem samtroten Wein, ferner Reste von Brot, aber ziegelhart. Im Eisschrank (ich habe nachgesehen, ohne Hunger zu haben) krümmt sich Schinken, in Kälte verdorrt und beinahe schwarz, auch etwas Käse ist noch da, rissig wie Baumrinde, grünlich, und ein Glas mit Rahm, der aber nicht mehr fließt, und in einer Schüssel schwimmt noch ein trüber Rest von Kompott, Aprikosen-

17

Schlamm. Ferner eine Dose mit Gänsleber. Wegzehrung für eine Mumie? Ich weiß nicht, warum ich es nicht in den Kehrichteimer geworfen habe... Ich hocke in Mantel und Mütze, weil es draußen regnet. Ich hocke auf der Lehne eines Polstersessels und spiele mit einem Korkenzieher. Korkenzieher bleibt Korkenzieher, Standard, Hausgerät im Stil der Epoche. Ich sehe: jemand hat unsere Teppiche gerollt, mit Kampfer eingesegnet und gerollt, Schnur drum, die Fensterläden geschlossen gegen Regen und Sonne und Wind, gegen Sommer und Winter; ich öffne sie nicht. Alle Polstermöbel sind mit weißen Tüchern bedeckt. Komisch anzusehen: als spielten sie Feme. Oder wie eine Totenfeier in einem Land mit fremden Bräuchen. Auch die Aschenbecher sind geleert, sehe ich, nicht bloß geleert, sondern sogar gewaschen; alle Blumenvasen geleert und gewaschen, damit es nicht nach Fäulnis stinke... Ich hocke noch immer in Mantel und Mütze, Hände in den Hosentaschen. Es riecht nach Staub und Bodenwichse. Von den Personen, die hier dereinst gelebt haben, steht fest: eine männlich, eine weiblich. Ich sehe Blusen im Schrank, etwas Damenwäsche, die nicht mehr in den Koffer paßte oder nicht mehr Mode ist, Krawatten auf der andern Seite, drei lahme Jacken für den Herrn im Winter, zwei für den Sommer, und unten stehen die Schuhe, gereiht wie zum Appell, teils mit Leisten drin. Warum sind leere Schuhe so entsetzlich? Ich nehme einen Damenschuh, bunt und blumenleicht, ja, ich rieche dran. Es riecht nach Leder, nichts weiter. Ich halte den Atem an, erschreckt wie ein Einbrecher, und horche. Wer soll schon kommen! Immerhin könnte es ja klingeln, ein Hausierer vielleicht, der nicht wissen kann, daß hier nicht mehr gewohnt wird. Ich horche, einen Schuh in der Hand; ich möchte nicht zuhaus sein. Abgesehen von einem Wasserhahn in der Küche, der immer schon getropft hat, ist es still. Wie in Pompeji. Auch das Telefon schweigt. Ich sehe: sie hat den Stecker herausgezogen. Leider habe ich keine Streichhölzer. Wie still es ist, wenn man nicht raucht! Draußen die Straßenbahn, dazwischen Hupen, aber hier hinter geschlossenen Fensterläden, wo ich in Mantel und Mütze hocke auf der Lehne eines weißverhüllten Polstersessels, während es draußen regnet, hier ist es wie in Pompeji: alles noch vorhanden, bloß die Zeit ist weg. Wie in Pompeji: man kann durch Räume schlendern, die Hände in den Hosentaschen, und sich vorstellen, wie hier einmal gelebt worden ist, bevor die heiße

Asche sie verschüttet hat. Und es hallt auch (weil die Teppiche gerollt sind) wie in Pompeji –

Einmal klingelt's tatsächlich.

Ich mache nicht auf –

Der Herr meines Namens ist verreist.

Ich hocke vergeblich in Mantel und Mütze, die feuerlose Pfeife im Mund; ich kann es mir nicht vorstellen, wie hier gelebt worden ist, weniger als in Pompeji, obschon ihr blauer Morgenrock noch im Badzimmer hängt... vielleicht ist es besser, daß ich keine Streichhölzer habe; es genügt, daß ich es mir vorstelle: wie der Mann, der hier gewohnt hat, ein Streichholz anzündet, wie er's in der hohlen Hand hält, das Flämmchen, bis es groß genug ist, um es an den Vorhang zu halten, ein erstes, ein zweites, ein drittes und viertes und fünftes, der Vorhang brennt nicht, von Lodern keine Spur, es mottet bloß, glimmt, stinkt, auch der Lampenschirm brennt nicht so richtig, brenzelt nur und bekommt ein Loch mit braunem Rand, lächerlich, man müßte Benzin haben, Benzin über die Vorhänge, damit sie wirklich in Flammen aufgehen, die Polstersessel, Teppiche, Bücher, Kleider, es ist mit Streichhölzern nicht zu machen, es wäre bloß lächerlich.

Ich werde mir neue Kleider kaufen, dabei weiß ich: es hilft nichts, nur im Schaufenster erscheinen sie anders. Schon wenn der Verkäufer sie in die Umkleidekoje bringt und dann taktvoll verschwindet, damit ich probiere, weiß ich wie alles aussehen wird in einem Vierteljahr. Aber man kann ja nicht nackt durch die Welt gehen; also zwinge ich mich, drehe mich vor den verstellbaren Spiegeln, um den Schnitt zu prüfen, der mir im Schaufenster einigermaßen gefallen hat. Eigentlich kaufe ich nur dem Verkäufer zuliebe, der entzückt ist, während ich meinen Hinterkopf sehe, der nicht zu ändern ist; ich kaufe in Hast und jedesmal dasselbe. Schon die Minuten, während der Schneider mit dem Stecknadelkissen am Arm sich dienerisch in die Hocke läßt und fachmännisch mit Kreide markiert, wieweit ich von der Konfektion abweiche, sind Pein. Ob billig oder teuer, englisch oder italienisch oder einheimisch, bleibt einerlei; immer entstehen die gleichen Falten am gleichen Ort, ich weiß es.

Ein anderes Leben –?

Ich stelle mir vor:

Ein Mann hat einen Unfall, beispielsweise Verkehrsunfall, Schnittwunden im Gesicht, es besteht keine Lebensgefahr, nur die Gefahr, daß er sein Augenlicht verliert. Er weiß das. Er liegt im Hospital mit verbundenen Augen lange Zeit. Er kann sprechen. Er kann hören: Vögel im Park vor dem offenen Fenster, manchmal Flugzeuge, dann Stimmen im Zimmer, Nachtstille, Regen im Morgengrauen. Er kann riechen: Apfelmus, Blumen, Hygiene. Er kann denken, was er will, und er denkt... Eines Morgens wird der Verband gelöst, und er sieht, daß er sieht, aber schweigt; er sagt es nicht, daß er sieht, niemand und nie.

Ich stelle mir vor:

Sein Leben fortan, indem er den Blinden spielt auch unter vier Augen, sein Umgang mit Menschen, die nicht wissen, daß er sie sieht, seine gesellschaftlichen Möglichkeiten, seine beruflichen Möglichkeiten dadurch, daß er nie sagt, was er sieht, ein Leben als Spiel, seine Freiheit kraft eines Geheimnisses usw.

Sein Name sei Gantenbein.

Ich probiere Geschichten an wie Kleider!

Ich sitze in einem Landgasthof.

Ich hatte Glück, ich könnte jetzt nicht nur tot sein, sondern schuldig am Tod von elf Kindern, ohne strafbar zu sein – statt dessen also sitze ich in einem Landgasthof und bestelle einen Kirsch, während der Wagen (es ist nicht einmal meiner, sondern der Wagen von Burri) drüben in der Garage wartet auf Ersatzteile; ich wage nicht auszudenken, was hätte sein können...

Ich hatte Glück.

Was ich dachte, als ich mit der erloschenen Pfeife im Mund und gelassen wach, nicht müde, aber gelassen und mit beiden Händen am Steuer zwar aufmerksam mit den Augen, aber in

Gedanken anderswo, in die Kurve fuhr, ohne an die Möglichkeit von plötzlichem Glatteis zu denken, weiß ich nicht. (Vielleicht dachte ich an den Abend bei Burri.) Ich fuhr nicht über 60 Stundenkilometer, wie Zeugen bestätigen, und auf der ganzen Strecke bisher gab es kein Glatteis, keine Spur von Glatteis. (Vielleicht dachte ich an meinen Ruf nach Harvard –)

Jetzt hat's zu schneien aufgehört.

Ich trinke meinen Kirsch.

Wie immer, wenn etwas geschehen ist, staune ich, daß ich es nicht bloß gedacht habe, betroffen, als habe die Wirklichkeit mich erraten oder auch mißverstanden; umringt von Augenzeugen, plötzlich stehe ich auf dem Dorfplatz, und indem ich mich bücke, um mich mit dem Mann von der Garage zu besprechen, der unter den Wagen gekrochen ist, habe ich schon zugegeben, daß ich es bin, niemand anders als ich, der beinahe ein Dutzend bernischer Schulkinder getötet hätte. Ich sehe sie an, Kinder mit roten Winterwangen und mit den Fahnen ihres Atems in der kalten Luft; sie leben. Wäre es geschehen, es käme mir genauso unwahrscheinlich vor; ich wäre derselbe, der ich jetzt bin, und nicht derselbe, jetzt umringt von einem Dutzend bernischer Schulkinder, sie gaffen und schwatzen und leben, Augenzeugen eines Unfalls mit Datum und Ort, glücklich über die Sensation, munter, bis ihre Schulglocke klingelt –

Ich bestelle einen zweiten Kirsch.

Zehn Uhr, Dienstag der soundsovielte...

Jetzt arbeiten sie schon eine Stunde an dem Wagen, der nicht meiner ist; die Schulbuben haben's erraten: Die Achse ist gestaucht, die Radscheibe verbogen, auch das Kugellager muß wahrscheinlich ersetzt werden. Ich verstehe nicht viel davon. Der Gedanke, hier übernachten zu müssen, schreckt mich; dabei ist es ein ordentlicher Landgasthof. Noch immer habe ich den Mantel nicht ausgezogen, sitze und versuche eine Zeitung zu lesen (man könnte auch mit der Eisenbahn fahren, um nicht hier zu übernachten; ein Fahrplan, Ortsverkehr, hängt an der Türe zur Toilette), meine Pfeife saugend, während in Algier (lese ich) gefoltert wird –

Das ist, was stattfindet.

Wenn ich es wieder lese, was in Algier geschieht oder anderswo, wenn ich es mir einige Augenblicke lang vorstellen kann, gibt es nichts anderes, und die Vorstellung ist kaum auszuhalten. Und

21

ich bin bereit zu jeder Tat. Aber ich sitze hier, eine veraltete Zeitung lesend, und halte es aus. Tatlos... Ich warte auf die Ersatzteile für den Wagen, der nicht meiner ist.

Schon ist es Erinnerung:

(während in Algier gefoltert wird)

ein kalter und trockener Schnee, der kaum auf dem Straßenbelag liegen blieb, ein leichter und staubiger Schnee, aufwirbelnd hinter jedem fahrenden Wagen, in der Mitte war die Straße meistens schneelos, grau und trocken, und nur zu beiden Seiten blieb der weißliche Schleier liegen, bis der nächste Wagen vorbeifuhr, sogar der Sog eines langsamen Fahrrads genügte, um ihn aufzuwirbeln und immer wieder anders zu büscheln wie eine Rüsche. Ich überholte fast nie. Auch außerorts fuhr ich kaum über achtzig. Es war innerorts, ich sah's, obschon ich durch das sture Pendeln des Scheibenwischers hindurch an anderes dachte, meine Augen sahen es, und mein Fuß ging weg vom Gas, und die Geistesgegenwart, die oft schon an Wunder grenzte, verließ mich keineswegs, als ich das Schleudern spürte zuerst am Steuer, dann im eignen Körper. Mein Fuß ging nicht auf die Bremse, sondern gab sofort wieder Gas. Als ich das Schleudern spürte, sah ich links ein Rudel von Schulkindern, rechts das Schaufenster eines ländlichen Milchladens mit Reklame für Käse und Schokolade. Einen Augenblick lang hoffte ich noch in aller Ruhe, daß ich das weiche Schleudern abfangen könnte wie auch schon; dann wußte ich: Also doch! und ich hielt meine Pfeife fest zwischen den Zähnen, als käme es darauf an. Es dauerte nun, so schien mir, eine halbe Ewigkeit, während es mich einfach drehte, gleichviel wie ich das Steuer bewegte. Es war etwas Höhnisches darin, daß ich mich nicht nach links drehte, sondern plötzlich nach rechts, wie einen Schlitten, quer in die Straße hinaus. Ich wußte jetzt nicht mehr, was rechts ist, was links, es stimmte alles nicht mehr. Zum Glück kam in diesem Augenblick nichts entgegen; ein Lastwagen mit schwerem Anhänger, der sozusagen in meinem Gedächtnis auftauchte, war in Wirklichkeit eben vorbei. Ich sah nur, wie das Dorf sich drehte. Ich sah zu. Ohnmächtig, dabei vollkommen wach. Links das Schaufenster des Milchladens, rechts die Schulkinder. Wie ein Karussell. Als es endlich krachte, war's komisch wie ein verspätetes Echo, das mich nicht überraschte; ich wußte schon lange, daß das gewohnte Wunder mich verlassen hatte. Ich hatte meine Pfeife verloren, das war alles, und der Wagen stand jetzt in umgekehrter Richtung, gestoppt von einem Randstein; sonst wäre ich jetzt im Schaufenster. Die Scheibenwischer pendelten weiter. Plötzlich sehr nervös, so daß ich wie ein Fahrschüler hantierte, wollte ich weiterfahren, aber der Wagen ging nicht; ich hatte den dritten Gang drin, der Motor war abgestorben, ich schaltete auf den ersten Gang und trat auf die Kupplung, um den Motor anzulassen. Aber auch so ging der Wagen kaum. Er kroch. Endlich stieg ich aus, um den Wagen zu besichtigen. Von Blechschaden keine Spur. Ich war erleichtert; aber da ich jetzt das Gefühl hatte, daß ringsum alle Fenster des Dorfes sich öffneten, schämte ich mich, umringt von den Schulkindern, die mich anstarrten, so meinte ich, und dabei starrten sie nur auf den Porsche, den es vor ihren Augen so lustig gedreht hatte. Ein Bub sagte immerzu: Gedreht hat's ihn, gedreht hat's ihn! Ich vermißte jetzt meine Pfeife und hatte keine Geste für meine Gelassenheit; ich trat mitten auf die Straße hinaus und tastete mit der Schuhspitze auf dem Boden herum, um der Welt zu zeigen, daß da Glatteis war. Jetzt erst öffneten sich die Fenster ringsum. Ich mußte warten, bis der Wagen abgeschleppt wurde, die Hände in den Hosentaschen, und erkundigte mich, als wäre ich vom Himmel gefallen, nach dem Namen des Dorfes.

Ich bin in Lengnau, Kanton Bern.

Später im Gasthof, als ich meinen Kirsch trank, erfuhr ich von der Kellnerin, daß sich in dieser Kurve schon allerlei ereignet habe, auch Todesfälle.

Ich weiß nicht, wozu ich das erzähle.

Mein Unfall interessiert mich nicht...

Mein Name sei Gantenbein.

Der Anfang wäre leicht:

Ich trete ein, Vormittag, ich trete einfach in den Laden und stehe da. Sie wünschen? Ich tue, als verstünde ich kein Schweizerdeutsch. Ich sehe mich um: Brillen, Lupen, Fernrohre, Brillen aller Art, Zwicker, Operngucker, aber vor allem Brillen. Was ich wünsche, liegt im Schaufenster an der Fraumünsterstraße

23

(vorne rechts) schon seit Wochen. Übrigens ist das weiße Fräulein, das die mundartliche Frage nach meinen Wünschen vorerst ins Amerikanische, dann ins Hochdeutsche übersetzt, noch gar nicht frei, und es genügt vorderhand mein Nicken als Zeichen, daß ich Geduld habe, mindestens Manieren. (Ich halte es für besser, meine Rolle auf Hochdeutsch anzutreten. Ich habe stets ein Gefühl von Rolle, wenn ich Hochdeutsch spreche, und damit weniger Hemmungen. Mein Englisch wäre zu dürftig; es reicht immer nur so weit, um im großen ganzen einverstanden zu sein. Und Französisch kommt noch weniger in Frage; ich fühle mich jedem Franzosen unterlegen, solang er nur seine eigne Sprache versteht.) Also da stehe ich, während das Fräulein sich mit einer Dame befaßt, die jedesmal, wenn man ihr eine neue Brille aufs Gesicht schiebt, ihren Hals streckt wie ein Vogel, der Wasser schluckt, und ich hoffe bloß, daß jetzt niemand in diesen Laden kommt, der mich kennt. Die Dame, Amerikanerin, ist jedesmal enttäuscht, wenn sie mit der nächsten Brille vor den Spiegel tritt, und kann sich nicht entschließen, scheint es, so auszusehen, wie der Spiegel sie zeigt, und das kann noch lang dauern. Ich habe Zeit, um nochmals mein Unternehmen zu bedenken, aber bleibe entschlossen. Als das Fräulein mich schließlich bedient, geschieht es ohne Unfreundlichkeit gegenüber der Amerikanerin, indem sie jederzeit zeigt, daß sie den Einheimischen nur nebenher bedient. Ich wünsche also – warum stotternd? – eine Sonnenbrille. Bitte sehr! Ich sehe, während sie mir eine Sonnenbrille entgegenstreckt und gleichzeitig mit der Amerikanerin plaudert, eine ganze Lade, ein Arsenal von Sonnenbrillen, die ebenfalls nicht in Frage kommen. Wie sag ich's? Das Fräulein in Weiß, eine schlichte Verkäuferin, aber als Wissenschaftlerin verkleidet, behauptet, etwas Dunkleres gebe es nicht; sonst sehe man nämlich überhaupt nichts mehr, und was der Herr draußen im Schaufenster gesehen habe, sei eben keine Sonnenbrille, sagte sie, sondern eine Blindenbrille. Ich bitte darum. Ihre Verwunderung – unterdessen hat die Amerikanerin sich entschlossen und muß zur Tür geleitet werden, da sie nichts gefunden hat, mit besondrer Höflichkeit – ihre Verwunderung über meinen Wunsch ist schon verflogen, als sie mich, jetzt als einzigen Kunden, weiter bedient; sie weigert sich nicht ausdrücklich, Blindenbrillen zu verkaufen, aber tätlich, indem sie weiterhin, als hätte der Herr nur gescherzt, Sonnenbrillen anbietet, einige sogar auf mein Gesicht schiebt, bis ich ungeduldig werde und schlichterdings verlange, was ich will, nichts andres als eine schwarze Blindenbrille. Bitte sehr! Hoffentlich kommt jetzt nicht der Boß heraus, um sich des Sonderfalles anzunehmen. Wer weiß, ob man nicht ein ärztliches Zeugnis braucht! Endlich nach meinem Wunsch bedient und unterrichtet, daß Blindenbrillen nur Attrappen sind, um die blinden Augen zu verbergen, drum so dunkel, erkundige ich mich nach dem Preis. Ob die Brille denn richtig halte, fragt das Fräulein in Weiß: jetzt grau wie Asche, lila-grau, und sie greift an meine Schläfen, so daß ich plötzlich ihr Gesicht aus nächster Nähe sehe, ihre vollen weichen Lippen, jetzt violett wie reife Pflaumen, und plötzlich ist es Abend geworden, Dämmerung, Zwielicht, Sonnenfinsternis. Dabei ist es Vormittag, ich höre es; so tönen die Stimmen nur am hellichten Vormittag. Ich sehe jetzt die Sonne wie in fernen Bubenzeiten, wenn man sie durch eine verrußte Glasscherbe beobachtet hat: matt, viel kleiner als vermutet, ohne Strahlenkranz, gelblich bis grau-weiß, Farbe von unreifen Aprikosen oder so, aber metallig. Die Brille, sage ich, halte vortrefflich. Sie prüft nochmals, so daß ich nochmals ihre Pflaumenlippen sehe. Zum Küssen nahe. Ich werde nie wieder küssen, denke ich; der Stoff, aus dem Lippen gemacht sind, ist zu fremd. Ich rieche ihr Parfum und sehe ihr nahes Haar, grün-schwarz-blau wie Hahnenfedern, und ihre Herbstzeitlosenhaut. Mich selbst im Spiegel zu sehen zögere ich, nehme die Brille ab; keine Spur von Dämmerung, es ist Vormittag, draußen die Straße, Leute, das bunte Blech der Autos, Sonne, Schaufenster, die Straße in der Sonne, alles wie gewohnt, das Fraumünster im Elfuhrgeläute mit Möwen. Zum Glück kommt ein nächster Kunde; als das Fräulein in Weiß sich für eine Weile entschuldigt, um zu bedienen, setze ich nochmals die Brille auf. Ich sehe meine Hand, mein Fleisch wie Marzipan, das nicht zur Zeit gegessen worden ist, mürbe und grau. Im Spiegel, ja, ich sehe gerade noch, daß es keine Tür ins Freie ist, sondern ein Spiegel, sehe ich einen Mann von meiner Gestalt, ohne zu wissen, ob der Mann im Spiegel, dessen Augen nicht zu sehen sind, mich gleichfalls erkennt. Als ich näher trete, um seine Augen zu sehen, kommt der Andere auf mich zu wie ein Blinder, der nicht ausweicht, so, als wolle er durch mich hindurchgehen – schon habe ich die Brille aus dem Gesicht genommen. Bitte! sage ich und zahle...

Der Anfang wäre gemacht.

Wie weiter?

Natürlich brauche ich auch einen Stock –

Ich stelle mir vor:

Gantenbeins erster Ausgang, den er nicht ohne Herzklopfen antritt, führt nicht weit; schon der erste Zeitgenosse, dem Gantenbein, ausgestattet mit der dunklen Brille und mit einem schwarzen Stöcklein, das er nach Blindenart hin und wieder am Randstein klöppeln läßt, auf schnurgerade Weise nicht aus dem Weg geht, verdutzt ihn mit der groben Frage, ob er denn keine Augen im Kopf habe, und Gantenbein, statt froh zu sein über diese erste Bestätigung, steht sprachlos vor Ärger über den Flegel, nicht ohne sich nach dem Flegel umzuschauen. Ein Blinder, der sich umschaut! der erste Schnitzer. Sein Vorsatz, ohne Ansehen der Person niemand aus dem Weg zu gehen, mag richtig sein; aber er ist zu forsch gegangen. Zu vorsätzlich. Im Anfang übertreibt man immer. Eine Weile bleibt Gantenbein stehen; er muß lockerer werden, bevor er weitergeht mit dem klöppelnden Stock am Randstein. Natürlich hat er eine Gegend gewählt, die er kennt. Kreuzplatz, Zeltweg, Heimplatz, das war einmal sein täglicher Schulweg, das kennt er auswendig. Auf der Hohen Promenade, allein in der Allee, nimmt er seine Brille ab: Zürich ist eine blaue Stadt, nur meine Brille macht sie aschgrau, so daß man Angst bekommt, aschgrau mit einem Stich ins Lila. Ein Gefühl von Abschied, als er die Brille wieder aufsetzt, ist nicht zu vermeiden. Also weiter. Auch die Wahl der Tageszeit mag richtig sein, Mittagspause, wenn die Leute nicht beobachten, sondern zum Essen wollen. Als später, beim Helmhaus, dennoch ein Herr sich seiner annimmt, indem er ihn über die Straße führt, kommt er sich wie ein Schwindler vor; daran wird Gantenbein sich gewöhnen müssen. Storchengasse, Weinplatz, Rennweg, langsam geht es schon besser; das Klöppeln mit dem Stock darf auch nicht übertrieben werden, ein Hinundwieder genügt, denke ich. Wichtig vor allem: daß man sich, was immer man gerade sieht, innerlich aller Urteile enthält. Warum wirken Blinde nicht traurig, sondern versöhnlich? Nach und nach, so denke ich, beginnt Gantenbein es zu genießen, bis hinter ihm – seine Brille gestattet kein Rot – plötzlich gestoppte Reifen quietschen, genau hinter ihm. Vor Schreck, ohne im mindesten angefahren worden zu sein, hat er seinen Stock verloren; er liegt, Gantenbein sieht es sofort, zwischen den gestoppten Reifen auf dem Asphalt, und schon ist der zweite Schnitzer geschehen: der Blinde hat nicht warten können, sondern sich gebückt, um seinen Stock selber aufzunehmen. Hat er sich schon verraten? An Augenzeugen fehlt es nicht, das Quietschen der stoppenden Reifen hat viele zum Stehen gebracht, er sieht sie, Lemuren, einige kommen heran, blau vor Neugierde oder Vorwurf, während in einem violetten Sportwagen (Karmann) eine entsetzlich verfärbte Blondine sitzt, die den Kopf schüttelt, eine Undine mit grünlichem Haar, mit Pflaumenlippen auch die. Ob er eigentlich blind sei? Ihr Pelzmantel hat die Farbe von fauligem Tang. Ob er blind sei? – er sagt, er sei, ja, zum ersten Mal sagt er der Welt, er sei blind, jawohl, und sieht sich um, ob man ihm glaubt... Zum Glück war keine Polizei zur Stelle. Die Lemuren stritten untereinander, wem er sein Leben verdanke, und waren mit der erregten Karmann-Dame darin einig, daß er eine gelbe Armbinde zu tragen verpflichtet wäre. Daran hatte Gantenbein nicht gedacht. Er schwieg. Er vermißte seinen Hut, den er auf dem nahen Pflaster liegen sah, und abgesehen davon, daß er seinen Hut vermißte, schien ihm der Zwischenfall eigentlich erledigt zu sein, da weder sein linkes Wadenbein noch ihre blitzblanke Stoßstange einen sichtbaren Schaden aufwiesen. Warum gab ihm niemand seinen Hut? Die grünliche Undine, nach wie vor entsetzt über das Glück, das er gehabt hatte, wollte nicht weiterfahren ohne das Einverständnis aller, daß sie die Unschuld in Person sei, nicht ohne das Einverständnis auch einer Hausfrau, die aufsässig schwieg. Es ging jetzt nicht um Gantenbein, er sah's, sondern um die Frage, wieso eine solche Person überhaupt in einem solchen Wagen herumfuhr. Sie erbarmte ihn; plötzlich waren alle gegen sie. Ihre Augengruben erschienen braunschwarz wie das feuchte Herbstlaub vom Vorjahr, braun-schwarz bis schwarz-blau. Von der Hausfrau, die Gantenbein an seinem Arm genommen hatte, laut unterrichtet, daß es eine Kokotte sei, die ihn beinahe überfahren habe, eine Kokotte, jawohl, sagte er kein Wort. Ein Blinder richtet nicht. Ob er sich nicht verletzt habe, fragte die Hausfrau, als habe ihn die verfärbte Karmann-Dame nicht schon längst danach gefragt. Er war nicht nur unverletzt, sondern gewann plötzlich seine Geistesgegenwart wieder: Gantenbein erkundigte sich jetzt, was geschehen sei. Während man ihm schilderte, daß er ebensogut tot sein könnte, setzte er sich seinen Hut, nachdem er ihn eben vor allen Augenzeugen eigenhändig

vom Pflaster genommen hatte, auf den Kopf. An seiner Blindnis, er sah's, wurde nicht gezweifelt. Der Vorwurf der Lemuren, die ihren Abgang in den langweiligen Alltag noch nicht finden konnten, richtete sich jetzt gegen den heutigen Verkehr schlechthin. Schon einmal sei hier einer überfahren worden. Man war allgemein erbittert. Da es sich nicht schickte, daß Gantenbein zuerst seines Weges ging, hatte er seinen Hut nochmals vom Kopf genommen, um den Straßenstaub abzuwischen, während die Hausfrau gegenüber der Kokotte immer unfeiner wurde. Schließlich setzte Gantenbein seinen Hut, sauber wie er nun war, abermals auf den Kopf, es war Zeit; er wollte nicht warten, bis die Polizei kam, um Ausweise zu verlangen, Führerschein, womöglich sogar einen Blindenschein, und sagte der Karmann-Dame, ihr und niemand sonst verdanke er sein Leben. Ihre lila Handschuhhand an der sportlichen Schaltung, während sie den billigen Motor wieder anspringen ließ, fragte sie dankbar, wohin er denn wolle. Nachhaus! sagte er. Wo wohnen Sie? fragte sie. Hinten wurde neuerdings gehupt, und da Gantenbein auch noch eine Straßenbahn sah, die ihretwegen nicht vorwärtskam, setzte er sich jetzt kurzentschlossen in ihren Wagen, angekläfft von einem Hundchen, das er wirklich nicht gesehen hatte. Ein Pudel mit Bürstenschnitt. Sie schaltete nervös, ein Ruck, dann fuhr man –
Und jetzt: wovon reden?
Warum er denn seine gelbe Armbinde nicht trage, fragte sie nicht vorwurfsvoll, sondern mütterlich. Um den Blinden zu spielen, fragte er zurück, ob ihr Hundchen, das er beinahe zerquetscht hätte, ein Fox-Terrier sei. Das war dilettantisch, anfängerhaft. Er verstummte gänzlich. Es sei grad ein gräßlicher Verkehr, meldete sie, um ihr ruckiges Fahren zu entschuldigen. Man fuhr stadtwärts, er sah: der See glitzernd wie unter Mondschein, Nachthelle mit schwarzen Stämmen und Ästen, das Laub daran wie Bronze, niemand trägt ein weißes Hemd, die bekannten Flaggen auf der Brücke wehen buntfremd, Farben einer Nation, die es nicht gibt, daher so lustig. Nur die bekannte Silhouette mit den Türmen blieb die bekannte Silhouette. Er war glücklich, daß niemand ein weißes Hemd trägt, erleichtert, vergnügt, wohin er schaute. Möwen sind lila. Auch die Helme der Polizei sind lila. Er war entzückt. Ob sie denn mit dem Karmann zufrieden sei, fragte er. Woher weiß ein Blinder, daß sie einen Karmann fährt? Aber auch das ging, und er staunte. Um seine Blindnis

zu bezeugen, genügte es vollauf, daß er ab und zu die Asche seiner Zigarette neben den Aschenbecher klopfte, und Mühe machte nur, daß man nicht über Filme reden konnte. Filme sind das Verbindende. Auch sie, schien es, wußte nicht so recht, worüber man mit einem Blinden reden kann, und die Versuchung, daß man infolgedessen über Intimes redete, war groß. Ob er verheiratet sei? Da er mit Schrecken sah, wie sie die weißlila Sicherheitslinie überfuhr, konnte er nicht antworten, und nachher war nicht nur die Straßenbahn, sondern auch die Frage überholt; er atmete erleichtert. O ja, sagte sie, sie sei mit dem Karmann zufrieden. Manchmal blickte sie ihn von der Seite an, neugierig, wem sie das Leben gerettet habe. Hoffentlich sei es kein Umweg für sie, sagte er; seine Adresse, eine falsche natürlich, hatte er nur ungefähr angegeben. Ihre lila Handschuhhände am Steuer, wartend, während wieder ein Rudel von bläulichen Lemuren über die Straße ging, fragte sie neuerdings, ob denn niemand da sei, der um ihn Sorge trage. Zum Glück ging's weiter, Grünlicht, sie mußte schalten. Er ahnte schon die täglichen Schwierigkeiten seiner Rolle, beispielsweise neben einer Frau zu sitzen, die steuert, und dabei kein Wort zu sagen, keine Seufzer zu atmen, keine männlichen Lehren zu erteilen, nicht einmal zu zucken, wenn er sieht, was sie übersieht, einen Lastwagen von rechts, und freundlich zu bleiben, wenn sie, ohne ihren Fehler zu merken, tatsächlich noch einmal vorbeikommt, freundlich, locker –

»Danke«, sagte er, »hier bin ich zuhaus.«

»Hier?« fragte sie und stoppte, zog die Handbremse an und sagte, »dann sind wir ja Nachbarn.«

Damit hatte Gantenbein nicht gerechnet.

»Ja«, meldete sie, »wir sind Nachbarn!«

Man saß jetzt im gestoppten Wagen, und sie stellte auch schon den Motor ab, während Gantenbein, bar jeder Geistesgegenwart, sitzen blieb. Wie weiter? Daß ein Blinder aus dem fahrenden Wagen heraus, also ohne sein Stöcklein am Randstein, sagen kann, hier sei er zuhaus, verwunderte sie nicht. Offenbar glaubte sie an seinen sechsten Sinn, offensichtlich erfreut, einen Nachbarn zu haben, der das Ein und Aus ihrer Herren nie gesehen haben konnte, und der Gedanke, als Dame zu erscheinen vor seinen Augen, beflügelte sie. Ob sie ihm einen Kaffee machen solle? Cognac wäre ihm jetzt lieber gewesen. Oder einen Tee?

Er wagte es kaum abzuschlagen, er mußte sie als Dame behandeln, um seine Rolle als Blinder zu retten, und als sie in aller Unschuld fragte, wie er denn heiße, kam er nicht umhin, sich vorzustellen.

»Gantenbein?« fragte sie: »Sind Sie verwandt –«

»Nein«, sagte er.

»Nein«, sagte sie, »so ein Zufall!«

Das sagte sie noch mehrere Male, während sie in ihrer Krokodil-Tasche kramte, um auch ihren Namen zu geben, ein Kärtlein mit Büttenrand, das er sehr wohl lesen konnte; dennoch las sie vor: CAMILLA HUBER. Was darunter steht, verschwieg sie: Manicure. Das galt nicht für Blinde. Ebensowenig der Vermerk: Nur nach telefonischer Vereinbarung. Er wiederholte bloß das Gehörte: CAMILLA HUBER. Das genügte. Er steckte das Kärtlein in die Tasche, während sie fragte, wo, genau, er denn wohne, ihr Nachbar.

»Dort«, sagte er, »in dem blauen Haus.«

Sie sah aber kein blaues Haus.

»Hm«, sagte er, »wo sind wir denn?«

Er mußte jetzt weiterlügen.

»Ist das denn nicht die Feldeggstraße?« fragte er.

»Freilich.«

Es war aber nicht das untere, sondern das obere Ende der Feldeggstraße, die ziemlich lang ist, und von Nachbarschaft konnte also nicht die Rede sein; das Pelzmantelmädchen war enttäuscht, er sah es, und besorgt obendrein, da auf seinen sechsten Sinn doch kein Verlaß ist; sie ließ es sich nicht nehmen, nein, unter diesen Umständen schon gar nicht, ließ den Motor wieder anspringen, um Gantenbein bis vors Haus zu fahren, sofern er ihre Einladung zu einem Kaffee nicht annahm, sie könnte es nicht verantworten, sie hätte keine Ruhe usw.

Er nimmt ihre Einladung an.

Im Lift, während sie wissen will, ob er sich öfters in der Stadt verirre, schließt er die Augen, um sich auf seinen ersten Besuch als Blinder vorzubereiten, um beim Austritt aus dem Lift auf eine glaubhafte Weise (nicht zuviel) zu stolpern. Camilla ist rührend; alles wird ihm abgenommen, kaum ist man in der Wohnung, Mantel und Hut und Stock. Auch Camilla weiß nicht, ob er das schwarze Stöcklein in der Wohnung braucht oder nicht; er ist der erste blinde Besucher hier. Er braucht es, scheint ihm, unbedingt, damit es ihn an seine Rolle erinnere.

»Setzen Sie sich!«

Sie vergißt, daß er keine Sessel sieht.

»Schön«, sagt er, »schön haben Sie's hier!«

»Nicht wahr?« sagt sie, ohne seinen Schnitzer zu bemerken, und fügt hinzu: »Wenn Sie erst meine Aussicht sehen könnten! Man sieht den ganzen See.«

Camilla übertreibt.

»Sieht man die Berge?« fragt er.

Nachdem Camilla, immer noch in ihrem tangigen Pelzmantel, insgeheim ein Fenster geöffnet hat, um ihn mit frischer Luft zu empfangen, erkundigt sie sich nochmals, ob er sich wirklich nicht verletzt habe. Er sieht zu, wie sie lautlos eine Decke über die Couch zieht, lautlos zwei Cognac-Gläser sowie einen Büstenhalter entfernt, als zweifle sie doch an der Blindnis ihres Gastes, und es bleibt, da sie es offenbar übersieht, nur das welke Häuflein zweier Strümpfe, das er gelegentlich, als Camilla ihm gerade den Rücken kehrt, mit dem Fuß unter die Couch schiebt. Er steht nicht anders als sonst zum ersten Mal in einer fremden Wohnung: etwas verlegen, beflissen sich nicht umzusehen, dennoch hat er einen ersten Eindruck, den er durch sofortiges Geplauder zu verhehlen sucht. Er plaudert über Mietzinse und Teuerung, während Camilla jetzt die Aschenbecher von der Nacht leert, einverstanden mit allem, was er vorbringt. Dann sieht sie sich um. Es ist jetzt, zumal auch das welke Häuflein ihrer Strümpfe verschwunden ist, eine Wohnung, die sich sehen lassen kann, die Wohnung einer selbständigen Frau. Dann sagt er etwas von Umständen, die sie nicht machen solle, aber vergeblich; Camilla ist schon in die Küche gegangen, um Wasser aufzusetzen –

Gantenbein allein.

Später einmal, sicherer geworden durch Erfahrung als Blinder, wird Gantenbein sich in jede Gesellschaft wagen; er wird in einer Villa stehen, die dunkle Blindenbrille im Gesicht, und wird mit einem schweizerischen Oberst plaudern, den er mit einem bekannten Schieber verwechselt. Man kann's einem Blinden nicht verargen. Er kann nicht unterscheiden zwischen einem Rechtsanwalt und einem Unterschriftenfälscher, der ein Vetter jenes Schiebers ist. Immer wird Gantenbein sich eines Bessern belehren lassen, um zu beweisen, daß er blind ist. Man wird ihn zu Tisch führen, um ihn bei Tischgesprächen aufzuklären, was die

Herrschaften gesehen haben möchten, was hingegen nicht. Man wird ihm eine Welt vorstellen, wie sie in der Zeitung steht, und indem Gantenbein tut, als glaube er's, wird er Karriere machen. Mangel an Fähigkeiten braucht ihn nicht zu bekümmern; was die Welt braucht, sind Leute wie Gantenbein, die nie sagen, was sie sehen, und seine Vorgesetzten werden ihn schätzen; die wirtschaftlichen Folgen solcher Schätzung werden nicht ausbleiben. Seine Anschauungen zu widerrufen oder auch nur zu ändern, bloß weil er Dinge sieht, die seine Anschauungen widerlegen, wird Gantenbein sich hüten, um nicht aus seiner Rolle zu fallen. Er wird eine politische Karriere machen, nicht eine effektive, aber eine ehrenvolle; er wird überall dabei sein, gestützt auf sein schwarzes Stöcklein, um nicht zu stolpern, und da es einmal ausgemacht ist, daß Gantenbein nicht sieht, was gespielt wird vor seinen Augen, wird man überall gern seine Meinung vernehmen. Ab und zu, mag sein, kann es peinlich werden, etwa wenn er einem Herrn begegnet, der sich als Monsignore vorstellt, und wenn Gantenbein blindlings fragt, wer denn das gewesen sei, der vorhin von Saujuden gesprochen habe; es ist der Monsignore selbst gewesen. Dazu wird man Kaviar essen. Er wird einem Herrn begegnen, der eben über die Freiheit der Kultur gesprochen hat, und fragen, ob ein andrer Herr, der unter Hitler eine ebenso führende Rolle gespielt hat, ebenfalls im Saal sei, und nicht sehen, daß es derselbe Herr ist. Dazu wird man Zigarren rauchen usw... Der Besuch bei Camilla Huber, Manicure, ist nur eine erste Probe, und als sie mit zwei Täßlein zurückkommt, ist Gantenbein noch immer ein Anfänger.

»Wie heißt denn Ihr Hundchen?« fragt er.

»Teddy.«

»Ein Prachtskerl.«

»Nicht wahr?« sagt sie und fragt sich keinen Augenblick, wie Gantenbein das herausfinden kann.

Solange er lobt, kann auch ein Blinder über alles sprechen. Gantenbein kann sich die Gegenprobe nicht versagen.

»Sagen Sie einmal«, sagt er kurz darauf, »diese Miller-Sessel sind doch scheußlich. Finde ich. Ausgesprochen scheußlich.«

Sie schenkt gerade Kaffee ein.

»Woher wollen Sie das wissen?« sagt sie kurz, um ihn auf seine Unzuständigkeit zu verweisen, dann freundlich: »Nehmen Sie Zucker?«

Er nickt.

»Kuchen?«

Er zögert.

»Engadinertorte«, meldet sie, »aber leider schon angeschnitten«, fügt sie offenherzig hinzu, »aber ganz frisch.«

Obschon er Kuchen nicht mag, bittet er drum. Seine erste Mahlzeit als Blinder! Torte ist einfach; man tastet einfach so mit der blinden Gabel über das Tellerchen, bis man sie hat. (Schwieriger wird es sein mit Forellen, die ich gerne selbst zerlege; Gantenbein wird eine Nummer daraus machen müssen: ein Blinder, der seine Forellen selbst zerlegt, und zwar flinker als irgendein Kellner, sagenhaft, so daß die Leute am Tisch einfach staunen und den Blinden bitten, daß er auch ihre Forelle zerlege, entzückt über das Unglaubliche.)

»Ach Gott«, sagt sie, »die Löffelchen.«

Sie spielt die Ungeschickte.

»Es ist furchtbar«, lacht sie, »ich bin keine Hausfrau, wissen Sie –«

Das also scheint die Rolle zu sein, die Camilla spielen will: keine Hausfrau. Hofft sie, daß Gantenbein sie für eine Intellektuelle hält? Also jedenfalls keine Hausfrau; soviel steht fest. Eine Künstlerin? Gantenbein versteht: jedenfalls eine berufstätige Frau. Sonst würde sie nicht für jedes einzelne Löffelchen hin und her gehen, nach wie vor in ihrem tangigen Pelzmantel, fröhlich, als beginne ein neues Leben für sie. Das macht sie schöner, als sie ist, mindestens jünger. Sie genießt es, nicht gesehen zu werden, als sie sich auf die Couch setzt, ihre Beine emporgezogen unter die Schenkel, nachdem sie ganz leise, damit Gantenbein es nicht merke und mißdeute, ihre violetten Schuhe abgestreift und auf den Berber gestellt hat in Reichweite.

»Macht gar nichts!« sagt sie.

Was macht gar nichts?

»Teddy ist froh drum«, sagt sie.

Vermutlich ist ein Stück seiner Torte auf den Teppich gefallen, aber da es nicht ein absichtlicher Kniff gewesen ist, überzeugt es. Nur darf Gantenbein jetzt nicht begreifen, nur jetzt nicht Dankschön sagen, als Camilla ein neues Stück von der gestrigen Engadinertorte auf sein Tellerchen schiebt. Er sticht mit der Gabel hinein, als wäre es das alte, das unterdessen der Hund frißt. Warum er, als Blinder, keinen Hund habe? Camilla kann sich

33

seinen Schreck vorstellen, wenn man plötzlich eine Stoßstange an der Wade fühlt. Als dann Gantenbein, um sich von seinem Schreck zu erholen, um einen Cognac bittet, sucht sie vergeblich die Flasche, die Gantenbein schon seit einer Weile sieht. Camilla sieht sie nicht. Er muß ihr helfen, indem er mit seinem Tellerchen, als möchte er es wegstellen, gegen die Cognac-Flasche stößt. Ohne das Gespräch (worüber eigentlich?) zu unterbrechen, geht Camilla in die Küche, um eines der beiden Cognac-Gläser zu waschen, während Gantenbein, als Cognac-Kenner, es nicht lassen kann, die fragliche Flasche zur Hand zu nehmen, um die Etikette zu lesen. Wie sie lautlos zurückkommt, Camilla in ihrem Pelzmantel nach wie vor, aber ohne Schuhe, wie gesagt, daher lautlos, findet sich Gantenbein nicht bloß mit der Cognac-Flasche in der linken Hand, sondern in der rechten Hand hält er auch noch seine dunkle Blindenbrille. Um besser lesen zu können. Auffälliger hätte er nicht aus seiner Rolle fallen können, aber Camilla entschuldigt sich bloß, keine andere Cognac-Marke im Haus zu haben, und nur der Schreck, jetzt aber endgültig ertappt zu sein, rettet ihn offenbar vor der Geste, die Camilla stutzig machen würde: sofort seine Blindenbrille wieder aufzusetzen. Er unterläßt es. Vor Schreck. Und als er sie später, nachdem er bereits Cognac getrunken hat, um sich von seinem Schreck zu erholen, wieder aufs Gesicht schiebt, ist es durchaus glaubwürdig, eine Geste der Gewohnheit, unwillkürlich beiläufig unauffällig, das Gespräch in keiner Weise störend. Also man spricht über den jüngsten Weltraumflug, somit über Zukunft und Menschheit, also über Dinge, die niemand zu sehen vermag. Ihr Pelzmantel übrigens, ohne Brille gesehen, ist bernsteingelb, ihr Haar natürlich nicht grünlich-bläulich, sondern blond, ein schlichtes Wasserstoffblond. Und ihre Lippen sind nicht pflaumenblau; Gantenbein hat sich bereits daran gewöhnt und findet die wirkliche Farbe ihres Lippenstifs, ohne Brille gesehen, ebenso unnatürlich. Dennoch hat es sich gelohnt, eine Weile lang die Brille abzunehmen. Gantenbein weiß jetzt, ihre Wohnung ist nicht violett, sondern durchaus geschmackvoll, gewöhnlich-geschmackvoll; es könnte auch die Wohnung einer Akademikerin sein, in der Tat, oder einer Grafikerin oder so. Nur fehlen die Bücher. Ob er eine Platte hören möchte? Das ist ihm zu gemütlich, so daß er sich erkundigt, wie spät es denn sei. Camilla sagt: Kurz nach eins. Seine Uhr zeigt zehn Minuten vor zwei. Sie möchte ihn halten, scheint es, sie genießt es, nicht gesehen zu werden. Sie genießt ihre Rolle. Als Gantenbein seinen zweiten Cognac leert, schlägt es zwei Uhr. Offensichtlich arbeitet sie nicht in einem Büro. Eine Dame? Durchaus nicht. Sie scheint stolz zu sein auf ein Vokabular, das den Verdacht auf bürgerliche Dame ausschließt, ein unverblümtes Vokabular, und während sie wieder ihren Fuß unter den Schenkel zieht, ist Gantenbein nachgerade gespannt, wie Camilla Huber gesehen sein möchte. Etwas jünger, als sie ist; das jedenfalls. Auch wenn man so jung sei wie sie, sagt sie mehrmals. Gantenbein schließt die Augen, um ihren Wünschen besser folgen zu können. Einmal ist Camilla verheiratet gewesen. Einmal und nie wieder. Sie meinen immer, daß sie sich alles erlauben können mit ihrem Geld, die Männer. Eine berufstätige Frau habe dieselben Rechte wie der Mann, findet Camilla. Haushälterin eines Mannes zu sein, nur weil man ihn liebt, das findet sie das letzte. Schlichterdings das letzte. Camilla verkauft sich nicht. Diese Zeiten sind vorbei. Natürlich hat sie manchmal einen Freund, jung wie sie ist, aber keine Vorurteile. Da können die Nachbarn denken, was sie wollen. Eine unabhängige Frau. Selbständig. Keine Dame, die sich überall einladen läßt. Weitab von der bürgerlichen Ehe, versteht sich. Ehe ist ja auch nur eine verkaufte Unabhängigkeit. Kommt nicht in Frage. Gantenbein versteht. Eine moderne Frau. Berufstätig, auch wenn Gantenbein sie nie an der Arbeit sehen wird, eine Frau, die auf ihren eignen Füßen steht und ihren eignen Wagen fährt, versteht sich, ihren selbstverdienten Wagen. Anders könnte Camilla sich ihr Leben gar nicht denken, eine selbständige und unabhängige Frau, eine Frau von heute, und es erübrigt sich, daß sie es nochmals und nochmals sagt; Gantenbein hat schon begriffen, welche Rolle sie vor ihm zu spielen gedenkt, und er wird ihr diese Rolle abnehmen, wenn Camilla ihm dafür die Rolle des Blinden läßt.

»Sicher«, sagt er, als er auf der Schwelle steht und nachdem sie ihm das schwarze Stöcklein gegeben hat, das er beinahe vergessen hätte, »sicher werden wir einander wiedersehen, da wir schon Nachbarn sind –«

Camilla nickt glücklich.

Ein Mann, ein Intellektueller, ist einundvierzig Jahre alt geworden ohne besondere Erfolge, ohne besondere Schwierigkeiten;
erst als ein besonderer Erfolg sich einstellt, erschrickt er über
die Rolle, die er offenbar gespielt hat bisher –

Hat er sie sich selbst geglaubt?

Es geschieht in einer kleinen freundlichen Gesellschaft, wo er
sich geschätzt weiß, und eigentlich geschieht nichts, überhaupt
nichts, ein Abend wie oft. Er weiß nicht, worüber er erschrickt.
Er redet sich ein, zuviel getrunken zu haben (zwei Glas! vielleicht
verträgt er nichts mehr) und hält zurück, hält, als der freundliche
Gastgeber mit der Flasche durch die Gespräche kreuzt, die rechte
Hand über sein leeres Glas wortlos, um keinerlei Aufsehen zu
verursachen, aber entschieden, sogar heftig, als ließe sich der
Schreck noch abwehren, und beflissen zugleich, die Miene eines
aufmerksamen Zuhörers zu wahren. Was denn mit ihm los sei,
fragt eine Dame, die lang nicht mehr am Gespräch hat teilnehmen
können. Auch der Gastgeber, eben erst von seiner Gattin gerügt
wegen der leeren Gläser, sorgt für Aufsehen. Was denn mit Enderlin los sei? Er weiß nur, daß er nichts zu sagen hat. Später
läßt er sich auch wieder sein Glas füllen, da es nicht der Alkohol
sein kann, im Gegenteil, ihm ist entsetzlich nüchtern. Leider ist
es erst elf Uhr, ein unauffälliges Verschwinden kaum möglich;
er trinkt. Gerade in diesen Tagen ist durch die Presse nicht bloß
der Vaterstadt, sondern auch des Auslandes (das macht immer
einen ganz anderen Eindruck, obschon es derselbe Tatbestand
bleibt) die dreizeilige Notiz gegangen, daß Enderlin einen Ruf
nach Harvard erhalten habe, und es ist ihm peinlich, als von
dieser Notiz gerade jetzt die Rede ist, vor allem als die Gastge-
berin, um Enderlin aufzumuntern, darauf anzustoßen die unwi-
derstehliche Laune hat. Vergeblich versucht er abzulenken; es
fällt Enderlin nichts ein, was ihn selbst ablenkt. Jemand im Dunst
hinter der Ständerlampe, eine Tochter, weiß nicht, was Harvard
ist; dadurch entsteht eine Verzögerung, indem der Gastgeber,
bevor man anstößt, erläutern muß, was Harvard ist, was ein Ruf
nach Harvard bedeutet. Also Prost! nicht feierlich, immerhin mit
soviel freundschaftlichem Ernst, daß eine Pause zurückbleibt,
eine Pause um Enderlin. Ein Ruf nach Harvard, nun ja, Enderlin
versucht eine Bagatelle draus zu machen, etwas verstimmt dennoch, daß man es ihm offenbar nicht mehr zugetraut hat. Der
Wein, Burgunder 1947, mundet ringsum, aber die Pause um En-

derlin bleibt. Schließlich (Enderlin muß irgend etwas sagen, um nicht wie ein Denkmal zu schweigen) sind auch schon Scharlatane nach Harvard gerufen worden, und überdies ist es nicht der erste Ruf, den Enderlin erhalten hat. Dies nebenbei. Um gerecht zu sein, muß er darauf hinweisen, daß auch kleinere Universitäten, beispielsweise Basel, ein berechtigtes Ansehen genießen. Oder Tübingen. Aber davon sollte und wollte Enderlin eigentlich nicht reden; er hat das auch nur unter vier Augen erwähnt, während die Gesellschaft sich gerade um den Pudel kümmert, der jetzt ins Zimmer getrudelt kommt, um seine bekannten Kapriolen zu zeigen. Ein Prachtstierchen! Enderlin findet es auch, froh, daß alle Aufmerksamkeit wenigstens vorläufig auf dieses Pudelchen übergeht. Wann er nun nach Harvard gehe, fragt eine Dame, und nachdem auch das gesagt ist, leider so leise, daß die andern jenseits des Lampenschirms nochmals dieselbe Frage stellen, und nachdem Enderlin nochmals hat antworten müssen, und zwar laut genug, damit alle hören, wann Enderlin vermutlich nach Harvard geht, ist natürlich Enderlin neuerdings im Mittelpunkt, Pudelchen hin oder her. Jetzt etwas Heiteres zu erzählen, eine Anekdote, die ins Gesellige überleitet, scheint ihm unerläßlich. Sie fällt ihm aber nicht ein. Man wartet nicht allzu gespannt, immerhin willig. Was erzählt schon ein Mann angesichts seiner Karriere? Fast alle erfolgreichen Männer wollen einmal von der Schule gejagt worden sein, man kennt das, aber man hört es immer wieder gern. Aber Enderlin weiß nichts, hat das Wort, weiß nur, daß er nichts zu sagen hat. Der Gastgeber bietet unterdessen Zigarren an, während seine Gattin es an der Zeit findet, das lustige Pudeltier wieder hinauszutreiben, da es sich für den Mittelpunkt der verstummten Gesellschaft hält. Und noch immer ist es nicht Mitternacht...

»Hermes ist eingetreten.«

Das ist alles, was Enderlin jetzt zu sagen wüßte, ein antikes Sprichwort, das genau die Verlegenheit dieses Augenblicks bezeichnet. Aber das geht nicht; Hermes ist das Thema einer Arbeit, die ihm den Ruf nach Harvard eingetragen hat... Schließlich ist es der Gastgeber, der sich für die Flaute verantwortlich fühlt und die Gesellschaft, da sie sich plötzlich nicht mehr selbst unterhält, zu unterhalten versucht, ja, mit Anekdoten, die aber daneben fallen; man wartet auf Enderlin. Er kann's nicht ändern, und je länger er schweigt, die linke Hand in der Hosentasche, das Glas in der andern Hand, eigentlich der einzige im Kreis, der dem Gastgeber zuhört, alle andern hören sozusagen nur durch seine Person, man lacht, wenn Enderlin lacht, Enderlin ist der Mittelpunkt, je länger er schweigt; es hilft nichts, daß der Gastgeber übrigens ein glänzender Erzähler ist: die Pause, als der Gastgeber nochmals in den Keller gegangen ist, beginnt harmlos; man wechselt die Verschränkung der Beine, klopft Asche ab, jemand öffnet ein Fenster, was alle begrüßen, aber die Pause wächst, jemand bietet Gebäck herum, man raucht, eine Pendeluhr schlägt zwölf, und als der Gastgeber mit neuen Flaschen zurückkehrt, meint er, eine Darbietung von Enderlin verpaßt zu haben, schaut und fragt, wovon die Rede sei, und entkorkt –

Langsam beginnt man zu plaudern.

Nur für Enderlin, der sich gelegentlich verabschiedet, ist etwas geschehen, übrigens nicht zum ersten und wahrscheinlich nicht zum letzten Mal. Bis eine Einsicht draus entsteht, braucht es viele kleine Schrecken. Allein in seinem Wagen, als er den Schlüssel einsteckt etwas zögernd, dann erleichtert, daß wenigstens der Motor funktioniert, denkt er nicht mehr daran. Ein belangloser Abend...

Es war eine lange und öde Stunde – so stelle ich mir vor – eine aufregende Stunde, als Gantenbein, die blaue Brille im Gesicht und das Stöcklein zwischen den Knien, im Vorzimmer des städtischen Gesundheitsamtes wartete. Auch ein Blinder, hatte er einsehen müssen, ist ein Glied der Gesellschaft. Ohne die gelbe Armbinde bliebe er rechtlos. Blick auf das Gemälde eines einheimischen Malers, das hier seinen öffentlichen Ankauf abzubüßen hat, saß er mutterseelenallein in diesem kahlen Vorzimmer, möglicherweise der Erste, der dieses Gemälde sieht. Was hingegen nicht ging: die Zeitung zu lesen, die er in der Manteltasche hatte. Jeden Augenblick konnte jemand eintreten. Ein altes Weiblein, winzig, ein Gnom, ihre rumpfligen Schuhe und ihr welker Hut waren schon viel zu groß für sie, ebenso ihr falsches Gebiß, eine Stadtbürgerin, die um einen Platz in einem der schönen und zu Recht in allen Zeitungen gelobten Altersheime der Stadt Zürich kämpft, war vor ihm an die Reihe gekommen, und

Gantenbein hatte versprochen, ihr den Daumen zu halten, was er auf natürliche Weise vergaß, sowie er allein saß mit dem Elfuhrgeläute, besorgt um seine eigne Zukunft, während sie jetzt vor der wohlmeinenden Ohnmacht des Stadtarztes saß, die Winzige mit dem großen Gebiß und mit Haaren auf der Lippe; es dauerte schon zehn Minuten. Das Elfuhrgeläute, Zürichs heiterste Einrichtung, wäre bei offnem Fenster noch schöner gewesen, rauschender, doch wagte Gantenbein nicht aufzustehen und das Fenster zu öffnen. Die Brille im Gesicht und das schwarze Stöcklein zwischen den Knien, wie es sich gehört, wenn man eine gelbe Armbinde will, saß er geduldig. Man mußte Belege einbringen, Zeugnisse von mindestens zwei Fachärzten. Die Lauferei (immer mit dem klöppelnden Stock am Randstein!) und die Schwätzerei, bis zwei einheimische Ärzte sich hatten täuschen lassen, ohne dafür eine besondere Rechnung zu stellen, hatten Gantenbein fast einen Monat gekostet, von den Nerven zu schweigen. Jetzt hatte er sie aber in der Tasche, die Zeugnisse, und brauchte nur noch den Stempel des Amtes, das aber, wie es heißt, ein verständnisvolles sein soll, obschon es Gantenbein warten ließ, als habe ein Blinder nichts mehr zu versäumen in dieser Welt... Ob es nicht vorteilhafter wäre, fragt sich Gantenbein noch manchmal, taub zu sein, statt blind; aber jetzt ist es zu spät dafür... Das Elfuhrgeläute ist verstummt; jetzt hört man dafür das Tippen einer Schreibmaschine nebenan, wahrscheinlich um das alte Weiblein zu trösten, indem es einmal mehr sämtliche Angaben machen darf, Geburtsdatum, Vorname des Vaters, dessen Grab schon ausgehoben worden ist, und Mädchenname der Mutter, letzter Wohnsitz, Krankheiten, Adresse eines noch lebenden Sohnes in Übersee, der die Versicherung entlasten könnte. Jedenfalls wird getippt. Nicht ohne Herzklopfen überlegt Gantenbein jetzt schon seine Antworten für diese Schreibmaschine nebenan. Gewissensbisse? Manchmal schließt Gantenbein die Augen: um sich in seine Rolle einzufühlen. Was ihm dann, oft schon nach wenigen Atemzügen, die Augen jedesmal wieder öffnet, ist nicht die Neugierde auf Sichtbares, nicht in erster Linie; man weiß, wie das Vorzimmer in einem Amtshaus etwa aussehen kann. Vielleicht ist das schon ein Alterszeichen, daß alles, was die Augen sehen können, wie ein Vorzimmer erscheint. Trotzdem öffnet man die Augen immer wieder. Die Netzhaut ist ein Schutz vor der Ahnung, die fast jedes Geräusch in uns auslöst, und vor der Zeit; man sieht, was die Uhr drüben am Sankt Peter zeigt, und die Uhren zeigen immer jetzt. Ein Schutz vor der Erinnerung und ihren Schlünden, Gantenbein ist froh, daß er nicht wirklich blind ist. Übrigens hat er sich schon ziemlich an die Verfärbung gewöhnt, die seine blaue Brille verursacht: die Milchglassonne über Fassaden aus Asche; das Laub wie Bronze; Wolken, die fälschlich mit einem tintenhaften Gewitter drohen. Seltsam und so, daß Gantenbein sich nicht daran gewöhnen kann, bleibt die Herbstzeitlosenhaut der Frauen.

Einmal, als Gantenbein gerade auf seine Uhr blickt, geht ein Beamter durchs Vorzimmer, ein schwarzes Dossier (nur Schwarz bleibt Schwarz) in der bläulichen Hand, wortlos und ohne Nikken, vielleicht weiß er schon, daß es sich um einen Blinden handelt, jedenfalls wird nicht genickt, auch von Gantenbein nicht, und dann sitzt Gantenbein wieder allein, das Stöcklein zwischen den Knien, und hat Zeit, um sich nochmals sein Unterfangen zu überlegen: Vorteile, Nachteile –

Er bleibt dabei.

Langsam gefaßt darauf, daß er jetzt nicht mehr an die Reihe kommt, die städtischen Ämter schließen ein Viertel vor zwölf, soviel er weiß, zwecks Entlastung des Stoßverkehrs, also gefaßt darauf, daß er auf zwei Uhr nachmittags bestellt wird, stopft er sich eine Pfeife, nicht anders als je, eine Verrichtung, die man, ohne hinzublicken, den Fingern überlassen kann, blindlings… Die Vorteile überwiegen… Bloß beim Anzünden, jetzt, blickt er auf das zuckende Flämmlein, obschon seine Zunge schon weiß, der Tabak brennt. Der Nachteil, der ihn am meisten ängstigt: die Verinnerlichung, der seine Blindenrolle ihn aussetzt. Jetzt raucht's. Gantenbein ist immer wieder erleichtert, daß er nicht wirklich blind ist; die Pfeife würde anders schmecken, wenn man den Rauch nicht sähe, bitter, betäubend wie eine Tablette oder eine Einspritzung, aber unlustig. Die kleine Begegnung mit Camilla Huber neulich bestärkt ihn in seiner Hoffnung, die Menschen etwas freier zu machen, frei von der Angst, daß man ihre Lügen sehe. Vor allem aber, so hofft Gantenbein, werden die Leute sich vor einem Blinden wenig tarnen, so daß man sie besser kennenlernt, und es entsteht ein wirklicheres Verhältnis, indem man auch ihre Lügen gelten läßt, ein vertrauensvolleres Verhältnis –

Endlich läßt der Amtsarzt bitten.

Gantenbein Theo, geboren da und damals, alles Genaue steht in den Zeugnissen, die der Amtsarzt, nachdem er sich selber gesetzt hat, ohne Neugierde besichtigt, nicht flüchtig, aber flink, da es bald Viertel vor zwölf ist. Sie scheinen in Ordnung zu sein, die Zeugnisse, nach der stummen Teilnahmslosigkeit des Amtsarztes zu schließen. Der amtliche Blindenausweis, ein doppelseitiges Formular, wird von der Sekretärin bereits in die Schreibmaschine gespannt; Gantenbein braucht Punkt für Punkt immer nur die Wahrheit zu sagen, was insofern nicht immer leicht ist, als jedes Formular, wie man weiß, einen Grundfall voraussetzt, den es nie gibt. Beispielsweise hat Gantenbein keinen Arbeitgeber. Vermögen? Eine verfassungswidrige Frage; sie verletzt das schweizerische Bankgeheimnis, dem dieses Land soviel verdankt, aber Gantenbein, um keine Schwierigkeiten zu machen, nennt eine Summe, so daß der besorgte Staat sich erleichtert fühlt, und das Fräulein tippt. Spritzerweise. Ihre gespannte Sorge ist nicht, ob Ja oder Nein, sondern daß sie sich nicht vertippt. Nur das. Dazu das Gesicht des Stadtarztes, Gantenbein sieht es: der Stadtarzt mißtraut seiner Sekretärin, nicht dem Blinden. Das ist günstig, und es braucht jetzt nur noch der Fall einzutreten, daß die Sekretärin etwas radieren muß; der Stadtarzt, so wie er aussieht, wird sie nicht anbrüllen, sondern sie nur strafen, indem er mit dem Blinden freundlicher ist als mit ihr. Zur Unterschrift bereit, sobald die gelbe Karte, der eigentliche Blindenausweis, endlich getippt sein wird, öffnet der Stadtarzt bereits seine Füllfeder. Es scheint in Ordnung zu gehen. Was Gantenbein nervös macht, sind meistens nur seine überflüssigen Vorstellungen; zum Beispiel, wenn er schwören müßte, schwören auf die Zeugnisse der Fachärzte. Nämlich es gäbe viele Hausierer, berichtet der Amtsarzt, die sich solche Blindenkarten erschwindeln, um die Hausfrauen zu rühren. Wieso sagt er das? Übrigens scheint das alte Weiblein ihm geholfen zu haben, indem sie sich auf die Ansichten des blinden Herrn draußen im Vorzimmer berufen hat; sein Erscheinen hier, spürt Gantenbein, ist dramaturgisch vorbereitet gewesen. Das ist leicht gesagt! sagt der freundliche Amtsarzt, die Ansichten von Gantenbein widerlegend: Aber wo soll man die alten Menschen alle unterbringen? Er gibt Zahlen, um dann zu fragen: Sehen Sie eine Lösung? Ein Anruf unterbricht, so daß Gantenbein sich besinnen kann, bis die Frage wiederkehrt: Sehen Sie eine Lösung? Gantenbein beschränkt sich auf zunehmendes Verständnis für die Schwierigkeiten, die ein solcher Amtsarzt täglich vor sich sieht. Die Blindnis solcher Ansichten, wie Gantenbein sie im Vorzimmer geäußert hat, um das alte Weiblein zu ermutigen, kommt ihm zustatten; sie macht auch seine andere Blindnis glaubhaft. Als der Amtsarzt, um seine Ungeduld gegenüber der Sekretärin in Rauch aufzulösen, wortlos nach Streichhölzern sucht, zückt Gantenbein höflich sein Feuerzeug. Darauf war der Amtsarzt nicht gefaßt. Jetzt radiert die Sekretärin. Darauf war der Amtsarzt gefaßt. Unser Geist kann nicht überall sein im gleichen Augenblick; er vergißt seine Zigarette sowie Gantenbein. Blick zur Sekretärin, beschäftigt mit Selbstbeherrschung, bis die Blindenkarte endlich kommt, stumm, während Gantenbein sein Feuerzeug verschwinden läßt. Jetzt unterzeichnet er. Die gelbe Armbinde werde zugestellt, sagt die Sekretärin, gegen Nachnahme. Wie immer wenn er von einer Behörde erreicht hat, was er braucht, ist Gantenbein voll Verständnis für die Behörde, worauf der Stadtarzt, seinerseits dankbar für Verständnis, vielleicht auch aus dem Bedürfnis heraus, seine Sekretärin zu widerlegen, die ihn für einen fürchterlichen Charakter hält, sich erhebt und Gantenbein persönlich zum Lift begleitet, nicht ohne die Hoffnung auszusprechen, daß Gantenbein trotz allem seinen Weg durchs Leben finden möge. Gantenbein versucht ihn zu beruhigen, Mitleid macht ihn verlegen, er versichert, daß er vor seiner Erblindung schon viel von dieser Welt gesehen habe: er sei nicht bloß in Griechenland und in Spanien gewesen, sogar in Marokko, was der Amtsarzt beispielsweise noch nie gesehen hat, in Paris natürlich, im Louvre, in Damaskus und in jungen Jahren einmal auf dem Matterhorn, o ja, allerdings bei Nebel. So entsteht, zumal der Lift auf sich warten läßt, ein angeregtes Gespräch über Reisen. Ein Amtsarzt kommt wenig zum Reisen, versteht sich, drei oder vier Wochen im Jahr. Gantenbein empfiehlt insbesondere Havanna. Im nächsten Jahr, sagt der Amtsarzt, möchte er auch einmal nach Spanien; Gantenbein verweist vor allem aufs Innere dieses Landes, Salamanca, Avila, Segovia, Cordoba. Schlimmer als in Spanien, versichert Gantenbein, seien die Straßen zur Zeit in der Türkei, ganz zu schweigen vom Irak – einmal ist der Lift schon da, aber er wird nicht betreten, so daß die Türe sich wieder schließt – Er habe genug gesehen, sagt Gantenbein. Nur in Rußland sei er nie gewesen, so wenig wie der Amtsarzt. Es kommt zum ersten politischen Gespräch, das Gantenbein als Blinder führt, und es geht leichter denn je: man läßt sich einfach durch Ansichten belehren... Zum zweiten Mal öffnet sich der Lift, und es bleibt keine Zeit mehr für die vielen Tips, die Gantenbein noch geben könnte. Wenn Spanien, dann die Höhlen von Altamira. Wenn Segovia, dann speisen bei »Candido«, Hemingway-Restaurant, gerade beim Aquädukt. Wenn Türkei, nicht versäumen die Moschee von Edirne. Wenn Jerusalem, dann an einem Freitag. – Gantenbein steht schon am Lift, als der Amtsarzt ihn nicht um seine Hand bittet, sondern um seinen Finger, was Gantenbein nicht sogleich versteht. Um seinen Zeigefinger: um seinen Zeigefinger auf den richtigen Knopf am inneren Lichtschalter zu legen, wo er drücken soll, sobald er das Schließen der Lifttüren, der äußeren, gehört habe. Noch einmal muß Gantenbein versichern, daß ihn unten jemand erwarte. Die Armbinde, sagt er Amtsarzt noch einmal, werde ihm zugeschickt...

So weit, so gut.

Allein im Lift, entspannt wie ein Schauspieler hinter der Kulisse, wo er sich ungesehen weiß, liest Gantenbein sofort die amtliche Karte. Er ist beglaubigt. Das gibt sofort ein ganz anderes Gefühl, ein anderes Auftreten – auch schon gegenüber dem Amtsarzt selbst, als Gantenbein nach fünf Minuten, Lift hinunter und Lift herauf, nochmals vor den Amtsarzt zu treten hat; nämlich Gantenbein hat seinen schwarzen Stock vergessen. Richtig! sagt der Amtsarzt, der sich umsieht, während er gerade seine Hände seift und spült, um zum Mittagessen zu gehen, und da die Sekretärin schon gegangen ist, nimmt Gantenbein, um den freundlichen Amtsarzt nicht zu bemühen, selbst seinen Stock von der Sessellehne, zu Tode erschrocken über seine Kopflosigkeit, womit er nicht nur sich selbst verraten hat, sondern auch zwei Fachärzte. Was jetzt? Aber der Amtsarzt, scheint es, findet nichts dabei, so sehr glaubt er an seine eigene Unterschrift; er nickt bloß, indem er jetzt seine gewaschenen Hände trocknet, seinerseits etwas verlegen, da er hemdärmelig ist, und eine Woche später, pünktlich wie von einer schweizerischen Behörde nicht anders zu erwarten, kommt die gelbe Armbinde, die viel erleichtert.

Schwierig bleibt es nur mit Frauen.

Natürlich geht Gantenbein, um die neue Armbinde zu erproben, nicht gerade in das Café, wo er vor der Erblindung immer gewesen ist, sondern in ein anderes, wo die Kellner ihn nicht kennen, entzückt, lauter neue Gesichter zu sehen, Frauen, wie er sie noch nie gesehen hat. Sein Entzücken läßt ihnen keine Ruhe, er sieht es. Gantenbein trinkt seinen Campari, das schwarze Stöcklein zwischen den Knien, die gelbe Armbinde am Arm; er legt seine Zigarette in die Zuckerdose und was der Kniffe mehr sind. Trauen sie seiner amtlichen Armbinde nicht? Er fühlt sich gemustert. Er versucht sich in allen Posen der männlichen Unbefangenheit, die ihn verraten, und sieht das Ergebnis: auch sie, die Dame am Nebentisch, versucht sich in Posen der Unbefangenheit, sei es, daß sie plötzlich ihre Nase pudert, ihre Lippen malt oder den Kopf wendet, als wolle sie nicht begafft werden, oder sei es, daß sie ihn plötzlich durch ein Lächeln geradezu auf die Probe stellt. Es wird schwierig sein. Frauen glauben nie ganz an seine Blindnis, Armbinde hin oder her, Frauen spüren es im Rücken, wenn sie gesehen werden.

Ich sitze in einer Bar, Nachmittag, daher allein mit dem Barmann, der mir sein Leben erzählt. Ein trefflicher Erzähler! Ich warte auf jemand. Während er die Gläser spült, sagt er: So war das! Ich trinke. Eine wahre Geschichte also. Ich glaub's! sage ich. Er trocknet die gespülten Gläser. Ja, sagt er noch einmal, so war das! Ich trinke und beneide ihn – nicht um seine russische Gefangenschaft, aber um sein zweifelloses Verhältnis zu seiner Geschichte...

»Hm«, sagt er, »wie das wieder regnet!«

Darauf gehe ich nicht ein, sondern trinke.

»Jede Geschichte ist eine Erfindung«, sage ich nach einer Weile, ohne deswegen an den Schrecknissen seiner russischen Gefangenschaft zu zweifeln, grundsätzlich: »jedes Ich, das sich ausspricht, ist eine Rolle –«.

»Herr Doktor«, sagt er, »noch einen Whisky?«

Herr Doktor!

»Unsere Gier nach Geschichten«, sage ich und merke, daß ich schon viel getrunken habe, es zeigt sich daran, daß ich meine Sätze nicht zu Ende spreche, sondern annehme, man habe mich schon verstanden kraft meiner Einsicht: » – vielleicht sind's zwei oder drei Erfahrungen, was einer hat«, sage ich, »zwei oder drei

Erfahrungen, wenn's hochkommt, das ist's, was einer hat, wenn er von sich erzählt, überhaupt wenn er erzählt: Erlebnismuster – aber keine Geschichte«, sage ich, »keine Geschichte.« Ich trinke, aber mein Glas ist leer. »Man kann sich selbst nicht sehen, das ist's, Geschichten gibt es nur von außen«, sage ich, »daher unsere Gier nach Geschichten!« Ich weiß nicht, ob der Barmann mir zuhört, nachdem er sechs Jahre im Ural gewesen ist, und nehme mir eine Zigarette, um unabhängig zu sein. »Haben Sie eine Geschichte«? frage ich, nachdem er mir eben erzählt hat, was er offenkundig für seine Geschichte hält, und sage: »Ich habe keine.« Ich rauche – ich beobachte ihn, wie er mein leeres Glas vom Zink nimmt, um es ins Spülwasser zu tauchen, und wie er ein anderes greift, ein frisches, ein trockenes, ich kann es nicht hindern, daß er mir einen nächsten Whisky herrichtet; gerade dadurch, daß ich es beobachte, kann ich's nicht verhindern... Ich denke an den Mann vom Kesch, eine Geschichte, die ich bis heute noch keinem Menschen erzählt habe, obschon sie mich immer wieder verfolgt, die Geschichte eines Mordes, den ich nicht begangen habe. Ich drehe mein Glas, indem ich frage:

»Sind Sie einmal auf dem Kesch gewesen?«

»Kesch«, fragte er, »was ist das?«

»Piz Kesch«, sage ich, »ein Berg.«

»Nein«, sagt er, »warum?«

Blödsinn! denke ich. Wieso soll er gerade der Mann sein, den ich 1942 am Kesch getroffen habe? Ich verstumme. Blödsinn. Ich trinke.

»Jeder Mensch erfindet sich früher oder später eine Geschichte, die er für sein Leben hält«, sage ich, »oder eine ganze Reihe von Geschichten«, sage ich, bin aber zu betrunken, um meinen eignen Gedanken wirklich folgen zu können, und das ärgert mich, so daß ich verstumme.

Ich warte auf jemand.

»Ich habe einen Mann gekannt«, sage ich, um von etwas andrem zu reden, »einen Milchmann, der ein schlimmes Ende nahm. Nämlich er kam ins Irrenhaus, obschon er sich nicht für Napoleon oder Einstein hielt, im Gegenteil, er hielt sich durchaus für einen Milchmann. Und er sah auch aus wie ein Milchmann. Nebenbei sammelte er Briefmarken, aber das war der einzige fanatische Zug an ihm; er war Hauptmann bei der Feuerwehr, weil er so verläßlich war. In jungen Jahren, glaube ich, war er Turner, jedenfalls ein gesunder und friedlicher Mann, Witwer, Abstinent, und niemand in unsrer Gemeinde hätte jemals vermutet, daß dieser Mann dereinst ins Irrenhaus eingeliefert werden müßte.« Ich rauche. »Er hieß Otto«, sage ich, »der Otto.« Ich rauche. »Das Ich, das dieser gute Mann sich erfunden hatte, blieb unbestritten sein Leben lang, zumal es ja von der Umwelt keine Opfer forderte, im Gegenteil«, sage ich, »er brachte Milch und Butter in jedes Haus. Einundzwanzig Jahre lang. Sogar sonntags. Wir Kinder, da er uns oft auf seinen Dreiräderwagen aufhocken ließ, liebten ihn.« Ich rauche. Ich erzähle: »Es war ein Abend im Frühling, ein Sonnabend, als der Otto, seine Pfeife rauchend wie all die Jahre, auf dem Balkon seines Reiheneigenheims stand, das zwar an der Dorfstraße gelegen war, jedoch mit so viel Gärtlein versehen, daß die Scherben niemand gefährden konnten. Nämlich aus Gründen, die ihm selbst verschlossen blieben, nahm der Otto plötzlich einen Blumentopf, Geranium, wenn ich nicht irre, und schmetterte denselben ziemlich senkrecht in das Gärtlein hinunter, was sofort nicht nur Scherben, sondern Aufsehen verursachte. Alle Nachbarn drehten sofort ihre Köpfe; sie standen auf ihren Balkonen, hemdärmlig wie er, um den Sonnabend zu genießen, oder in ihren Gärtlein, um die Beete zu begießen, und alle drehten sofort ihren Kopf. Dieses öffentliche Aufsehen, scheint es, verdroß unseren Milchmann dermaßen, daß er sämtliche Blumentöpfe, siebzehn an der Zahl, in das Gärtlein hinunterschmetterte, das ja schließlich, wie die Blumentöpfe selbst, sein schlichtes Eigentum war. Trotzdem holte man ihn. Seither galt der Otto als verrückt. Und er war es wohl auch«, sage ich, »man konnte nicht mehr reden mit ihm.« Ich rauche, während mein Barmann angemessen lächelt, aber unsicher, was ich denn damit sagen wolle. »Nun ja«, sage ich und zerquetsche meine Zigarette im Aschenbecher auf dem Zink, »sein Ich hatte sich verbraucht, das kann's geben, und ein anderes fiel ihm nicht ein. Es war entsetzlich.«

Ich weiß nicht, ob er mich versteht.

»Ja«, sage ich, »so war das.«

Ich nehme die nächste Zigarette.

Ich warte auf jemand –

Mein Barmann gibt Feuer.

»Ich habe einen Mann gekannt«, sage ich, »einen andern, der

nicht ins Irrenhaus kam«, sage ich, »obschon er ganz und gar in seiner Einbildung lebte.« Ich rauche. »Er bildete sich ein, ein Pechvogel zu sein, ein redlicher, aber von keinem Glück begünstigter Mann. Wir alle hatten Mitleid mit ihm. Kaum hatte er etwas erspart, kam die Abwertung. Und so ging's immer. Kein Ziegel fiel vom Dach, wenn er nicht vorbeiging. Die Erfindung, ein Pechvogel zu sein, ist eine der beliebtesten, denn sie ist bequem. Kein Monat verging für diesen Mann, ohne daß er Grund hatte zu klagen, keine Woche, kaum ein Tag. Wer ihn einigermaßen kannte, hatte Angst zu fragen: Wie geht's? Dabei klagte er nicht eigentlich, lächelte bloß über sein sagenhaftes Pech. Und in der Tat, es stieß ihm immer etwas zu, was den andern erspart bleibt. Einfach Pech, es war nicht zu leugnen, im großen wie im kleinen. Dabei trug er's tapfer«, sage ich und rauche, »– bis das Wunder geschah.« Ich rauche und warte, bis der Barmann, hauptsächlich mit seinen Gläsern beschäftigt, sich beiläufig nach der Art des Wunders erkundigt hat. »Es war ein Schlag für ihn«, sage ich, »ein richtiger Schlag, als dieser Mann das Große Los gewann. Es stand in der Zeitung, und so konnte er's nicht leugnen. Als ich ihn auf der Straße traf, war er bleich, fassungslos, er zweifelte nicht an seiner Erfindung, ein Pechvogel zu sein, sondern an der Lotterie, ja, an der Welt überhaupt. Es war nicht zum Lachen, man mußte ihn geradezu trösten. Vergeblich. Er konnte es nicht fassen, daß er kein Pechvogel sei, wollte es nicht fassen und war so verwirrt, daß er, als er von der Bank kam, tatsächlich seine Brieftasche verlor. Und ich glaube, es war ihm lieber so«, sage ich, »andernfalls hätte er sich ja ein anderes Ich erfinden müssen, der Gute, er könnte sich nicht mehr als Pechvogel sehen. Ein anderes Ich, das ist kostspieliger als der Verlust einer vollen Brieftasche, versteht sich, er müßte die ganze Geschichte seines Lebens aufgeben, alle Vorkommnisse noch einmal erleben, und zwar anders, da sie nicht mehr zu seinem Ich passen –«

Ich trinke.

»Kurz darauf betrog ihn auch noch seine Frau«, sage ich, »der Mann tat mir leid, er war wirklich ein Pechvogel.«

Ich rauche.

Draußen regnet's nach wie vor... Ich weiß nicht mehr, was ich eigentlich habe damit sagen wollen, und betrachte meinen Barmann: Vielleicht ist er's doch? denke ich, obschon er's bestreitet;

ich erinnere mich nicht mehr, wie er ausgesehen hat, mein Mann vom Kesch, vielleicht werde ich ihn drum nicht los, rauche, denke daran, schweige, rauche.

Das war 1942, ein Sonntag im April oder Mai, wir hatten Kantonnement in Samaden, Graubünden, ein wolkenloser Tag, ich hatte Urlaub übers Wochenende, fuhr aber nicht nachhaus, sondern wollte ohne Menschen sein und ging in die Berge. Eigentlich war's den Urlaubern strengstens verboten, allein in die Berge zu gehen, der Gefahren wegen; aber ich ging also trotzdem, und zwar auf den Piz Kesch. Übernachtet hatte ich in einem Heustadel, wo es hundekalt war, kein Heu, Durchzug, eine sternklare Nacht; ich wollte die Kesch-Hütte vermeiden, weil dort vermutlich Offiziere waren, denen ich, ein simpler Kanonier, mein Urlaubsziel hätte melden müssen, und genau das wollte ich nicht. Um Urlaub zu haben, Urlaub von jedem Meldezwang. Da ich die ganze Nacht fror, war ich früh auf den Beinen, lang vor Sonnenaufgang; in der grauen Geröllhalde konnte mich niemand sehen, feldgrau wie ich war, und ich stieg ziemlich rasch, und als ich auf Schnee kam, war er noch klingelhart. Ich rastete in der Kesch-Lücke, als die Sonne eben aufging, weit und breit kein Mensch, ich frühstückte eine trockene Ovomaltine. Ich hatte einen Eispickel bei mir, das war's, warum ich im Tal von niemand hatte gesehen werden wollen, ein Alleingänger mit Eispickel. Jetzt war ich froh um diesen kleinen blanken Pickel, vielleicht wäre es auch ohne gegangen, da der Schnee in der Sonne bald weicher wurde, aber im Schatten mußte man Stufen hauen. Ich hatte den moppigen Waffenrock ausgezogen, an den Gürtel gebunden, manchmal hielt ich wieder Ausschau, ob jemand komme, Offiziere womöglich. Wenn ich einmal auf dem Gipfel wäre, könnten sie mir nichts mehr verbieten, dachte ich, höchstens fragen, ob ich den Befehl nicht kenne, und es bei der Bergkameradschaft bewenden lassen. Aber ich sah also niemand, jedenfalls nicht auf dem Schneefeld, und wenn ich nicht gerade pickelte, hörte ich auch nichts. Ich war allein wie auf dem Mond. Ich hörte die Schneescherben, die über die Felsen kollerten, sonst nichts, ab und zu das Klingeln meines Pickels an den scharfen Felsen, Wind, sonst nichts, Wind über den Grat. Als ich später den Gipfel erreichte, fand ich mich allein mit dem Gipfelkreuz, glücklich. Es wurde wärmer und wärmer, und nachdem ich mir mit losen Steinen einen Nischenhock gebaut hatte, windgeschützt, zog ich sogar das verschwitzte Hemd aus, rollte den Waffenrock zu einem Kissen zusammen. Später schlief ich, müde von der Nacht, ich weiß nicht wie lang; zumindest schloß ich die Augen und döste, hatte nichts anderes vor. Der Mann, der mich plötzlich angeredet hatte, ein Zivilist – er sagte: Grüssi! was er für schweizerisch hielt; offenbar ein Deutscher – wollte mich nicht stören, wie er sagte, als er meine Verblüffung sah; aber natürlich richtete ich mich sofort auf, vorerst sprachlos. Offensichtlich war er schon eine Weile hier; sein Rucksack war weiter drüben abgestellt. Ich sagte Gutentag, indem ich mich vollends erhob, so daß wir nun nebeneinander standen. Er wollte, einen Feldstecher vor dem Gesicht, nur wissen, welches denn nun die Bernina sei. Sie sind ja Soldat! sagte er, nachdem er meine unmöglichen Röhrenhosen gesehen hatte, mit einem gewissen Lächeln, und indem ich ihm zeigte, was er wissen wollte, merkte ich bald, wie genau er Bescheid wußte in der Gegend. Ein Liebhaber des Engadin offenbar, Ausländer, aber Kenner; zumindest waren ihm die Namen geläufig, Bernina und Palü und Rosatsch, aber auch die Namen der Dörfer drunten im Tal. Er hatte eine Karte, wie sich's gehört, obschon die Landkarten damals konfisziert waren, ferner eine Leica. Sein beharrliches Bedürfnis, immer wieder einmal unsere Landessprache nachzuahmen, und zwar so, als wär's eine Kindersprache, Anbiederung ohne Begabung für den andern Tonfall, dabei gutmütig-gönnerisch, ohne zu merken, daß es mich sauer machte, erschwerte die Unterhaltung mehr als der Wind. Natürlich antwortete ich Hochdeutsch, wenn auch mit alemannischem Akzent, aber erfolglos. Er wußte sogar, was Küchenkasten heißt: »Chuchichäschtli«. Dies nebenbei; es hatte mit der Unterhaltung nichts zu tun. Viel Militär hier, ja. Er gab sich Mühe, ich sah's, mein Soldatenkleid ernstzunehmen. Vielleicht liegt die Peinlichkeit an mir, dachte ich, als er mir seinen Feldstecher anbot, und bot ihm dafür meine Feldflasche an, Veltliner. Ich sah jetzt durch seinen Feldstecher, daß er meine Spur benutzt hatte. Sonst kam niemand. Ich dankte für den Feldstecher. Er blieb etwa eine halbe Stunde, und man plauderte vor allem über Berge, auch über die Flora, wobei sein Ton voll Anerkennung war. Ich hatte eine

49

Hemmung (warum eigentlich?) in sein Gesicht zu blicken, wie gefaßt auf eine Taktlosigkeit, die mich im voraus verlegen machte, und wußte wenig zu sagen. Wofür er mich hielt, weiß ich nicht, jedenfalls für linkisch; es verwunderte ihn außerordentlich, als sich herausstellte, daß ich Berlin kenne. Je flüssiger das Gespräch jetzt ging, flüssiger dadurch, daß er sich seinem eignen Tonfall überließ, um so dringlicher wartete ich auf den Augenblick, da er nach seinem Rucksack greifen würde. Mein Rat, wie er am besten nach Madulein hinunter käme, erwies sich als überflüssig. Übernachtet hatte er in der Kesch-Hütte, die er lobte, als hätte ich sie gebaut. Viel Offiziere, ja, sehr nette Jungens. Seine Frage, ob wir alpinistisch ausgebildet werden, überließ ich dem Wind. Daß er's schaffte, um vier Uhr in Madulein zu sein, daran ließ er mich nicht zweifeln. Immerhin packte er jetzt seinen Rucksack, nicht ohne mir einen Apfel zu vermachen. Ich war etwas beschämt. Ein Apfel hier oben, das war etwas. Als er unterdessen seinen Rucksack angeschnallt hatte, war ich nicht mehr gefaßt darauf, man hatte sich bereits die Hand geschüttelt, als ihn jene Offenherzigkeit überfiel, deren genauen Wortlaut ich vergessen habe. Das Reich, das genügte mir; der Sinn war deutlich. Ich sagte nichts dazu, sagte aber auch nichts anderes, sondern schwieg und stand, die Hände in den Taschen meiner feldgrauen Röhrenhose, die ich haßte, Blick auf das Land, das auch bald, wie ich meinte, zum Reich gehören werde. Was ich sah: Fels, schwärzlich, stellenweise auch rötlich, Schnee im Mittagslicht und Geröll, Hänge von grauem Geröll, dann Matten, baumlos, steinig, Bäche mit Sonnenglitzern, Weiden, Vieh, das aus der Ferne wie kleine Maden aussah, ein Tal mit Wald und Wolkenschatten; in der Nähe die schwarzen Dohlen. Erst nach einer Weile, nachdem er auch seine Leica eingesteckt hatte und mit einem leutseligen Winken, indem er mir nochmals guten Dienst wünschte, endlich um einen Fels herum verschwand, ärgerte ich mich, daß ich ihm nicht übers Maul gefahren war, und begann mich für seine besondern Kennzeichen zu interessieren; ich trat jetzt auf die vorspringende Platte hinaus, jedoch zu spät: ich sah ihn erst wieder, als er um den Grat herum kam, jetzt dreißig Meter unter mir, so daß mir nur noch der Anblick seines grünen Filzhutes blieb. Er rutschte, aber konnte sich halten; dann kraxelte er vorsichtiger. Ich rief ihn, damit er sein Gesicht nochmals heraufzeigte; er hörte aber nichts. Ich wollte ihm sagen, er solle gefälligst Steinschlag vermeiden. Immer wieder kollerte es, was ihn offenbar nicht störte; er war ja oben. Je mehr ich mir eine Empörung über seinen Ausspruch versagte, um so maßloser empörte mich jetzt, wie dieser Idiot kletterte. Schon wieder kollerten Steine! Ich pfiff durch die Finger; wahrscheinlich hielt er's für den Pfiff eines Murmeltiers, das auch bald zum Hitlerreich gehören würde, und schaute sich um. Ich stand auf dem Fels draußen, bis er in der Kesch-Lücke ankam, ein schwarzes Menschlein im Schnee; wahrscheinlich machte er wieder Aufnahmen, jedenfalls stapfte er lange hin und her. Ich nahm meinen Waffenrock, plötzlich zum Abstieg entschlossen, um ihn einzuholen. Wozu? Ich blieb auf dem Gipfel. Immerhin beobachtete ich ihn, bis er das Schneefeld verließ, dann noch auf der Geröllhalde, dann auf der Alp war er durch seine Lodenjoppe getarnt, und ich gab die sinnlose Beobachtung auf.

Später schlief ich –

Als ich erwachte, vermutlich weil ich fror, erschrak ich über den Gedanken: Ich habe diesen Mann über die Felsen gestoßen. Ich wußte: Ich habe es nicht getan. Aber warum eigentlich nicht? Ich hatte es auch nicht geträumt; ich erwachte bloß mit dem wachen Gedanken: Ein Stoß mit der Hand, als er sich nach seinem Rucksack bückte, hätte genügt.

Ich aß jetzt seinen Apfel.

Natürlich bin ich froh, daß ich's nicht getan habe. Es wäre ein Mord gewesen. Ich habe nie mit einem Menschen davon geredet, nie, auch unter vier Augen nicht, obschon ich's nicht getan habe... Ich sah: kein Mensch weit und breit. Ein paar schwarze Dohlen. Kein Augenzeuge. Niemand. Wind und kein Ohr. Abends in Samaden wäre ich beim Hauptverlesen in die hintere Reihe getreten, Kopf nach rechts, Richtung, Hand an die Naht, Achtungstellung, stramm und brav, nachher hätte ich Bier getrunken. Man hätte es mir nie angesehen, glaube ich. Ich habe seither mit vielen Mördern gesprochen, sei es in einem Speisewagen oder in der Pause eines Konzertes oder sonstwo, es ist ihnen nichts anzusehen... Als ich den Apfel gegessen hatte, trat ich, um zu sehen, wie tief er gestürzt wäre, nochmals auf die vorspringende Platte hinaus. Eine Wächte, harschglitzernd, dann nichts. Die Dohlen, schwarz, segelten über dem fernen Gletscherchen lautlos, schwarz und nah. Eine kleine Nordwand, nun ja, ziemlich senkrechts. Ich blickte auf meine Uhr; Zeit zum Abstieg. Ich

51

nahm meinen moppigen Waffenrock, Gürtel, Pickel. Der Schnee war jetzt ziemlich weich, und ich gebe zu, auch mir kollerte einmal ein Stein herunter. Als ich in die Kesch-Lücke kam, hatte ich den Mann eigentlich schon vergessen. Abgesehen davon, daß der Abstieg in dem weichen Schnee zeitweise meine ganze Aufmerksamkeit erforderte, es braucht kaum gesagt zu werden, daß auch ich durchaus wirkliche Sorgen hatte, woran zu denken wohl sinnvoller war, angefangen mit dem Widerling von Feldwebel, der mich schon wieder auf die Wache kommandieren wollte, vor allem aber mit dem Beruf, der zuhause liegen blieb, mein Beruf war ja nicht Soldat. In der nachmittäglichen Kesch-Lücke, als ich das Kreuz und Quer seiner Stapfen sah, erinnerte ich mich nicht an seinen wirklichen Ausspruch dort oben, wo jetzt das weiße Gipfelkreuz allein blieb, nur daran, daß man etwas hätte tun können, was ich nicht getan habe. Und damit, so möchte man meinen, war es eigentlich erledigt; eben weil ich's nicht getan habe. Es interessierte mich aber, wohin er voraussichtlich gestürzt wäre. Nur so. Ich stapfte, obschon hier der kleine Gletscher war, nordwärts unter den Piz Kesch. Nicht weit; nur um zu sehen; nur einige Schritte. Der Schnee hier war so weich, daß man bis zum Knie einsank; ich schwitzte. Man hätte Skier haben müssen. Ich kannte die Abfahrt über den Gletscher. Ohne Sturmgepäck, ohne Karabiner am Rücken, müßte sie herrlich sein. Rechts nach Sertig, links nach Bergün. Also weit kam ich mit dieser Stapferei nicht; auch wurde es Zeit für mich. Drei Uhr! Um diese Zeit ging er schon weit unten im Tal, Blick auf Madulein, auf der andern Seite der Wasserscheide; wenn er so wacker ging, wie er redete, mußte er schon bei den ersten Kiefern sein. Während ich hier knietief im Schnee versank! Immerhin stand ich jetzt einigermaßen unter der kleinen Wand, und da ich nicht wußte, wie mir beim Anblick eines zerschmetterten Schädels zumute wäre, überlegte ich sachlich, ob der Mann denn wirklich auf diese Halde gestürzt wäre. Ich kletterte ein paar Meter hinauf, um die Wand besser besichtigen zu können, auch um besser stehen zu können; ein Schrund, unter mir, machte mich bänglich. Ich keuchte. Vielleicht auch wäre er in den Felsen hängengeblieben, nur seine Leica wäre auf den Schnee gefallen, vielleicht auch nicht. Es war, aus der Nähe besehen, eigentlich keine Wand; wahrscheinlich wäre er schon im Couloir oben liegengeblieben. Ich wußte nicht, warum mich kümmerte, was nicht geschehen war. Hier, wo der Gipfelwind ausblieb, war es totenstill, nur ein leises Getröpfel von Schmelzwasser, da jetzt im Lauf des Nachmittags die Sonne in das Couloir schien. Es war heiß, und ich fluchte nicht zum ersten Mal über den unpraktischen Waffenrock unsrer Armee. Der Fels, jetzt im Nachmittagslicht, erschien wie Bernstein, der Himmel darüber violett, der kleine Gletscher dagegen bläulich, die Spalten zumindest, der Schnee eher wie Milch, nur meine tiefen Stapfen darin erschienen glasigblau. Alles reglos. Nur die Dohlen, schwarz, segelten weit oben. Das Gipfelkreuz sah man nicht von hier. Ich ging zur Kesch-Lücke zurück. Meine Hoffnung, daß man streckenweise schlitteln könnte, wurde enttäuscht; ich versuchte es wieder und wieder, aber der Schnee war zu matschig. Ich folgte seiner Spur bis zum Ende des Schneefeldes, aber auch auf dem schieferigen Schutt waren seine Stapfen noch zu erkennen, Rutschspuren, aber auch andere, Tritte wie Stempel, ich sah, daß er erstklassige Bergschuhe hatte, erst auf den Matten verlor ich seine Spur für immer.

Das war alles.

Abends in Samaden, beim Hauptverlesen, stellte ich mich ins hintere Glied, doch vergeblich; ich wurde auf die Wache kommandiert, und mit dem Bier war nichts, auch nichts mit Schlaf, ich hatte einen höllischen Sonnenbrand, Fieber. Obschon ich langsam überzeugt war, daß es sich bei dem Mann vom Kesch nicht um einen harmlosen Touristen handelte, erzählte ich nichts. Ich hatte den Posten auf dem Dorfplatz und somit nichts andres zu tun als zu schauen, meinen Karabiner im Arm, zu schauen, ob ein grüner Filzhut über den Dorfplatz ging. Meine belletristische Hoffnung erfüllte sich natürlich nicht. Ich wachte vergeblich, zehn Schritte hin, zehn Schritte her. Es gab damals, 1942, eigentlich keine Touristen. Ich hätte ihn erkannt, aber er kam eben nicht durch Samaden –

Also Strich darunter!

Worunter?

In den folgenden Jahren, man weiß es, geschah viel. Tatsächliches. Ich dachte nie wieder daran, es war keine Zeit für Bagatellen, weiß Gott, und schon gar nicht für Hirngespinste, für gedachte Morde, wo es, wie ich bald wußte, täglich genug andere gab. Also ich dachte nicht mehr daran und erzählte nie von jenem blauen Sonntag auf dem Piz Kesch; es war zu lächerlich. Ich kam auch nie wieder auf den Piz Kesch. Trotzdem habe ich es,

53

wie sich später zeigte, nicht vergessen, während ich so vieles, was ich wirklich getan habe, wirklich vergessen habe. Das ist merkwürdig. Es scheint, daß es vor allem die wirklichen Taten sind, die unserem Gedächtnis am leichtesten entfallen; nur die Welt, da sie ja nichts weiß von meinen Nicht-Taten, erinnert sich mit Vorliebe an meine Taten, die mich eigentlich bloß langweilen. Die Versuchung, seine paar Taten aufzubauschen im Guten oder Bösen, kommt aus dieser Langeweile. Ich kann es nicht mehr hören, daß ich das und das getan habe, ob schändlich oder rühmlich. Nur als unvergeßbare Zukunft, selbst wenn ich sie in die Vergangenheit verlege als Erfindung, als Hirngespinst, langweilt mein Leben mich nicht – als Hirngespinst: wenn ich den Mann am Kesch über die Wächte gestoßen hätte...

Ich hab's nicht getan.

Kein Scherge wird mich holen.

Also Strich darunter!

Erst viel später, eine Zeitung lesend, dachte ich plötzlich wieder daran. Ich las da unter anderem, daß in der Nähe von Klosters, Graubünden, ein deutsches Konzentrationslager vorgesehen war; die Pläne waren bereit, und man darf annehmen, daß solche Pläne nicht ohne gründliches Studium des Geländes angefertigt worden sind. Wer hat das Gelände bei Klosters rekognosziert? Vielleicht war es der Mann, der an jenem Sonntag 1942 auch einen Ausflug auf den Piz Kesch machte, um die Aussicht zu genießen, und den ich nicht über die Wächte gestoßen hatte –

Ich weiß es nicht.

Ich werde nie erfahren, wer er war.

Ein andermal mußte ich daran denken, als Burri, damals ein junger Arzt, aus Griechenland zurückkam, wo er für das Internationale Rote Kreuz gearbeitet hatte, und als er uns erzählte, was er alles gesehen hatte, unter anderem: wie ein griechisches Hungerkind, das mitten in Athen von einem Kraftfahrzeug der Wehrmacht versucht ein Brot zu stehlen, von einem Soldaten gepackt und mitten auf der Straße erschossen wird. Natürlich hatte Burri auch andres gesehen; nicht jeder Soldat hat einfach ein Griechenkind oder Polenkind niedergeschossen. Ich weiß das. Ich fragte lediglich, wie jener besondere Soldat in Athen denn ausgesehen habe, fragte, als könnte ich ihn wiedererkennen –

Wozu!

Wir haben so geplaudert, wie man's auf einem Berggipfel eben tut, kameradschaftlich sozusagen, zwei Männer, die weit und breit die einzigen sind, kameradschaftlich-wortkarg, der stete Gipfelwind erlaubt keine langen Sätze. Ohne Förmlichkeiten, versteht sich, Handschlag, ohne daß man sich einander vorstellt. Beide haben diesen Gipfel erreicht, das genügt, beide haben dieselbe Fernsicht. Handschlag oder auch nicht, schon das weiß ich nicht mehr mit Sicherheit; vielleicht blieben meine Hände in den Hosentaschen. Später dann habe ich seinen Apfel gegessen, nichts weiter, Blick über die Wächte hinunter. Was ich nicht getan habe, weiß ich mit Sicherheit. Vielleicht war er ein guter Kerl, sogar ein feiner Kerl, ich sage es mir immer wieder, um erleichtert zu sein, daß ich's nicht getan habe. Vielleicht habe ich ihn sogar wieder getroffen, ohne es zu wissen, nach dem Krieg, anders gekleidet und so, daß man sich mit dem besten Willen nicht wieder erkennt, und er ist einer von vielen, die ich schätze, die ich nicht vermissen möchte. Ich bin nur manchmal so unsicher. Plötzlich. Und dabei sind's zwanzig Jahre her. Ich weiß, es ist lächerlich. Eine Tat nicht vergessen zu können, die man nicht getan hat, ist lächerlich. Ich erzähle ja auch niemand davon. Und manchmal vergesse ich ihn wieder vollkommen...

Nur seine Stimme bleibt mir im Ohr.

Ich leere mein Glas.

Zeit zum Zahlen.

»Ja«, sage ich, »die Russen!«

Auch mein Barmann, sehe ich, hat unterdessen an anderes gedacht... Seine Geschichte aus dem russischen Bergwerk, kurzschlüssig verbunden mit meiner Geschichte, die nicht stattgefunden hat, lassen wir's.

»Herr Doktor«, fragt er, »noch einen Whisky?«

»Sagen Sie«, frage ich, während er den Aschenbecher leert und mit einem Lappen über den Zink wischt, den ich offenbar mit Asche verschmutzt habe, »– sind Sie einmal auf dem Piz Kesch gewesen?«

»Nein«, sagt er, »das fragten Sie schon.«

Ich habe zuviel getrunken... Die Dame, die unterdessen eingetreten ist und mich mit ihrem suchenden Blick daran erinnert, daß ich seit anderthalb Stunden jemanden erwartet habe, ist, begreife ich, die Gattin dieses Jemand, der leider habe verreisen müssen, und gekommen, um ihn zu entschuldigen, während ich von meinem Hocker rutsche, um ihr den nassen Mantel abzunehmen. Um höflich zu sein. Um zu zeigen, daß ich entschuldige. Selbstverständlich. Eigentlich müßte ich mich entschuldigen; ich habe ganz vergessen zu warten. Um höflich zu sein:

»Trinken Sie etwas?«

Etwas verwirrt, da ich ihren Mann, der in London weilt, während ich hätte auf ihn warten sollen, noch nie gesehen habe und statt dessen seine Gattin sehe, etwas verwirrt bin ich schon.

»Regnet es noch immer?« frage ich.

Eigentlich habe ich zahlen wollen.

»Aber ich will Sie nicht aufhalten!« sagt sie, indem sie sich auf den Hocker an der Bar setzt. »Ich will Sie wirklich nicht aufhalten –«

»Was trinken Sie?« frage ich.

»Nein«, sagt sie, »so ein Regen!«

Vorerst muß sie ihre Haare richten, und da sie offenbar merkt, daß ich schon zuviel getrunken habe, bestellt sie sich ein Gingerale. Was reden jetzt? Ich halte sie sogleich für eine Schauspielerin, ich weiß nicht warum. Ich sehe diese Frau zum ersten Mal, vermutlich auch zum letzten Mal. Um nicht unhöflich zu sein, frage ich nicht nach ihrem Beruf; vielleicht ist sie sogar eine bekannte Schauspielerin, und meine Frage wäre eine blanke Kränkung. Ich knabbere also Bretzeln, soviel ich nur erlangen kann links und rechts, und höre zu, warum Svoboda, ihr Mann, habe verreisen müssen, gebe Feuer zwischenhinein und entschuldige nochmals mit wortloser Miene. Sie raucht etwas hastig, als sie von ihrem Mann redet. Ihr Haar, regennaß, glänzt schwarz. Ich bin entschlossen, mich nicht zu verlieben. Ihre Augen sind blau und groß. Manchmal ist es an mir etwas zu sagen, um nicht verwirrt zu wirken oder stur. Meine Ungewißheit, ob ich sie für eine Schauspielerin zu halten habe oder nicht, macht mich mehr und mehr verlegen, während sie jetzt, ich weiß nicht warum, von Peru redet. Ich frage mich, welche Rolle ich dieser Frau geben würde. Mein Schweigen voll Blick gibt ihr offensichtlich das Gefühl, verstanden zu werden; jedenfalls wird auch sie etwas verlegen. Sie trinkt ihr Gingerale, als habe sie plötzlich Eile. Sie will den fremden Herrn nicht aufhalten. Ich erkundige mich nach Peru, aber sie will den fremden Herrn wirklich nicht aufhalten, sie ist gekommen, um ihren Svoboda zu entschuldigen, und will langsam zahlen, was ich aber nicht zulasse. Ich bitte Sie! sage ich, und da Pepe, der Barmann, jetzt den Tauben spielt und sich im Hintergrund hält, kommt es nicht zum Zahlen, und wir müssen weiterplaudern. Worüber? Ich erkundige mich nach ihrem Mann, den ich hätte kennenlernen sollen. Ihr Mann, wie gesagt, weilt in London. Ich bin jetzt, wie durch einen Alarm, plötzlich sehr nüchtern; nur der fremde Herr, den sie nicht aufhalten will, ist nach wie vor betrunken, nicht schlimm, immerhin so, daß ich mich von ihm unterscheide. Peru, sagt er, sei das Land seiner Hoffnung! Während ich es einen Quatsch finde, was er da sagt, hört sie großäugig zu, es gefällt ihr, scheint es, und man plaudert also von Peru, das ich nicht kenne. Sie hat Peru mit ihrem Gatten bereist. Ich muß mir etwas gestehen, nämlich: daß es selten eine Frau gibt, deren Gespräch mich interessiert, wenn sie mich nicht als Frau interessiert in irgendeinem Grad. Daher mein Blick auf ihren Mund. Als ich beiläufig höre, daß sie treu sei, weiß ich nicht, warum sie das gesagt hat; ich hatte nicht zugehört. Ihr Gesicht ist lebendig und schön, wenn sie redet, und ich betrachte sie wortlos (während der fremde Herr redet) lächelnd, bis sie errötet, ihr Haar in den Nacken wirft und die Asche, die kaum vorhandene, ausgiebig von ihrer Zigarette klopft, tut, als entziffere sie eine Reklame über der Bar, *Johnnie Walker highest awards,* mit blinzelnden Augen, da ihr der eigene Rauch übers Gesicht steigt, *guaranteed same quality throughout the world,* ihr Gesicht auch von der Seite sehr sehenswert, ihre Hand nicht fremd; sogar ihr Haar, dieser wunderlichste Stoff an einem Menschen, nicht befremdend... Sie blickt auf ihre winzige Uhr.

»Oh«, sagt sie, »schon drei Uhr!«

Ich habe aber Zeit.

Auch sie hat eigentlich Zeit.

»Sie trinken wirklich keinen Whisky?« frage ich, und da Pepe, wie jeder Barmann, ein flinker Menschenkenner ist, hat er auch schon ein frisches Glas genommen, so daß ich nur noch sagen kann: »Also zwei.«

Ich frage mich, was weiter –

Drei Uhr nachmittags ist eine fürchterliche Stunde, die Stunde ohne Gefälle, flach und aussichtslos, ich erinnere mich an die ferne Kinderzeit, wenn ich krank lag, und es war drei Uhr nachmittags, Bilderbücher, Apfelmus, Ewigkeit... Bloß um etwas zu reden, frage ich, ob sie Kinder habe, was mich eigentlich nichts angeht. Wir schauen zu, wie der Barmann hantiert: Eis, Whisky, Soda... Der fremde Herr, als er später (ca. 15.30) ihren bloßen

Arm faßt, ist verlegen nicht vor ihr, aber vor mir. Sie blickt mich nicht an, wie ich erwartet hätte, mit spöttischer Miene: Mein Herr, was soll das? Und sie zieht auch ihren warmen Arm nicht zurück, und da sie zudem schweigt, bleibt nichts andres übrig als die Geste des fremden Herrn durchzuhalten. Aufrichtig ist dabei mein Bedauern, nichts zu empfinden. Mehr noch: ich bin bestürzt. Und als der fremde Herr endlich seine Hand wegnimmt, da ich sie brauche, um meinen Whisky zu ergreifen, bevor er warm ist, hat sie meine heimliche Bestürzung schon bemerkt, glaube ich, und mißverstanden. Jedenfalls tut sie jetzt, indem sie gleichfalls zum Glas greift, einen etwas zu tiefen Atemzug, als wäre ihr etwas widerfahren, und streicht sich das Haar aus der Stirne, blickt mich an – mich! – mit ihren großen blauen Augen, ohne zu sehen, daß ich allein sein möchte. Man raucht, draußen regnet es noch immer, man raucht. Ich spüre es, jetzt verfalle ich genau in die Melancholie, die den Männern so steht, die sie unwiderstehlich macht. Es hilft nichts, daß ich jetzt den fremden Herrn genau beobachte. Wie erwartet (ich kenne ihn!) redet er jetzt mit spielerischer Offenheit, intimer, als mir zumute ist, gradaus über Lebensfragen. Soll die Frau, die einen Beruf hat, ein Kind haben? Was ist unter Ehe zu verstehen? Ich durchschaue das Spiel. Wörter auszusprechen, bevor sie noch etwas Persönlich-Geschichtliches bedeuten, nur darum geht es, Wörter wie Liebe, Mann und Frau, Geschlecht, Freundschaft, Bett und Beruf, Treue, Eifersucht, Gattung und Person und so weiter und so weiter. Und da meine eignen Ansichten, so ins Allgültige verdünnt, mich tödlich langweilen, würzt der fremde Herr sie mit kleinen Beispielen, die er erfindet. Einmal angenommen, sagt er, zwei Leute wie wir fallen einander in die Arme. Oder: Es gelingt uns, es wird keine Geschichte daraus, einmal angenommen, wir verschwören uns gegen jede Wiederholung. Er geht noch einen Schritt weiter, um das Beispiel, grundsätzlich gemeint, etwas anschaulicher zu machen; er erfindet Dialoge, die unversehens das Du ermöglichen, das Beispiel will's, und sie versteht schon, daß der fremde Herr es nur als Beispiel meint, wenn er sagt: Wir. Oder: Du und ich. Oder: Du hast gewußt, daß wir einander verlassen werden, und ich habe es gewußt. Sie raucht dazu, sie versteht, daß er in Anführungszeichen redet, und raucht vor sich hin, und indem er wieder mein Glas ergreift, um zu zeigen, daß man sich in dieser öden Bar befindet und nirgends sonst, sagt er wieder: Sie. Das Spiel ist aus. Und sie schweigt jetzt eine lange Weile, der Rauch aus halboffenem Mund steigt als bläulicher Schleier über ihr Gesicht, das voll Verständnis ist für seine Ansichten, für das Allgemein-Grundsätzlich-Gültige seiner Ansichten. Man ist nicht verliebt, o nein, das ist klar. Aber das Spiel mit dem Du hat eine Erfahrung eingebracht, die das Gespräch etwas verändert, und das ist mit dem Sie nicht rückgängig zu machen. Gelegentlich blicke ich auf die Uhr, um den fremden Herrn zu warnen; doch vergeblich. Das Sie, wie streng man es fortan auch wahrt, hat einen Zauber bekommen, der die Langweile verscheucht. Also ich rede jetzt über Unverfängliches, Weltereignisse, monologisch. Dann und wann, als zwinge der Rauch sie dazu, macht sie die kleinen Augen einer Frau, die umarmt, und es wäre bloß natürlich, wenn der fremde Herr, sei's mit einem Scherz oder mit einem stummen Hundeblick, nochmals ihren bloßen Arm fassen würde, ihre Hand, ihre liegende Hand mit der Zigarette am Aschenbecher, ihre fernere Schulter, ihren Nacken. Er tut's nicht. Ohne meine Bewachung, mag sein, würde er es versuchen – unwillkürlich...

Jetzt wollte ich wirklich zahlen.

»Pepe?« rief ich.

Der Barmann, um uns wie ein Paar zu behandeln, hatte sich drüben am Fenster unabkömmlich gemacht, tat, als hätte er noch nie den städtischen Verkehr im Regen gesehen, und stellte sich taub, so oft ich mit der Münze auf den Zink klopfte. Plötzlich langweilte ich mich wieder sehr. Eben drum wagte ich auch nur sehr leise zu klopfen, undringlich.

»Sie müssen gehn«, sagte sie.

»Leider«, gestand ich.

»Ich auch«, sagte sie.

Wieder klopfte ich mit der Münze.

Wieso der fremde Herr, der mich noch mehr langweilte als sie, da ich seine Reden ja nicht zum ersten Mal höre, unversehens vom Charme homosexueller Männer spricht, weiß ich nicht; ich habe, indem ich den unaufmerksamen Barmann aufmerksam machen möchte, so genau nicht hingehört – sie gibt ihm recht, o ja, betreffend den Charme solcher Männer, die sich gern verkleiden (ich erinnere mich jetzt: wir sprachen von einem bestimmten Schauspieler, dann von Schauspielern allgemein) und die Sinn haben auch für die Kostüme der Frau, Sinn für Parfums.

Sie trägt ein gelbes Kostüm. Er gesteht, daß ihr Kostüm ihm gefalle, aber dazu dies: wenn es ihm minder gefiele, hätte er nicht die mindeste Idee, wie es sich verbessern ließe. Er schwört das. Hingegen ein Mann jener Art, so meint er, würde sofort – und er tut es um des puren Beispiels willen – an ihren Kragen greifen, etwas daran ändern und verzaubern. Er tut's. Ihre Betroffenheit macht sie noch schöner, ich seh's, anders als bisher...

Ich zahle jetzt.

Ich möchte keine Liebesgeschichte.

Ich möchte arbeiten.

Sie hatte ihre Handtasche, schwarz, was zum gelben Kostüm vortrefflich paßte, schwarz wie ihr Haar, bereits unter dem Arm, als ich das Wechselgeld einsteckte, und gab ihrer Freude, mich getroffen zu haben, Ausdruck. Daraufhin hielt ich ihr den Mantel. Eine Einladung zum gemeinsamen Abendessen lag nahe, zumal ihr Mann verreist war; ich unterließ das, während sie ihren Schal um den Hals büschelte. Auch ich gab meiner Freude, sie getroffen zu haben, Ausdruck, indem ich jetzt, bevor sie eben in den Mantel schlüpfte, zum ersten Mal ihre ganze Gestalt sah und, wie ich hoffte, zum letzten Mal. Die meisten Liebesgeschichten müssen durchaus nicht sein, glaube ich. Haben Sie alles? fragte ich, als kennte ich ihre Vergeßlichkeit schon. Das gefiel ihr. Ob ich es war oder der fremde Herr, der jetzt – sie blickte so benommen von Du zu Du – mit der Hand über ihre Stirne strich, scherzhaft sozusagen, willkürlich, durchaus spöttisch, um auf eine zärtliche Weise den Ausfall von Schicksal zu unterstreichen, weiß ich nicht; jedenfalls geschah es. Unser Abschied draußen im Regen, als endlich ein Taxi stoppte, war flink und förmlich. Erst als sie im Trocknen saß, schnöderweise nur noch mit ihrer schwarzen Handtasche beschäftigt, traf mich, was man Gefühl nennt. Sie sah es mir an, glaube ich, und nachdem der unwirsche Fahrer, unwirsch, da er an dieser Stelle eigentlich nicht anhalten durfte, mit der Dame davongefahren war im Regen, während ich umsonst darauf wartete, ob sie mit dem Handschuh winken würde, lähmte mich der Schrecken, meine Willkür könnte zu Ende sein...

Ich zog meine Mütze über den Kopf.

Ich drehte mich auf dem Absatz – ich möchte nicht das Ich sein, das meine Geschichten erlebt, Geschichten, die ich mir vorstellen kann – ich drehte mich auf dem Absatz, um mich zu trennen, so flink wie möglich, von dem fremden Herrn.

Ich drehte mich auf dem Absatz – ihr Taxi in einem Beet von Regenspritzern, als ich mich nochmals umschaute, war ein Taxi wie alle andern, schon nicht mehr zu unterscheiden, als es vor einer Kreuzung stoppte, plötzlich gab es viele Taxi, eines wie das andere spritzend...

Ich schlenderte zum Hotel.

Drunten in der Gasse vor dem Hotel, wo ich in Kleidern auf dem Bett lag, knatterte ein Preßluftbohrer, der mir jetzt, da ich schlafen wollte, dämonisch vorkam; es half nichts, daß ich die Fenster schloß, sogar den Rolladen herunterließ; die Scheiben zitterten. Ich wußte nicht, was tun. Wenn er gelegentlich aussetzte, der Bohrer, wechselte bloß die Tonart des Geknatters; dann knatterte der Kompressor. Ich wußte wirklich nicht, was tun in dieser Stadt, und wählte ihre Nummer wie zum Scherz. Sie war zuhaus. Wie zum Scherz: ich gab den Hörer, kaum meldete sich ihre Stimme, gleichsam an den fremden Herrn. Bitte! Ich hatte durchaus nichts zu sagen, sie übrigens auch nicht. Was also? Ich war witzig. Ihr Lachen (ohne Gesicht) langweilte mich. Ich lag während eines mühsamen Geplauders auf dem Bett, betrachtete das linke Hosenbein, wie es hampelmännisch pendelte, betrachtete den blauen Socken des fremden Herrn, dessen Zehen ich nach Willkür bewegen konnte, die große Zehe sogar solo, und hörte nicht ohne Schadenfreude, heute abend sei sie nicht frei, sondern müsse in die Oper, zu einem Gastspiel der Scala, glaube ich, zumindest begriff ich. Frei hingegen war die Karte ihres Mannes, der ja leider, ich weiß, hatte verreisen müssen. Das dämonische Geknatter hatte plötzlich ausgesetzt. Als ihre Stimme, jetzt leiser, da die Stadt zwischen ihr und mir plötzlich still war, übrigens als Stimme nicht unbedingt so, daß sich dazu die Erscheinung einer schönen Frau einstellt, etwas zögernd fragte, was ich denn heute abend mache, sagte ich bekenntnishaft, daß ich mir nichts aus Opern mache. Der fremde Herr plauderte dennoch weiter. Ich hatte kein Verlangen sie wiederzusehen. Als ich den Hörer aufgelegt hatte, war's komisch – wie meistens nach einer Handlung: – die vage Vereinbarung, die der fremde Herr da getroffen hatte, empfand ich nicht als verbindlich für mich; lästig, aber nicht verbindlich. Mußte das sein? dachte ich, nachdem mein dunkler Anzug aus dem Koffer genommen und an einen Bügel gehängt war, und legte mich neuerdings aufs Bett, um zu rauchen, plötzlich nüchtern... Ich sah den fremden Herrn in meinem dunklen Abendanzug, wie er auf dem Platz ihres Mannes sitzt, und mich selbst als ihren Mann, der verreist ist, der in einer fremden Stadt nichts anzufangen weiß, weil es regnet, und der in Hemd und Hosen in einem Hotelzimmer liegt, das von diesem nicht zu unterscheiden ist, rauchend –

Ich versuchte zu lesen.

(Manchmal scheint auch mir, daß jedes Buch, so es sich nicht befaßt mit der Verhinderung des Kriegs, mit der Schaffung einer besseren Gesellschaft und so weiter, sinnlos ist, müßig, unverantwortlich, langweilig, nicht wert, daß man es liest, unstatthaft. Es ist nicht die Zeit für Ich-Geschichten. Und doch vollzieht sich das menschliche Leben oder verfehlt sich am einzelnen Ich, nirgends sonst.)

Ich wußte einfach nicht, was tun.

Kurz nach sechs Uhr (ich wollte ihren versprochenen Anruf zwischen sechs und sieben nicht abnehmen) verließ ich das Hotel, um ins Kino zu gehen, um nicht den Preßluftbohrer zu hören, der wieder in Betrieb war. Der Regen hatte aufgehört, der nasse Asphalt spiegelte Himmelsbläue, Frühling. Ohne Mantel, nachdem ich mich schon für die Oper umgezogen hatte, im dunklen Abendanzug also, Hände in den Hosentaschen, ging ich mitten in einen Film hinein, so daß ich nicht begriff, wieso da geschossen wurde, und mich langweilte; später in eine Bar, eine andere, wo ich an einem Automaten spielte...

Der fremde Herr: Enderlin.

Am andern Morgen, als er sich wieder auf der Straße und in der Welt befand, früher als üblich, es war sieben Uhr morgens, als er, ein Herr im dunklen Abendanzug, die fremde Gasse hinunter ging wie andere, die zur täglichen Arbeit gehen, mantellos, seine Hände in den Hosentaschen, um eine möglichst unauffällige

62

Haltung bemüht, und als er in einer Bar, umstanden von Arbeitern, die ihren Kaffee schlürften, ebenfalls einen Kaffee trank, Zigaretten kaufte, da sie in der Nacht alles verraucht hatten, wußte er: – eine Nacht mit einer Frau, die eingehen wird in jene seltsame Zahl, die man niemals nennt. Mille e tre! Er wußte und aß Brötchen, ohne sie zu zählen, und bestellte einen zweiten Kaffee. Er glaubte, daß es vorbei sei, er hoffte es zu glauben. Wenn auch seinem bleichen Gesicht hinter Flaschen nichts anzusehen war, hatte er dennoch das Gefühl, jedermann sehe es ihm an; das verwirrte ihn wie die Sonne draußen, wie der Spiegel hinter Flaschen, wie der Straßenverkehr der fremden Stadt, wie die Tatsache, daß es Dienstag war, Dienstag der soundsovielte, und er wußte nicht, warum es ihn verwirrte. Niemand kannte ihn hier. Wenn auch zu spät, um im Schutz der Nacht unsichtbar zu entkommen, war es ihm gelungen, so hoffte er, das Haus zu verlassen, ohne von jemand gesehen zu werden. Er hoffte es um ihretwillen. Nach einem Zickzack durch Gassen hatte er sich später, wahrscheinlich nur von einem Straßenkehrer gesehen, das Gesicht gewaschen an einem öffentlichen Brunnen, der ihm in Erinnerung bleiben wird… Das nasse Taschentuch in der Hosentasche störte ihn jetzt, er stand und trank seinen zweiten Kaffee, und daß er noch jetzt und hier, wo die Espresso-Maschine zischte, wo es lärmte von Tassen und Stimmen, auf den Fußspitzen zu gehen das Bedürfnis hatte, das verwirrte ihn vollends. Als hätten die Männer links und rechts, Fuhrleute in Lederschürzen, nie ein Weib umarmt! Übrigens die Sache mit ihrem Schlüssel hatte geklappt; ihr Wohnungsschlüssel lag jetzt im Briefkasten, wie vereinbart, und das Schlüsselchen für den Briefkasten lag auf dem Nachttisch. Wenn sie sich nicht verschlief, ging alles in Ordnung… Nach dem zweiten Kaffee war er wach, als hätte er geschlafen, und durchaus nicht müde. Vor allem war er froh, jetzt allein zu sein. Allein unter Männern. Wahrscheinlich schlief sie, und der Schlaf ist das fernste Land, das es gibt; er dachte das nicht, sondern spürte es: solang sie schlief, war sie nicht in dieser Stadt. Und er war in dieser Stadt wie gestern: allein. Nachdem er das blaue Päcklein aufgeschlitzt hatte, froh um die erste Zigarette, die er wieder allein rauchte, entdeckte er, daß er kein Feuerzeug hatte, nur das nasse Taschentuch in der rechten Hosentasche; das Feuerzeug hatte er liegen lassen in der Nacht. Eigentlich ganz glücklich, denn er glaubte wirklich, daß sie der

63

Wiederholung entgehen würden, die feuerlose Zigarette zwischen den Lippen schaute er sich um, geistesabwesend seit der Entdeckung, daß er sein Feuerzeug hatte liegen lassen. Einer der Fuhrleute spuckte immerfort auf den Boden, Terrazzo mit Sägmehl drauf. Wo gibt es das, Terrazzo mit Sägmehl drauf, in welchen Ländern? Plötzlich doch von einer weichen Mattigkeit befallen, die ihn noch einmal mit ihr zu verbinden drohte, gab er sein Zögern auf und bat einen Arbeiter um Streichhölzer, bekam aber, hingehalten von einer rissigen öligen Faust, nur das Feuerzeug, Flämmchen für diese einzige erste Zigarette, die er wieder allein rauchen durfte, und fertig. Er bedankte sich bei einem Hinterkopf. Das einzige Gesicht in dieser Bar, das ihn ab und zu beobachtete, war sein eignes im Spiegel hinter Flaschen, ein schmales Gesicht mit Hornbrille und Bürstenschnitt. Er wußte nicht, was den Frauen manchmal daran gefällt. Nur die beiden wassergrauen Augen – sie blickten aus dem Spiegel, als wären sie wirklich dort im Spiegel, sein Körper aber außerhalb des Spiegels – sind so, daß er sich darin erkennt... Eine Zigarette zu rauchen, die nicht mit zärtlichem Spiel von Mund zu Mund wechselte, er genoß es, dazu eine fremde Zeitung zu lesen, die er eben jetzt gekauft hatte. Schließlich gibt es eine Welt. Ihre List, die sich gestern Abend so sachlich und fast lustig ausgenommen hatte, ihr Fernanruf, um sicherzustellen, ob ihr Mann wirklich noch in London weilte, war ihm plötzlich, jetzt in der unwillkürlichen Erinnerung, nicht sympathisch, während er, die Tasse in der linken Hand, einmal mehr über Algier las. Er wußte nicht, wieso er jetzt daran dachte. Schließlich war es ihre Sache. Was ihn traurig machte dabei, war bloß der Gedanke, daß er eines fernen Tages, der eigentlich schon begonnen hatte, sich an ihre Listigkeit erinnern wird genauer als an alles andere, daran, wie sie aus dem Bett, Hörer in der linken Hand, mit London plauderte, ihre rechte Hand auf seiner Brust. Er hatte die Augen geschlossen, um nicht dabei zu sein. Er konnte die Ohren nicht schließen. Nachher hatten sie lange nur geraucht und geschwiegen. Schließlich war es wirklich nicht seine Sache, wie sie es in ihre Ehe einbaute, und er wollte jetzt, während er, die Tasse in der linken Hand, über Algier las, nicht daran denken. Aber auch Algier war nicht seine Sache, und er hatte jetzt das Bedürfnis zu zahlen. Schon nach einer Viertelstunde war er wie alle andern in dieser Bar, nichts in ihm, was ihn auszeichnete, was ihn wie eine Auszeichnng vor allen andern verwirrte, und als er gezahlt hatte, ging er nicht mehr auf Fußspitzen, und es wunderte ihn nicht mehr, daß es Dienstag war, Dienstag der soundsovielte. Es stand fest, daß er heute weiterreiste. Die fremde Zeitung vor dem Mund, da er plötzlich gähnen mußte, schlenderte er hinaus und winkte einem Taxi, um ins Hotel zu fahren. Er wollte jetzt schlafen, ein Bad nehmen und schlafen... Schon daß er ihren Namen weiß, ist zuviel... Im fahrenden Taxi, die Hand in der schäbigen Schlaufe, versuchte er Ordnung zu machen in seinem Gedächtnis: – Es war gestern, Nachmittag in einer Bar, es regnete, er wartete auf jemand, Begegnung mit der Frau dieses jemand, ihr gelbes Kostüm und ihr nasses Haar, Gingerale, das Spiel dieses fremden Herrn, das ihn langweilt, das er kennt, das nichts mit ihm zu tun hat, der Riß zwischen ihm und diesem fremden Herrn; er wollte seines Weges gehen...

Das war gestern.

Es gibt einen Dämon, so schien ihm heute, und der Dämon duldet kein Spiel, ausgenommen sein eignes, er macht unser Spiel zu dem seinen, und wir sind das Blut und das Leben, das keine Rolle ist, und das Fleisch, das stirbt, und der Geist, der blind ist in Ewigkeit, Amen... Aus dem fahrenden Taxi heraus, die Hand in der schäbigen Schlaufe, sah er die Welt: Fassaden von gestern, Plätze von gestern, unverändert, die gleichen Straßen und Kreuzungen wie gestern, die monströse Reklame einer Fluggesellschaft, die ihm gestern schon aufgefallen war. Alles unverändert: nur ist es nicht gestern, sondern heute. Warum ist es immer heute? Die müßige Frage, ob es denn hatte sein müssen, belästigte ihn wie das nasse Taschentuch in der Hose. Er kurbelte das Fenster hinunter, um während der Fahrt, unauffällig, wenigstens das nasse Taschentuch wegzuwerfen; er getraute sich nicht. Es belästigte ihn keineswegs die Untreue, die sie begangen hatten, beide, daran brauchte er noch nicht zu denken; es belästigte ihn einfach, daß es jetzt eine Tatsache ist, die sich gleichsetzt mit allen übrigen Tatsachen der Welt. Er staunte ein wenig. Ein Mann von mittlerer Erfahrenheit, was hatte er denn erwartet. Schon vor acht Uhr morgens, während sie noch schlief mit ihrem offenen Haar, war die Welt, in einer Nacht der Umarmungen namenlos versengt, wieder vorhanden, wirklicher als ihre Umarmungen. Eine Welt unverändert mit grünschmutzigen Autobussen und Reklamen, monströs, mit Straßennamen und Denkmälern und mit Datum, das er sich nicht merken wollte. Und trotzdem bleibt eine Tatsache, wie belanglos auch immer; unsichtbar; nicht wegzuwerfen wie ein nasses Taschentuch. Es reute ihn nichts. Das keineswegs. Es verwirrte ihn nur, daß heute nicht gestern ist. Man sieht es der Stadt nicht an. Er war froh darum. Er ist sich selbst. Eigentlich war er sehr froh. Es hat keinen Sinn, daß man sich wiedersieht, und er möchte sie wiedersehen, aber er wird sie nicht anrufen, nicht einmal vom Flugplatz aus, weil er weiß, daß es keinen Sinn hat... Er fuhr nicht zum Hotel, sondern ließ stoppen, zahlte, stieg aus; er wollte ins Museum gehen. Um nicht in der Welt zu sein. Allein und jenseits der Zeit wollte er sein. Aber das Museum war um diese Stunde noch geschlossen, und da stand er nun, nachdem das Taxi verschwunden war, auf einer Freitreppe, Hände in den Hosentaschen, mantellos, ein Herr im dunklen Abendanzug noch immer, unrasiert, eine Zigarette im Mund, aber er hatte keine Streichhölzer, auch nichts in den Taschen, um die gurrenden Tauben zu füttern, nichts als ein nasses Taschentuch.

Er roch an seinem Handrücken:

Ihr Parfum war weg –

Es hört auf, wenn man einander wiedersieht, und es hört auf, wenn er weiterfliegt für immer; in jedem Fall, das wußte er, hört es auf, und es gibt keine Hoffnung gegen die Zeit... Da stand er nun, und da es kühl war, stülpte er seinen Rockkragen herauf, später setzte er sich auf den Sockelwulst einer Säule, umgurrt von weißen und grauen Tauben, die ab und zu, aufgescheucht – wovon? –, aufflatterten mit großem Rauschen empor zu den klassizistischen Gesimsen.

Ob sie noch schlief?

Sie hatten einander versprochen, keine Briefe zu schreiben, nie, sie wollten keine Zukunft, das war ihr Schwur:

Keine Wiederholung –

Keine Geschichte –

Sie wollten, was nur einmal möglich ist: das Jetzt... Das war kurz nach Mitternacht gewesen und das galt auch für ihn, der jetzt auf dem Sockelwulst saß, umgurrt von weißen und grauen Tauben, die wieder von den Gesimsen herunter auf den leeren Platz und die Treppe geflattert waren, eine nach der andern, jetzt ohne großes Rauschen, und der nicht wußte, was machen gegen die Zukunft: – denn die Zukunft, das wußte er, das bin

66

ich, ihr Gatte, ich bin die Wiederholung, die Geschichte, die Endlichkeit und der Fluch in allem, ich bin das Altern von Minute zu Minute...

Er blickte jetzt auf seine Uhr, die aber nicht an seinem Arm war; um rascher aus ihrer Wohnung zu kommen, hatte er seine Uhr bloß in die Hosentasche gesteckt. Jetzt war es 9.05. Sofern sie noch ging, seine Uhr. Um 11.30 hatte er eine Verabredung, beruflich, eine Besprechung mit anschließendem Mittagessen vermutlich. Er hielt seine Uhr, bevor er sie ans Handgelenk schnallte, gegen sein Ohr; sie ging. Also 9.05. Seit sie einander zum ersten Mal gesehen hatten – gestern nachmittag in jener öden Bar – waren noch keine vierundzwanzig Stunden vergangen. Noch gab es für sie keine Wiederholung auch nur der Tageszeit. Kein Gestern, kein Heute, keine Vergangenheit, keine Überrundung durch die Zeit: alles ist jetzt. Ihr erster Morgen, ihr erster Mittag. Ausgenommen die paar belanglosen Wörter, als er Kaffee bestellt und Zigaretten gekauft und den Arbeiter um Feuer gebeten hatte, war noch kein Wort zwischen sie gefallen, kein Gespräch mit andern Leuten. Noch war die Welt einfach außen. Er rauchte jetzt; plötzlich hatte er doch Streichhölzer gefunden neben dem feuchten Taschentuch, und eines davon gab noch Feuer. So saß er jetzt und rauchte, Blick auf seine schwarzen Lackschuhe, die jetzt staubig waren, und wußte nicht, was machen gegen die Zukunft, die mit seinem Erinnern schon begann... Er erinnerte sich an die Wohnung: sie wollte ihm die Karten von Peru zeigen, als er sie zur Oper abholte, und ließ es sich nicht nehmen, obschon es für die Oper schon höchste Zeit war. Er stand in der Halle und wartete nicht ohne eine leise Ungeduld, obschon sie es war, die sich etwas aus der Oper machte, nicht er. Ein Film wäre ihm lieber gewesen, ein Film und nachher ein Abendessen. Er wartete, seine überflüssigen Hände in den Rocktaschen, auf die Angaben betreffend Peru, die ihm ihres Erachtens nützlich sein könnten, insbesondere suchte und suchte sie die Straßenkarte von Peru, denn er gedachte auch mit einem Wagen zu reisen, wenn es je dazu kommen sollte. Noch eine Sekunde, bevor es stattfand, hätte er es nicht für möglich gehalten, sie stand und entfaltete umständlich die Straßenkarte von Peru. Er hätte es nicht für möglich gehalten, genauer gesagt: er dachte gar nicht daran, und als er fühlte, daß seine Hand, die er in der Rocktasche zu haben meinte, über ihre Stirne strich, war er verblüffter als sie. Sie tat, als spürte sie es nicht. War diese Geste, leicht und wie ein belangloser Scherz, nicht schon einmal vorgekommen? Er hatte es vergessen, wußte es jetzt und war über die Wiederholung beschämt. Schon am Nachmittag, in jener Bar, hatte seine Hand unversehens über ihre Stirn gestrichen: wie zum Scherz. Wie zum Abschied. Sie tat, als nähme sie es als eine Umgangsform von ihm, und man betrachtete also die mürbe Straßenkarte von Peru, die ich als Andenken aufbewahrt hatte seit Jahren, und wenn auch seine Geste sie nicht verletzt hatte, so war doch eine Pause entstanden, bevor man über die Straßenverhältnisse in Peru redete, jetzt sachlicher als je. Das war um acht Uhr. Sie trug ihren Mantel, man hatte ja vor, in die Oper zu gehen, und das war keine Finte; sie glaubten noch jetzt daran, daß sie in die Oper gehen würden, wenn auch um einen Akt verspätet. Ihr Wagen, den sie nicht einmal abgeschlossen hatte, stand unten in der Gasse, wo ein Anhalten ausschließlich für Güterumschlag gestattet war, und sie hatte sogar (wie er am andern Morgen sah) nicht einmal das Licht ausgeschaltet. Angesichts der Karte von Peru, die auf einer Truhe ausgebreitet lag noch am andern Morgen, als er die Wohnung verließ, sprachen sie anders als nachmittags in der öden Bar, wo es ein Flirt aus Verlegenheit war, einseitig von ihm; in der Bar hatte er nicht gewußt, was er mit ihr reden sollte. Jetzt redeten sie wie zwei vernünftige Menschen angesichts der Karte von Peru. Sie bedauerte, daß ihr Mann verreist war, denn ihr Mann, sagte sie, wüßte über Peru viel genauere Auskunft zu geben. Sie nahm an, daß er wirklich nach Peru wollte. Er lächelte, Peru! Das wurde der Name, den er in der Umarmung als einzigen aussprach; aber das wußte er noch nicht, als er lächelte, und sein Lächeln verwirrte sie etwas. Obschon er sich höfliche Mühe gab, Kenntnisse über die Inkas vorzutragen, während sie, ohne sich aber zu setzen oder einen Sessel anzubieten, eine Zigarette nahm, wußten sie eigentlich nicht, wovon die Rede war. Sie blickten einander an. Es mochte neun Uhr sein, als sie noch immer nichts angeboten hatte, und sie standen noch immer rauchend, sie trug noch immer ihren Mantel. Es drängte sie, scheint es, immer wieder einmal den Namen ihres Mannes zu erwähnen, als laufe sie Gefahr ihn zu vergessen; es beruhigte sie sichtlich, als auch er einmal den Namen ihres Mannes, den er nur dem Namen nach, aber nicht von Angesicht zu Angesicht kannte, in den Mund nahm, und sie fand es komisch, daß man sich nicht setzte. Er erinnerte an die Oper, die unaufhaltsam ihren Fortgang nahm, während sie sich setzte, jedoch ohne ihren Mantel auszuziehen. Er setzte sich noch lang nicht. Der Umstand, daß er seinerseits keinen Mantel trug, war ihm peinlich; es wirkte, als wäre er nicht bloß für eine Minute heraufgekommen. Er redete im Stehen, redete viel, aber seinerseits am Rand der Langweile, die Hände in den Hosentaschen; er hatte Angst vor seinen Händen, die ihm nicht zuhörten. Angst vor den Pausen. Es war schon das dritte Mal, daß sie einander einfach anblickten, ein Mann und eine Frau, wortlos, sogar ohne Lächeln. Ohne Verlegenheit. Inzwischen hatte er sich dann doch gesetzt, jedoch so, daß ein Tisch zwischen ihnen stand, und es war, als scheuten sich beide vor jeglicher Unternehmung, die äußerlich etwas verändern könnte, beispielsweise davor, eine Platte zu spielen. Sie saßen und rauchten. Er redete von Katzen, wußte nicht wieso. Es war nahezu elf Uhr, als sie einander ihren Durst gestanden. Sie zerdrückte sofort ihre Zigarette im Aschenbecher. Obschon es bequemer gewesen wäre, hier in ihrer Wohnung etwas zu trinken, fühlten beide, daß sie in die Stadt gehen sollten um etwas zu trinken, wieder in irgendeine Bar. Das Einverständnis verdutzte ihn, das wortlose Einverständnis. Froh um ihren Durst, erhoben sie sich beide, obschon es, wie er fühlte, nicht gegen den Brauch gewesen wäre, daß sie um Mitternacht jemand bewirtete. Sie löschte die Ständerlampe. Bisher war die ganze Wohnung erleuchtet gewesen, und alle Türen standen offen seit Stunden, seit sie die Karte von Peru gesucht hatte, sogar die Türe zur Küche, als hätten sie Scheu vor geschlossenen Türen. Es war seltsam, als sie die Ständerlampe löschte, dann die Deckenlampe auch; er stand in der Halle, während sie hin und her ging im offenen Mantel. Zum ersten Mal, sie löschte eben das Licht im Studio, sah er ihre Gestalt mit dem süßen Bewußtsein, daß er diese Gestalt nie mehr vergessen würde – er wird sie vergessen! das wußte er, als er auf dem Sockelwulst saß, umgurtet von weißen und grauen Tauben, unschlüssig, ob er sie wiedersehen sollte oder nicht. Er wollte gehen. Wohin? Er erhob sich wie gestern und stand, die Hände in seinem dunklen Abendanzug, wie gestern in ihrer Wohnung. Er hatte Durst. Das war gestern: Beide wollten gehen. Wohin? Sie standen schon in der Halle, zum Gehen bereit, und er wartete nur noch, bis sie ihren Wagenschlüssel gefunden hätte. Nur in der Halle brannte noch Licht. Indem sie sich umsah, als könnte etwas nicht in Ordnung sein, hatte sie ihre linke Hand schon am Lichtschalter. Gehen wir! sagte sie, als seine Hand, wie zum Abschied von einer Möglichkeit, unwillkürlich und zugleich ironisch, indem er sich der Wiederholung bewußt war, über ihre Stirne strich. Gehen wir! sagte auch er, und sie löschte das Licht, und es wurde kein Licht mehr, bis das Morgengrauen durch die Fenster kam. Sie stand noch immer im Mantel, als alle Kleidung, von Küssen vernichtet, lang schon lächerlich war, eine Lüge aus Pelz und aus Wolle und aus Seide, die abzustreifen nicht so leicht war, aber ein Gebot leidenschaftlichen Anstandes. Sie werde, sagte sie, eine Buße bekommen, einen Zettel an ihrem Wagen. Sie sagte es, während er scheinbar gelassen in Verrichtungen, die seine Kenntnisse in Damenwäsche verrieten und dennoch ohne ihre spöttische Hilfe gescheitert wären, in nüchterner Einsamkeit schon zu wissen meinte, daß es nicht anders sein würde als immer und immer. Er war nüchtern, ja, aber ohne Ironie, nüchtern und stumm. Eine Straßenlampe erhellte die Zimmerdecke, die Zimmerdecke erhellte das Zimmer, als er, ein Herr mit schwarzen Lackschuhen für die Oper und in weißem Hemd mit Krawatte und noch immer mit seiner Uhr am Arm, aber ohne die Brille, die sie ihm vom Gesicht genommen hatte, ihren fremden Körper befühlte; sie las sein Lächeln mit ihren Fingern von seinen fremden Lippen. Einander nicht zu kennen in einem Grad, der alles Kennenkönnen übersteigt, war schön.

Um zehn Uhr, genau, öffnete das Museum.

Er schloß die Augen wie das Kind, das gesagt hat, es schließe die Augen jetzt, damit die Finsternis der Nacht nicht in seine Augen falle und die Augen auslösche... Er saß jetzt auf einer Bank im Oberlichtsaal... Er hörte Pfiffe herüber von einem Güterbahnhof, den er nie gesehen hatte, Gedampf einer kleinen Lokomotive, Gepuffer, Pfiffe, und Echo der Pfiffe, dann wieder das Rollen eines Güterzugs mit ächzenden Achsen, das Hämmern der Räder über den Weichen, Pfiffe, Bremsen, Echo der Pfiffe, wieder das Gepuffer, dann Stille, wieder das Gedampf. So die ganze Nacht. Als er wieder erwachte, waren die Pfiffe verstummt, er wußte nicht wo er war, auch das Gurren der Tauben war verstummt – die Tauben waren nicht mehr da, keine weiße und keine graue, keine einzige Taube... er saß auf einer

70

Bank im Oberlichtsaal, wo ein Wärter hin und her ging, der ihn beobachtete; er hatte öffentlich geschlafen.

Darüber erschrak er.

Wahrscheinlich hatte er nur zwei oder drei Minuten geschlafen, sitzend, wie man in der Eisenbahn schläft oder im Flugzeug, mit offenem Mund, idiotisch, mit einem verrutschten Gesicht; vielleicht waren Leute durch den Saal gegangen, eine Gruppe mit einem Kunstführer, man hörte Stimmen... Nicht die Nacht, nicht ihr Körper in der Nacht, sondern seine Gegenwart in diesem Oberlichtsaal kam ihm wie ein Traum vor, das Gurren der Tauben wie eine ferne Erinnerung; nur das Fehlen ihres kleinen Körpers war wirklich, Gegenwart, während er so stand, die Arme verschränkt auf der Brust, und fernher die Stadt hörte wie eine Brandung, dumpf, monoton, wellenhaft, das waren die grünen Wellen. Vielleicht störte es den Wärter, daß er morgens einen dunklen Abendanzug trug, dazu mit gestülptem Kragen. Das war's! Er stülpte den Kragen herunter.

Er zwang sich zu lesen:

»Hermes. Wahrscheinlich Anfang 3. Jahrhundert vor Chr., teilweise rekonstruiert, linkes Bein ersetzt, desgleichen der Hals. Die Haltung des Kopfes (Original) ist umstritten.«

Er betrachtete die Haltung des Kopfes.

Es war Dienstag.

Er wußte nicht, was von Stunde zu Stunde sich verlor, fühlte bloß, daß seine Erinnerung sich löste von ihrer wirklichen Person, und nahm es sich übel. Zugleich erleichterte es ihn. Er war frei. Einmal griff er in seine Brieftasche, um nachzusehen, ob er seinen Flugschein noch habe. Er hatte ihn. Um 18.40 mußte er am Flugplatz sein. Bis dahin war er frei. Was sein Gedächtnis meldete über die Frau, die ihn ausfüllte, war richtig und nichtig wie ein Steckbrief, beliebiggenau, nutzlos wie ein Steckbrief, nichtssagend, wenn die Person nicht da ist: Haarfarbe so und so, trägt gelbes Kostüm (aber das war am Nachmittag in der Bar, am Abend trug sie ein weißes), Handtasche schwarz, spricht mit leichtem Akzent, wahrscheinlich Elsässerin, Alter ungefähr dreißig, schlank...

Der Wärter war weg.

Manchmal hörte man wieder Stimmen, jemand trat in den Oberlichtsaal, ging wieder, manchmal hörte man ein Flugzeug über dem Oberlicht. Dann war es wieder still. Und draußen schien die Sonne. Aber manchmal zogen auch Wolken über die fremde Stadt; man sah es daran, daß es plötzlich grauer wurde, der Marmor flacher, dann wurde es wieder sehr hell, der Marmor körnig –

Warum ging er nicht weiter?

Allein in diesem großen Oberlichtsaal, die Arme nach rückwärts gestützt, als betrachtete er die marmorne Statue mit der umstrittenen Haltung des Kopfes, saß er noch immer auf der Polsterbank: plötzlich sehr allein. Aber er ging nicht, um sie anzurufen. Er wußte, wie es kommen würde. Es kommt der Tag, wo man einander fragt, und wäre es auch nur die Frage: Was hast Du gestern Abend gemacht? Ich habe dreimal angerufen. Wo bist Du gewesen? Noch ist die Frage so arglos, ja, man fühlt sich geschmeichelt durch die Neugierde des andern; man will ja nicht wissen, bloß zeigen, wie man sich sehnt –

Er hatte sich jetzt erhoben.

Um nicht der Zukunft zu verfallen...

Es war lächerlich: Ich erhebe mich, ich setze mich, ich rauche, ich stehe, ich schlafe, ich erwache, ich erhebe mich, ich gehe, ich setze mich, ich erhebe mich.

Draußen wieder die gurrenden Tauben –

Er winkte einem Taxi.

In der Nacht, auch wenn sie kaum schliefen, hatten sie einander soviel wie nichts gesagt, um nicht die Welt heranzulassen durch Worte und Namen; sie hatten nicht geschwiegen, o nein, aber sie hatten geflüstert, als gäbe es nur sie, kein Vorher, kein Nachher, nicht einen einzigen Namen, nur sie, namenlos.

Jetzt schlug es elf Uhr.

Die Besprechung um 11.30 wollte er absagen.

In seinem Schlüsselfach im Hotel lag ein Zettel, der ihm zusammen mit dem Zimmerschlüssel überreicht wurde, eine Nachricht. Von wem? Die Art und Weise, wie beides zusammen überreicht wurde, die Diskretion dabei beleidigte ihn um ihretwillen. Er hätte ja auch von einer Herrengesellschaft kommen können. Auf dem Zettel stand, daß eine Dame angerufen habe, seinen Anruf erbetend, dazu ihre Nummer, ihr Name, der ihn jetzt, da er aus ihrer Umarmung kam, seltsam befremdete. Mehr als das. Ihre Bitte um Anruf, er las den Zettel im Lift und vergaß dabei sein Stockwerk, seine Zimmernummer, empfand er als Wortbruch, infam, als Untreue. Während er sich an den nächtlichen Schwur hielt, an dieses Einzige, was sie gemeinsam haben, verbündete sie sich mit der Welt. So empfand er's, angekommen in seinem Zimmer, wo er bis zu seinem Abflug schlafen wollte; er wird sie nicht anrufen, ein Enttäuschter, als er seine schwarzen Lackschuhe abstreifte, plötzlich müde vor Enttäuschung, ein bißchen auch froh um die Enttäuschung, die ihn löste von ihr, einer Frau, die einging in die Namenlosigkeit aller Frauen, die gerade einen Mann brauchen. Jetzt erst las er den Zettel genau, um seine Erbitterung zu fördern, und bemerkte die notierte Zeit, 19.10, und damit seinen Irrtum. Ihre Bitte um Anruf war von gestern. Das änderte wieder alles. Er rechnete: 19.10, gestern, war er auf dem Weg zu ihr. Was auf diesem Zettel zu lesen war: die Bitte einer Dame, die es so nicht mehr gibt, nie wieder gibt, einer Unbekannten in einem gelben Kostüm nachmittags auf dem Hocker in einer leeren Bar. Wozu diese Auferstehung? Schon hatte er den Zettel zerknüllt und in den Papierkorb geworfen, unfroh nicht gegen sie, unfroh gegen die Zeit, die sich meldete überall und mit jeder Bagatelle, die Zeit, die uns immerfort überholt, Vergängnis in jeder Bagatelle; er legte seinen dunklen Abendanzug in den Koffer, faltete ihm die lahmen Ärmel, als wär's eine Leiche, und legte seine dunkle Hose darauf, hatte sich auf den Rand des Bettes gesetzt und zog sich die Uhr vom Handgelenk, als er im Papierkorb nochmals den zerknüllten Zettel sah als das Einzige, was er von ihr hatte außer seinem Traum. Indem er ihn entknüllte und glättete, prüfte er nochmals den Zettel; es war nicht ihre Schrift. Er kannte nicht einmal ihre Schrift. Als vertauschte sich jetzt, was er befürchtet und was er erhofft, beschlich ihn doch eine gewisse Wehmut, daß ihr Anruf, ihre Bitte um Anruf, dringend, nicht von heute ist. 19.10, das konnte nur gestern sein. In der Straße draußen knatterte jetzt wieder der Preßluftbohrer, aber das Schweigen, das er jetzt hörte, war lauter als der Preßluftbohrer; ihr Schweigen. Nicht sein Schweigen, das er genossen haben würde, sondern ihr Schweigen. Wenn er jetzt anriefe? Um ihr Schweigen zu brechen. Er saß, die Hand am Apparat. Sein Bett war abgedeckt, aber unberührt. Endlich raffte er sich auf. Er duschte... Noch jede Frau, dachte er, jede, die er umarmt hatte, fühlte sich geliebt; jede aber, die er wirklich zu lieben begann, sagte ihm früher oder später, daß er, wie alle Männer, von Liebe keine Ahnung habe... Er stand unter der rauschenden Dusche, als das Telefon klingelte, einen Augenblick

zögernd, dann entschlossen; er duschte weiter und weiter. Als
er den Hörer, da das Klingeln nicht aufhörte, doch abgenommen
hatte (– er werde verlangt, Augenblick, man verbinde –) nicht
ohne Herzklopfen, zugleich belustigt, knackte das Telefon.
Hallo? Er stand nackt wie Adam und naß und wartete, bis es
wieder klingelte, und war stumm vor Herzklopfen. Er konnte
sich ihre Stimme nicht mehr vorstellen. Allen Schwüren zuwider
bereit, sie wiederzusehen, sah er die Vorhänge, die nicht gezogen
waren, so daß man ihn vielleicht sehen konnte, blieb aber am
Apparat, bis er die Stimme eines Mannes hörte, der ihn, wie
verabredet, in der Hotelhalle unten erwartete.

Ja, sagte er langsam, er komme.

Mein Name sei Gantenbein.

Ich stelle mir vor:

mein Leben mit einer großen Schauspielerin, die ich liebe
und daher glauben lasse, ich sei blind; unser Glück infolgedessen.

Ihr Name sei Lila.

Die Welt hält es für einen schlichten Wahnsinn, als wir, um zu
heiraten, im Blitzlicht stehen, eine Schauspielerin und ein Blinder; man gibt dieser Ehe (ich sehe es an ihren Glückwunschmie-
nen) eine knappen Sommer bestenfalls, und ungewiß erscheint
ihnen dabei nur, wer von den beiden, Lila oder Gantenbein, eigentlich das Mitleid verdiene.

Wir sind glücklich wie kaum ein Paar.

Ich stelle mir vor:

Lila betrügt mich (um dieses sehr dumme Wort zu gebrauchen)
von Anfang an, aber sie weiß nicht, daß ich es sehe, und freut
sich wie ein Kind, wenn ich sie draußen am Flughafen abhole,
jedes Mal. Ich warte auf der Zuschauerterrasse, gestützt auf mein
schwarzes Stöcklein, die Brille im Gesicht, versehen mit der gelben Armbinde. Sie winkt nicht, wenn sie dann im geführten Rudel der Passagiere über das weite Betonfeld geht, und natürlich

74

winke ich auch nicht. Um nicht aus der Rolle zu fallen vor Freude. Ich sehe einen Herrn, der ihr den Mantel trägt, und Lila, während sie Ausschau hält, hängt ihm ein. Jetzt hat sie mich gesehen! Ich seh's. Und dann verschwinden sie unten in der Zollhalle. Nie werde ich fragen, wer dieser Herr gewesen ist. Denn Lila erwähnt ihn ja nie, und ich könnte nicht erklären, wieso ich von seiner Existenz überhaupt weiß, nicht ohne meine Rolle dadurch aufzugeben. Frage ich, wie meine Lila denn ihren ganzen Kram, Taschen und Mäntel, Schirm, Magazine und was alles zu ihr gehört, auf ihrer Reise zu schleppen gedenke, versichert sie, daß immer jemand da sei, der einer Dame hilft. Ich brauche mir darüber keine Sorge zu machen. Manchmal dauert es in der Zollhalle sehr lang, Lila kann nichts dafür. Ich liebe das Warten auf Flugplätzen, gern sehe ich die Düsenflugzeuge, ob es regnet oder nicht, und gern höre ich die hallenden Lautsprecher, die Welt ist voller Ziele: Wien, Kairo, Stuttgart, Athen, Beirut, Bangkok, Tokio, Stockholm, Lissabon, Caracas, Prag, London, New York ... Bevor ich mich zur Zollhalle begebe, versichere ich mich natürlich, ob alles in Ordnung ist, trete vor einen Spiegel und verschiebe meine Krawatte etwas nach links oder rechts, damit Lila nach dem ersten Überschwang der Begrüßung sie wieder zurechtrücken kann.

Sicherlich habe ich Herzklopfen.

Die andern, die mit Lila auf die Zollabfertigung warten, gleichfalls von ihren Gatten oder Gattinnen erwartet, winken durchs Glas und versuchen sich in der Taubstummensprache, die wir, Lila und ich, nicht nötig haben. Endlich kommt auch Lila an die Reihe. Der Herr, der ihren schweren Mantel trägt, ist stets derselbe, auch dann, wenn Lila erst einen Tag später hat fliegen können als vorgesehen. Was schüttelt er den Kopf? Das fehlte noch, daß sie das Gepäck verwechseln, diese Zollburschen. Ein Glück, daß jemand sich für meine Lila wehrt! Alle andern Herren kümmern sich bloß um ihre eigne Bagage. Jetzt trennen sie sich, ich sehe: Kußlos. Ob sie doch an meiner Blindnis zweifelt? Und dann geht der Herr an mir vorbei, während Lila, nunmehr beladen mit Mantel und Taschen und Magazinen, langsamer geht als er. Da er stets, wenn er an mir vorbei geht, nach der andern Seite blickt, weiß ich über sein Gesicht nichts zu sagen. Wie sie sich schleppt! Und ich kann ihr nicht einmal entgegengehen, sondern stehe wie eine Schaufensterpuppe, bis mich ihr Kuß trifft, dann sage ich: Lila? und greife nach ihren Siebensachen. Was hat sie denn vergessen? Lila hat nicht einmal Zeit, meine schiefe Krawatte zurechtzurücken. Sucht sie ihren Gepäckträger? Er geht zehn Schritte hinter uns, und um sie darauf hinzuweisen, frage ich, ob sie schon einen Gepäckträger habe. Das ist's aber nicht. Meine Frage, wie die Filmerei gegangen sei, ist verfrüht. Davon später. Sie bittet mich einen Augenblick zu warten, nicht von der Stelle zu gehen, sonst findet sie mich wieder nicht. Eine Zeitung, sagt sie, sie wolle nur eine Zeitung. Also rühre ich mich nicht von der Stelle, eine Schaufensterpuppe, versehen mit ihrem Mantel und ihrem Schirm, allen Leuten im Weg. Offenbar hat sie etwas vergessen; er wird seinen Bus verpassen, denke ich, und daß der Herr mit unserm Wagen fährt, ist nicht Brauch. Ich sehe, wie er erschrickt, dann in seine Taschen greift, links, rechts, kopfschüttelnd, weiter suchend, ich weiß nicht was. All dies sehe ich wie einen Film: nicht ohne Spannung, nicht ohne jenen Vorschuß an Teilnahme, wie man sie zu Beginn eines Filmes hat, hoffend, es werde sich schon aufklären, was da vor sich geht. Und wie im Film: die Leute auf der Leinwand sind allein, obschon ich sie sehen kann, ohne mich; ich kann nur nachfühlen, aber ich bin draußen, frei davon, daher gelassen. Vielleicht hat er noch ihren Paß? Ich bin geduldiger als der Gepäckträger. Richtig! Jetzt lachen sie. Natürlich ist ihr Paß (warum hat Lila mich nicht gefragt?) in ihrer eignen Handtasche. Ebenfalls zu lachen kommt mir nicht zu. Ich erkundige mich beim Gepäckträger nach dem Wetter, um seine Blicke abzulenken für den Fall, daß Lila und der Herr, der jetzt tatsächlich seinen Bus verpaßt hat, aus purer Erleichterung wegen des Passes einander doch einen Kuß geben. Noch bin ich so frei nicht, wie ich sein möchte; es könnte mich verstimmen, wenn dieser Gepäckträger (die Gesellschaft) meinen möchte, er sehe mehr als ich. Jetzt ist Lila, frei von Nervosität, wieder an meinem Arm, ich fühle es, ganz die meinige. Hast du deine Zeitung bekommen? frage ich ohne Unterton, aber jetzt antwortet sie auf meine Frage, wie es in Geiselgasteig gegangen sei. Ach! Wir suchen jetzt ihren Wagen, den ich sehe, doch Lila erinnert sich ganz genau, daß sie ihn weiter drüben abgestellt habe, und ich zanke nicht. Ich gehe hin, ich gehe her, der mürrische Gepäckträger hat nichts zu lachen. Da! sagt sie, da steht er ja! Ich sage nicht: Siehst du! Es sind die kleinen Rechthabereien, die eine große Liebe zermürben.

Im Wagen dann, während Lila steuert, weiß ich, daß ich der glücklichste Liebhaber bin.

Hoffentlich gibt Gantenbein nie seine Rolle auf, die darin besteht, daß er glaubt. Wie zärtlich ist Lila jedesmal, wenn sie von ihren Gastspielen kommt! Sie sitzt auf seinem Knie, unbefangen in dem Grad, als er es ist, und überströmend von Zuneigung, weil da kein Blick ist, der sie trotzig und lügnerisch macht; glücklich wie noch nie mit einem Mann, frei von Heuchelei, da sie sich von keinem Verdacht belauert fühlt. Dann nimmt sie meine dunkle Brille ab, um Gantenbein auf die Augen zu küssen, und ihre Liebe ist wahr, ich fühl's, da sie vor Gantenbein nicht lügen muß. Wie liebesmunter sie sein kann! Sie möchte mit keinem andern Mann leben, sagt Lila, und ich glaub's. Nicht immer wird es leicht sein, aber es lohnt sich; man kann einen Blinden nicht hinters Licht führen.

Ich verlasse mich nicht auf meine Augen.

Ihr Koffer, dessen Reißverschluß nur zur Hälfte geöffnet ist, erbricht seinen Inhalt in den Korridor, Rollenbücher, Briefe, Schuhe, und so wird es tagelang bleiben, aber Gantenbein wird nichts sagen; unsere Wohnung gleicht einem Papierkorb, kaum ist Lila von ihren Einkäufen nachhause gekommen, und so wird es bleiben, ich weiß es, bis Gantenbein insgeheim die Schnüre sammelt und die Papiere verschwinden läßt. Ohne etwas zu sagen. Lila glaubt, daß Ordnung mit der Zeit wie von selbst entsteht, sie glaubt an Heinzelmännchen, und das ist rührend.
  Was heißt Ordnung!
  Nur ein Mensch, der mit der Welt nicht eins ist, braucht Ordnung, um nicht unterzugehen; Lila ist eins mit der Welt.

Lila ist schön. Das sagen ihr allerdings viele. Wenn Gantenbein es ihr sagt, schließt er die Augen, kämmt ihr Haar mit seinen Fingern und füllt die Grube über ihrem Schlüsselbein mit Küssen.

Lila vor dem Spiegel.
  »Herrgott«, sagt sie, »ich komme zu spät.«
  Sie findet ihre Halskette nicht.
  »Wie spät ist es denn?« fragt sie.
  Sie wird immer zu spät kommen, das kann Gantenbein nicht

hindern, aber sie wird nicht ohne Halskette kommen; da er insgeheim Ordnung gemacht hat, weiß er, wo ihre Kette liegt, und da er liebt, legt er sie an einen Platz, wo Lila sie findet.

»Du«, sagt sie, »– ich hab sie!«

So klappt es immer.

Irgendwie.

Ich stelle mir vor:

Manchmal haben wir Gesellschaft, und das ist schwieriger – weil die andern beobachten – beispielsweise wenn Lila nicht sieht, daß die Aschenbecher endlich geleert werden müssen, daß zum schwarzen Kaffee leider der Zucker fehlt, daß unser Hund (ich denke, wir haben einen Hund) mit seinem Schnarchen unter dem Tisch nichts beiträgt zu der Frage, ob Ernst Jünger eine Wandlung durchgemacht habe, dann muß ich aufpassen, daß ich mich nicht verrate, nicht einfach aufstehe, um endlich die übervollen Aschenbecher zu leeren. Jemand wechselt auf Joyce. Ich streichle also den schnarchenden Hund (Dackel oder Dogge?) und sehe, wie unsere Gäste nach Zucker schielen, meinerseits schweigsam, dank meiner Blindenbrille erlöst von der Heuchelei, daß auch ich Finnegans Wake gelesen habe. Wann werden die Aschenbecher geleert? Jemand wechselt auf Benn, was mich nicht verwundert; Kafka ist schon an der Reihe gewesen. Lila mit ihren blauen offenen schönen großen blauen Augen! Sie sieht nicht, daß der unerbittliche Herr, der jetzt in jedem Gespräch mit dem großen Vorbild von Brecht aufkreuzt, das gleiche Gesicht trägt wie ein Herr, der bis zuletzt in der Reichsschrifttumskammer gewesen ist, und natürlich tue ich, als sehe ich es auch nicht. Derlei ist mühsam. Gelegentlich erhebe ich mich und leere die Aschenbecher… Meine Angst, ich könnte mich durch solche Handreichungen verraten, ein Blinder, der sieht, daß die Aschenbecher geleert sein wollen, bezieht sich nicht auf Lila; Lila ist schon so daran gewöhnt; nur die Gäste, die mich noch nicht kennen, sind eine gewisse Gefahr für mich, und in der Küche, als ich die Aschenbecher leere, klopft mir das Herz. Ich höre von draußen:

»Sagen Sie, Lila, ist er wirklich blind?«

»Er gibt sich eine Riesenmühe«, sagt Lila, »daß man's nicht merken soll. Ich tu ja auch immer, als merkte ich nichts.«

»Wie blind ist er eigentlich?«

»Erstaunlich«, sagt jemand, »wie er merkt, wenn man ihn beobachtet. Nur wenn er selber spricht, hat man wirklich das Gefühl, daß er blind sei. Nicht wahr? Wenn er sich ereifert wie vorhin.«
(– über Little Rock.)

»Sie haben recht«, sagt der Herr, der jetzt Brecht entdeckt hat, »es ist erstaunlich, wenn er so dasitzt und seinen Hund streichelt, man hat stets das Gefühl, man werde beobachtet.«

»Nicht wahr?«

»Seit wann ist er blind?«

»Seit wir uns kennen«, sagt Lila schlicht. »Zuerst habe ich gemeint, er mache einen Witz.« Pause. »Habe ich Ihnen das nie erzählt?«

»Nein!«

Und dann erzählt Lila unsere Geschichte, drolliger von Mal zu Mal, ich höre sie gern, sie erzählt um so genauer, je weniger sie stimmt, diese immer bezwingende Anekdote von unsrer ersten Begegnung: – wie Gantenbein in ihre Garderobe kommt, ein Herr mit den üblichen Blumen der Begeisterung, Lila nicht willens zu empfangen, wenn die alte Garderobiere nicht beteuern würde, es sei ein Blinder, Lila gerade beim Abschminken, angetan nur mit Unterwäsche und einem offnen Morgenrock drüber. Ein Blinder? Sie sieht (so sagt Lila immer) wie eine Hexe aus, ölig. Wieso ein Blinder? fragt sie, aber noch bevor sie sich darüber, wieso ein Blinder von ihrem Spiel begeistert sein könne, einen entschiedenen Gedanken gemacht hat, steht Gantenbein schon in der Türe, unaufhaltsam wie Blinde ja sein können, er sieht nicht die Unmöglichkeit, nicht einmal die entgeisterte Miene der Garderobiere. Steht einfach da, Rosen in der Hand, drei Stück, und sagt, wie begeistert er sei. Man muß ihm glauben. Dabei ist Lila gerade an jenem Abend (auch das sagt sie immer) schlechter gewesen als sonst, geradezu katastrophal. Er weiß nicht, wohin mit den Rosen. Lila vor dem Schminkspiegel, ölig, wie gesagt, eine Hexe mit offenem Haar, sie bietet einen leider wackligen Sessel an, und die Garderobiere nimmt ihm die drei Rosen ab, wobei er die Hand der Garderobiere küßt (das erzählt Lila nur, wenn ich beim Erzählen nicht zugegen bin) und seinen Mißgriff nicht merkt, irgendwie erschütternd, und wie er auf dem wackligen Sessel dann über Ionesco spricht, hintergründig, der erste Besucher in ihrer Garderobe, der nicht seine Blicke schweifen läßt, sondern ausschließlich die Kunst im Auge hat, während

Lila sich kämmt und später sich ankleidet in seiner Gegenwart, ja, schon nach einer Viertelstunde kommt man sich wie verheiratet vor mit einem Blinden. – Jemand lacht blöd… Jetzt bringe ich die sauberen Aschenbecher. Schweigen. Ich sehe ihr Staunen, wenn Gantenbein die sauberen Aschenbecher auf den Tisch legt, einen hier, einen dort, ohne ihre Tassen oder Gläser umzustoßen. Warum trinkt ihr denn nicht? fragt er und füllt die leeren Gläser, man schaut ihm zu, ich merke es genau, ob da ein Zweifel lauert oder nicht. Wo einer zweifelt, fülle ich sein Glas, bis es überläuft. Solche Kniffe sind immer seltener vonnöten. Jemand wechselt auf Musil.

Ein wichtiger Punkt:
  Ich lasse mich von Lila aushalten.
  Grund:
  Es gibt kaum ein Paar, das nicht spätestens bei der Trennung entdeckt, daß die Geldfrage zwischen Mann und Frau nie gelöst worden ist, und sich bitterlich daran verletzt. Gemeint ist nicht das glückliche Paar, das zu wenig Geld hat; das ist nicht die Geldfrage zwischen Mann und Frau, die erst beginnt, wo beide genug für sich selbst verdienen, also genug auch für beide, so meint man. Versuche mit gemeinsamer Kasse, jedes gibt und nimmt zugleich, sind gemacht worden, scheitern aber an der heutigen Gesellschaft, die sich, vom Trinkgeldnehmer bis zum Staat, nach wie vor an den Herrn wendet –
  Ich stelle mir vor:
  Lila und Gantenbein in einem Restaurant, Lila, die mich also aushält, und der Kellner bringt die Rechnung. Bitte. Ich sehe den Zettel schamhaft auf dem Teller gefaltet und spiele den Blinden, rede weiter wie eine Frau, wenn die Rechnung kommt, rede, während Lila nun ihre Handtasche sucht und zahlt, und rede, als wäre nichts geschehen. Als der Kellner zurückkommt mit dem Wechselgeld, frage ich, ob er Zigarren habe. Das dauert eine Weile. Also wir reden. Und Lila ist großartig, schweigsam wie ein Mann, kein Wort von Geld, so daß man sich wirklich unterhalten kann. Meinerseits höchstens die Frage: Haben wir eigentlich schon bezahlt? Manchmal sehe ich es wirklich nicht, da es nicht meine Sache ist. Lila erzählt von ihrer Kindheit, während ich meine Zigarre auswähle, und ich bin auf ihre Kindheit sehr gespannt. Aber jetzt, während ich die Zigarre schneide, muß

Lila wieder ihre Handtasche nehmen, um wieder zu zahlen, da der Zigarren-Jüngling, den ihre Kindheit schließlich nichts angeht, sonst nicht verschwindet. Ich habe keine Ahnung, was meine Zigarre kostet, weiß nur, daß sie bezahlt wird, und bin in ungestörter Art gespannt, wie das in der Kindheit damals weiterging, rauchend. Wenn wir aus dem Taxi steigen, sage ich: Jetzt hat der Regen aber aufgehört! Während Lila wieder in ihrer Handtasche kramt und zahlt und das Trinkgeld abschätzen muß. Ich warte auf ihren Arm. Wenn mit der Post nichts andres als Rechnungen kommen, sage ich: Heut habe ich überhaupt keine Post! Über Rechnungen reden wir bloß, wenn sie grotesk sind; die Miete aber, die kalendermäßigen Rechnungen für Telefon und Strom, für Heizung, für Kehrichtabfuhr und Straßenverkehrsamt und alles, was sich wiederholt, sind nicht grotesk, daher kein Gesprächsstoff, so wenig wie die Beiträge für die unfreiwillige Altersversicherung. Dafür bin ich blind. Wenn Lila nicht zuhaus ist, zahle ich von dem Geld aus der Schublade. Lila fordert keine Rechenschaft, dennoch melde ich es, wenn ich's nicht vergesse, jedesmal, wenn die Schublade wieder leer ist. Lila ist entsetzt oder auch nicht. Obschon ich mich grundsätzlich, um zwischen uns keine Geldfrage aufkommen zu lassen, nicht um das Verhältnis von Einnahmen und Ausgaben kümmere, kann ich es nachfühlen, wenn Lila, ohne geizig zu sein, plötzlich das Gefühl hat, wir müßten sparen. Ich achte ihre Gefühle. Ich verzichte auf Zigarren, ohne mein Mißvergnügen zu zeigen, wissend, daß es ganze Bevölkerungsschichten gibt, die keine Zigarren rauchen. Ich bin bereit, sie weiß es, zu jedem Verzicht. Wenn Lila mir trotzdem Zigarren bringt, eine ganze Schachtel voll, wenn auch leider nicht ganz die richtigen, rauche ich sie natürlich; Lila muß es ja wissen, was wir uns leisten können. Daß ich endlich einen Smoking brauche, ist nicht meine Idee, und ich verschleppe das Unternehmen, solange es geht; Lackschuhe dazu habe ich nämlich auch nicht. Hingegen muß ich zum Zahnarzt, unvermeidlich, brauche nicht zu sagen, wie peinlich es mir ist. Wir reden nicht davon. Wieviel meine Lila verdient, frage ich nicht; sie weiß es selbst nicht, und ich sehe nur, wie viel sie arbeitet, und finde immer wieder, Lila sollte sich Ferien gönnen. Unbedingt. Sie hat es nötig, das sieht ein Blinder. Das Taschengeld, das Lila mir gibt, ist schwankend, aber im Durchschnitt hinreichend, daß ich ihr zum Geburtstag oder zu Weihnachten etwas schenken kann, was Lila sich selbst nie leisten würde, darüber ist sie jedesmal gerührt, und ich küsse sie dann aufs Haar. Wenn ich, was ja vorkommen kann, ausgehe mit einer andern Dame, werde ich nicht eingeladen; insofern stimmt die Vertauschung unsrer Rollen nicht ganz. Jede Dame, je sicherer sie ist, daß ich sie nicht für käuflich halte, läßt sich einladen. Das ist nun einmal so, und es macht mir Spaß. Übrigens gleicht es sich aus, da auch Lila, wenn sie mit andern Herren ausgeht, unweigerlich eingeladen wird, und ich weiß, Lila genießt das, und wäre es auch nur, daß sie nicht immerfort nach ihrer Handtasche greifen muß für jeden Kaffee, jedes Taxi, jede Garderobenfrau, jede Zeitung, jedes Kino, jede Parkuhr. Manchmal tut Lila mir leid. Und dann mogle ich, indem ich hinter ihrem Rücken bereits gezahlt habe; Lila merkt es nie, sie ist eine Frau, wenn auch eine selbständige. Zu weit kann ich meine Mogelei nicht treiben, um ihr das Gefühl der Selbständigkeit nicht zu nehmen. Lila weiß nicht, daß ich ein eignes Bankkonto habe, und ich werde es ihr niemals sagen. Sonst ginge es ja nicht. Um klar zu sein: noch nie habe ich von meinem Konto etwas bezahlt, was mich betrifft. Ich lebe ganz und gar, vom Scheitel bis zur Sohle, von Lila. Und das weiß sie, und das genügt. Was ich von meinem geheimen Konto zahle, sind Alltäglichkeiten, nicht der Rede wert, die Hundesteuer und gelegentliche Bußen, die sie verdrießen würden, Ölwechsel und Schmieren, Briefmarken, Gebühren, Bettler, Gepäckträger, Heilsarmee, lauter Bagatellen. Ich kann es einfach nicht sehen, daß eine Frau, genau wie ein Mann, immerfort nach der Börse greifen muß. Es genügt fürs Grundsätzliche, daß Lila mich ernährt und kleidet und daß ich nichts tue für ihre Ernährung, ihre Kleidung, ihre Kosmetik, ihre und unsere Vergnügen. Wenn Lila sagt: Laß uns heut einen Hummer essen? füge ich mich ihrer frohen Laune. Warum soll der Mann entscheiden, wann Luxus fällig ist? Jeder Mensch hat sein Bedürfnis nach Luxus zu einer andern Stunde, und einer von beiden muß sich fügen. Lila ist unvernünftig wie ein Mann, der zahlt. Aber sie zahlt ja. Die Vernunft des andern, der nicht bezahlt, ist Spielverderberei, und davor hüte ich mich, auch wenn es nicht immer leicht ist, Hummer zu essen nur aus Liebe zum andern; aber wer sich aushalten läßt, muß sich unterordnen. Ich lasse mich aushalten. Lila ist glücklich dabei.

Unser Alltag ist lustig.

Im Konzert sehe ich, daß Madame Stoffel an der Treppe auf uns lauert, und sage mitten in unser Gespräch hinein: weißt du übrigens, was die Stoffel macht? Das ist nun das allerletzte, was Lila bekümmert. Hoffentlich ist die nicht hier! sage ich bloß, und kurz darauf zupft Lila mich am Ärmel. Du wirst lachen, sagt sie, da drüben steht sie! Und ich lache, als glaube ich's nicht, während wir die andere Treppe nehmen.

Lila glaubt an meinen sechsten Sinn.

Sie hat gelesen, daß ein Blinder sich in seinem Haus auskenne wie keiner, der sich auf die Augen verlassen muß; nie greife ein Blinder neben die Klinke oder neben den Wasserhahn; kraft eines Raumgefühls, das sich um keinen Zentimeter täuscht, wandle er wie ein Engel, der keine Scherben macht. Dies, wenn auch in wissenschaftlicheren Worten, stand in einem amerikanischen Magazin, geschrieben von einem Professor, der über tausend Tests gemacht hat. Lila hat es mir vorgelesen. Und ich halte mich daran. Nur einmal, als ein Kurzschluß unsre Wohnung verdunkelt, habe ich Mühe wie einer, der sieht, beziehungsweise eben nicht sieht, weil es stockfinster ist. Aber da es stockfinster ist, kann auch Lila nicht sehen, wie ich Mühe habe, und als ich endlich mit einer rettenden Kerze erscheine, bin ich wieder wie ein Engel für sie.

Ich stelle mir vor:

Lila beim Kleiderkauf, Gantenbein muß sie begleiten, es erleichtere ihr die Entschlüsse, und so sitze ich dann nachmittagelang als einziger Mann in dem kleinen, aber teuren, von Kennerinnen aus aller Welt geschätzten Laden, umhängt von Kostümen, von Spiegeln umstellt; wo ich hinschaue: Gantenbein mit dem schwarzen Stöcklein zwischen den Knien, die finstere Brille im Gesicht. Ich sehe: Gantenbein ist eleganter geworden, seit ich mich aushalten lasse; ich schulde es Lila; ein blinder Herr von Welt. Lila probiert jetzt das nächste Modell, das fünfte, das seinem Urteil unterworfen werden soll. Ich bin ja gespannt; nicht auf das Modell, aber auf das Urteil von Gantenbein. Die Dame, die den geschätzten Laden führt, keine Verkäuferin, sondern Künstlerin und Freundin dazu, ihrerseits etwas zu dicklich, um es mit ihren Kundinnen aufnehmen zu können an Eleganz, aber auch eine Dame von Welt, die Lila durchaus nicht als Kundin behandelt, sondern als Schwester sozusagen, als Kennerin, als Mensch, als jemand, der ihre Begeisterungen nachzufühlen vermag, und die eigentlich, wie sie immer wieder durchblicken läßt, nichts andres wünscht als Verständnis für ihre uneigennützige und spontane Freude gerade an diesem Modell, das Lila jetzt anziehen wird, diese Dame also, die ich nicht mag, ist entzückt von Gantenbein. Nicht jeder Herr, ob Gatte oder Liebhaber, nehme sich soviel Zeit. Dann sind wir, Lila und ich, stets etwas verlegen über die Offenkundigkeit unsrer Liebe. Die Dame zieht jetzt den Vorhang; zugleich ist sie überzeugt, ich sei blind für die Preise, die Lila jedesmal mit Büscheln von Noten bezahlt, ungesehen, wie sie beide meinen, und da sie trotz der Menschenkenntnis, die sie sich zuschreibt, keine Ahnung hat, wer hier wen aushält, bin ich in ihren Augen nicht nur der geduldigste, sondern der großherzigste Herr, der je ihren kleinen, aber teuren, natürlich nicht als Laden, sondern als Atelier oder boutique bezeichneten Laden verraucht. Solange Lila in der Koje ist, tut die Verkäuferin immer, als wäre ich nicht blind. Sie werden sehen! sagt sie und läßt Kaffee über die Straße holen, damit meine Begeisterungsfähigkeit nicht nachlasse: Sie werden ja sehen! Das sind nun einmal ihre Redensarten. Aber auch Lila hinter dem Vorhang tut, als wäre die ganze Veranstaltung ausschließlich zu meinem Vergnügen. Kaffeetrinkend sitze ich wie ein Pascha, der einkauft für einen ganzen Harem; Lila nur das Modell für einen ganzen Harem. Eine ganze Bibel mit Seidenmustern, was soll ich damit? Man zweifelt nicht an meiner Blindnis, im Gegenteil; aber man möchte mir das Gefühl geben, trotzdem ernstgenommen zu werden. Natürlich nehme ich meine Brille nie ab. Wenn es draufankommt, sehe ich die Stoffarbe, indem ich seitwärts aus der Brille schiele. Lang mache ich das nicht, sonst wird mir schwindlig. Ich schiele nur im entscheidenden Augenblick.

»Du«, sagt Lila, »ich bin entschlossen.«

»Fein.«

»Ich bin sicher«, schwatzt die Dame, »Sie werden es nicht bereuen. Wie gesagt, ich habe das Kostüm bei Dior gesehen und sofort an Sie gedacht, Madame Gantenbein –«

Jetzt schiele ich.

»Wer soll das tragen dürfen«, höre ich, »wenn nicht Sie, Madame Gantenbein! Nur der Kragen, wie gesagt –«

Ich finde es unmöglich.

»Du«, sagt Lila, » – ich bin entschlossen!«

Ihre Wiederholung zeigt an, daß sie unsicher ist, hilfsbedürftig. Lila hat Geschmack, aber wie jeder Mensch auch eine Herkunft. Gesetzt den Fall, Lila wäre die Tochter eines Bankiers: natürlich scheut sie sich vor jedem Kragen, der sie zu damenhaft macht, und fällt immer wieder auf alles Schlichte herein. Oder aber, Lila wäre die Tochter eines elsässischen Kurzwarenhändlers: ob es ihr steht oder nicht, sie verfällt allem Großdamigen, und darüber wird sie farbenblind im entscheidenden Augenblick. Ich muß ihr helfen. Ob Herr Dior sie liebt, der gerade dieses Modell wie für Lila geschaffen hat, weiß ich nicht. Ich liebe Lila, ob sie die Tochter eines Bankiers ist oder die Tochter eines Kurzwarenhändlers oder die Tochter eines puritanischen Pfarrers – was ebenfalls denkbar wäre. Ich sage:

»Fein.«

»Wir müssen es nur noch abstecken, weißt du –«

Lila wird abgesteckt.

»Ist es das gelbe?« frage ich.

»Nein«, sagt sie, »das weinrote.«

Die Dame und Schwester und Künstlerin, die jetzt in die Hocke gehen muß, um den Saum abzustecken – in der Hocke, ich sehe, platzt ihr fast ihr eigner Rock – findet es unglaublich, wie es meiner Lila steht, und ich sehe, wie Lila, die sich jetzt vor Stecknadeln kaum rühren kann, bemüht ist, indem sie den Kopf zum nächsten Spiegel dreht, trotz aller Stecknadeln an das Unglaubliche zu glauben.

»Weinrot?« frage ich. »Wie Burgunder?«

»Sozusagen.«

»O ja«, sage ich, »das steht dir.«

Schwierig mit einem blinden Mann!

»Wie Burgunder?« frage ich, »oder wie?«

Gantenbein, der Blinde, erinnert sich an mancherlei Rot. Auch ein Lachsrot würde ihr stehen, meint er, sogar ein trockenes Ziegelrot, vielleicht auch ein dunkles Rot, wie welkende Rosen es zeigen, ein Schlackenrot oder so. Er liebe Rot. Er erinnere sich an ein einziges Rot, was ihr nicht stehen würde: so ein seichtes, falsches, chemisches, ein Limonadenrot. Pause. Er erinnere sich: Rot ist das Blut, rot ist die Farbe des Alarms, die Fahne bei Sprengungen beispielsweise, rot ist der Mund der Fische, der Mond und die Sonne bei Aufgang und Untergang, rot ist das

Feuer, das Eisen im Feuer, manchmal ist die Erde rot und der Tag hinter geschlossenen Lidern, rot sind Lippen, rot ist ein Kopftuch auf den braunen und grünen und grauen Landschaften von Corot, rot sind die Wunden, der Mohn, die Scham und der Zorn, vieles ist rot, der Plüsch im Theater, die Hagebutten, der Papst, die Tücher beim Stierkampf, der Teufel soll rot sein, und rot erwacht aus Grün, ja Rot ist die Farbe vor allen Farben – für Gantenbein.

Ihr Kleid ist abgesteckt.

»Du«, sagt sie, »das ist kein Limonadenrot.«

Ich rauche und warte.

»Nein«, sagt die Dame, »weiß Gott nicht!«

Ich rauche und warte.

»Oder finden Sie«, fragt Lila, indem sie in den Spiegel blickt, hinunter zu der Hockenden, »daß es limonadenrot ist –«

»Ach wo!«

Im Spiegel sehe ich, wie Lila stutzt.

»Sie können beruhigt sein«, sagt die Verkäuferin herüber zu mir, ungeduldig, sie hält alle Männer für blind, »Sie können beruhigt sein«, sagt sie und wendet sich zu Lila, »– der Herr wäre entzückt, wenn er Sie sehen könnte.«

Als Blinder nicht verpflichtet, entzückt zu sein, stelle ich weitere Fragen, die Lila mit einer Zuversicht beantwortet, der sie im Spiegel nicht standhält; zum Beispiel:

»Ist es auch nicht zu schlicht?«

Es ist bombastisch.

»Nein«, sagt Lila, »das nicht.«

Ich rauche.

»Ich bitte«, sagt Lila halblaut, »daß wir nochmals das gelbe probieren –«

Vielleicht weiß Lila schon lang, daß ich nicht blind bin, und sie läßt mir meine Rolle nur aus Liebe?

Ich stelle mir vor:

Lila, im Mantel, geht über die Bühne, Proben, Lila probt die Lady Macbeth, ich sitze im Dunkel einer Loge, meine Beine auf das Polster des Vordersessels gebettet, und kaue spanische Nüßchen, die ich, um keine Spreu zu hinterlassen, im Dunkel meiner Jackentasche aufknacke, blindlings also; die Spreu bleibt in meiner Tasche, und in dieser Spreu jeweils ein Nüßchen zu finden wird immer spannender. Die Direktion hat meine Anwesenheit bewilligt, wenn auch ungern; sie mußte wohl, um Lila, die in diesem Haus alles durchsetzt, etwas anderes abschlagen zu können. Wahrscheinlich fragt sich die Direktion, wieso ich, ein Blinder, zu den Proben kommen muß. Lila wünscht es. Ich sei ihr eine Hilfe, sagt sie... Also: Lila geht über die Bühne, Lila im Mantel, grüßend und begrüßt, als wäre sie nicht verspätet. Wie sie das macht, weiß ich nicht; wir sind miteinander ins Theater gekommen und beinahe zur Zeit, da Lila wieder einmal ihre Uhr nicht hat finden können, und ich habe sie ihr heute nicht zugespielt, damit wir einmal zur Zeit sind. Sie muß es, am Bühneneingang angekommen, gespürt haben. Vielleicht ein Gespräch auf der Treppe oder ein Brief beim Pförtner, ich weiß es nicht, jedenfalls ist die Lila-Verspätung wiederhergestellt; wir warten, Stille vor der Probe, Hammerschläge auf der Hinterbühne, Stille, der Regisseur am Pult bespricht mit seinem Assistenten, was nicht dringlich ist, aber nötig, um sich und den wartenden Schauspielern nicht das Gefühl zu geben, man warte lediglich auf Lila. Sie wird jeden Augenblick kommen, sie ist ja über die Bühne gegangen, sie ist schon in ihrer Garderobe. Stille, dann Flüche des Regisseurs, die ich in der Loge verstehe. Es ist keine Absicht von Lila, Menschen warten zu lassen, sondern eine Gabe. Sie warten. Wenn ich ihr später sagen würde, was ich gehört habe, würde Lila es nicht glauben; sie hat noch nie solche Flüche gehört, im Gegenteil, man wird bezaubert sein, entwaffnet, wenn Lila kommt, bezaubert. Also ich warte und kaue meine spanischen Nüßchen, da man in der Loge nicht rauchen darf, und warte...

Auftritt Lady Macbeth.

Im Pullover; aber man glaubt ihr –

Freilich kann Gantenbein, wenn der Regisseur eine unselige Idee hat, sich nicht einmischen; kein Regisseur läßt sich von einem Blinden etwas sagen. Ich bin ihr trotzdem eine Hilfe. Insgeheim. Nach der Probe.

Zum Beispiel:

Der Regisseur, sonst ein visueller Mann, hat die Idee, Lila ganz an die Rampe zu führen, wenn sie das geträumte Blut von ihren Händen wischen will. Einmal anders, ja, aber schlecht. Ich staune, daß er's nicht sieht, und kaue wieder meine spanischen

Nüßchen, während Lila ganz willig ist, also ganz an der Rampe ...
Später dann, beim Mittagessen nach der Probe, frage ich, warum
der Arzt und die Amme, die Shakespeare für diese berühmte
Szene aufgeboten hat, gestrichen worden sind; eine Frage, die
auch einem Blinden gestattet ist, denn ich habe den Arzt und
die Amme, die zwar nicht viel zu sagen haben, aber daneben
stehen, während die Lady spricht in ihrem rasenden Traum, nicht
gehört. In der Tat, vernehme ich, sind sie gestrichen, eben weil
sie nicht viel zu sagen haben. Was ich dazu denke, ist einfach;
wie aber soll Gantenbein (ohne zu verraten, daß er sieht, was
jedermann sehen könnte) seinen Eindruck an den Mann bringen,
der, blind vor Ideen, gerade sein Filet Mignon ißt? Um jetzt
nicht zu verraten, daß ich sehe, frage ich den Kellner, ob es ein
Filet Mignon gebe ... Bei der nächsten Probe, als wieder meine
Lady auftritt und den Kerzenleuchter an die Rampe stellt, ihre
Hände waschend nicht vor dem Arzt und der Amme, die Shakespeare als versteckte Zuschauer erfunden hat, sondern allein vor
dem Publikum, schließe ich die Augen, um meinen Eindruck
zu prüfen. Ich höre den Unterschied. Als Lila zuhaus gelernt
hat, nicht wissend, daß Gantenbein, versteckt wie die Amme
und der Arzt, sie hörte, tönte sie wie ein Mensch in der Einsamkeit seiner Angst, und ich fand's erschütternd. Jetzt nicht. Jetzt
kaue ich meine spanischen Nüßchen dazu. Derselbe Text, dieselbe Stimme; trotzdem nicht dasselbe. Weil sie an der Rampe
steht, nicht belauscht von Arzt und Amme, die sie in ihrem
Wahnsinn nicht sieht, sondern allein an der Rampe: belauscht
von Kritik und Publikum. Ich muß es ihr sagen. Du tönst wie
eine Dame von der Oxford-Gruppe, die ihre Seelennot als gesellschaftliche Nummer liefert, sage ich in einer Pause, zum Gähnen,
und als der Regisseur hinzutritt, um Lila zu trösten, frage ich
ihn, ob er nicht auch finde, sie töne wie eine Dame von der
Oxford-Gruppe, eine Exhibitionistin, es töne, als stehe sie
geradezu an der Rampe, ja, als stehe sie geradezu an der
Rampe –

Manchmal ändern sie.

Ohne es Gantenbein zu sagen: um sein Gehör auf die Probe
zu stellen ... Nach der Probe warte ich immer beim Bühnenausgang, gestützt auf mein schwarzes Stöcklein, tue, als kenne ich
die berühmtesten Schauspieler nicht, und in der ersten Zeit sind
sie auch immer vorbeigegangen, ohne zu nicken, nicht unfreund-

lich; aber was hätte ein Blinder davon, daß man nickt. Höchstens
sagte einer: Ihre Frau kommt sogleich! Indem er vorbeiging. Was
soll ein Schauspieler reden mit jemand, der ihn nie gesehen hat?
Mit der Zeit beginnen sie zu nicken, worauf ich leider, um nicht
aus meiner Rolle zu fallen, keinesfalls eingehen kann; ich starre
dann wie eine Vogelscheuche, grußlos, nicht ohne zu sehen, daß
ihre Achtung zunimmt. Achtung vor meinem Gehör. Einmal
spricht einer mich an und will wissen, ob die Verschwörung im
dritten Akt, jetzt da sie nicht mehr sieben Meter auseinanderste-
hen, eher wie eine Verschwörung töne. Offenbar hat Lila geplaudert. Er stellt sich vor:
»Ich bin Macduff.«
»Ja«, sage ich, »heute tönte es anders.«
»Siehst du«, sagt Macduff.
»Finden Sie nicht auch«, sagt ein andrer, und ich sehe, daß
er sich ausschließlich an den blinden Gantenbein wendet, »daß
es besser kommt, viel besser, daß es einfach richtiger ist, wenn
Er« – dabei zeigt er auf einen Dritten – »die Hexen nicht an-
schaut, da sie sozusagen nur eine Vision von mir sind?«
Ich bin sprachlos.
»Oder finden Sie nicht?« fragt er und erinnert sich, daß ich
ihn ja nicht sehen kann: »Ich bin Macbeth.«
Ich stelle mich ebenfalls vor:
»Gantenbein.«
Sie nehmen meine Blindenhand.
»Ich bin Banko«, sagt der Dritte.
»Sehr erfreut«, sage ich.
Lila kommt immer als letzte heraus.

Ich stelle mir vor:
Ab und zu habe ich es satt, Gantenbein zu spielen, und begebe
mich in die Natur. Nachmittag im Grunewald. Sammle Kieferzapfen und schleudere sie, soweit ich vermag, hinaus in die
Krumme Lanke, und Patsch, unser Hund, springt in das bräunli-
che stille blasige Wasser. Ich sehe den schwimmenden Kieferzapfen, er aber nicht, blind vor Eifer, paddelnd. Ich werfe einen
zweiten. Zeige mit ausgestrecktem Arm, damit er nicht ins Leere
schwimmt, und jetzt schnappt er, dreht. Zwei Ohren und eine
Schnauze mit dem Kieferzapfen, zwei Augen über Wasser... Ich
mag diese Havelseen sehr, Erinnerungen, und wie es um Berlin

wirklich steht, braucht Gantenbein nicht zu sehen; es herrsche ein reges Leben, höre ich... Zwei Augen über Wasser, während seine vier Beine unsichtbar strampeln, das ist Patsch, kein ausgebildeter Blindenhund; ich muß ihn erst dazu erziehen, und natürlich ist das nur möglich, wenn weit und breit kein Mensch ist, beispielsweise vormittags im Grunewald, während Lila im Theater probt. Viel Arbeit dort und hier. Die Szene, wie Patsch das schwarze Stöcklein seines blinden Herrn findet, geht noch immer nicht. Ob er zu dumm ist oder zu klug? Jetzt kommt er an Land, unsern Kiefernzapfen in der Schnauze. Und dann pirscht er durchs Ufergebüsch, wedelnd, keuchend, da steht er vor dem Kieferzapfen im Sand, schüttelt sich einen kurzen Regenschauer aus dem Fell. Brav, Patsch, brav! Noch ist es nicht soweit, daß ich mit meinem Hund ganze Gespräche führe. Im Weitergehen – kein Mensch ist weit und breit! – benutze ich meinen schwarzen Blindenstock, um eine Art Baseball zu spielen mit Kieferzapfen. So: Kieferzapfen in die linke Hand, Blindenstock in die rechte, jetzt werfe ich den Zapfen in die Luft – schlage mit dem Blindenstock... Sieben Treffer auf zehn Schläge, immerhin, und Patsch rennt durch den märkischen Sand, um den Treffer zu suchen. Ein entspannendes Spiel. Ich brauche das von Zeit zu Zeit. Ein Katholik hat die Beichte, um sich von seinem Geheimnis zu erholen, eine großartige Einrichtung; er kniet und bricht sein Schweigen, ohne sich den Menschen auszuliefern, und nachher erhebt er sich, tritt wieder seine Rolle unter den Menschen an, erlöst von dem unseligen Verlangen, von Menschen erkannt zu werden. Ich habe bloß meinen Hund, der schweigt wie ein Priester, und bei den ersten Menschenhäusern streichle ich ihn. Brav, Patsch, brav! Und wir nehmen einander wieder an die Leine. Schluß mit Kieferzapfenspiel! Patsch versteht, und nachdem ich das Taschenbuch (ich lese, um die Menschen an ihren Urteilen zu erkennen) in den ersten Papierkorb gesteckt habe, gehen wir wieder, wie es sich gehört, ein Blinder und sein Hund. Bei Onkel-Toms-Hütte nehmen wir die U-Bahn.

Kaffee am Kurfürstendamm:

Journalisten, Schauspieler, Kameramänner, ein Doktor, Verehrer in allen Geisteslagen, manchmal habe ich Anwandlungen von Ungeduld, von Wut geradezu, daß sie mich für blind halten, bloß weil ich ihr Mann bin; wenn ich höre, wie sie mich glauben unterrichten zu müssen:

»Lila ist eine wunderbare Frau!«

Ich streichle den Hund.

»Sie wissen nicht«, sagt einer, »was für eine wunderbare Frau Sie haben –.«

Pause.

Was soll Lila dazu sagen?

Und was soll ich dazu sagen?

Lila rückt meine Krawatte zurecht.

Ich sehe:

Lila, umworben von allen, die Augen im Kopf haben, und ihre Augen werden dabei glasiger als ihre Hornbrillen, Lila ist wehrlos, so daß sie ihr die Hand halten oder den Arm, und dabei, ich weiß es, mag Lila das gar nicht. Wie soll ich's den Herren sagen? Ich könnte jetzt, ohne Aufsehen zu erregen, eine Zeitung lesen; so sicher sind sie vor mir. Warum sehen Männer, wenn sie verliebt sind, eher dumm aus? Ich erhebe mich. Was denn los sei, fragt Lila, die Umschwärmte, so, daß die Umschwärmer ebenfalls den Kopf drehen. Nichts! Ihr Mantel ist vom Sessel gerutscht, niemand hat's gesehen, ich sage: Sie entschuldigen, Doktor, Sie treten der Dame immer auf den Mantel. Oh! sagt dieser und zieht sofort seinen Schuh zurück, aber keinerlei Schluß daraus. Er entschuldigt sich bei Lila. Die schlichte Annahme, daß der Gatte blind sei, ist unerschütterlich.

Manchmal finde ich es nicht leicht.

Aber die Vorteile, sage ich mir dann, die Vorteile, du darfst die Vorteile deiner Rolle nie vergessen, die Vorteile im großen wie im kleinen; man kann einen Blinden nicht hinters Licht führen... Ein andrer spielt die Rolle eines Schriftstellers, dessen Name auf dem monatlichen Seller-Teller unaufhaltsam emporrückt, eigentlich die Spitze hält, da man die andern Titel, unter uns gesprochen, nicht ernstnehmen kann; sein Name schwebt gerade da, wo man noch nicht von Bestsellerei reden kann, genau an der obersten Grenze von literarischem Ereignis. Er kann aber nicht wissen, daß ich den Seller-Teller gesehen habe, und ist der einzige am Tisch, der sich an den blinden Gantenbein wendet, ich wiederum der einzige, der sein Werk zu kennen nicht verpflichtet ist. Ich behandle jeden, der es nötig hat, als berühmten Mann.

»Sehen Sie«, sagt der Berühmte –

Ich sehe, während ich Patsch, der vor dem Allzumenschlichen

immer ausreißen möchte, an der Leine halte, ich sehe, wie seine Augen, während er mit dem blinden Gantenbein spricht von sich, immer wieder Ausschau halten,ob sonst wirklich niemand zuhört; ich sehe: der Mann nimmt mich ernst, weil Gantenbein nicht widersprechen kann, und da er, der mich ernstnimmt, zurzeit berühmt ist, plötzlich nehmen auch die andern mich ernst. Plötzlich soll Gantenbein sagen, wie er die deutsche Zukunft sieht, ja, ausgerechnet Gantenbein. Ich erschrecke. Ich möchte nicht ernstgenommen werden, aber gerade die Blinden nehmen sie so ernst.

»Wie sehen Sie denn die ganze Lage?«

Ich tue, als habe ich den Westen nie gesehen, und über den Osten weiß man Bescheid... Im Wagen dann, als Lila wieder ihr Schlüsselchen sucht, gebe ich ihr die Handtasche, sie hat sie auf dem Sessel liegen lassen, ich hab's gesehen, und wir können fahren, um bei dem hingerissenen Doktor einen Sekt zu trinken, ich verstehe, sozusagen unter vier Augen: Lila und der Doktor und ich. Der Hingerissene, der hinten sitzt, redet unentwegt, als wäre ich nicht nur blind, sondern auch stumm. Ich sitze neben Lila und sehe eine Hand auf ihrer Schulter, eine Hand, die von hinten kommt voll Verständnis für Lila und sie tröstet über eine blöde Kritik in der Presse. Es wäre hartherzig, wenn ich ganz und gar dazu schweigen würde; die Kritik war wirklich sehr ungerecht-witzig, und ich lege meine Hand, die blinde, auf die andere Hand, die schon seit der Gedächtniskirche auf ihrer schwachen Schulter liegt, und sage: Mach dir nichts draus! Wir fahren schweigsam.

Usw.

Was ich im Theater gelernt habe:

Ein Schauspieler, der einen Hinkenden darzustellen hat, braucht nicht mit jedem Schritt zu hinken. Es genügt, im rechten Augenblick zu hinken. Je sparsamer, um so glaubhafter. Es kommt aber auf den rechten Augenblick an. Hinkt er nur dann, wenn er sich beobachtet weiß, wirkt er als Heuchler. Hinkt er immerzu, so vergessen wir's, daß er hinkt. Tut er aber manchmal, als hinke er ja gar nicht, und hinkt, sowie er allein ist, glauben wir es. Dies als Lehre. Ein hölzernes Bein, in Wirklichkeit, hinkt unablässig, doch bemerken wir es nicht unablässig, und dies ist es, was die Kunst der Verstellung wiederzugeben hat: die überraschenden Augenblicke, nur sie. Plötzlich daran erinnert, daß dieser Mann ja hinkt, sind wir beschämt, sein Übel vergessen zu haben, und durch Beschämung überzeugt, so daß der Versteller eine ganze Weile lang nicht zu hinken braucht; er mag es sich jetzt bequem machen.

Eine alte Leidenschaft von Gantenbein, so nehme ich an, ist das Schach. Und auch das geht ohne weiteres.

Hast du gezogen? frage ich.

Moment, sagt mein Partner, Moment!

Ich sehe und warte...

Ja, sagt mein Partner, ich habe gezogen.

Nun?

B 1 × A 3, meldet mein Partner.

Also mit dem Springer! sage ich, und vor allem Partner, die noch nicht daran gewöhnt sind, daß ich das Brett im Kopf habe, sind meistens verdutzt, wenn ich, meine Pfeife stopfend, sage: Also mit dem Springer! Und am meisten verdutzt sie, daß ich immer noch weiß, wo meine Figuren stehen, die ich natürlich nie berühre; ich zünde jetzt die Pfeife an, während ich sage:

F 8 × B 3.

Mein Partner hat gehofft, ich habe meinen Läufer vergessen, und ist beschämt; dadurch büßt er nicht bloß seinen Springer ein, sondern sein gutes Gewissen, ich seh's, er beginnt zu pfuschen.

Nun? fragt Lila, wer gewinnt denn?

Gantenbein! sagt er, die Stimme so heiter wie möglich, aber nervös, ich sehe seine Finger, heimlich zählt er die Figuren, er kann's nicht fassen, früher hat mein Partner mich immer geschlagen, und ich habe nichts hinzugelernt, nicht, was mit Schach zu tun hat. Er wundert sich bloß. Er denkt nicht, sondern wundert sich.

Hast du gezogen? frage ich.

Es ist, als sehe er nichts mehr.

Also gut, sagt er, B 2 × A 3!

Mein Partner hält mich wirklich für blind.

B 5 × A 1! bitte ich, und während mein Partner eigenhändig seinen Turm hinauswerfen muß, um meine Königin in seine König-Linie zu stellen – er schüttelt den Kopf, und für den Fall, daß Gantenbein nicht im Bild ist, sagt er es selbst: Schach! –

sage ich zu Lila, sie soll uns jetzt nicht stören, aber zu spät; mein Partner legt seinen König auf den Bauch, was zu sehen mir nicht zukommt; ich warte, meine Pfeife saugend.

Matt! meldet er.

Wieso?

Matt! meldet er.

Ich werde ein Phänomen.

Jetzt ist es schon soweit, daß Lila sogar ihre Briefe herumliegen läßt, Briefe eines fremden Herrn, die unsre Ehe sprengen würden, wenn Gantenbein sie lesen würde. Er tut's nicht. Höchstens stellt er einen Aschenbecher oder ein Whisky-Glas drauf, damit kein Wind drin blättern kann.

Hoffentlich falle ich nie aus der Rolle. Was hilft Sehen! Es mag sein, daß Gantenbein, der Größe seiner Liebe nicht gewachsen, gelegentlich die Blindenbrille vom Gesicht reißt – um sofort die Hand vor seine Augen zu legen, als schmerzten sie ihn.

»Was hast du?«

»Nichts«, sage ich, »mein Liebes –«

»Kopfschmerzen?«

Wenn Lila wüßte, daß ich sehe, sie würde zweifeln an meiner Liebe, und es wäre die Hölle, ein Mann und ein Weib, aber kein Paar; erst das Geheimnis, das ein Mann und ein Weib voreinander hüten, macht sie zum Paar.

Ich bin glücklich wie noch nie mit einer Frau.

Wenn Lila, plötzlich wie aufgescheucht und gehetzt, weil offenbar verspätet, im Hinausgehen sagt, heute müsse sie zum Coiffeur gehen, sie habe Haare wie eine Hexe, und wenn Lila dann vom Coiffeur kommt, der dafür bekannt ist, daß er warten läßt, und dabei sehe ich auf den ersten Blick, daß ihr Haar nicht beim Coiffeur gewesen ist, und wenn Lila, ohne gerade zu betonen, daß sie es unter der Dauerwellenhaube gehört habe, von einem Stadtereignis berichtet, wie es etwa beim Coiffeur zu hören ist, sage ich nie: Lilalein, warum lügst du? Und wenn ich's noch so liebevoll sagen würde, sozusagen humorvoll, sie wäre gekränkt; sie würde Gantenbein fragen, woher er die unerhörte Behauptung nehme, sie sei nicht beim Coiffeur gewesen, Gantenbein, der ihr Haar ja nicht sehen kann. Ich sehe es, aber finde

94

nicht, daß Lila wie eine Hexe aussieht. Also ich sage nichts, auch nichts Humorvolles. Muß ich denn wissen, wo Lila seit vier Uhr nachmittags gewesen ist? Höchstens sage ich, ohne ihr geliebtes Haar zu berühren, versteht sich, im Vorbeigehen: Herrlich siehst Du aus! und sie fragt dann nicht, wieso Gantenbein das behaupten könne; es beglückt sie, wer immer es sagt. Und ich meine es ja auch ehrlich; Lila sieht herrlich aus, gerade wenn sie nicht beim Coiffeur gewesen ist.

Auch Lila ist glücklich wie noch nie.

Von Blumen, die plötzlich in unsrer Wohnung stehen, spreche ich nur, wenn ich weiß, wer sie geschickt hat; wenn ich es durch Lila weiß. Dann kann ich ohne weiteres sagen: Diese Orchideen von deiner Direktion, glaube ich, kann man jetzt in den Eimer werfen. Und Lila ist einverstanden. Dann und wann gibt es aber auch Blumen, die ich besser nicht erwähne, Rosen, die Lila selbst nicht erwähnt, dreißig langstielige Rosen, und obschon ihr Duft unweigerlich die Wohnung füllt, sage ich nichts. Wenn ein Gast hereinplatzt: Herrlich diese Rosen! höre ich nichts, und es wäre nicht nötig, daß Lila jetzt sagt, wer sie geschickt habe. Wenn ich höre, wer sie geschickt habe, verstehe ich nicht, warum sie die Rosen, die ich seit drei Tagen sehe, bisher verschwiegen hat. Ein harmloser Verehrer ihrer Kunst. Lila ist dann um Namen nicht verlegen; es gibt viele Verehrer ihrer Kunst, die nicht nur Gantenbein bedauern, weil er, wie sie wissen, ihre Kunst nicht sieht, sondern sie bedauern auch Lila; sie bewundern diese Frau nicht nur um ihrer Kunst willen, sondern ebenso sehr auch menschlich, da sie einen Gatten liebt, der ihre Kunst nicht sieht. Drum die Rosen. Oder was immer es sei. Ich frage nie, wer ihr das lustige Armband geschenkt habe. Was ich sehe und was ich nicht sehe, ist eine Frage des Takts. Vielleicht ist die Ehe überhaupt nur eine Frage des Takts.

Manchmal hat Lila, wie jede Frau von Geist, ihre Zusammenbrüche. Es beginnt mit einer Verstimmung, die ich sofort sehe, und jeder Mann, der sich nicht blind stellt, würde nach einer Weile fragen, was denn los sei, zärtlich vorerst, dann wirsch, da sie schweigt und immer lauter schweigt, um nicht aus ihrer Verstimmung heraus zu kommen, und schließlich schuldbewußt, ohne sich einer genauen Schuld bewußt zu sein:

Habe ich dich gekränkt?

So rede schon!
Was ist denn los?
Usw.

All diese Fragen, zärtlich oder wirsch oder abermals zärtlich oder aufsässig, da sie nach marterndem Schweigen nur halblaut und schon dem Schluchzen nahe sagt, es sei nichts, führen zu keiner Entspannung, ich weiß, nur zu einer schlaflosen Nacht; schließlich nehme ich, um Lila, wie sie es wünscht, in Ruhe zu lassen, mein Kissen, wortlos, um im Wohnzimmer auf dem Boden zu schlafen, aber ich höre ihr lautes Schluchzen kurz darauf und nach einer halben Stunde kehre ich zu Lila zurück. Aber jetzt kann sie überhaupt nicht mehr sprechen; meine Aufforderung zur Vernunft überfordert mich selbst, ich schreie, was mich ins Unrecht setzt, bis der Morgen graut, und im Laufe des andern Tages werde ich um Verzeihung bitten, ohne den Grund ihrer Verstimmung zu erfahren, und Lila wird verzeihen –

All dies bleibt Gantenbein erspart.

Ich sehe sie einfach nicht, ihre Verstimmung, die jeden, der sieht, hilflos macht; sondern ich plaudere blindlings oder schweige blindlings über ihr jähes Verstummen hinweg – es sei denn, daß Lila, von meiner Blindnis genötigt, rundheraus meldet, was sie diesmal verstimmt hat; darüber aber kann man sprechen.

Eine Lebenslage, wo Gantenbein seine Blindenbrille abnimmt, ohne deswegen aus seiner Liebesrolle zu fallen: die Umarmung.

Ein Mann, ein Weib.

Sie kennt vermutlich viele Männer, solche und solche, auch Versager, weil sie sich zu etwas verpflichtet wähnen, was von der Frau nicht in erster Linie erwartet wird, Vergewaltiger nicht aus Rausch, sondern vom Willen her, Ehrgeizlinge, die vor Ehrgeiz versagen, langweilig, Tumblinge sind die Ausnahme, einmal vielleicht ein italienischer Fischer, meistens aber Männer von Geist, Neurotiker, störbar und schwierig, wenn sie die Augen von Lila sehen, sie küssen mit geschlossenen Augen, um blind zu sein vor Verzückung, aber sie sind nicht blind, haben Angst und sind taub, haben nicht die Hände eines Blinden, Hingabe, aber nicht bedingungslos, nicht unstörbar, Zärtlichkeit, aber nicht die Zärtlichkeit eines Blinden, die erlöst von allem, worüber man erschrickt, wenn man es vom andern auch gesehen weiß; ein Blinder kommt nicht von außen; ein Blinder, eins mit seinem

Traum, vergleicht sie nicht mit andern Frauen, nicht einen Atemzug lang, er glaubt seiner Haut –

Ein Mann, ein Weib.

Erst am andern Morgen, wenn Lila noch schläft oder so tut,
als schlafe sie, um ihn nicht aus seinem Traum zu wecken, nimmt
Gantenbein schweigsam seine Brille wieder vom Nachttisch, um
Lila vor jedem Zweifel zu schützen; erst das Geheimnis, das sie
voreinander hüten, macht sie zum Paar.

Ich stelle mir vor:

Gantenbein steht in der Küche, Lila ist verzweifelt, sie kann
es nicht sehen, daß Gantenbein, ihr Mann, immer in der Küche
steht. Lila ist rührend. Sie kann es einfach nicht glauben, daß
keine saubere Tasse mehr in der Welt ist, nicht eine einzige.
Gehn wir aus! sagt sie, um den Heinzelmännchen eine Gelegenheit zu geben... Also man geht aus... Lila kann Schmutz nicht
sehen, der Anblick von Schmutz vernichtet sie. Wenn du sehen
könntest, sagt Lila, wie es in dieser Küche wieder aussieht!
Manchmal geht Lila in die Küche, um ein Glas zu waschen oder
zwei, einen Löffel oder zwei, während Gantenbein, besserwisse-
risch wie die meisten Männer, findet, in der Serie gehe es flinker.
Eine Stunde in der Küche, pfeifend oder auch nicht, wäscht er
sämtliche Löffel und sämtliche Tassen und sämtliche Gläser, um
frei zu sein für einige Zeit. Er weiß, es wird immer wieder vorkommen, daß man einen Löffel braucht oder ein Glas, meistens
ein Glas, wenn möglich eins, das nicht klebrig ist, und wenn Lila
in die Küche geht, so ist Gantenbein auch nicht frei; er weiß,
wie unpraktisch sie es macht. Und mehr als das; er weiß, man
soll einer Frau keine praktischen Ratschläge erteilen, es verletzt
sie bloß und ändert nichts. Was tun? Ein Mann, der bei einer
Frau, die er liebt, eine gewisse Tüchtigkeit vermißt, wirkt immer
lieblos; es gibt einen einzigen Ausweg: daß er darin ihren eigent-
lichen und besonderen Charme sieht, obschon das so besonders
nicht ist. Aber was tun? Solang keine Haushälterin vom Himmel
fällt, hilft es nichts, daß es Lila in der Seele kränkt, wenn sie
sieht, wie Gantenbein in der Küche steht, eine Schürze umgebun-
den, und wie er täglich die Mülleimer holt, die leeren Flaschen
entfernt und die verknitterten Zeitungen, die Drucksachen, die
Paketschnüre, die ekligen Schalen einer Orange voller Lippen-
stiftzigarettenstummelchen –

Ich glaube, ich habe die Lösung!

Da Lila wirklich nicht will, daß Gantenbein, ihr Blinder, das Geschirr wäscht, nur weil es sich nicht selber wäscht, ja, es trägt sich nicht einmal selber in die Küche, und da Lila jedesmal, wenn in der Küche alles blitzblank ist wie in einem Küchenfachgeschäft, traurig wird wie über einen heimlichen Vorwurf, ist Gantenbein dazu übergegangen, nie wieder die ganze Küche zu putzen. In der Tat, ich geb's zu, ist meistens eine kleine männliche Schadenfreude dabei gewesen, eine schnöde Lust aus männlichem Selbstmitleid, was die Küche auf Hochglanz gebracht hat. Soll nie wieder vorkommen! Gantenbein wäscht jetzt keinen Teller und keinen Löffel mehr, wenn Lila zuhaus ist, sondern nur noch insgeheim, dann immer nur soviel, daß es nicht auffällt. Die Küche sieht aus, als kümmere sich niemand drum, und doch, siehe da, findet man stets noch ein paar Gläser, ein paar saubere Messer, immer gerade genug, und die Aschenbecher sind nie so blank, daß sie wie ein Vorwurf blitzen, nur die Asche wächst nicht zu Bergen an, die ekligen Dattelkerne darin sind verdunstet, ebenso die klebrigen Ringe von Weingläsern auf dem marmornen Tischlein; die Drucksachen, die Magazine von der letzten Woche sind verschwunden, als hätten sie ihre vergilbte Überholtheit endlich selber eingesehen – Gantenbein aber sitzt im Schaukelstuhl, eine Zigarre rauchend, wenn Lila nachhaus kommt, und Lila ist erleichtert, daß er sich nicht mehr glaubt um die Küche kümmern zu müssen.

»Siehst du«, sagt sie, »es geht auch so.«

Alltag ist nur durch Wunder erträglich.

Ich liebe die Septembermorgen, tau-grau-blau, Sonne wie hinter Rauch, die ländlichen Häuser erscheinen wie in Seidenpapier, der See blinkt, das andere Ufer verdunstet, Herbst, ich stehe zwischen den gläsernen Gewächshäusern, Patsch an der Leine, zwischen den Beeten einer ländlichen Gärtnerei – brillenlos, um die Farben der Blumen richtig zu sehen, und die gelbe Armbinde habe ich in die Hosentasche versteckt, damit der freundliche Gärtner nicht meint, er könne Welkes verkaufen. Sein Messer blinkt wie der See. Rittersporn, ja, oder was das nun ist, ich nicke, und jeder Stiel, den ich mit Nicken begrüße, kommt ans Messer und fällt mit einem leisen Knack, Blumen für Lila, Knack, Knack, Knack, ein ganzer Gärtnerarm voll blauem Rittersporn, knack, bis ich sage: Genug! Ich möchte noch etwas Gelbes dazu, nein, etwas Blasseres, nicht zuviel, dazu einige Dolden in Rot, Astern, ja, auch Dahlien, ja, Burgunderrot, ja, viel Burgunderrot, viel...

Heute kommt Lila von Gastspielen zurück.

Wüßte sie, wie Gantenbein die lodernden oder glimmenden Farben dieser Welt genießt, wenn sie auf Reisen ist, und wie er sie betrügt mit jeder Blume, die er sieht!

Ihre Maschine kommt um 15.40.

Jetzt, zuhause, büschle ich die Blumen in die Vase, büschle, trete zurück mit schiefem Kopf, brillenlos, um das Zusammenspiel der Farben prüfen zu können, büschle abermals, ich habe ja Zeit, Tage der Sehnsucht sind lang, die Stunden noch länger, ich tue das gern, dieses Büscheln und Warten und Umbüscheln, und obschon ich weiß, daß Lila nie früher kommt als versprochen, manchmal später, aber nie früher, bin ich doch nervös. Weg mit dieser Wolke von knisterndem Seidenpapier, weg mit den Stielen, weg damit! Als ich bereit bin, schlägt es elf Uhr, ein letzter Blick ohne Brille: ich bin entzückt, man soll sich nicht selber loben, aber ich bin entzückt über meinen Geschmack, untätig jetzt, da es nichts mehr zu büscheln gibt, ich pfeife vielleicht, zu unruhig, um mich setzen und eine Zeitung lesen zu können, also stehend, zwei oder drei Mal bücke ich mich noch, um eine abgefallene Blüte vom Teppich zu nehmen, dann ist auch das vollbracht. Ich weiß, daß Lila jetzt noch nicht einmal im Flugzeug sitzt, und bücke mich noch ein viertes und fünftes Mal, weil wieder eine blaue Blüte abgefallen ist, ein ungeduldiger Rittersporn, wahrscheinlich liegt Lila sogar noch im Bett, und ich denke: Hoffentlich verpaßt sie ihr Flugzeug nicht! und stehe, eine Zigarette im Mund, die ich anzuzünden vergesse, weil ich einmal auf die Uhr, einmal auf die Blumen blicke, immer noch ist da ein Zweig, eine Dolde, eine Farbe, die mich stört, es sieht nicht nach blindem Zufall aus, und das soll es unbedingt, meine ich, unbedingt, ich möchte, daß Lila später, nicht sogleich bei ihrer Heimkehr, aber später, wenn dieses Zimmer bereits wieder voller Handtaschen und Magazine und Handschuhe ist, sich freuen kann, ohne Gantenbein loben zu müssen, im Gegenteil, sie soll mir erzählen, wie schön der Zufall aussieht, ja, oft brauche ich Stunden, bis es soweit ist – ich büschle schon wieder, immer wieder flattert eine Blüte nieder, schön auch auf dem Teppich, Flocken gelb und blau, tauig noch immer, natürlich habe ich die Blindenbrille stets zur Hand, falls Lila früher kommt, zeitweise halte ich sie mit den Zähnen, meine Blindenbrille, wenn ich beide Hände brauche für den Strauß, und lausche wie ein Kind, das nascht, zitternd im Grund meiner Seele...

Ich glaube, ich liebe sie wirklich.

Am andern Tag, als ich das Telegramm (ANKOMME ERST FREITAG 10.45) dahin gedeutet habe, daß die letzte Filmaufnahme im Freien wahrscheinlich wegen Herbstnebel hat verschoben werden müssen, hat mein Strauß leider an Frische eingebüßt; ich wische nochmals die Blüten vom Teppich, die er über Nacht verloren hat, vor allem die Dahlien, die schwerköpfigen, neigen sich bedenklich. Ich büschle den Rest noch einmal – vergeblich... Ich sehe: mein Strauß, indem er zeigt, daß er von gestern ist, steht jetzt wie ein Vorwurf in der Vase, stumm, Lila wird verstimmt sein, obschon ich nichts sagen werde, nichts fragen. Es ist, man sieht's einfach, kein spontaner Strauß mehr. So werfe ich ihn weg, bevor ich zum Flughafen hinaus fahre; natürlich nicht in den Mülleimer, wo Lila ihn sehen könnte, sondern in den Keller, wo er, von alten Magazinen bedeckt, ungesehen welken kann. Es soll aussehen, als habe ich einfach nicht an Blumen gedacht. Das heißt, die Vase muß auch noch gewaschen werden, bevor ich zum Flughafen hinaus fahre –

Lila ist bereits gelandet.

Beinah wäre Gantenbein zu spät gekommen (auch das Treppenhaus mußte im letzten Augenblick noch von gelben und blauen Blüten gereinigt werden), und ich sehe gerade noch: der Herr, der ihre Siebensachen zum Zoll trägt, ist immer noch derselbe. Patsch winselt, als der fremde Herr und Lila, seine Herrin, sich fünf Meter vor seinem blinden Herrn verabschieden; ich muß ihn mit aller Kraft an der Leine halten, meinen dummen Köter.

Hoffentlich werde ich nie eifersüchtig!

Ein Bäckermeister in O., ein vierzigjähriger Mann, im Dorf bekannt als gutmütig und verläßlich, hat aus Eifersucht folgendermaßen gehandelt: zuerst schoß er mit dem Ordonnanzgewehr, das jeder Eidgenosse im Schrank hat, auf den Liebhaber seiner

Frau, einen einundzwanzigjährigen Tiroler, nicht ziellos, sondern genau in die Lenden, dann nahm er das rostfreie Soldatenmesser, das ebenfalls zur Ausrüstung im Schrank gehört, und zerschnitt seiner Frau, Mutter von zwei Kindern, zurzeit schwanger, das Gesicht; daraufhin brachte der Bäckermeister, indem er sie wie Brote in seinen Lieferwagen legte, die beiden Opfer selbst ins nächste Spital; das Liebespaar befinde sich außer Gefahr – laut Zeitungsbericht… Eine Woche später erzählt Burri, mein Arzt, warum er neulich nicht zum Schach gekommen sei. Er habe an jenem Abend den Anruf einer Frau bekommen, die fragte, ob es gefährlich sei, wenn jemand zehn Schlaftabletten nimmt. Auf die Frage des Arztes, wer am Apparat sei, wird abgehängt. Kurz darauf ein neuer Anruf von derselben Frauenstimme, die bittet, der Arzt möge sofort kommen, jetzt mit Angabe von Namen und Adresse; es eile. (Es war unser Donnerstag, ich hatte die Schachfiguren schon aufgestellt und wartete.) In der Stube findet er die Bäckersfrau, die schwanger ist, und den jungen Bäckergesellen. Sie lieben einander halt. Und drum kann der Bäckermeister von O. nicht schlafen, das ist alles; er liege oben. Als der Arzt hinaufgeht, findet er die Kammer aber leer. Folgt ein längeres Gespräch zwischen dem Arzt und der Frau in der Stube. Der hemdärmlige Tiroler, von Burri befragt, ob er die schwangere Bäckermeisterin heiraten wolle, sagt mit gespreizten Beinen: No gehn S', wo i ka Existänz hob! Der Bäckermeister scheint tatsächlich den Kopf verloren zu haben. Zehn Schlafpulver? In diesem Augenblick – Burri glaubt seinen Augen nicht – öffnet sich der Schrank, und heraustritt, wie in einer Posse, der gutmütige und verläßliche Bäckermeister in weißer Schürze. Endlich! sagt er, endlich wisse er Bescheid. Also doch! sagt er, in diesem Augenblick der Gefaßteste von allen, würdig trotz seines lächerlichen Auftritts, vernünftig, befriedigt, da seine lange Eifersucht also nicht ohne Grund gewesen ist. Endlich hat sie's gestanden! sagt er. Trotz langer Besprechung mit dem Arzt, der also sein Köfferchen nicht zu öffnen braucht, einigt man sich nicht, wer hier im Recht ist, und der nüchterne Vorschlag des Arztes, der Geselle solle das Haus verlassen und sich eine andere Stelle suchen, überzeugt gerade den Gesellen nicht, und die Frau, die zwischen zwei Vätern steht, findet vor allem, der Bäckermeister solle sich schämen, eine Forderung, die wiederum den Bäckermeister nicht überzeugt. Immerhin ist man allerseits gefaßt, als

Burri endlich (zu spät für unser Schach, ich verstehe) das Haus verläßt, auf der Heimfahrt nachträglich belustigt über den Auftritt des mehligen Bäckermeisters aus dem Schrank... Tage später, als der Arzt wieder einmal durch O. fährt und das traute Licht in der Stube sieht, fühlt er sich zu einem Besuch verpflichtet, um sich nach der Lösung im Haus zu erkundigen.

Diesmal findet er den Bäckermeister allein in der Stube. Wie es gehe? Der Mann sitzt ruhig und nüchtern. Ob der Herr Doktor denn keine Zeitung lese? Man trinkt ein Pflümli unter Männern. Viel mehr als in der Zeitung geschrieben steht, weiß auch der Bäckermeister nicht. Nur soviel: – nachdem der Herr Doktor damals gegangen war, bat er sein Anneli hinauf ins Ehezimmer, um sogleich ein neues Leben anzufangen, wie es ja der Herr Doktor auf der Schwelle vorgeschlagen hatte. Sie versagte sich seiner Hoffnung nicht; zum ersten Mal wieder schlief er ohne Schlafpulver, daher nicht so tief wie sonst, so daß die Leere des Bettes ihn weckte, die Kühle nebenan. Das war ungefähr um ein Uhr, eine Stunde, nachdem Burri gegangen war. Jetzt hatte er halt eine Wut. Bloß um zu drohen, nahm er das Gewehr aus dem Schrank, das Taschenmesser, ging in die Stube hinunter. Sie taten ihm den Gefallen, ja, hier auf diesem Sofa fand er sie beisammen in der dunklen Stube hemdenweiß im Mondenschein, vierbeinig. Als er Licht machte, war's schon geschehen: der Geselle, der keine andere Stelle suchen wollte, wand sich unter Geheul, und sein Anneli erbarmte ihn wegen ihres Gesichtes, das aus allen Lügen blutete. Obschon als Täter, wie er selbst sah, niemand anders in Frage kam als er selbst, verhielt sich der Bäckermeister wie jemand, der von außen dazukommt und vollkommen bei Sinnen ist; sofort rief er den Arzt an, der aber nicht mehr zu erreichen war, dann fuhr er, wie in der Zeitung beschrieben, das Liebespaar mit seinem Lieferwagen ins nächste Spital, wo man ihn als verläßlichen Bäckermeister kannte, und sich selbst zur Polizei, wo man ihn in eben diesem Sinne kannte.

Natürlich wird er vor Gericht kommen.

Ich überlege, warum er den Gesellen grad in die Lende schoß, warum er hingegen der Frau nicht den Körper verstümmelte, sondern das Gesicht: der Körper ist unschuldig, der Körper ist das Geschlecht, das Gesicht ist die Person... Als ich neulich nach O. fuhr, um diesen Bäckermeister zu sehen, war er nicht im Laden. Ich kaufte dennoch ein Brot, das ich später in einem Hühnerhof verfütterte. Ein zweites Brot, das mir wieder die Lehrtochter verkaufte, verfütterte ich den Schwänen am See. Ich wußte nicht, warum ich diesen Bäckermeister glaubte sehen zu müssen. Als ich es kurz vor Feierabend nochmals wagte, kannte ich bereits das Klingeln der Ladentüre, dann diese brotige Luft in dem ländlichen Laden, die Stille, bis endlich jemand kommt; ich sah schon, daß jetzt keine Brote mehr auf dem Gestell lagen, nicht einmal Weggli, es gab nur noch Wähen und Konfekt, und ich überlegte gerade, was ich für die Schwäne sonst noch kaufen könnte, Zwieback vielleicht, und erschrak, als plötzlich – wie erhofft – der Bäckermeister persönlich in den Laden schlurfte mit seinen mehligen Pantoffeln. Ein Mann mit einer Tat, ahnungslos wie ein Gendarm, der solche Taten immer nur von außen sieht, ein Mann aus altem Schrot und Korn, vermutlich Turner, wenn auch backstubenbleich, einheimisch von jener Art, daß Verbrechen als etwas Ausländisches erscheint, ein Mann, dem man es einfach nicht zutraut – wie den meisten Tätern – fragte er mich, was ich wünsche. Seine Tat, sah ich, paßte überhaupt nicht zu ihm. Das gibt es: plötzlich tut einer meine Tat, die ihn ins Gefängnis bringen wird, und ich stehe da mit dem Schrecken über mich. Ich kaufte eine Schokolade, als ob nichts wäre, und zahlte etwas verwirrt, ging meines Weges und sah, wie er mir mißtrauisch nachschaute.

Camilla Huber ist unbezahlbar: sie glaubt an wahre Geschichten, sie ist wild auf wahre Geschichten, es fesselt sie alles, wovon sie glaubt, daß es geschehen sei, und sei's noch so belanglos, was ich während der Manicure erzähle: – aber geschehen muß es sein... Natürlich komme ich nie, ohne mich anzumelden, und dann mit höflicher Verspätung, ausgestattet mit dem schwarzen Stöcklein und der gelben Armbinde, die Blindenbrille im Gesicht; ich treffe Camilla Huber nie im Negligé; sie läßt mich im Korridor warten, bis sie sich gekämmt hat und angekleidet, bis das Zimmer in Ordnung gebracht ist. Sie will von ihrem Leben nicht mehr sehen als ich. Wenn es dann soweit ist, daß Gantenbein eintreten kann, sehe ich keine Büstenhalter und keine Strümpfe mehr, einmal vielleicht eine Hunderternote neben dem Cognac, einmal eine männliche Armbanduhr. Hoffentlich kommt der Vergeßliche nicht zurück! Offenbar ist Gantenbein der einzige Kunde, der sich wirklich eine Manicure machen läßt. Und Camilla ist froh um mich, glaube ich, wie um ein Alibi, und meine Manicure wird tatsächlich durchgeführt mit viel Instrumenten, die sie der Polizei zuliebe besitzt, und mit einer rührenden Geduld beiderseits, da der braven Camilla, wie ich spüre, jegliche Übung fehlt. Ich würde öfter meine Fingernägel schneiden lassen, wenn nicht Camilla Huber jedesmal eine Geschichte erwartete, womöglich eine Geschichte mit Fortsetzungen; schon beim ersten Finger, den ich ihr gebe, spätestens aber beim zweiten fragt sie rundheraus:

»Wie ist das jetzt weitergegangen?«

»Ich habe gesprochen mit ihm.«

»Ach.«

»Ja.«

Camilla Huber, jetzt in einem weißen Mäntelchen, sitzt auf einem niedrigen Schemel, während Gantenbein, seine Hand auf einem samtenen Kissen, sich feilen läßt, seine Pfeife in der andern Hand.

»Sie haben wirklich gesprochen mit ihm?«

»Ja«, sage ich, »ein feiner Mensch.«

»Sehn Sie«, sagt sie und lacht, ohne von meinen Fingern aufzuschauen, »und Sie wollten ihn schon in die Lende schießen!«

Ich schweige beschämt.

»Sehn Sie!« sagt sie und feilt und kann nicht umhin zu fragen. »Und was sagt er denn?«

»Er verehre meine Frau.«

»Und?«

»Ich kann ihn verstehen«, berichte ich, »wir haben über Mythologie gesprochen, er weiß viel, er hat einen Ruf nach Harvard, aber er geht nicht, glaube ich, wegen meiner Frau.« Pause. »Ein feiner Kopf«, sage ich und rauche, »wirklich.«

Camilla ist verwundert.

»Haben Sie ihn denn nicht zur Rede gestellt?« fragt sie feilend, als Frau ganz auf der Seite ihres blinden Kunden: »– ich kann nicht glauben, daß das ein feiner Kerl ist!«

»Warum nicht?« frage ich sachlich-nobel.

»Sonst würde er das nicht tun.«

»Was«, frage ich, »was würde er nicht tun?«

»Eben«, sagt sie, »was Sie sich vorstellen.«

104

Ich berichte:

»Wir haben über Mythologie gesprochen, ja, fast eine Stunde lang, es fiel uns nichts anderes ein, es war interessant. Erst als wir den dritten Campari getrunken hatten, sagte er, daß er meine Frau verehre, ich zahlte gerade –«

Camilla feilt.

»Zum Schluß hat er mir seinen Aufsatz geschenkt«, sage ich, »eine Abhandlung über Hermes«, sage ich in jenem unerschütterlich-verhaltenen Ton, der die Kluft zwischen einem verhältnismäßig gebildeten und einem verhältnismäßig ungebildeten Menschen keineswegs betont, aber auch keineswegs verhehlt: »Er ist wirklich ein Kopf.«

»Und Ihre Frau?«

Ich verstehe ihre Frage nicht.

»Wie stellt sie sich die Zukunft vor?«

Jetzt muß Gantenbein die andere Hand geben, während Camilla Huber ihren kleinen Schemel auf die andere Seite zieht, alles spiegelbildlich, auch meine Pfeife rückt jetzt in den anderen Mundwinkel.

»Sie liebt ihn?«

»Ich nehme es an.«

»Wie sieht er denn aus?«

Sie vergißt, daß Gantenbein blind ist.

»Und Sie sind sicher«, fragte sie nach einer Weile schmerzlicher Arbeit, »daß er es ist?«

»Keineswegs.«

»Sie sind aber komisch!« sagt sie, »– jetzt reden Sie die ganze Zeit von einem Mann, der ein Verhältnis habe mit Ihrer Frau, und dabei wissen Sie gar nicht, wer es ist?«

»Ich bin blind.«

Ich sehe, wie sie ihren Kopf senkt, ihren wasserstoffblonden Scheitel; Gantenbein nutzt den Augenblick, um seine fertigen Fingernägel zu betrachten. Manchmal entschuldigt sich Camilla Huber, wenn sie bemerkt, daß Gantenbein zuckt, und man redet dann über anderes, über Manicure; aber es läßt ihr keine Ruhe.

»– aber Sie können sich vorstellen«, fragt sie feilend, »daß er es ist, dieser Herr Enderling oder wie er heißt?«

Ich nicke.

»Wieso gerade der?« fragt sie.

»Das frage ich mich auch.«

105

Camilla läßt nicht locker.

»Eine solche Ungewißheit«, sagt sie und blickt Gantenbein an, als wäre ich der einzige Mensch in seiner Lage, »das muß ja furchtbar sein!«

»Ist es«, sage ich, »ist es.«

Später dann, nach vollstreckter Manicure, die mit einem gemütlichen Cognac gefeiert wird, und nachdem ich bereits mein schwarzes Stöcklein genommen habe, kommt sie nochmals darauf zurück.

»– aber Sie sind sicher«, fragt sie mit der Indiskretion der Anteilnahme, »Sie sind sicher, daß Ihre Frau ein Verhältnis mit einem andern hat?«

»Keineswegs.«

Camilla ist enttäuscht, als sei es deswegen keine wahre Geschichte, und scheint sich zu fragen, wozu ich es denn erzähle.

»Ich kann es mir nur vorstellen.«

Das ist das Wahre an der Geschichte.

PS.

Einmal kommt ein Polizist. Sie kommen in Zivil, das ist das Niederträchtige. Er tritt, kaum hat die Manicure-Huber (so heißt sie bei der Polizei) die Tür aufgemacht, ungebeten ins Zimmer hinein. Ohne seinen Hut abzunehmen. Statt dessen zeigt er lediglich seinen Ausweis insbesondere dem blinden Gantenbein: Kantonspolizei! worauf Gantenbein seinerseits den Blinden-Ausweis zeigt, und dieser Blinden-Ausweis ist das einzige, woran der kleine Dicke mit dem Hut auf dem Kopf wirklich glaubt. Alles andere hier scheint ihm zweifelhaft, sogar die Manicure-Utensilien, das weiße Kittelchen, das Fräulein Huber bei der Arbeit trägt. Er merkt, daß hier etwas gespielt wird. Aber was? Endlich sagt er: Na ja. Einen dritten Ausweis, den Camilla unterdessen hervorgekramt hat, ihre Arbeitsbewilligung, wie sie schnippisch erklärt, mag er sich nicht anschauen, als schäme er sich vor dem Blinden. Er murrt: Schon gut. Es ist ihnen nicht geheuer mit einem Blinden, ich erlebe das immer wieder. Noch keiner beispielsweise hat den Ausweis, wenn Gantenbein ihn zeigt, wirklich anzuschauen gewagt. Schließlich geht er, ohne einen Rapport zu machen, nicht eben höflich, nur verlegen, indem er sich irgendwie großmütig vorkommt. Er wollte Camilla nicht bloßstellen vor einem Blinden.

Enderlin mit seinem Ruf nach Harvard, von Bekannten befragt, wann er denn nun nach Harvard gehe, zuckt die Achsel, redet sofort über anderes –

Warum geht er nicht?

Bald sieht es so aus, als wäre es ein Schwindel gewesen, dieser Ruf nach Harvard, eine dreizeilige Ente, zu der man ihn beglückwünscht hat. Wer es freundlich meint mit Enderlin, spricht ihn schon nicht mehr darauf an. Und es ist ihm lieber so. Enderlin glaubt selbst nicht daran, und da hilft kein Dokument, das er in der Brusttasche trägt und vorzeigen könnte – wie Gantenbein seinen Blinden-Ausweis... Er kann nicht. Längst hätte er schreiben müssen, wann er nun kommen werde, Sommersemester oder Wintersemester oder wie das in Harvard sich nennt. Er kann nicht. Wochen vergehen. Enderlin ist einfach nicht der Mann, dem dieser Ruf nach Harvard gilt, und so oft Enderlin nur daran denken muß, Kalender zu machen, erschrickt er, als müßte er auf einen Sockel steigen, und er kann nicht. Bescheidenheit? So ist es nicht. Dieser Ruf nach Harvard (Enderlin kann dieses Wort schon nicht mehr hören!) ist ziemlich genau, was Enderlin sich schon lange gewünscht hat. Vielleicht hat die Notiz in den Zeitungen ihn darum so verwirrt: ein insgeheimer Anspruch plötzlich so veröffentlicht! Und das ist keine Ente. Trotzdem kommt er sich wie ein Schwindler vor. Und das wittert man natürlich; darum glaubt eigentlich niemand mehr so richtig an diesen Ruf, ausgenommen der Dean von der Harvard University, aber niemand, der Enderlin kennt. Dabei kennen wir seine Leistungen; sie zwingen durchaus zur Anerkennung. Das ist's ja! Wer, wie Enderlin, sich einmal so entworfen hat, daß er sich durch Leistungen legitimieren muß, wirkt im Grunde nie vertrauenswürdig. Wir beglückwünschen ihn, nun ja, zu seinem Erfolg. Nur hilft ihm das nichts. Die Vorlesung, die Enderlin in Harvard halten sollte, hat er. Und er brauchte sie bloß in den Koffer zu packen. Aber er kann nicht. Was überzeugt, sind nicht Leistungen, sondern die Rolle, die einer spielt. Das ist's, was Enderlin spürt, was ihn erschreckt. Krank werden, um nicht nach Harvard fahren zu können, wäre das Einfachste. Enderlin kann keine Rolle spielen –

Ich kenne einen Gegenfall:

Ein Mann, Botschafter einer Großmacht, ist in der Sommerfrische zusammengebrochen, aber es ist, wie sich herausstellt, kein Herzinfarkt, nur eine Einsicht, was ihn getroffen hat, und da hilft kein Urlaub, um sich davon zu erholen, kein neuer Orden, um sich daran aufzurichten. Er hat eingesehen, daß er gar nicht die Exzellenz ist, für die ihn die Welt, unter Kronleuchtern empfangen, zu halten vorgibt. Kraft des Amtes, das er innehat, muß man ihn ernstnehmen, wenigstens solange er es innehat, solange er im Namen seiner Großmacht und um seines Titels willen sich selbst ernstnehmen muß. Wieso muß? Ein Schreiben an seine Regierung, eigenhändig getippt, damit kein Sekretär davon erfährt, daß er einem falschen Mann gedient hat seit Jahr und Tag, liegt bereit – ein Gesuch um Rücktritt... Aber er tritt nicht zurück. Er wählt das Größere: die Rolle. Seine Selbsterkenntnis bleibt sein Geheimnis. Er erfüllt sein Amt. Er läßt sich sogar befördern und erfüllt sein Amt, ohne zu blinzeln. Was er fortan von sich selber hält, geht die Welt nichts an. Er spielt also, versetzt nach Washington oder Peking oder Moskau, weiterhin den Botschafter, wissend, daß er spielt, und den Leuten ringsum, die da glauben, er sei der rechte Mann am rechten Platz, nimmt er nicht ihren Glauben, der nützlich ist. Es genügt, daß er selbst nicht glaubt. Er ist heiter und würdig, und die an ihm zweifeln, verwunden ihn nicht; er braucht sie nicht zu fürchten und nicht zu hassen, nur zu bekämpfen. Und es geschieht, was aussieht wie ein Wunder: indem er eigentlich bloß spielt, leistet er nicht nur Ordentliches wie bisher, sondern Außerordentliches. Sein Name erscheint in den Schlagzeilen der Weltpresse; auch das macht ihn nicht irre. Er meistert seine Rolle, die somit die Rolle eines Hochstaplers ist, kraft des Geheimnisses, das er nicht preisgibt, nie, auch nicht unter vier Augen. Er weiß: jede Selbsterkenntnis, die nicht schweigen kann, macht kleiner und kleiner. Er weiß: wer nicht schweigen kann, will erkannt sein in der Größe seiner Selbsterkenntnis, die keine ist, wenn sie nicht schweigen kann, und man wird empfindlich, man fühlt sich verraten, indem man von Menschen erkannt sein will, man wird lächerlich, ehrgeizig im umgekehrten Grad seiner Selbsterkenntnis. Das ist wichtig: auch nicht unter vier Augen. Gesagt ist gesagt für immer. So tut er, als glaube er an seine eigene Exzellenz, und versagt sich jede Anbiederung mit Leuten, insbesondere mit Freunden, die ihn so einschätzen, wie er sich selbst einschätzt. Kein Geständnis macht ihn hörig. Dank seiner Persönlichkeit, die er spielt, wird eine Stadt vor der Zerstörung durch Bomber gerettet, und sein Name wird eingehen in die Geschichte, er weiß es, ohne zu lächeln, sein Name wird in Marmor geschrieben, wenn er stirbt, als Name einer Straße oder eines Platzes, und eines Tages stirbt er. Man findet kein Tagebuch, keinen Brief und keinen Zettel, der uns verrät, was er all die Jahre gewußt hat, nämlich daß er ein Hochstapler gewesen ist, ein Scharlatan. Er nimmt sein Geheimnis, daß er gewußt hat, ins Grab, dem es an ehrenvollen Schleifen nicht fehlt, an Kränzen groß und Reden lang, die seine Selbsterkenntnis für immer zudecken. Er schielt nicht über sein Grab hinaus; angesichts seiner Totenmaske, die wie manche Totenmasken etwas Lächelndes hat, wundern wir uns: sie hat einen Zug von Größe, unleugbar. Und sogar wir, die wir nie viel gehalten haben von ihm, ändern lautlos unser Urteil, weil er nie danach gefragt hat, angesichts seiner Totenmaske.

Gestern, in Gesellschaft bei Burri, redete man einmal mehr über Kommunismus und Imperialismus, über Cuba, jemand redete von der Berliner Mauer, Meinungen, Gegenmeinungen, leidenschaftlich, ein Schach auch so, Zug und Gegenzug, ein Gesellschaftsspiel, bis einer, bisher stumm, erzählte von seiner Flucht. Ohne Meinung. Einfach so: Handlung mit Schüssen, die seinen Genossen treffen, und mit einer Braut, die zurückblieb. Später befragt, was er von seiner Braut wisse, schwieg er. Wir alle verstummten – ich frage mich dann selbst, im stillen meine kalte Pfeife saugend, angesichts jeder wirklichen Geschichte, was ich eigentlich mache: – Entwürfe zu einem Ich!...

wieder wieder einmal erwacht, noch ungekämmt, aber geduscht und angekleidet, wenn auch noch ohne Jacke und ohne Krawatte, so vermute ich, denn die ersten Verrichtungen sind mechanisch, Ohnmacht der Gewohnheit, ich weiß bloß, daß ich wieder einmal auf dem Rand eines Bettes sitze, ja, wieder einmal erwacht, aber noch von Träumen umlauert, die bei genauem Hinsehen, so fürchte ich, durchaus keine Träume sind, sondern Erinnerung, aber nicht Erinnerung an diese Nacht, sondern Erinnerung überhaupt, Bodensatz der Erfahrung, dabei bin ich erwacht, wie gesagt, sogar gewaschen und frei von Gefühl, vielleicht sogar pfeifend, ich weiß es nicht genau, unwichtig, und wenn ich in diesem Augenblick leise pfeife, dann nur, um nicht sprechen zu müssen, auch nicht mit mir selbst, ich habe mir jetzt nichts zu sagen, ich muß zum Flugplatz, Herrgottnochmal, es ist höchste Zeit, so vermute ich und habe dennoch keine Eile, als wäre dies schon gewesen, lang ist's her, es wundert mich, daß kein Preßluftbohrer knattert, ich horche, Stille, es gackern auch keine Hühner, ich horche, kein Tingeltangel ist zu hören, Erinnerung, Gedampf und Gepuffer aus einem nächtlichen Güterbahnhof, das war einmal, Pfiffe und Echo der Pfiffe, ich halte den Atem an, Stille, einen Atemzug lang reglos wie eine Skulptur, so sitze ich, Pose des Dornausziehers, aber ich ziehe keinen Dorn aus, sondern einen Schuh an, übrigens schon den zweiten, ab und zu ein Liftgeräusch, aber ich bin nicht einmal sicher, ob nicht auch dieses Luftgeräusch nur aus der Erinnerung kommt, Erinnerung an eine Nacht, eine andere, es stört mich nicht, ich sehe nur, daß doch meine Krawatte noch drüben am Sessel hängt, hingegen die Uhr habe ich am Arm, ja, es ist Zeit, so vermute ich, Zeit wie immer, Zeit, um aufzubrechen in die Zukunft, ich bin entschlossen und rasiert, eigentlich munter, ohne es gerade zu zeigen, wieder einmal erwacht, frei von Sehnsucht, frei, offenbar habe ich mir inzwischen eine Zigarette angesteckt, jedenfalls muß ich blinzeln wegen Rauch, und wenn nicht ich es bin, der da raucht, so weiß ich nicht, wer raucht, ich weiß nur, wann mein Flugzeug fliegt, eine Caravelle, hoffe ich, ja, das Wetter, es wird sich zeigen, sobald ich dieses Zimmer verlassen habe, nur jetzt nichts vergessen, jetzt auch keine Worte, die liegen bleiben, keine Gedanken, ich sitze auf dem Rand eines Bettes und schnüre meinen rechten Schuh, mich dünkt, seit einer halben Ewigkeit schon... einen Augenblick, jetzt bevor ich den Fuß auf den Teppich stelle, halte ich inne: – immer wieder, ich weiß es ja schon und doch erschrecke ich reglos, bin ich Enderlin, ich werde noch sterben als Enderlin.

Also ich fahre zum Flugplatz.

Im Taxi, die Hand an der schäbigen Schlaufe, sehe ich draußen die Welt, Fassaden, Reklamen, Denkmäler, Autobusse –

Déjà vu!

Ich versuche irgend etwas zu denken.

Zum Beispiel:

Was ich neulich in unserem Gespräch über Kommunismus und Kapitalismus, über China, über Cuba, über Atomtod und über die Ernährungslage der Menschheit, falls sie sich verzehnfacht, hätte sagen können, insbesondere über Cuba, ich war einmal auf Cuba – aber jetzt bin ich hier, befragt nach der Anzahl meiner Koffer, während ich den Paß von Enderlin zeige, eine grüne Karte bekomme. *Flight number seven-o-five,* die Maschine habe Verspätung, höre ich, wegen Nebel in Hamburg, während hier die Sonne scheint.

Ob sie es ihrem Mann gestehen wird?

Enderlin ist nicht der einzige, der hier wartet. Und ich versuche ihn zu unterhalten, was aber nicht leicht ist, da er insgeheim an die Nacht denkt, und dazu fällt mir nichts ein –

Ein vorbildlicher Flughafen!

Ich kaufe Zeitungen:

Wieder ein Experiment mit Atombomben!

– dazu fällt Enderlin nichts ein.

Ob er es jemand gestehen wird?

Ich versuche irgend etwas zu denken – dieses Liebesinnenleben, offen gestanden, ist mir zu langweilig, zu bekannt – zum Beispiel: wie diese Halle konstruiert ist, Eisenbeton, die Form ist überzeugend, schwungvoll, leicht und schwebend. Schön. Betreffend die Konstruktion: in der Fachsprache nennt sich das, glaube ich, Dreigelenkbogen... aber Enderlin hat kein Interesse dafür, sehe ich, Enderlin möchte fliegen. Je rascher, um so lieber. Enderlin vertreibt sich die Zeit, die auf Erden ihm gegeben ist, wieder einmal mit Kaffee, später mit Cognac. Sein Gepäck ist aufgegeben, und so bin ich frei und ledig, abgesehen von seiner Mappe, die ich auf die Theke stelle; ich sehe mich um: andere fliegen jetzt nach Lissabon, andere nach London, andere kommen von Zürich, Lautsprecher dröhnen: *This is our last call,* aber nicht für Enderlin. Ich beruhige ihn, ich habe es genau gehört. Enderlin ist nervös, ich bin nur gelangweilt, da man sich mit Enderlin wirklich nicht unterhalten kann. Ich achte darauf, daß ich seine Mappe nicht vergesse. Enderlin kauft Parfum, um nicht mit leeren Händen heimzukommen, Chanel 5, ich kenne das. Ob Enderlin wirklich an zuhause denkt? Also Chanel 5. Andere werden aufgerufen für Rom – Athen – Kairo – Nairobi, während in Hamburg offenbar noch immer Nebel ist, ja, es ist langweilig...

111

Ich stelle mir die Hölle vor:

Ich wäre Enderlin, dessen Mappe ich trage, aber unsterblich, so, daß ich sein Leben, meinetwegen auch nur einen Teil seines Lebens, ein Jahr, meinetwegen sogar ein glückliches Jahr, beispielsweise das Jahr, das jetzt beginnt, noch einmal durchzuleben hätte mit dem vollen Wissen, was kommt, und ohne die Erwartung, die allein imstande ist, das Leben erträglich zu machen, ohne das Offene, das Ungewisse aus Hoffnung und Angst. Ich stelle es mir höllisch vor. Noch einmal: euer Gespräch in der Bar, Geste für Geste, seine Hand auf ihrem Arm, ihr Blick dazu, seine Hand, die zum ersten Mal über ihre Stirne streicht, später ein zweites Mal, euer Gespräch über Treue, über Peru, das er als Land der Hoffnung bezeichnet, alles Wort für Wort, euer erstes Du, vorher das Gerede über die Oper, die ihr dann versäumt, die Pfiffe aus einem nächtlichen Güterbahnhof, Pfiffe und Echo der Pfiffe, und es läßt sich nichts überspringen, kein Geräusch, kein Kuß, kein Gefühl und kein Schweigen, kein Erschrecken, keine Zigarette, kein Gang in die Küche, um Wasser zu holen, der euren Durst nicht löschen wird, keine Scham, auch nicht das Ferngespräch aus dem Bett, alles noch einmal, Minute um Minute, und wir wissen, was folgt, wir wissen und müssen es noch einmal leben, sonst Tod, leben ohne Hoffnung, daß es anders kommt, die Geschichte mit dem Schlüssel im Briefkasten, Ihr wißt, es wird klappen, nachher die öffentliche Waschung am Brunnen, die Arbeiter-Bar, Sägemehl auf dem steinernen Boden, keine Minute ist anders, als ich es schon weiß, keine Minute ist auszulassen und kein Schritt und kein Espresso und nicht die vier Brötchen, das nasse Taschentuch in der Hose, Enderlin winkt, es ist dasselbe Taxi, aber ich weiß, daß er später aussteigen wird, um Tauben zu füttern, all das noch einmal, auch der Schreck mit dem Zettel, der Irrtum, die Wehmut, der Schlaf unter Preßluftbohrern, die draußen den besonnten Belag einer Straße aufreißen, und später das Warten auf dem Flugplatz *Flight number seven-o-five,* Nebel in Hamburg, und was folgt: Abschied in Hoffnung, daß es keine Geschichte wird, Wiedersehen, Schluß und Umarmung, Abschied, Briefe und Wiedersehen in Straßburg, Schwierigkeiten allerenden, Leidenschaft, Zauber ohne Zukunft, ja, ohne Zukunft – aber ich weiß die Zukunft: Das Glück in Colmar (nach Besichtigung des Isenheimer Altars und auf dem Weg nach Ronchamp) ist weder euer letztes, wie Ihr fürchtet, noch euer höchstes; trotzdem muß es noch einmal gelebt werden, genau so, inbegriffen der Abschied in Basel, der Abschied auf immer, genau so, ja, aber mit dem Wissen, was folgt. Alle Geschenke, die man einander gemacht hat, müssen noch einmal geschenkt werden, noch einmal eingepackt und mit Schleife verschnürt, noch einmal aufgeschnürt und bewundert, mit Entzücken bedankt. Auch Mißverständnisse, die eine halbe Reise verderben, müssen noch einmal gemacht werden, Zerwürfnisse, worüber man erst später lachen kann, alles muß noch einmal gedacht und empfunden werden, jedes Gespräch noch einmal gesprochen, obschon ich weiß, wie oft es sich noch wiederholen wird, und noch einmal sind die gleichen Briefe aus dem Kasten zu nehmen, aufzureißen mit klopfendem Herzen, und noch einmal sind alle Pläne zu planen mit dem Wissen, wie alles anders kommt, wochenlang sucht Ihr ein Grundstück, Ihr verhandelt, Ihr kauft und macht euch Sorgen, die sich erübrigen, Hoffnungen, die euch beseligen, ich weiß, daß nie gebaut wird, trotzdem ist das Grundstück auszumessen, alles für die Katz, aber am Schicksal ist nichts zu ändern, obschon Ihr's kennt, und noch einmal gehe ich an die Tür, um herzlich zu begrüßen den Mann, der dazwischen kommt, noch einmal frage ich, was er wünsche, Whisky oder Gin, noch einmal meine Witze, mein Argwohn, meine Großmut, mein ahnungsloser Sieg, noch einmal eure Fahrt mit der Panne, meine sorgenreiche Nacht, noch einmal die trauten Zeiten des Gleichmuts, ich schreibe ihm noch einmal einen Gruß auf die Ansichtskarte, jenen launigen Gruß, den ich ohne Wissen schrieb, genau so, aber ich weiß, und noch einmal kocht der Kaffee, um kalt zu werden nach deinem Geständnis, ich weiß, ich weiß, trotzdem habe ich noch einmal zu fluchen und durchs Zimmer zu laufen und zu fluchen genau so, noch einmal das Glas, das an der Wand zerknallt, die Scherben, die ich aufwische, genau so, ja, aber alles mit dem Wissen, wie es weitergeht: ohne die Neugierde, wie es weitergeht, ohne die blinde Erwartung, ohne die Ungewißheit, die alles erträglich macht –

Es wäre die Hölle.

Enderlin, eine Zeitung blätternd, tut, als höre er nicht zu; die Lage ist gespannt; er genießt es, nicht zu wissen, was morgen in der Zeitung stehen wird, nicht mit Gewißheit zu wissen –

Es wäre die Hölle.

Erfahrung ist ein Vorgeschmack davon, aber nur ein Vorgeschmack; meine Erfahrung sagt ja nicht, was kommen wird, sie
vermindert nur die Erwartung, die Neugierde –

Flight number seven-o-five.

Die Maschine sei soeben gelandet, höre ich, Weiterflug in einer
halben Stunde, und nun bin ich dennoch neugierig, was Enderlin
tut; ob er wirklich fliegt, ohne sie nochmals anzurufen, ohne sie
wiederzusehen.

Ihr wollt keine Geschichte.

Keine Vergängnis.

Keine Wiederholung.

Enderlin, sehe ich, zahlt jetzt seinen Cognac, es waren drei,
der Barmann weiß es, Enderlin tut, als habe er Eile, dabei dauert
es nochmals eine halbe Stunde, bis man einsteigen kann, und
Eile kann auch der Unentschlossene haben... Ich sehe die Maschine, eine Caravelle, die eben getankt wird. Eine schöne Maschine. In zwei Stunden wird Enderlin zuhaus sein, wenn er wirklich fliegt. Was heißt zuhaus? Jedenfalls wird die Maschine
getankt, Zeit genug, um sich nochmals zu setzen, die Beine zu
verschränken, sogar die Mappe aufzumachen und ein Buch her-
vorzunehmen. Ein gutes Buch; jedenfalls der Anfang ist gut,
finde ich. Ein Fachbuch, das Enderlin jedenfalls lesen müßte,
ja, er wird es auch lesen, kein Zweifel, vielleicht im Flugzeug,
wenn Enderlich wirklich fliegt, und zuhause wartet Post auf ihn,
kein Zweifel, vielleicht sehr angenehme Post...

Hoffentlich schreibt sie nie!

Jetzt, so stelle ich mir vor, liegt auch sie nicht mehr in jenem
Bett, sondern hat sich angezogen, ein Kleid, das Enderlin nie
gesehen hat, Hosen vielleicht; sie ist überzeugt, daß Enderlin
schon über allen Wolken schwebt, und fällt ihrerseits aus allen
Wolken, als sein Anruf kommt.

»Wo bist du?«

»Hier«, sagt er, »am Flugplatz.«

Draußen dröhnt es, Düsenlärm, dazu die Lautsprecher, die aber
nicht Enderlin rufen, man hat Zeit zu reden, vielzuviel Zeit; es
gibt nichts zu reden...

Ich habe es gewußt.

Als Enderlin die gläserne Kabine verläßt, entschlossen zu fliegen, sehe ich, daß unsere Caravelle noch immer getankt wird;
die weißen Mechaniker sind noch immer auf der Maschine, und

das Puppengesicht mit blauer Krawatte und mit himbeerroten Lippen und mit blauem Mützchen auf silberblondem Haar, eine Stewardeß, bei der Enderlin sich erkundigt, kann es nicht ändern, daß es in der Tat (ich habe es gewußt) unsere Caravelle ist, die noch immer getankt wird. Eben wird das Gepäck auf einem Rollband verladen. Entschlossener denn je, sie nicht wiederzusehen, die Frau, die er fühlt, ist Enderlin der erste, der sich aufstellt vor *Gate Number Three,* allein, Blick auf seine Armbanduhr, die er mit den öffentlichen Uhren in der Halle vergleicht, als komme es auf eine halbe Minute an – wie auf einer Flucht...

Ich verstehe seine Flucht vor der Zukunft.

Hütet euch vor Namen!

Früher oder später kommt der Tag, wo Ihr wißt, was reden, und sei es auch nur, daß man erzählt, wen man gestern getroffen hat, einen Bekannten, dessen Namen man nennt, weil er keine Rolle spielt. Noch seid Ihr die einzige Wirklichkeit weit und breit, die andern Menschen sind Marionetten eurer Laune; noch habt Ihr die Fäden in der Hand, und wer stören würde, tritt in eurem Gespräch einfach nicht auf oder so, daß er nicht stört. Noch seid Ihr sorgsam und sagt: Ein Pole, ein Flüchtling, der seinerzeit bei uns gewohnt hat und der Freund meiner Schwester war. Oder: mein erster Mann. Oder: ein Kollege von mir; eine Tante von mir; ein junges Mädchen, das ich einmal an der Via Appia getroffen habe. Alles namenlos. Das geht eine Zeit lang, dann wird es zu umständlich, und der Arzt, der mein Freund ist, heißt also Burri. Warum sollte ich seinen Namen verschweigen? Das ist der Mann, der immer zu einem Schach kommt. Es geht weiter, Namen sind wie Unkraut, sie versamen sich nach allen Winden, und der Dschungel wächst, noch seht Ihr es nicht; Ihr redet weiter, bis dieser Burri plötzlich eine frühere Frau hat. Anita? Ihr lacht: Wie klein doch die Welt ist! Ihr liegt auf dem Rücken und plaudert über Anita, die jetzt die Geliebte von Scholl ist, und Scholl ist der erste Mensch, den Ihr beide kennt, Hannes Scholl, der nach Bagdad ging. Ihr liegt auf dem Rücken und raucht. Wie es Scholl wohl in Bagdad geht? Es hat euch noch nie gekümmert, aber es ist ein Anlaß, um zu reden, und daß es plötzlich in der Welt, wenn auch ferne von hier, wo Ihr nebeneinander auf dem Rücken liegt, einen Menschen gibt, der euch beide kennt, ohne im mindesten zu wissen, daß Ihr ein Paar seid, ist seltsam. Was Scholl dazu sagen würde! Es ist seltsam, wie oft Ihr fortan über diesen Scholl redet: bis er eines Tages aus Bagdad schreibt, daß er demnächst nach Europa komme. Er schreibt es euch beiden, jedem von euch, da er ja euch beide kennt und beide sehen möchte. Muß das sein? Es geht weiter, die Einkreisung ist nicht zu vermeiden; am besten wäre es, Ihr bleibt liegen und schweigt, aber das geht ja nicht. Ab und zu geht Ihr auf die Straße, und es begrüßt euch ein Herr namens Hagen. Woher kennst du diesen Hagen? Er ist ein Freund ihres Bruders. Du hast einen Bruder? Man müßte fliehen. Wohin? Ibiza ist auch nicht mehr, was es einmal war. Wann warst du in Ibiza? Man müßte schon nach Afrika. Ihr lacht! Ich kenne einen Mann, der eine Farm hat bei Nairobi und vor den Mau-Mau zittert, er heißt Ramsegger, du hast es erraten, James Ramsegger. Woher kennst du seinen Namen? Seine Frau wollte nicht nach Nairobi, was Ihr nachfühlen könnt, und lebt jetzt in London mit einem Polen, der in euren Gesprächen auch schon vorgekommen ist; jetzt heißt er Wladimir, und da er auch Ballett macht, kann es nur derselbe Wladimir sein, den ich durch die Löwbeer kenne. Ist das nicht lustig? Ich erwähne die Löwbeer nicht; aber eine Schneiderin, um sich zu rühmen, erzählt euch, daß sie auch für die Löwbeer arbeite. Muß das sein? Unversehens hängt alles ineinander, und die Zukunft entpuppt sich als Vergangenheit; Ihr liegt auf dem Rücken und raucht, um keine Namen zu nennen. Vergeblich! In Wien findet ein Hauskonzert statt; die erste Geige spielt ihr Bruder, und ich werde ihm vorgestellt. Muß das sein? In Straßburg, als Ihr euch zu einem heimlichen Wochenende trefft, tritt aus dem Lift, der euch in euer Zimmer bringen soll, die Löwbeer. Nichts bleibt aus. Sogar Burri, der Verschwiegene, tritt jetzt in den Dienst der Dämonen; plötzlich in einer Gesellschaft trifft er die Frau, die Enderlin liebt, und spricht ihr von Enderlin, seinem Freund. Warum muß das sein? Ihr liegt auf dem Rücken und raucht und erzählt einander eure Vergangenheit, bloß damit die Welt, die keine Ahnung hat von euch, darüber nicht mehr weiß, als Ihr selbst; das fördert weitere Namen zu Tage. Schade! Die Dämonen lassen kaum eine Woche vergehen, ohne euch abzufangen: Scholl, von Bagdad zurück, zwingt euch zu einem ersten Mittagessen zu Dritt. Weiter: der Professor, der soeben den halben Nobelpreis für Chemie erhalten hat und aus allen Zeitungen blickt, ist ihr Vater. Weiter: anläßlich einer Vernissage, die unvermeidlich ist, werdet Ihr endlich in aller Öffentlichkeit einander vorgestellt; ihr Mann, der keine Ahnung hat, ist ebenfalls dabei; die Löwbeer, die Immermuntere, kommt später hinzu –

usw.

Die Menschheit scheint eine Familie zu sein, sobald man ein Paar ist; alle andern kennen einander auf diese oder jene Weise, und nur das Paar, das aus der Umarmung kommt, kennt sich noch nicht von außen; noch lächelt Ihr, da niemand, der euch kennt, eine Ahnung hat; noch geht Ihr auf Sohlen, die den Boden nicht berühren. Wie lang? Jeder Dritte kreist ein; jeder Traum wird geschleift.

Flight seven-o-five.

Enderlin (ich sehe ihn, wie er hinausschaut durch die Scheibe, sein Gesicht in der blauen Spiegelung der Scheibe) wartet jetzt nicht mehr als einziger; ein ganzes Rudel, alle mit grünen oder roten Karten in der Hand, drängt sich vor dem Puppengesicht der Stewardeß, die noch nicht öffnen darf; Enderlin schon nicht mehr der Vorderste –

Noch hat er die Wahl.

Ich bin für Fliegen.

Endlich öffnet sich die Tür, und das Rudel bewegt sich, einige hasten, andere winken zurück, das Puppengesicht wiederholt:

Flight seven-o-five.

Ich kann mir beides vorstellen:

Enderlin fliegt.

Enderlin bleibt.

Langsam habe ich es satt, dieses Spiel, das ich nun kenne: handeln oder unterlassen, und in jedem Fall, ich weiß, ist es nur ein Teil meines Lebens, und den andern Teil muß ich mir vorstellen; Handlung und Unterlassung sind vertauschbar; manchmal handle ich bloß, weil die Unterlassung, genau so möglich, auch nichts daran ändert, daß die Zeit vergeht, daß ich älter werde...

Also Enderlin bleibt.

Ich nicht...

Wieso er und nicht ich?

Oder umgekehrt:

Wieso ich?

So oder so:

Einer wird fliegen –

Einer wird bleiben –

Einerlei:

Der nämlich bleibt, stellt sich vor, er wäre geflogen, und der nämlich fliegt, stellt sich vor, er wäre geblieben, und was er wirklich erlebt, so oder so, ist der Riß, der durch seine Person geht, der Riß zwischen mir und ihm, wie ich's auch immer mache, so oder so: – es sei denn, daß die Caravelle, die jetzt freie Piste hat und anzieht, aus unerforschlichen Gründen explodiert und die Leichen identifiziert werden; aber unsere Caravelle, sehe ich, steigt und steigt...

Ich stelle mir vor:

Im Taxi, die Hand in der Schlaufe, ist Enderlin stolz, daß er nicht die Unterlassung gewählt hat, zugleich verdutzt; sein Körper sitzt im Taxi, aber die Begierde hat seinen Körper verlassen – sie ist bei mir, während ich fliege, hoch über den Wolken – und Enderlin weiß nicht, wozu er eigentlich zu dieser Frau fährt, die plötzlich keine Gegenwart mehr hat; gegenwärtig ist nur die endlose Fahrt in die Stadt, Stoßverkehr, Enderlin sitzt, als habe er Eile, und der Fahrer, Blick nach vorne, als wäre die Zukunft immer vorne, tut sein Mögliches, um vorzufahren, während Enderlin insgeheim, jetzt eine Zigarette anzündend, froh ist um jedes Stopplicht, jede Kolonne, jede Verzögerung; das Vergangene hat keine Eile...

Ich stelle mir vor:

wie meine Finger ihre Stirn berühren zum ersten Mal; ihr verwundertes Gesicht, das es nicht mehr gibt, so nicht...

Ich stelle mir vor:

Enderlin, als er sein Taxi bezahlt hat, einen Augenblick lang verwirrt, da er ohne Gepäck ist, entsetzt, als wäre es ihm gestohlen worden, sein Gepäck, das jetzt hoch über den Wolken fliegt, dann aber beruhigt und geradezu entzückt, daß er ohne Gepäck ist, aber ratlos, aber mit beiden Füßen auf dem Boden, sogar auf dem Trottoir, so daß ihm eigentlich nichts zustoßen kann, Enderlin weiß nicht genau, wo in der fremden Stadt er sich befindet, aber ungefähr, Enderlin erinnert sich an den Kiosk, sofern es derselbe ist, und wenn er jetzt nicht in der falschen Richtung geht, kann ihr Haus nicht fern sein, Enderlin nennt sich einen Esel, er hätte ja mit dem Taxi hinfahren können, nein, plötzlich bat er den Fahrer zu stoppen, offenbar in der Meinung, er könne immer noch die Unterlassung wählen. Wozu also braucht er ihr Haus zu finden, ja, wozu eigentlich? Enderlin am Kiosk: er fragt

118

nach ihrer Straße, um nicht dahin zu gehen, aber man weiß nicht, offenbar ist es doch ein andrer Kiosk, und jetzt steht Enderlin wirklich ratlos. Warum ist er nicht geflogen! Enderlin erkennt immerhin den Vorteil, daß er nicht (wie ich) im Flugzeug speisen muß, und es ist schade, daß er nicht meinen Hunger hat; Enderlin hat die Wahl, französisch oder italienisch zu speisen, sogar chinesisch, denn er hat Zeit, einen ganzen Abend in einer fremden Stadt, niemand weiß, wo Enderlin in diesem Augenblick ist, auch sie nicht, da er sich nicht melden wird, und auch er selber nicht, nein, der Kiosk ist derselbe, aber die Bar daneben fehlt. Wozu geht er? Er könnte sich ebensogut aufs Trottoir setzen. Warum tritt er nicht einfach in ein Restaurant? Plötzlich ist alles so sinnlos, auch das Essen, wenn man keinen Hunger hat, ich verstehe; Enderlin schlendert, nicht um ihr Haus zu suchen, aber um es durch Zufall zu finden. Vorher kann er nicht allein in einem Restaurant sitzen und die Speisekarte lesen, die Weinkarte, um es zu feiern, daß er ihr Haus noch einmal gesehen hat – ohne zu klingeln...

Ich stelle mir vor:

Ihr Haus von außen...

Enderlin hat es ja noch nie von außen gesehen, gestern nicht, als er eintrat, um sie für die Oper abzuholen, es war irgendein Haus, noch kein Denkmal, und heute morgen, als Enderlin es verließ, sah er wohl die Haustür mit ihrem Messing, aber nachher schaute er nicht zurück; eigentlich erinnert sich Enderlin einzig an die Haustüre.

Ich stelle mir vor:

Fassade verputzt, vierstöckig, Kreuzstöcke aus Sandstein, Bau aus dem achtzehnten oder siebzehnten Jahrhundert, renoviert (ich weiß, daß drinnen ein Lift ist) im Sinn von Heimatschutz und Denkmalpflege, Stockwerkhöhe aristokratisch, ausgenommen das vierte Stockwerk, Wasserspeier, Dach mit Biberschwanzziegeln; im vierten Stockwerk ist teilweise Licht –

Oder:

Fassade verkleidet, Travertin, Stockwerkhöhen demokratisch, Neubau, aber mit Ziegeldach zwecks Anpassung an die Altstadt, im Parterre befindet sich eine Confiserie, die mich überrascht; die Kreuzstöcke aus Sandstein befinden sich am Nebenhaus, ebenso der Wasserspeier; Haustür mit Stichbogen, wahrscheinlich erbaut in den fünfziger Jahren unseres Jahrhunderts, Eisenbeton, aber ohne Formen moderner Architektur; im vierten Stockwerk ist teilweise Licht –

Oder:

Das Haus hat gar kein viertes Stockwerk (ich bin sicher, daß es im vierten Stockwerk war) auf dieser Seite, und man kann nicht um das Haus herumgehen; Fassade ehemals herrschaftlich, jetzt verlottert, Biedermeier, später entwertet durch den nahen Güterbahnhof mit seinem Gepfiff und Gepuffer, Firmenschilder im ersten und zweiten Stockwerk, Fenster mit Sprossen; im dritten Stockwerk ist teilweise Licht –

Möglich:

Ein Briefträger, der gerade aus der Türe kommt, fragt Enderlin, wen er suche, und Enderlin, sprachlos, spielt den Verirrten, indem er weitergeht – ohne sich auch nur zu bedanken...

(Möglich, aber nicht wahrscheinlich.)

Sicher:

Ich erinnere mich an den wankenden Widerschein einer Straßenbogenlampe im Wind, wankend die ganze Nacht, Widerschein in den Vorhängen und an der Zimmerdecke, genau erinnert: wenn die Straßenlampe nicht wankte, streifte ihr Licht nicht über die Fensterbrüstung, und nur bei Wind schlug das öffentliche Licht in unser Zimmer wie Wellengischt in eine Barke, und im Widerschein von der Zimmerdecke lag eine Frau, das heißt: wie immer es von außen nun aussehen mag, was diese Bogenlampe bescheint, die Fenster gerade über dem Bogenlampenschein, ob im dritten oder vierten Stockwerk, müssen es sein...

Ich stelle mir vor:

Enderlin hat geklingelt.

(– während ich im Flugzeug, eingeklemmt zwischen fremden Ellbogen mit dem bekannten Tablett vor mir, gerade dabei bin, Messerchen und Gabel und Löffelchen aus dem Cellophan zu klauben, Blick auf Ochsenschwanzsuppe und kaltes Huhn und Fruchtsalat.)

Ich stelle mir vor:

Abend ohne Umarmung, lang nicht einmal ein Kuß, Ihr begegnet euch von außen, was zu Gesprächen zwingt, bis Ihr einander kaum noch mißversteht, ja, es ist bestürzend...

Ich bestelle Wein.

Wir fliegen, laut handschriftlicher Meldung unseres Kapitäns, auf 9000 Meter über Meer mit einer durchschnittlichen Geschwindigkeit von 800 Stundenkilometern.

Der Wein ist zu kalt.

Ich stelle mir vor:

Euer Wein ist wärmer...

Ich trinke meinen trotzdem.

Ich stelle mir vor:

Ihr lebt, Ihr auf der Erde...

Die Stewardeß, als sie endlich mein Tablett nimmt, lächelt. Wieso? Sie lächeln halt immer, man weiß, und immer sind sie jung, auch wenn zwischen der Zigarette, die eben zu Ende ist, und der nächsten, die ich anzünde damit, zehn Jahre vergangen sind.

Ich stelle mir vor:

Zehn Jahre –

Ich stelle mir vor:

Da ruht Ihr nun also, ein Paar mit liebestoten Körpern allnächtlich im gemeinsamen Zimmer, ausgenommen die kurzen Reisen wie jetzt. Da wohnt Ihr nun also. Ob es eine Wohnung ist oder ein Haus, eingerichtet so oder so, wahrscheinlich antik-modern mit der üblichen Lampe japanischer Konfektion, jedenfalls ist da ein gemeinsames Bad, der tägliche Anblick von Utensilien für die unterschiedliche Pflege zweier Körper, eines weiblichen, eines männlichen. Da sehnt Ihr euch manchmal. Keines von euch hat einen vertrauteren Menschen, nein, nicht einmal in der Erinnerung; nicht einmal in der Hoffnung. Kann man sich verbundener sein als Ihr? Man kann's nicht. Aber manchmal sehnt Ihr euch also. Wonach? Da schaudert es euch. Was eigentlich? Da lebt Ihr die endlos-raschen Jahre liebevoll, ein Paar, zärtlich, ohne es vor Gästen zu zeigen, denn Ihr seid es wirklich, ein wirkliches Paar mit zwei liebestoten Körpern, die einander nur selten nochmals suchen. Nur nach einer Reise etwa, einer Trennung von der Dauer eines Kongresses, kommt es vor, daß Ihr am hellichten Tag, kurz nach der Ankunft, ehe die Koffer ausgepackt und das Nötige berichtet ist, einander umarmt. Was soll das mit andern! Es erfrischt, aber es ist keines Geständnisses wert. Da habt Ihr noch einmal, wie einst, einen stundenlosen Tag im Morgenrock und mit Platten. Dann wieder der sanfte Schwund aller Neugierde beiderseits, nicht ausgesprochen und kaum gezeigt; nur getarnt hinter den Forderungen des Tages. Da lebt Ihr so hin. Eure Briefe, wenn Ihr einmal getrennt seid, erschrecken euch fast, beseligen euch selbst, indem Ihr schreibt mit einem Sturm vergessener Worte, mit einer Sprache, die Ihr verlernt habt. Aus einem Hotelzimmer mit leerem Doppelbett ruft Ihr an, Kosten nicht scheuend, aus London oder Hamburg oder Sils, um zu plaudern mitten in der Nacht, dringlich vor Liebe. Da hört Ihr eure vergangenen Stimmen noch einmal, da zittert Ihr. Bis zum Wiedersehen zuhaus. Was bleibt, ist die Neigung, die stille und tiefe und fast unerschütterliche Neigung. Ist das vielleicht nichts? Ihr habt schon fast alles überstanden, ausgenommen das Ende, es ist euch nicht neu, daß eins von euch davonläuft in die Nacht, daß Zorn sich wieder gibt, daß es nichts hilft, wenn Ihr zwei Tage schweigt, Ihr seid ein Paar, jederzeit frei, aber ein Paar. Da ist nicht viel zu machen. Manchmal der Gedanke: Wieso gerade du? Ihr seht euch nach andern Männern um, nach anderen Frauen. Da kommt ja nicht viel in Frage oder alles. Nichts wird wilder sein als eure Liebe damals, bestenfalls ebenso. War sie wild? Davon sprecht Ihr nicht. In zärtlicher Schonung der Gegenwart. Oder es sei denn mit Vorwurf, der falsch ist wie jeder Vorwurf an das Leben. Wer kann denn etwas für die Gewöhnung? Wie es einmal war, davon weiß nur ein Spiegel in einem unmöglichen Hotelzimmer, ein rostig-silbrig-rauchiger Spiegel, der nicht aufhört ein Liebespaar zu zeigen, vielarmig, Mann und Frau, namenlos, zwei liebestrunkene Körper. Wer von euch es gesehen hat, bleibt Geheimnis. Beide? Das wart nicht Ihr im besondern. Warum verfolgt es euch, was jener Spiegel zeigt? Es könnte auch ein andrer Mann sein, eine andere Frau, Ihr wißt es und blickt einander an, Ihr im besondern, bemüht um Großmut durch Ironie, die vergeblich ist. Wie sollt Ihr es ertragen, daß Ihr euch so gut, immer besser, so geschlechtslos versteht, als wärt Ihr nicht immer noch, so als Körper gesehen, ein Mann und ein Weib? Da sucht Ihr plötzlich Grund zur Eifersucht. Ohne sie, o Gott, wäre eure tödliche Kameraderie vollkommen. Ein dummes Ereignis am Strand, eine natürlich leichte Umarmung zwischen Pinien, die das Unvergeßliche daran bleiben, eine Untreue, lang verjährt, im Schmerz verflucht, dann verstanden natürlich, ihr Name oder sein Name wird in Schweigen verwahrt wie ein Kronschatz, genannt nur im äußersten Gespräch, also selten, einmal oder zweimal im Jahr, damit er sich nicht abnutze wie die Liebe eurer Körper. O dieser Name! Er allein gibt noch einmal das wilde Gefühl für das andere, das süße, das heiße, das maßlose Gefühl, wenigstens die Kehrseite davon. Der Rest ist Neigung, eigentlich ein großes Glück; nur Wahnsinn wagt daran zu rütteln mit plötzlichem Verdacht in einer schlaflosen Nacht. Was ist denn los? Da stellt Ihr euch müde, da löscht Ihr das Licht, denn was soll schon los sein. Da entstehen dann, während das andere schon wieder schläft, Pläne, wie Gefangene sie sich machen, da seid Ihr nächtlich entschlossen zu jeglicher Wendung, zum Ausbruch, verwegen und kindisch, es ist nicht Begierde, aber die Sehnsucht nach Begierde; da packt Ihr die Koffer. Einmal sie, einmal er. Das wägt sich aus. Es führt nicht weit, Ehebruch, aber es bleibt bei der Ehe. Ihr seid ein Paar, im Grund gewiß, daß Ihr euch nimmermehr verliert, ein Paar mit liebestoten Körpern, und da hilft kein Kofferpacken; ein Anruf der lieben Stimme genügt, da kehrt Ihr zurück, um zu gestehen oder nicht, da lebt Ihr wieder im Alltag, der nämlich die Wahrheit ist, mit Pyjama und Zahnbürste im schaumigen Mund vor dem andern, mit musealer Nacktheit im Bad, die nicht aufregt, intim, da sprecht Ihr im Badezimmer über die Gäste, die eben gegangen sind, und über die geistige Welt, die euch verbindet. Da versteht Ihr einander, ohne einverstanden sein zu müssen. Ihr seid lebendig, Ihr entwickelt eure Ansichten, aber Ihr kennt eure Körper, wie man seine Möbel kennt, und da geht Ihr zu Bett, weil es ja schon wieder zwei Uhr ist, und morgen ist ein strenger Tag. Jetzt ist nicht Jetzt, sondern Immer. Wallungen gibt es, zärtliche, aber eins von beiden ist müde oder voll Gedanken, die nur jetzt sind, während eure Körper ja immer sind. Da seid Ihr allein in einem Haus, Ihr zwei, aber das seid Ihr oft, so oft. Da ist nichts dabei. Da hat die Ehe euch wieder, und Ihr gebt euch einen Kuß, der wie ein Punkt ist. Ihr sehnt euch: nicht nach einander, denn Ihr seid ja da, Ihr sehnt euch über einander hinaus, aber gemeinsam. Ihr sprecht von einer Reise im Herbst, einer gemeinsamen, Ihr sehnt euch plötzlich nach einem Land, das es übrigens gibt, Ihr braucht nur hinzufahren im Herbst. Niemand wird euch hindern daran. Ihr braucht keine Strickleiter, um euch zu küssen, und kein Versteck, und da ist keine Nachtigall und keine Lerche, die zum Jetzt und Aufbruch mahnt, keine Häscher drängen euch zusammen, kein Verbot, keine Angst, daß eure Liebessünde entdeckt wird. Ihr seid gebilligt. Was euch hindert: nur eure Körper. Jetzt raucht Ihr noch eine Zigarette, Ihr redet, Ihr lest die Zeitung im Bett. Ihr

123

fragt euch nicht nach eurer Geschichte; die ist ja bekannt sozusagen. Der Kalender eurer Vorzeit ist längst bereinigt; eine erste und in ihrer Lückenhaftigkeit kühne, dann sorgsam ergänzte Auswahl von Namen und Daten und Orten ist abgeschlossen seit Jahren. Warum solltet Ihr jetzt, zwei Uhr nachts vor einem strengen Wochentag, nochmals nach eurer Vergangenheit forschen? Das Bekennen mit seinen Wonnen ist aufgebraucht, das Vertrauen lückenlos, die Neugierde vertan; das Vorleben des andern ist ein Buch, das man wie einen Klassiker zu kennen meint, etwas verstaubt schon, und nur bei Umzügen angesichts der leeren Zimmer, die hallen, nimmt man solche Bücher nochmals zur Hand, um zu staunen, mit wem man all die Jahre gelebt hat. Man kann nicht all die Jahre staunen. Jetzt löscht Ihr die Zigarette. Vergangenheit ist kein Geheimnis mehr, die Gegenwart ist dünn, weil sie abgetragen wird von Tag zu Tag, und die Zukunft heißt Altern...

Ich fliege.

Please fasten your seatbelt, wir setzen wieder einmal zur Landung an, *stop smoking, thank you,* ich stoppe nicht nur das Rauchen, sondern auch meine Vorstellungen, jetzt ist jetzt, ich warte auf den üblichen Ruck, wenn die Piste berührt wird, das ist die Gegenwart, *we hope you have enjoyed your flight and we see you again,* schon ist die Gegenwart wieder aus, *thank you.*

Ich bin doch gespannt:

wer mich jetzt am Flughafen erwartet.

Ich schaue:

wenn sie schwarzes Haar hat und wassergraue Augen, große Augen und Lippen voll, aber so daß sie die oberen Zähne nie verdecken, und ein winziges Muttermal hinter dem linken Ohr, dann bin ich's, der damals nicht geflogen ist.

Ich werde älter –

Via appia antica.

Sie könnte meine Tochter sein, und es hat keinen Sinn, daß wir einander wiedersehen. Ich möchte es, ich bin getroffen, aber es hat keinen Sinn. Wir stehen auf einem römischen Grabhügel, Nachmittag, eigentlich erwartet man uns in der Stadt. Die ganze Zeit sehe ich bloß ihre Augen, ein Kind, einmal frage ich, was

124

sie denke, und ihre Augen schauen mich an, und ich weiß schon, daß sie kein Kind ist. Wir wagen nicht, uns auf die sommerliche Erde zu setzen, um nicht ein Paar zu werden. Ich küsse sie nicht. Es hat keinen Sinn, das wissen wir beide, es muß nicht sein. Um etwas zu tun, sucht sie ein Kleeblatt, ein vierblättriges, wie es sich gehört für Augenblicke des Glücks; aber vergeblich. Im Himmel tönt ein Flugzeug; unser Blick bleibt im Geäst der Pinie. Ihre lederne Tasche über die Schulter gehängt, einen dreiblättrigen Klee in der Hand, steht sie und dreht sich im Wind, der ihr Haar verzaust, und schaut auf das braune Land hinaus, Campagna mit wuchernden Vorstädten, die ein Anlaß wären über Städtebau zu sprechen; sie schweigt. Ich schenke ihr einen harzigen Pinienzapfen. Ich errate wirklich nicht, was sie denkt, und wiederhole meine Frage. Sie sagt: Dasselbe wie Sie! Ich denke aber nichts. Ihre Augen: sie glänzen vor Gegenwart, die nicht anzurühren ist. Wohin werfen wir jetzt diesen harzigen Pinienzapfen? Einmal presse ich scherzhaft ihren Kopf an meinen Kopf, ohne zu küssen, und wir lachen gemeinsam. Worüber? Es gibt einfach kein Ziel für unsern harzigen Pinienzapfen; also nehmen wir ihn mit. Sicherlich sieht man uns von weither, wie wir auf diesem Grabhügel stehen, ein Herr und ein Mädchen, jetzt Arm in Arm aufrecht im Wind. Scherzhaft? Um etwas zu sagen, sage ich: Gehn wir? Der Kletterei wegen nehme ich ihre Tasche, sie gibt die Hand, klebrig vom Harz, einmal fasse ich ihren Fuß, da er den Auftritt zwischen den dürren Grasbüscheln nicht findet, und dann sind wir unten, klatschen die trockene Erde von unsern Händen länger als nötig. Im Wagen, als wir schon eine Weile fahren, offen, so daß sie ihr rötliches Haar im Wind baden kann, frage ich nach ihrer Adresse, indem ich gerade schalte, also beiläufig. Und sie schreibt sie auf einen Brief aus meiner Tasche. Ich fahre langsam wegen des alten römischen Pflasters. Ich könnte jetzt, da sie mich schweigsam von der Seite ansieht, etwas sagen über das Pflaster: die Legionen, ja, die auf diesem Pflaster gegangen sind, ja, die Jahrtausende usw. Ich sage es nicht, da ich es schon öfter gesagt habe. Hingegen frage ich: Was macht man mit einem Tagtraum? während wir vor einem Stopplicht warten müssen, meine Hand an dem zitternden Hebel, und sie antwortet: Man nimmt ihn! Und dann, nachdem ich geschaltet habe, fahren wir weiter –

Basta!

Heute habe ich den Harzzapfen, der immer noch in meinem Wagen gelegen hat, weggeworfen, da er nicht mehr duftet, und ihre Adresse auch; eines Tages werde ich sie wiedersehen, ich weiß, zufällig auf der Straße, eine junge Frau, die lebhaft plaudert über dies und das, über ihre Heirat usw.

Burri, der Arzt, erzählt manchmal von Fällen, während ich lieber ein Schach spielen möchte, und dann fesselt es mich doch, was Burri, indem er sich langsam seine Zigarre schneidet, aus dem Alltag seiner Klinik berichtet, während ich ebenso langsam, die Schachtel mit den elfenbeinernen Figuren auf meinem Knie, wortlos unser Schach aufstelle ... Gäbe es nicht die Mittel moderner Medizin, die, fraglos eingesetzt, dazu führen, daß die meisten von uns sozusagen sich selbst überleben, ich weiß, auch ich wäre schon zweimal eines natürlichen Todes gestorben, und die Frage, wie man sein Alter bestehen wird, bliebe erspart, das ist richtig ... Ich halte jetzt meine beiden Fäuste hin, damit Burri wähle Schwarz oder Weiß; höre zu, aber kann ja trotzdem meine beiden Fäuste hinhalten. Als Gast, versteht sich, hat Burri die Wahl. Es ist unser Donnerstag, Burri wie immer gekommen, um Schach zu spielen. Ich warte. Burri aber, in seinen Sessel zurückgelehnt, zündet sich vorerst die Zigarre an, offensichtlich mit seinen Gedanken noch immer in der Klinik; ich sehe das brennende Streichholz, das demnächst, wenn er's nicht niederlegt, seine Finger verbrennen wird: – was tut ein Mann meines Alters, wenn er weiß oder zu wissen meint, daß er nach ärztlichem Ermessen noch ein Jahr zu leben hat, bestenfalls ein Jahr? ... Ich halte neuerdings meine beiden Fäuste hin und Burri wählt: ich habe also Schwarz. – Später dann, nachdem ich stundenlang nur mit Läufer und Springer und Türmen gedacht habe, beschäftigt es mich doch, was Burri berichtet hat; die Schachtel mit den elfenbeinernen Figuren auf meinem Knie, jetzt wieder allein, da Burri noch einen Krankenbesuch machen muß, weiß ich nicht, was ich meinerseits täte in einem solchen Fall.

– leben ...

Aber wie?

Ich stelle mir vor:

Enderlin Felix, Dr. phil., im Alter von 41 Jahren, 11 Monaten und 17 Tagen und mit Lebenserwartung 1 Jahr, Enderlin allein, draußen vor dem offnen Fenster findet gerade ein Frühling statt, Duft von Flieder, untermischt mit dem Duft von Klinik, der einfach immer und überall ist, auch wenn man ins ferne Gebirge schaut oder in die Zukunft, und es ist Vormittag, die Stunde des Muts, ein Rasensprenger in der Sonne, Wasserfächer mit Regenbogen darin, Tropfen glitzern an Gräsern, manchmal ein weißer oder gelber Schmetterling, sein Zickzack, das Leben ein Park. Noch hat Enderlin den fraglichen Zettel nicht gelesen, noch glaubt er, daß er genesen sei. Zwar fühlt er sich schwach, aber genesen ein für allemal. Er habe Glück gehabt, das hat Burri ihm gesagt. Warum sollte man nicht Glück haben! Ein wenig hat's ihn erschreckt, als Burri das sagte. Wieso Glück? Enderlin hat es nicht anders erwartet. Ein wenig fröstelt ihn die Luft durch das offene Fenster, dabei scheint es ein warmer Tag zu sein, fast heiß, Föhn, die Berge sind zum Greifen nah. Eigentlich schwitzt er, Schwäche, das ist begreiflich nach sieben Wochen im Bett. Die Berge noch mit Schnee, die Äcker dunkel, fast schwarz, speckig, ein Zwickel von blinkendem See, Segler darauf. Im Vordergrund blüht eine Magnolie. Ein Gärtner in grüner Schürze und mit Gießkanne, nichts fehlt. Und irgendwoher ein Halleluja; Gesang der Krankenschwestern, die gerade nicht im Dienst sind. Dazu mörteln Arbeiter auf einem Gerüst; die Klinik muß erweitert werden, alle Kliniken müssen erweitert werden; die Arbeiter rasseln mit einem Flaschenzug, Italiener, ihre Stimmen, ihre braunen Oberkörper. Der Arzt also, Burri, ist für einen Augenblick hinausgegangen, nachdem er Enderlin eben seine völlige Genesung und baldige Entlassung aus der Klinik verkündet hat; Enderlin in einem Polstersessel neben dem Schreibtisch, bleich in einem blauen Morgenrock, Enderlin hält einen noch feuchten Filmstreifen in der Hand, sein Kardiogramm, das ihm der freundliche Arzt unterbreitet hat, anzusehen wie eine arabische Schrift, schön, aber rätselhaft, es erinnert ihn an einen Wegweiser in der Wüste zwischen Damaskus und Jerusalem, unlesbar, aber schön, so daß auch Enderlin entzückt ist über die Kalligraphie seines Herzens, die er sich nicht zugetraut hätte, er kann sich nicht sattsehen dran, und erst als ein Wind durchs offene Fenster zieht, bemerkt er den Zettel auf dem Schreibtisch, erhebt sich, um einen Aschenbecher auf den Zettel zu stellen, der fortzuflattern droht; nicht um den Zettel zu lesen. Aber er hat ihn schon gelesen. Es ist ihm peinlich. Dieser Zettel war nicht für ihn bestimmt. Vorerst ist es ihm nur peinlich. Sein Name, offenbar gerade von dem Aschenbecher verdeckt, ist jetzt nicht zu sehen, als Enderlin nochmals hinschaut; zu lesen ist hingegen der Fachausdruck, den der Tod sich ausgesucht hat, geschrieben mit Kugelschreiber, eine Vokabel, die Enderlin nicht kennt, am Rand die offenbar nachträgliche Notiz: Lebenserwartung ca. 1 Jahr.

Enderlin allein im Zimmer: –

O nein, so leicht glaubt man nicht an seinen Tod. Vielleicht gilt dieser Zettel gar nicht ihm? Als der Arzt ins Zimmer zurückkommt, hat Enderlin sich bereits wieder in den Sessel gesetzt, wo er hingehört, die Arme auf den Polsterlehnen links und rechts, zwei Morgenrockarme mit zwei weißen hängenden Händen daraus, und der Arzt sagt:

»Du entschuldigst!«

Enderlin, mehr verlegen als bestürzt, Blick zum Fenster hinaus, tut, als wäre nichts vorgefallen.

»Du entschuldigst!« sagt Burri.

»Aber bitte«, sagt Enderlin.

Dann, nachdem er das Fenster geschlossen hat, setzt Burri, dieser Koloß männlicher Güte, sich wieder an seinen Schreibtisch, nimmt die Zigarre, die er zuvor in den Aschenbecher mit den silbernen Eidechsen gelegt hat, wieder in den Mund, sie brennt gerade noch, allzulang hat er Enderlin also nicht warten lassen.

»Ich versteh«, sagt Burri und scheint etwas zu suchen, zerstreut, seinen Stummel zwischen den Lippen, den er mit hastigen Zügen wieder zum Rauchen bringen muß, bevor er weitersprechen kann, »ich versteh«, wiederholt er, und als die Zigarre endlich raucht, scheint er vergessen zu haben, was er hat sagen wollen, dafür nimmt er jetzt den Zettel, ohne ihn anzusehen, und sagt:

»Du bist gespannt auf das Ergebnis unsrer letzten Untersuchung.« Enderlin lächelt. »Wie sieht's denn aus?« fragt Enderlin und wundert sich selbst über seine Ruhe, während der Arzt offenbar das dringende Bedürfnis hat, jetzt noch mit genauen Zahlen zu belegen, warum Enderlin sich sozusagen als genesen betrachten darf. »Ich versteh«, sagt er zum dritten Mal und erinnert sich, was er hat sagen wollen, »Du hast keine Geduld mehr, aber vor Samstag laß ich dich nicht laufen«, sagt er mit einem kameradschaftlich-rohen Lachen, das Rohe soll bedeuten, daß er Enderlin tatsächlich für genesen und widerstandsfähig hält, Schluß mit der Schonerei, »frühestens Samstag«, sagt er mit einem drohenden Zuschuß von Autorität, und es folgen Zahlen von weißen Blutkörperchen in Prozenten, Billirubin in Prozenten, Zahlen, von Enderlin oft gehört und schließlich auch in den Mund genommen, so daß er, obschon er eigentlich nicht weiß, was diese Zahlen heißen, selbst beurteilen kann, wie sehr sich diese Zahlen, in der Tat, verbessert haben zum Vergnügen von Burri, der sie von der Hinterseite des Zettels liest. »Ja«, sagt Enderlin, »das ist ja fein«, während er draußen die gesunden Arbeiter sieht. »Mein Lieber«, sagt Burri, als er sich mit seinem Vergnügen allein findet, »das hätte auch anders verlaufen können –!«

Enderlin nickt.

Insgeheim, während sie einander in die Augen zu blicken vorgeben, macht er Kalender: ein Jahr, also ein Jahr, und jetzt ist April –

Enderlin nickt.

»Bitte!« sagt Burri, als fühle er ein Mißtrauen, und zeigt die Zahlen schwarz auf weiß, das heißt: rot auf weiß, »Hier!« sagt er, während er den Zettel aushändigt, und dann lehnt Burri sich in den Sessel zurück, rauchend, wartend, indem er noch hinzufügt: »Vor sechs Wochen haben wir noch 27% gehabt«, Enderlin liest: Billirubin 2,3%, aber er wagt nicht den Zettel umzudrehen und Burri einfach zur Rede zu stellen, sondern schweigt; als Arzt weiß Burri, daß eine gewisse Apathie hier zum Krankheitsbild gehört, aber ein bißchen Anteilnahme an seinem Glück hätte der gute Enderlin schon zeigen dürfen, findet er, Burri will ja keinen Applaus, immerhin kommt ihm Enderlin, wie er so den Zettel hält, allzu apathisch vor. »Mein Lieber«, sagt er, »wir haben Glück gehabt.« Enderlin gibt den Zettel zurück. »27%!« sagt der Arzt. »Wir haben es dir damals nur verschwiegen, aber das war die Wahrheit«, sagt er, während er das summende Telefon abnimmt, unwillig über die Unterbrechung. Der Anruf ist nicht beruflich, es geht um die Regatta vom übernächsten Sonntag, und Burri, nicht ohne einen Blick zu Enderlin, um sich zu entschuldigen, blättert im Kalender, es wird kein langes Gespräch, immerhin lang genug, daß man nachher, einmal unterbrochen, nicht mehr über Billirubin redet, sondern über die Zukunft, zuerst über die Juni-Regatta, vor allem aber über die Zukunft von Enderlin, über seine Reise nach Harvard, die sich

129

wegen der Krankheit verzögert hat, über seine Karriere also, wobei Enderlin sich Mühe gibt wie von einer Wirklichkeit zu reden, die Mühe eines Verschwörers, der verheimlichen muß, was er über die Zukunft weiß. »Zwei Monate«, sagt Burri, »zwei oder drei Monate in Tarasp oder Chianciano, natürlich mußt du dich schonen, das ist klar«, sagt er und blättert im selben Kalender, wo seine Regatten eingetragen sind. »Auch Mergentheim ist gut«. Es fällt ihm selbst auf, wie er sich wiederholt, das ist sonst nicht seine Art, Enderlin macht ihn unsicher, eigentlich sagt er nichts, was er nicht schon gesagt hat. »Natürlich mußt du dich schonen«, sagt er und knöpft seinen weißen Mantel auf. Enderlin gibt sich Mühe. »Chianciano wäre mir lieber«, sagt er. »Wie du willst!« sagt Burri und zieht seinen weißen Mantel aus, eigentlich in Eile, aber er wagt seine Eile nicht zu zeigen. »Heute ist Dienstag«, sagt er, »am Freitag machen wir nochmals eine Kontrolle.« Auch das hat er schon gesagt. »Harvard ist doch eine feine Sache!« sagt Burri, indem er sich jetzt die Hände wäscht, dann trocknet, und Enderlin nickt, »2,3 %«, sagt Burri, als müsse er nochmals darauf zurückkommen, und zerknüllt den kleinen Zettel, er hat die Angaben durch Anruf erfragt, bevor Enderlin ins Sprechzimmer gekommen ist, die Zahlen sind im Krankenbericht schon eingetragen, er wirft den Zettel in den Papierkorb und sagt: »Mach dir keine Sorge.« Dazu zieht er seine Jacke an. »Ich weiß«, sagt er mit einiger Verzögerung wegen der Jacke, »ich habe immer von 1,5 % gesprochen und gesagt, daß ich dich vorher nicht laufen lasse, ich weiß, aber du wirst sehen«, sagt er und blickt sich um, ob er alles habe, »am Freitag machen wir nochmals eine Kontrolle.« Burri muß jetzt gehen, und Enderlin, der aufzustehen nicht die Kraft hat, wäre froh, wenn er ginge, Enderlin fühlt sich nur noch wie eine Attrappe über seinem Zusammenbruch, als der freundliche Burri, um nicht durch Eile zu verletzen, weiterredet – nochmals über Harvard! – und ebenso zerstreut wie herzlich fragt, wie alt denn Enderlin eigentlich sei. »Zweiundvierzig«, sagt Burri, »ist kein Alter«, Burri ist älter. »Mein Lieber«, sagt Burri jetzt im Regenmantel, »mit zweiundvierzig habe ich erst angefangen zu leben!« Handschlag. »Du glaubst mir nicht?« fragt Burri und ist nicht aufzuhalten in der Lobpreisung eines Männerlebens gerade nach dem zweiundvierzigsten Jahr, ja, sogar im Bezirk der Liebe stehe die Erfüllung erst noch bevor, Erfahrungstatsache, darauf müsse Enderlin sich gefaßt machen, lacht er und geht...

Enderlin allein...

Aber die Türe steht offen, und er wagt sich nicht an den Papierkorb, um den Zettel nochmals herauszusuchen. Um das nochmals zu lesen schwarz auf weiß. Wozu? Enderlin erhebt sich, tut, als habe er geträumt oder so. Im Korridor, wo er sich seit einer Woche durch tägliche Gänge ertüchtigt hat, trifft er Elke und lächelt auch, um ihre schwesterliche Zuversicht, daß es ihm täglich besser und besser gehe, nicht zu erschüttern.

Ich stelle mir vor:

Enderlin glaubt zwar, daß jener Zettel sich auf ihn beziehe, aber nicht, daß das Orakel sich erfüllen werde; er glaubt's einfach nicht. – Auch Burri kann sich irren! ... Allein in seinem weißen Zimmer, das unterdessen aufgeräumt worden ist, rechnet er sich immerhin aus, daß Harvard, ohnehin nur als Sprungbrett gedacht, sich erübrigen würde. Aber was tun, wenn er nicht nach Harvard geht? Und als die Krankenschwester kommt, um die Blumen von gestern aus dem Korridor hereinzubringen, öffnet Enderlin, um jetzt nicht plaudern zu müssen, langsam die Post, die während seiner Unterredung mit dem Arzt hier eingetroffen ist; er liest sie sogar – dies also wäre das erste, was einer tut, in seinem letzten Jahr! – liest und weiß, was er da liest, sogar was darauf zu antworten wäre. Wird er noch antworten? Als dieselbe Krankenschwester neuerdings ins Zimmer kommt, diesmal um einen Fruchtsaft hinzustellen, bemerkt Enderlin sie schon nicht mehr; er sitzt jetzt (offenbar ist er inzwischen durchs Zimmer gegangen) nicht mehr auf dem Bett, sondern in einem Sessel am Fenster, die Briefe auf dem Morgenrock und seine weißen Hände auf den Sessellehnen: wie auf einem Thron. Unansprechbar. Wie auf einem Thron: hoch über seinen Zeitgenossen. Wenn er an das Kugelschreiber-Orakel glaubt, ja, Größe wäre das einzige, was ihm bliebe, was noch Sinn hätte: niemand zu verraten, daß er um sein baldiges Ableben weiß, und vor allen Freunden zu tun, als ob. Und nach Harvard zu gehen, als ob. Und Pläne zu machen und alles, als ob –

Man weiß von Männern, die das konnten.

– und seine Vorlesung zu halten:

»Meine Damen und Herren!«

Laut Manuskript:

»Hermes ist eine vieldeutige Gestalt. Berüchtigt als Gott der

Diebe und der Schelme, selbst ein Schelm, der am Tag seiner Geburt schon die Kälber des Apollon gestohlen hat, berühmt für seine Behendigkeit, eine heitere und listenreiche Behendigkeit, womit er die Sterblichen gern zum Narren hält, ist er überall im Spiel, sein ganzes Wesen und Auftreten stehen im Zeichen der Zauberei, ein Freund der Hirten, ein Gott der Herden, die er vor dem Sturz in die Schluchten bewahrt, ein Spender der Fruchtbarkeit. Die Herme, sein ursprüngliches Zeichen, hat die Gestalt des Phallus. Daß er hinwiederum, was damit unvereinbar erscheint, als Gott der Kaufleute gilt, ist bekannt und verständlich, wenn wir bedenken, was die Herme, geschichtet aus Steinen, für die wandernden Kaufleute war: ein Wegweiser. Fruchtbarkeit der Herden, das ist das eine; gemeint ist die Fruchtbarkeit überhaupt, der Segen in allen menschlichen Geschäften. Hermes ist ein Meister der List. Er ist ein Helfer, ein Glückbringer, aber auch ein Irreführer. Auch in der Liebe spielt er diese Rolle; er ist es, der das unverhoffte Glück schenkt, die Gelegenheit. Hermes ist ein freundlicher Gott, den Menschen näher als die andern Götter, daher der Götterbote. Homer nennt ihn auch den Führer der Träume. Er liebt es, so heißt es oft, unsichtbar zu sein, wenn er den Sterblichen naht, und das Plötzliche, das Unwahrscheinliche, das Unberechenbare und Unverhoffte, sogar das Launische, all dies gehört zu Hermes und seinem Walten, das Unheimliche in aller Heiterkeit, denn Hermes ist ja auch der Gott, der die Scheidenden holt, lautlos wie immer, unversehens, allgegenwärtig, der Bote des Todes, der uns in den Hades führt...«
Usw.

Einmal klingelt das Telefon, nach einigem Zögern nimmt Enderlin ab, um die kurze Erkundigung nach seinem Befinden (der andere will eigentlich etwas anderes wissen) mit ausführlicher Zuversicht zu beantworten; etwas zu ausführlich. Wieso soll seine Stimme anders sein, anders als gestern? Er bestreitet es, redet von Entlassung am nächsten Samstag, von Chianciano, von Billirubin, von Harvard, während der andere schweigt, weil er alle Pläne, mit denen Enderlin auftrumpft, schon kennt, und mehr als dies: Enderlin erkundigt sich sogar, um seine Genesung unter Beweis zu stellen, nach Dingen, die jenseits seiner Lebenserwartung liegen, ausführlich und hartnäckig, als wolle er's wissen und zwar genau, wie es jetzt mit der Finanzierung steht, welcher Verlag, Garantie auf zwei oder drei Jahre, ferner ob vierteljährlich oder monatlich, es handelt sich wieder einmal um die Gründung einer Zeitschrift, von der Enderlin, lange schon angefragt, ob er als Herausgeber zeichnen würde, bestenfalls noch die Bürstenabzüge der ersten Nummer erblicken wird. Enderlin sagt zu.

»Ja«, sagt er, »mein Wort.«

Gemacht.

– dann allerdings, das Gespräch hat sich durch seine erfreuliche Zusage verlängert, Enderlin als Herausgeber kann nicht einfach aufhängen, die Titelfrage, immer wieder die Titelfrage, die Frage, welche Mitarbeiter, welche nicht, Enderlin hat sich zu äußern, aber er hat immer weniger geäußert, schließlich noch einmal sein Wort gegeben, dann allerdings läßt er seinen Kopf ins steile Kissen fallen, kaum hat er den Hörer aufgelegt, ermattet wie neulich nach einem allzu zuversichtlichen Spaziergang im Park; er versucht an die Zeitschrift zu denken, aber vergeblich... die Titelfrage, ja, die Titelfrage ... die Frage, ob Burri sich nicht irrt ... der Rasensprenger in der Sonne ... die Frage, ob ich an all dem, Leben genannt, wirklich hänge – aber ich werde mich schonen, auch wenn der Zerfall schon sichtbar wird; ich werde daran hängen; ich werde an jede Lüge glauben; in der Nacht werde ich alles wissen, aber tagsüber das Gegenteil glauben, und die weißen Schwestern werden sagen: Brav, Herr Enderlin, brav! Und die da kommen, um neben meinem Bett zu sitzen, werden es sehen, und was niemand sagt, das brüllen die Schmerzen mir zu, die Schmerzen gelegentlich, die Schmerzen immer öfter, Schmerz immerzu, aber jede Spritze bringt Linderung, die ich ummünze in Hoffnung, Spritze um Spritze bis zum viehischen Verrecken in gespritzter Hoffnung –

Noch kann Enderlin denken.

Warum sagt man ihm nicht die Wahrheit?

Noch ist er ein Mensch.

Sie trauen ihm Größe nicht zu?

Das weiße Tischlein mit dem sogenannten Mittagessen vor sich, Wirsing mit Hygiene, Quark, alles schmeckt nach Schonung: nur damit Enderlin noch die ersten Bürstenabzüge dieser Zeitschrift erlebe! Er kostet. Quark! Er kostet den Gedanken, daß man jetzt, wenn Burri sich nicht irrt, alles schreiben könnte, was man denkt. Was eigentlich? Gestern Fisch, heute Quark, morgen Fisch, alles schmeckt gleich, Eiweiß, salzlos und fad wie die Überlegung, ob er, wenn Burri sich nicht irrt, überhaupt noch

Geld zu verdienen braucht für dieses Jahr, und was ihn dabei bestürzt, ist nicht die Bilanz, sondern die platte Alltäglichkeit seines Denkens. Ein Todgeweihter, meint er, könnte so nicht denken. Burri irrt sich! Er versucht es mit Wirsing, um sich zu kräftigen. Wieso hat noch keiner, seines nahen Todes gewiß, je ein großes Wagnis begangen? Ein Attentat beispielshalber. Mein Leben gegen sein Leben! Aber meines ist schon keines mehr, bloß noch Dasein mit Spritzen im Arm und Kinderbrei zwischen den Zähnen, Halleluja, und wie der Flieder wieder blüht – draußen ... Als die Krankenschwester kommt, Schwester Euphemia, und mütterlich fragt, warum er denn nichts gegessen habe, genauer: warum wir nichts gegessen haben (sie reden bis kurz vor deinem Verrecken immer in Wir-Form: Haben wir keinen Appetit? Machen wir ein Schläfchen? Haben wir schon Wasser gelöst? usw.), nimmt Enderlin ein paar Löffel, muß aber alles wieder herausgeben und bittet, kaum sauber gemacht, inständig, daß es dem Arzt nicht gemeldet werde. Plötzlich hat er Angst vor Burri, der bisher sein Freund gewesen ist. Enderlin wird ihm zeigen, wie gesund er ist. Er will weg von hier. Er will den Befund, der ihm verheimlicht wird, einfach widerlegen. O nein, Enderlin wird nicht nach Chianciano fahren, auch nicht nach Tarasp, sondern lachen, eine Karte schreiben aus Paris, am Rand versehen mit einem Diät-Witz, oder wenn nach Tarasp, dann höchstens für sieben Tage, Burri zuliebe, aber nicht mit der Bahn, sondern Enderlin wird mit dem eignen Wagen fahren und zwar so, daß es in den Kurven winselt, und zwar schon am Freitag, und in Tarasp wird er nicht Wässerlein trinken, die nach faulem Schwefel stinken, sondern Tennis spielen, eine Frau kennenlernen, eine sehr junge, die er auf der Stelle, beim Aperitif, heiratet, eine blonde Baltin vielleicht, der er ein Haus baut mit Schwimmbekken, und heute in einem Jahr, genau, wird die Hausweihe stattfinden mit einem Ferkel am Spieß, Whisky vorher, Whisky nachher, ja, und mit Burri als Gast, und Enderlin, eine Havanna im braunen Gesicht, wird ihm in die Rippen stoßen, seinem Orakel-Doktor, lachend...

Warum gerade eine Baltin?

Elke, die Nachtschwester, ist Baltin, und das erschreckt ihn; Fantasie eines Kranken, der keine Wahl mehr hat, eines Ohnmächtigen, der nicht mehr weit gehen wird.

Draußen die Vögel.

Frauen –
Viele Frauen!

Er kann nicht in der Einzahl denken.

Alle Frauen!

Und er denkt an ihren Schoß nur, in ihren Schoß; er denkt
an keine, die er kennt, aber an alle, die er versäumt hat; Schöße;
Münder und seine Zunge in ihren Mündern; wenn ihre Gesichter
einander zum Verwechseln gleichen; dazu Wörter, die er nie ausgesprochen hat und deren Obszönität ihn seltsam befriedigt, indem sie Unbefriedigtheit erzeugt; Schöße, Lippen, Schenkel,
Haare, Brüste, Augen, die ganz schmal werden dabei, und
Schöße, Schöße, alle Schöße – dabei schwitzt er vor Schwäche,
als er das denkt und auf dem Bettrand sitzt, die Arme ausge-
spreizt als Stützen, ohnmächtig, Blick zum offnen Fenster hinaus:
Bäume, Dächer, ein Flugzeug am Himmel unsichtbar, nur seine
weiße Spur, die sich spitz ins Blaue bohrt und dann als Schweif
langsam verflockt und schwindet, Kamine, die hingegen bleiben,
Wäsche flatternd auf einer Zinne, Drähte, Gebirge hinter Drähten mit Spatzen darauf, viel Dächer, Kamine, Zinnen, Bäume
aus einer Allee herauf, eine Scherbe von blinkendem See, das
Zifferblatt einer Turmuhr, Zeiger, die unmerklich wandern,
nichts weiter – was er seit Wochen täglich sieht … die Italiener
auf dem Gerüst, ab und zu hängen sie einen Kübel an den Flaschenzug, den sie dann hochziehen, Männer mit nacktem Oberkörper, muskulös. Es hilft nichts, daß Enderlin anderswohin
schaut. Nähe oder Ferne, alles ist eins, sein Bett, das Zifferblatt,
der rasselnde Flaschenzug: lauter Dinge, die Enderlin überdau-
ern werden. Demonstration einer trivialen Kenntnis; ohne Götterbote. Die Hoffnung auf Größe erweist sich als kitschig; nur
Selbstmitleid offenbart sich unverhohlen und schamlos. Nicht
daß Enderlin jetzt weint! Er schwitzt nur, und einmal klopft es.

»Herein«, sagte Enderlin, indem er sich ins Bett legt und zu-
deckt, und als es an der innern Tür nochmals klopft, mit vollerer
Stimme: »Herein!«

Ich bin's

»Nimm Platz«, sagt er. »Wie geht's?« frage ich und damit ich
es nicht abermals vergesse, lege ich, ohne seine Antwort abzu-
warten, das Heft auf den weißen Tisch mit den Medikamenten
und Instrumenten; ich sehe Ampullen, eine Spritze, Nadeln unter
Alkohol. »Dein Aufsatz!« sage ich, »ich habe ihn gelesen, ich

135

finde das ausgezeichnet.« Enderlin stumm. »Du«, sage ich, indem ich auf den kleinen Balkon hinaustrete, »da hast du wirklich eine hübsche Aussicht!« Als sei es mein erster Besuch hier. Ich bin verlegen, aber weiß nicht warum, Hände reibend. »Ja«, fragt Enderlin, »und wie geht's dir?« Ich finde es einen herrlichen Tag heute. Vielleicht erwartet Enderlin, daß ich mich ausführlicher über seinen Aufsatz äußere; aber als ich das versuche, blickt Enderlin an mir vorbei, und ein Gespräch wird nicht daraus. »Was ich ganz ausgezeichnet finde«, sage ich und sehe, daß er doch nicht hört. »Danke«, sage ich, indem ich wieder ins Zimmer trete, »ich arbeite«, ich stopfe jetzt meine Pfeife, ein Mann, der mit beiden Beinen im Leben steht, dann sich setzt, die Pfeife im Tabakbeutel, ich werde nicht rauchen, Krankenzimmer ist Krankenzimmer, auch wenn das Fenster noch so offensteht, ein Besucher mit Anstand, aber gesund; nicht rücksichtslos, aber gesund, einer, der von Sachfragen redet, von Weltfragen, ichlos, die gestopfte Pfeife im Mund, ohne sie anzuzünden, in Sorge nicht um Enderlin, der ja seine Pflege und seine Blumen und seinen Fruchtsaft hat, in Sorge um Europa, überhaupt um die Menschheit, diesmal besonders in städtebaulicher Hinsicht, Städtebau als politisches Problem, dazu habe ich einiges zu sagen, was Enderlin zwar nicht zum ersten Mal hört. Ein Gespräch wird nicht daraus, nur ein Vortrag, da Enderlin schweigt. Es muß aus Verlegenheit geschehen sein, das Anzünden meiner Pfeife. »Was macht eure Zeitschrift?« frage ich. Um Enderlin aus seiner Apathie zu holen. Ich kann ja nicht wissen, daß Enderlin sich seit heute vormittag für einen Todgeweihten hält; sein Selbstmitleid, stumm, aber spürbar, macht mich langsam nervös, sogar roh. Zwar lasse ich das Rauchen, aber es fallen Sätze, die ihm bezeugen sollen, daß er genesen ist: »Ihr mit eurer Zeitschrift!«, schonungslos: »Hast du jemals an diese Zeitschrift geglaubt?« Ich werde jetzt roh, ich weiß. »Das kennen wir doch«, sage ich, »jeder verspricht Mitarbeit, um mit seinem Namen dabei zu sein, und kaum ist das Ei gelegt, haben sie anderes zu tun, und du, mein Lieber, hängst als Herausgeber.« Ich weiß nicht, was mit Enderlin los ist, und treffe den Ton immer weniger, aber rede um so mehr. »Ja«, sage ich, »das müssen wir wieder einmal machen, unsere Wanderung auf den Etzel!« Sein Lächeln. »Sobald du wieder fit bist«, sage ich und müßte eigentlich gehen. Aber wie? Am besten ich sag's: »Ich muß ja gehen!« während Enderlin an seinem Fruchtsaft nippt, und ich stehe auch schon, indem ich sein Bett mit beiden Händen halte wie einen Kinderwagen, Blick in die Zukunft, die geplant sein will, Städtebau als politisches Problem. Ich frage Enderlin, wie unsere Kindeskinder denn wohnen sollen, ich frage, wie denn Enderlin sich beispielsweise den Verkehr vorstellt in zehn Jahren, in dreißig Jahren, in fünfzig Jahren, das ist wirklich eine Frage – nicht für Enderlin, aber für die Welt, insbesondere unsere abendländische, während Enderlin (das sehe ich ihm aber nicht an) nur an seine eigene Lebenserwartung zu denken vermag: ein Jahr, bestenfalls ein Jahr... Als einmal die Krankenschwester kommt, um Herrn Enderlin die tägliche Spritze in den Unterarm zu geben, schweige ich eine Weile, wie es sich gehört, verstecke auch meine Pfeife angesichts der Krankenschwester, die ein zweites Mal stechen muß. Der arme Enderlin! Ich verstehe, daß er mir nicht richtig zuhört, ich meine ihn zu verstehen; diese Spritzerei täglich, einmal in den linken und einmal in den rechten Arm, geht an die Nerven, vor allem wenn sie manchmal die Vene nicht treffen. Ich verstehe. Als Enderlin wortlos seinen Pyjama-Ärmel wieder herunterkrempelt, erkundige ich mich, um abzulenken, nach seiner Meinung über ein Buch auf seinem Nachttisch. Ich könne ruhig rauchen, sagt er. Irgendwie möchte er doch, daß ich bleibe; aber ich muß jetzt wirklich gehen, was schwierig ist, weil Enderlin überhaupt nichts sagt. Dabei denkt er, ich seh's, denkt unablässig. Aus Verlegenheit rede ich über Leute. Klatsch. Wer neuerdings ein Verhältnis habe mit wem. Er hört's, aber er sieht vorbei. Die Arbeiter drüben auf dem Gerüst, ich sehe hin, Italiener; auch ein Problem: wenn das so weitergeht, die Unterwanderung unsres Landes. Auch dazu äußert Enderlin sich nicht. Als ich es anders versuche, beispielsweise frage, wieviele Vorlesungen er in Harvard zu halten habe, antwortet er zwar, aber so als ginge es ihn nichts an, als redete ich Klatsch. Also was bleibt da noch? Einmal seine Frage, welcher Wochentag es sei, welches Datum; sonst nichts...

Schließlich bin ich gegangen.

Der erste Besucher, der erste, vor dem er seine Kraft zum Geheimnis hat erproben müssen, ist überstanden...

Die Turmuhr schlägt vier.

Ein Jahr ist lang –

Wenn er schreien könnte!

Burri hat recht:

42 ist kein Alter.

Später am Abend, nachdem Enderlin, schläfrig von der Spritze, mit offenen Augen zu denken versucht hat, Blick auf diesen hygienischen Galgen in der Dämmerung ... Warum erhängt man sich nicht? – vielleicht ist es das, was er denkt, Blick auf diesen weißen Krankenbettgriff über sich, während es dunkelt von Viertelstunde zu Viertelstunde. Was gibt es schon zu denken. Tod läßt sich nicht denken ... Sein Gesicht, als er Licht gemacht hat, sein Gesicht in dem Spiegel des Schrankes, wo sein Anzug hängt seit Wochen, sein Gesicht und sein nackter Hals und seine Haut brauchen Sonne, nichts weiter, Sonne im Engadin oder am Meer. Oder in Peru! Unversehens meint er's ohne Ironie: Peru als das Land seiner Hoffnung! Vielleicht denkt Enderlin sich auf einem Pferd, das wiehert, ein Jahr in Peru, ein Mann, der davonritt – ich weiß es nicht ... Was sich denken läßt: das Altern, das ihm, wenn Burri sich nicht irrt, erspart bleibt und nicht erspart, wenn Burri sich irrt ... Schläfrig von der Spritze, aber wach vor Schreck, wobei es ihm wie ein Traum vorkommt, was ihn erschreckt hat, liegt er mit geschlossenen Augen, die Arme ausgestreckt, die Hände hängen über den Bettrand hinunter: – eigentlich möchte er nicht leben, um nicht zu altern – aber als man ihm das diätische Abendessen bringt, als die Krankenschwester wie immer die Kissen richtet, damit Herr Enderlin sitzen kann, füttert er seinen Körper, und als die Krankenschwester nach einer halben Stunde wiederkommt, um das Tablett zu holen, sagt sie:

»Brav, Herr Enderlin, brav!«

Er wird sich nicht erhängen –

Für Burri, ich verstehe, ist es ein heikler Fall. Er weiß nur, daß der Zettel auf seinem Tisch lag, und der Verdacht, daß Enderlin diesen Zettel gelesen haben könnte, beschäftigt ihn so sehr, daß er bei unserm abendlichen Schach eine miserable Partie liefert. Jedenfalls war das Verhalten von unserm guten Enderlin, als er ihm am Vormittag seine völlige Genesung und baldige Entlassung mitteilte, einigermaßen sonderbar. Der Verdacht kam Burri übrigens erst im Laufe des Nachmittags, als er den Zettel vermißte, den er nicht für Enderlin geschrieben hatte, sondern für einen andern Patienten, dessen Überführung in ein Sanatorium bevorsteht, und als er den Zettel im Papierkorb gefunden hatte, auf der Rückseite beschrieben mit den günstigen

Befunden für Enderlin. Ein blödes Versehen! Mein Rat, Burri
solle doch einfach mit Enderlin reden, erscheint ihm als vollkommen verfehlt. Das würde Enderlin in seiner Idee, daß man ihm
die Wahrheit verheimliche, nur bestärken. Das sehe ich ein. Burri
sieht keine andere Möglichkeit: er wird Enderlin einfach entlassen und ihn beobachten. Wenn einer meint, er habe nur noch
ein Jahr zu leben, bestenfalls ein Jahr, dann wird er ja nicht
weiterleben wie bisher, so meint Burri. Und ich widerspreche
nicht, damit wir jetzt weiterspielen können, eine zweite Partie,
eine bessere hoffentlich. Ich habe jetzt Weiß. Burri läßt es keine
Ruhe; drum stellt er so langsam auf, so, als müßte er sich besinnen, wo Läufer und wo Pferdchen zu stehen haben. Ob denn
ich, fragt er, nachdem ich bereits mit dem Königsbauer eröffnet
habe, weiterleben würde wie bisher, wenn ich wüßte, daß ich
spätestens in einem Jahr gestorben bin. Ich weiß es nicht. Ehrenwort. Ich kann's mir nicht vorstellen. Ich spiele, um einmal abzu-
wechseln, auf Gambit.

Was ich mir vorstellen kann:

(weil ich es erfahren habe)

sein Erwachen am andern Morgen, das Morgengrauen vor dem
offenen Fenster (es regnet) grau und rißlos wie Granit: aus diesem Granit heraus, wie ein Schrei, aber lautlos, plötzlich ein Pferdekopf mit roter Mähne, aufwiehernd, aber lautlos, Schaum im
Gebiß, aber der Leib bleibt drin, nur der Kopf ist heraus, die
Augen groß und irr, Gnade suchend – einen Augenblick lang
– dann Terrakotta, kunstvoll bemalt, die schwarzen Nüstern und
das kreideweiße Gebiß, alles nur bemalt, die rote Mähne starr,
langsam zieht es sich in den Fels zurück, der sich lautlos schließt,
rißlos wie das Morgengrauen vor dem Fenster, grau wie Granit
am Gotthard; im Tal, tiefunten, eine ferne Straße, Kurven voll
bunter winziger Autos, die nach Jerusalem rollen...

Einmal bin ich in Jerusalem.

Noch eine Stunde vorher, als ich den Jordan, ein Rinnsal, überquert hatte und dann, nach Kurven durch ein totes Tal mit Kame-
len, plötzlich das ferne Gemäuer erblickte hoch über der Wüste,
bernsteingelb, Gemäuer in der Morgensonne, war's Jerusalem
– wie ich es mir vorgestellt habe... nun stehe ich hier, ausgestie-

gen aus meinem Wagen, ein Tourist. Nicht der einzige, doch allein. Damaskus-Tor. Während ich den Wagen abschließe, fällt mir ein: der Ölberg, ich bin dran vorbeigefahren nicht aus Gleichgültigkeit, sondern aus Erwartung, das muß der Ölberg gewesen sein. Sobald man nicht mehr fährt, ist es heiß. Ich bin siebzehn Tage gefahren, um jetzt hier zu stehen, um den Wagen nochmals aufzuschließen, um Tee aus der Thermosflasche zu trinken, um den Wagen nochmals abzuschließen; aber dann ist auch das getan. Damaskus-Tor: mächtig, schön, das bekannte römische Mauerwerk. Wozu diese Reise? Ich frage mich; aber nun bin ich hier. Und es ist nicht wahr, daß ich hier bin. Damaskus-Tor in der Morgensonne, Araber, Wiehern eines Esels. Mein Hiersein als Tatsache: ich bin nicht anderswo. Ich sehe meine Autonummer in Jerusalem, Stacheldraht auf einer Mauer, Maschinengewehre hinter Sandsäcken. Ich habe, um über die Grenzen der arabischen Staaten zu kommen, nicht weniger als sechs Taufscheine verbraucht, dies nebenbei; nur um zu sagen, daß ich diese Reise tatsächlich gemacht habe. Einige tausend Kilometer. Und ich weiß schon jetzt, daß es auch nach Stunden, wenn ich besichtigt habe bis zur Erschöpfung, nicht wahr wird. Ich sehe: das Haus des Pilatus, zumindest ist es der Ort und die Stelle, es ist Freitag, ein Hof, Schatten, so daß ich verweile, Zweige mit Zitronen im Laub, Blick durch eine Arkade auf die arabische Moschee anstelle des Salomo-Tempels, ihre Kuppel wie aus Seifenblasenglanz. Ich weiß nicht, ob das jeden Freitag stattfindet: ich sehe Mönche niederknien im Hof des Pilatus, Franziskaner, alle in braunen Kutten, einige mit weißem oder gelblichem Tropenhelm, Gesichter mit Zwicker, da und dort summt eine Kamera, die ihre Andacht filmt, Pilger in shorts, Nordmänner, die den Süden für Sommerfrische halten, bekreuzigen sich und knien nieder, bis die Franziskaner sich erheben, um den Heiligen Weg abzuschreiten. Ich folge dem murmelnden Zug. Ein Zug durch den arabischen Suk, ein Zug der Minderheit, gesetzlich bewilligt, die arabischen Polizisten sorgen für Durchlaß, Hitze, in den engen Gassen ist es teils sonnig, teils schattig, und wo die Sonne scheint, dunstig, man sieht nicht hindurch, im Dunkeln wird auf Kupfer gehämmert, Esel wiehern auch hier, die Araber hocken vor ihren Buden stumm mit langen Wasserpfeifen, Markt, ich sehe Fleisch, ein Schaf aufgeschlitzt, Fleisch blutig in der Sonne, stinkig und voller Fliegen, die Franziskaner knien und beten an jeder Station, die Touristen ebenso, Schweißtuch der Veronika, und immer sind einige, die sich früher bekreuzigen, um sich dann zu erheben und die andern zu filmen, auch Mönche, die ihre Brüder filmen. Ich sehe nur zu. Ich bin bang auf Golgatha. (Unsere Maler, Breughel und die andern, haben mich getäuscht; Golgatha liegt nicht außerhalb der Mauern.) Wir sind auf Golgatha. (Ich habe erwartet: Fels oder steinige Erde, schattenlos seit Jahrtausenden, vielleicht einige Disteln, Gräser im heißen Wüstenwind.) Hier ist Jesus mit dem Kreuz gestürzt, ich sehe die Stelle, dort ist das Kreuz in den Boden gesteckt worden, zum Grab geht's eine marmorne Treppe hinunter, Kerzendämmerdunkel, Golgatha als Interieur, Architektur, die man sich wegdenken muß, das Schlurfen der Pilger auf Marmor, man muß die Sonnenbrille jetzt abnehmen, um etwas zu sehen. Und es wird immer weniger wahr, daß ich hier bin. Marmor, Gitter, Marmor, Kerzen, Marmor, Weihrauch, pompös und muffig. Ich kann mich an den Weihrauch nicht gewöhnen, aber bleibe, bis die Beter gegangen sind; ein Tourist. Ich sehe: die Stelle, wo das Kreuz gestanden hat, der Marmor ist aufgeschlitzt wie ein Kleidungsstück, der nackte Fels wie Fleisch, das Loch im Fels, das Loch für das Kreuz ... Dann besichtige ich weiter, auch Gethsemane, Mittag, es ist zu heiß, um etwas zu essen, ringsum nichts als Wüste, Täler und Berge aus gelbem Sand, kein weiteres Dorf, kein Gehöft, Jerusalem ist die einzige Stadt unter dem Himmel, die Sonne kreist um Jerusalem, ich gehe zu Fuß, Gethsemane ist ein Gärtlein, Schattenlabsal, aber ich setze mich nicht. Ich sehe: dies ist der Ölbaum, wo Jesus gebetet hat, ein dürrer Krüppelstamm, silbergrau. Ein Wärter in Uniform, ein arabischer Christ, verweist mich auf die legendären Fußspuren im Fels, und ich gebe ihm, wie er's erwartet, eine Münze. Architektur auch hier, Marmor und Weihrauch, auch hier ist der marmorne Boden aufgeschlitzt, damit man den heiligen Fels sieht –

Alles bleibt Augenschein.

Gegen Abend, als ich hinunter fahre und in einer Kurve anhalte, um nochmals auf Jerusalem zurückzuschauen, sein Gemäuer im Gegenlicht, weiß ich nur, was ich bei meiner Ankunft schon gewußt habe, und als ich dann weiterfahre, bin ich entschlossen, nie davon zu erzählen. Später tue ich's doch.

Einmal ein Fest:

Niemand weiß den Anlaß, auch Burri nicht, der verspätet wie immer (»Ich hatte grad noch eine Geburt«) immerhin gekommen ist, ein ausgelassenes Fest, Damen in Abendkleidern lagern sich auf dem Parkett, ein geistreicher Hahn im Korb (Siebenhagen?) mit verschränkten Beinen, im Garten wird getanzt, Ständerlampen, der giftgrüne Rasen unter Ständerlampen, Burri im Smoking, er ist auf den Witz hereingefallen, der einzige, der den Anlaß hätte erraten können, der Orakel-Doktor –

Das Jahr ist vorbei.

Enderlin, der Gastgeber, hat sich ein Haus gekauft mit Garten und Schwimmbecken, das erleuchtet ist, und eben wird eine junge Dame hineingeworfen, ihre Schreie, weil's kalt ist, ein kolossaler Spaß, scheint es; nur Burri, der Geburtshelfer im Smoking, steht so herum und hat Hunger, Plattenmusik »Rien de rien, non, je ne regrette rien«, während Burri sich von Resten bedient und noch immer nicht begreift, was das soll, Freunde mit glasigen Augen und verschobener Krawatte, ein Paar umschlungen auf dem Diwan, Enderlin draußen in einer Hängematte, Enderlin im Alter von 42 Jahren und 11 Monaten und 17 Tagen genau; sein Kater darüber, daß er derselbe geblieben ist –

Also altern!

Morgengrauen –

aber ohne Pferdekopf –

Grauen –

aber ohne Schrei –

Unsinn, sagt Burri, du wirst dich erkälten.

Der Orakel-Doktor!

Unsinn, sagt Enderlin, ich werde siebzig.

Die Gäste sind gegangen –

Komm jetzt, sagt Burri.

Vögel zwitschern –

Burri ist gegangen –

Also altern!

Enderlin hat nicht getrunken. Er verträgt es nicht mehr. Eine gewisse Einschränkung ergibt sich ohne ärztliche Order sozusagen freiwillig; es steht nicht dafür, daß man am andern Morgen jedesmal kaputt ist. So weit ist es schon. Noch fühlt er sich sozusagen jung. Nur muß er sich schonen. Es schmeichelt ihm, wenn man ihn jünger schätzt, als er ist. So weit ist es schon. Er schenkt

142

Schmuck, wenn er liebt. Darauf wäre er früher nicht gekommen. Beim Juwelier, wenn er aufschaut von den Ringen und Perlen, erschrickt er: es sind lauter ältere Herren, die Schmuck schenken. Noch steht in der Straßenbahn niemand auf, um ihm Platz zu machen. Auch das wird kommen. Noch kann von Alter nicht die Rede sein. Er stutzt nur, wenn er zufällig ein früheres Foto sieht, ein Gesicht, das es nicht mehr gibt. Noch nimmt er's mit den Jüngeren auf. Aber so weit ist es schon, daß er jeden darauf ansieht, ob er jünger ist, und man widerspricht, wenn er von Altern redet, mit Recht. Noch ist sozusagen nichts davon zu sehen. Und daß der Jahrgang, dem er angehört, keinen Vorschuß an Erwartungen mehr genießt, das fällt niemand auf, versteht sich, außer ihm. Die schlaffe Haut und die Taschen unter den Augen, wenn er beim Rasieren gezwungenermaßen in den Spiegel schaut, noch erscheint alles nur als ein Zeichen vorübergehender Müdigkeit. Er weigert sich darüber zu erschrecken. Nur die Zähne, manchmal schon ausgefallen im Traum, man weiß, was das heißt, die Zähne erschrecken ihn, auch die Augen: alles Weiße wird aschig oder gelblich. So weit ist es schon. Die Haare fallen nicht aus, sie fallen nur flacher, und was wächst, ist die Stirn; noch braucht man es nicht eine Glatze zu nennen. Aber das wird kommen. Die Lippen werden schmaler, ausdrucksvoller sozusagen, jedoch farblos. Noch steht die Erfüllung bevor, Burri hat recht. Und Frauen bieten sich an wie nie zuvor. Das Brusthaar wird silbrig; das sieht man aber nur im Bad. Fasten und etwas Sport, betrieben mit Maß und Energie, verhindern den Ansatz von schwammigem Fett; die Muskeln werden deswegen nicht jung. Noch geht er mühelos, aber er sieht's an seinem Schatten: ein Mann von fünfzig, sein Gang wird sparsamer, die Bewegungen gehen nicht mehr durch den ganzen Körper. Das Gesicht wird lebendiger als der Körper, persönlicher von Jahr zu Jahr, sozusagen bedeutend, wenn es nicht müde ist, und müde ist es oft. Er verheimlicht es, wenn er müde ist, nach Kräften, wenn nötig mittels Pillen. Noch ist es nicht soweit, daß er sich nach dem Mittagessen hinlegen muß. Aber all dies wird kommen. Noch arbeitet er voll. Das schon. Er leistet sogar mehr als früher, weil die Erfahrung ihn rascher erkennen läßt, was nicht gelingen kann, und beruflich kommt die beste Zeit. Das schon. Und es wird kommen, was er fürchtet: daß man ihm mit Respekt begegnet. Respekt vor seinen Jahren. Man wird ihn sprechen lassen, weil er älter ist, und da hilft keine Kameraderie, kein Buhlen um die Jungen. Sie werden immer jünger. Sie hören aus Höflichkeit zu und sagen immer seltener, was sie denken. All dies wird kommen. Er wird sich bemühen um sie, gleichzeitig sich weigern, wenn man ihm den Mantel halten will, und eingehen auf ihre Unerfahrenheit und auf ihre verstiegenen Erwartungen. Man wird ihn rührend finden, auch etwas lästig, ohne daß er's bemerkt. Er wird bewundern, um nicht neidisch zu erscheinen, und er wird neidisch sein auf alles, was er selbst schon gehabt hat, neidisch, weil es ihm nicht mehr erstrebenswert erscheinen kann. All dies wird kommen. Gewöhnt an die natürliche Zunahme der Sterbefälle in seinem Jahrgang und gewöhnt an gewisse Ehrungen, die seiner Vergangenheit gelten, ein Sechziger, dem man seine geistige Frische zu versichern beginnt und dies immer offenherziger, wird er über sein Alter nicht klagen, im Gegenteil, er wird eine Würde daraus machen, betroffen, daß diese Würde keineswegs lächerlich erscheint, sondern nachgerade angemessen. All dies ist nicht aufzuhalten. Und vielleicht wird er noch siebzig, ja, dank der Mittel moderner Medizin. Noch ist es nicht so weit, daß man ihn auf Schritt und Tritt betreuen muß. Natürlich braucht er Hilfe. Natürlich muß er sich schonen. Wofür? Sein Gedächtnis, obschon es nicht mehr ausreicht, um eine fremde Sprache zu erlernen, wird erstaunlich sein; er wird sich an die fernsten Dinge erinnern, die ihn einmal beschäftigt haben. Die Jungen (Vierzigjährige) werden untereinander streiten, während er daneben sitzt in Verschonung. Seine Ansichten sind nicht mehr zu ändern. Er wird täglich einen Spaziergang machen vielleicht mit einem Stock, jedenfalls mit einem Hut, täglich die Zeitung lesen, um nicht in der Vergangenheit zu spazieren. Gegenwart? Er weiß, wie es zu dieser Gegenwart gekommen ist. Manchmal wird er erzählen von seinen persönlichen Begegnungen mit Männern, die diese Gegenwart herbeigeführt haben, von seiner Zeit, die Geschichte ist, jedesmal dasselbe…

Warum hat man sich nicht erhängt?

Camilla Huber, befragt, was sie wohl tun oder lassen würde, wenn sie nur noch ein Jahr zu leben hätte, bestenfalls ein Jahr, weiß es sofort:

»– nicht mehr arbeiten.«

Was sie unter Arbeit versteht, fragt Gantenbein natürlich nicht, tut, als rede man von Manicure.

»Ja«, frage ich, »und statt dessen?«

Camilla erzählt zwar nicht, was sie täte, aber es ist zu erraten durch ihr wasserstoffblondes Haar hindurch, als kurz darauf wieder einmal ein Kunde anruft:

»Bedaure«, sagt sie, »Sie haben eine falsche Nummer gewählt.« Und als es nach einer Minute neuerdings klingelt: »Ich sage, Sie haben eine falsche Nummer gewählt.«

Die Manicure macht sie weiter.

Es ist das erste Mal, daß Camilla keine Geschichte braucht; sie erfindet sich selber eine, scheint es, wortlos: – ihr letztes Jahr auf Erden, eine Geschichte mit Wandlung vermutlich, eine Geschichte, die aufgeht in Sinn, eine tröstliche.

Ich habe Enderlin aufgegeben. –

(Es gibt andere Leute, die ich nicht aufgeben kann, selbst wenn ich ihnen nur selten begegne oder nie mehr. Ich will nicht sagen, sie verfolgen mich in meiner Vorstellung, sondern ich verfolge sie, ich bleibe neugierig, wie sie sich in dieser oder jener Lage verhalten möchten, dabei unsicher, wie sie sich wirklich verhalten. Ihr wirkliches Verhalten mag enttäuschen, aber das macht nichts; es bleibt ihnen der Spielraum meiner Erwartung. Solche Leute kann ich nicht aufgeben. Ich brauche sie, und auch wenn sie mich übel behandelt haben. Das können übrigens auch Tote sein. Sie fesseln mich lebenslänglich durch meine Vorstellung, daß sie, einmal in meine Lage versetzt, anders empfänden und anders handelten und anders daraus hervorgingen als ich, der ich mich selbst nicht aufgeben kann. Aber Enderlin kann ich aufgeben.)

Eine Geschichte für Camilla:

(eine tröstliche)

Ali, wie der Name schon sagt, war ein Araber, ein junger Schafhirt am oberen Euphrat, und es kam die Zeit, da er sich beweiben wollte. Aber Ali war arm. Ein anständiges Mädchen kostete in jener Gegend damals 15 Pfund, viel Geld für einen Schafhirten. Ali hatte einfach nur 10 Pfund. Als er hörte, im Süden seien die Bräute billiger, zögerte er nicht lang, nahm seinen Esel, füllte die Schläuche mit Wasser und ritt gegen Süden viele Wochen lang. Es war einfach Zeit, daß er sich beweiben sollte, er war jung und gesund. So ritt er voller Hoffnung, 10 Pfund in der Tasche, am Euphrat hinunter, wie gesagt, viele Wochen lang, indem er sich von Datteln nährte. Als Ali endlich in die gelobte Gegend kam, fehlte es nicht an Töchtern, die ihm gefielen, nicht an Vätern, die verkaufen wollten; aber auch im Süden hatten die Bräute unterdessen aufgeschlagen, und für 10 Pfund war nichts zu heiraten, nicht einmal ein häßliches Mädchen. 12 Pfund war der Tageskurs, 11 Pfund eine einmalige Occasion; Ali handelte tagelang, jedoch erfolglos, 10 Pfund war kein Angebot, sondern eine Beleidigung, und als Ali erkannte, daß nichts zu bestellen war, nahm er wieder seinen Esel, füllte die Schläuche mit Wasser und ritt gegen Norden, zu Tode betrübt mit seinen 10 Pfund in der Tasche, denn er hatte nichts davon verbraucht, als glaubte er noch immer an ein Wunder. Und natürlich blieb das Wunder nicht aus, das Ali verdiente, wenn er es erkannte. Es war halbwegs zwischen Süd und Nord, als Ali an einem Brunnen, wo er seinen traurigen Esel und sich selbst labte, ein Mädchen erblickte wie noch keines zuvor, schöner als alle, die er für seine 10 Pfund nicht hatte bekommen können, ein blindes Mädchen. Das war schade. Das Mädchen war aber nicht nur schöner als alle, sondern auch lieber, da es blind war und in keinem Brunnen je gesehen hatte, wie schön es war, und als Ali es ihr sagte, wie schön sie sei, mit allen Worten, die einem arabischen Schafhirten geläufig sind, liebte sie ihn auf der Stelle und bat ihren Vater, daß er sie an Ali verkaufte. Sie war billig, ihrer Blindnis wegen wollte der Vater sie los sein, erschreckend billig: 6 Pfund. Denn keiner am ganzen Euphrat wollte eine blinde Braut. Aber Ali nahm sie, setzte sie auf seinen gelabten Esel und nannte sie Alil, während er selber zu Fuß ging. In den Dörfern, wo immer Ali mit seiner Alil erschien, trauten die Leute ihren eignen Augen nicht, niemand hatte je ein schöneres Mädchen gesehen oder auch nur geträumt; nur war es leider blind. Aber Ali hatte noch 4 Pfund in der Tasche, und als er nachhause kam, führte er sie zu einem Wunderarzt und sagte: Hier sind

4 Pfund, jetzt mach, daß Alil ihren Ali sieht. Als es dem Wunderarzt gelungen war und als Alil sah, daß ihr Ali, verglichen mit den andern Schafhirten ringsum, gar nicht schön war, liebte sie ihn trotzdem, denn er hatte ihr alle Farben dieser Welt geschenkt durch seine Liebe, und sie war glücklich, und er war glücklich, und Ali und Alil waren das glücklichste Paar am Rande der Wüste...

Camilla ist enttäuscht.

»Nun ja«, sagt sie, ohne aufzuschauen und ohne die Manicure zu unterbrechen, »das ist aber ein Märchen.«

Camilla will nicht weiterhören.

»Warten Sie!« sage ich. »Warten Sie!«

Camilla feilt.

... das Märchen dauerte ein Jahr, da war's aus; der Umgang mit Alil hatte ihn angesteckt, so daß Ali langsam aber sicher erblindete, und es kam eine böse Zeit, denn kaum war Ali erblindet, konnte er nicht mehr glauben, daß sie ihn liebte, und jedesmal wenn Alil aus dem Zelt ging, wurde er eifersüchtig. Es nützte nichts, daß sie ihm schwor. Vielleicht ging sie wirklich zu den andern Schafhirten, das weiß man nicht. Ali konnte es ja nicht sehen, und da er solche Ungewißheit nicht aushielt, begann er sie zu schlagen. Das war schlimm. Sonst rührte er seine Alil nicht mehr an. So ging es lange Zeit, bis Ali sich rächte, indem er ein anderes Mädchen umarmte, das öfter und öfter in sein Zelt schlich. Aber auch das machte ihn nicht gesund, im Gegenteil, es wurde immer schlimmer. Wenn er wußte, daß es seine Alil war, die jetzt in seinem Zelt lag, schlug er sie, und sie weinte, daß man es draußen hörte, und Ali und Alil waren das unglücklichste Paar am Rande der Wüste. Das war bekannt. Als der Wunderdoktor davon hörte, erbarmte es ihn und er kam, um Ali zu heilen, obschon dieser kein einziges Pfund mehr zahlen konnte. Ali konnte wieder sehen, aber er sagte es seiner Alil nicht, daß er wieder sehen konnte, denn er wollte ihr nachschleichen, und das tat er auch. Aber was sah er? Er sah Alil, wie sie weinte, da er sie im Zelt geschlagen hatte, und er sah, wie sie ihr Gesicht wusch, um in sein Zelt zu schleichen als das andere Mädchen, damit der blinde Ali sie umarme –

»Nein«, sagt Camilla, »wirklich?«

Die Manicure ist zu Ende.

»Im Ernst«, fragt sie, indem sie die Scherchen und Feilchen

147

zusammenpackt, »das ist eine wahre Geschichte?«
   »Ja«, sage ich, »ich finde.«

Das Spiel mit der Blindenbrille und mit dem schwarzen Stöcklein am Randstein und mit der Armbinde, die jedesmal, wenn Gantenbein ausgeht, sich gerade am Ärmel eines anderen Anzugs befindet, so daß er nochmals zurückgehen muß, ist nachgerade langweilig, finde ich auch; ich würde es verstehen, wenn Gantenbein plötzlich seine Rolle aufgäbe, und ich frage mich insbesondere, wie Lila es aufnehmen würde, wenn Gantenbein eines Abends gestände, daß er sieht.
   Die Versuchung wird immer größer.
   Wozu die Verstellerei?
   Ich sitze am Kamin, Mitternacht, ein Glas in der Hand, Eis im Glas, so daß es klingelt, wenn ich es schwenke. Vielleicht habe ich schon zuviel getrunken. Unsere Gäste sind endlich gegangen; es ist wieder einmal mühsam gewesen, Gantenbein zu spielen und den Leuten nicht zu sagen, was man sieht. Eben habe ich ein Scheit in den Kamin gelegt, während Lila die Zeitung liest, und ich schaue zu, wie das Scheit im Kamin langsam zu rauchen beginnt über der Aschenglut dieses Abends: plötzlich springt eine erste Flamme an, eine kleine flüchtige bläuliche wilde Laune, die sich alsbald verliert, aber nach einer rauchenden Weile wieder da ist, jetzt eine prasselnde Flamme lichterloh. Sonst geschieht nichts. Lila hat unsern Gästen wieder einmal die Anekdote erzählt, erfolgreich wie meistens, vom blinden Gantenbein in ihrer Garderobe. Die Gäste, wie gesagt, sind weg; auch wir werden bald schlafen gehen, scheint es. Mein Glas in der Hand, Eis im Glas, so daß es leise lustig klingelt, wenn ich's schwenke, sehe ich unser Glück. Ob Lila wirklich noch an meine Blindnis glaubt? Ich sehe ihre Beine, das linke über das rechte geschlagen, ihr Knie, anschließend ihren gespannten Rock, ferner sehe ich ihre beiden Hände, womit sie die offene Zeitung hält: Schlagzeile mit Mord.
   »Du«, fragt sie, »hast du das gelesen –?«
   Sie denkt sich nichts dabei, wenn sie solche Fragen stellt. Sie tut das öfter, ohne daß sie Gantenbein auf die Probe stellen will.
   »Ja«, sage ich, »– habe ich gelesen.«

Pause.

»Nein«, sagt sie, »wie ist das möglich!«

Sie meint den Mord.

»Schauerlich!« findet sie.

Ich trinke, bis nur noch Eis im Glas ist, und warte, das Glas in der Hand, gespannt, ob Lila nicht plötzlich begreift, was ich eben gesagt habe; ich warte aber vergeblich, und da nichts erfolgt, wiederhole ich:

»Ja – habe ich gelesen.«

Sie hört es einfach nicht.

»Du«, fragt sie, »ist da noch Whisky?«

Es ist.

»Danke«, sagt sie später, »danke.«

Schweigen.

»Lila«, sage ich, »ich habe dir etwas gesagt.«

»Entschuldige!« sagt sie.

Endlich legt sie die Zeitung nieder, doch ihr Gesicht ist überhaupt nicht verwundert, sehe ich, sie greift bloß nach ihrem Whisky, um zu hören, um zu fragen:

»Was hast du gesagt?«

Ich zögere.

»Ich habe gesagt«, lächle ich langsam und nehme nochmals mein Glas an den Mund, ein fades Schmelzwasser, so daß mir das Lächeln vergeht: »– ich habe gesagt, daß ich's gelesen habe.«

»Findest du's nicht schauerlich?«

Sie meint immer den Mord.

»Ja –«

Ich sehe, Gantenbein brauchte jetzt bloß zu schweigen und zu rauchen, und alles bliebe beim alten, aber vielleicht packt ihn der Koller – ich könnte es mir vorstellen – ein Koller, der kein gutes Ende nehmen wird, ich weiß es und halte mein leeres Whisky-Glas mit beiden Händen, damit Gantenbein es nicht gegen die Wand schmettert. Was soll's! Ich sehe das lichterlohe Scheit im Kamin, ich sehe Lila, wie sie trinkt, dann wieder die Zeitung nimmt, die Schlagzeile mit Mord.

Ich stelle es mir nur vor:

Wortlos vorerst, scheinbar beherrscht, nachdem er sein Whisky-Glas gegen die Wand geschmettert hat, bleich vor Erregung, ohne selbst zu wissen, was er denn eigentlich will, er weiß bloß, daß er besser schweigen würde, aber Scherben sind Scherben, das ist nicht mehr zu ändern, auch wenn er schweigt, Gantenbein in einem Zustand, der die arme Lila wirklich erschreckt, brillenlos (wie sonst nur in der Umarmung und beim Schwimmen) und zitternd vor Reue, daß er jetzt (warum eigentlich) sein Geheimnis aufgibt, die Brille in der Hand, er sei nicht blind, sagt er, während er im Zimmer hin und her geht, o nein, er sei nicht blind, lacht er, ohne Lila anzublicken, blind vor Wut, indem er sich heiser schreit und aufzählt, was er seit Jahr und Tag alles gesehen habe, ja, gesehen, ob Lila es glaubt oder nicht, o nein, er sei nicht blind, schreit er, daß die ganze Nachbarschaft es hört, schäumend vor Wut darüber, daß Lila vor seiner Offenbarung nicht in den Boden versinkt, sondern nur die Scherben zusammenwischt, während Gantenbein, um zu zeigen, daß er nicht blind ist, die Sessel umstößt mit Fußtritten, wortlos, dann sagt er nochmals, er habe alles gesehen, alles, alles, und ihr Schweigen beruhigt ihn nicht, er haut auf den Tisch, den er seit Jahr und Tag gesehen hat, tut, als habe in all den Jahren nicht er sich verstellt, sondern sie, Lila, er packt sie, schüttelt sie, bis sie weint; er hat den Verstand verloren, ja, er sieht es selbst, daß er den Verstand verloren hat, die Sessel am Boden, ja, er sieht sie, und es hilft nichts, daß Gantenbein selbst sie wieder aufstellt, gesagt ist gesagt, Lila schluchzt, als habe er sie betrogen, ihre Perlenkette ist auch gerissen, o nein, er sei nicht blind, sagt er, indem er sich mit einer Zigarette beruhigen will, aber es dauert nicht lang, keine halbe Zigarette lang, dann schlägt er neuerdings aus, und sei's auch nur mit Worten, irr wie ein Pferd, das ausgerutscht und über sich selbst erschrocken ist –

Wie weiter?

Während für Lila, nachdem er sich beruhigt und wegen der Perlenkette entschuldigt hat, eigentlich nichts verändert ist – denn für sie ist er durch sein Geständnis nicht blinder und nicht weniger blind, als sie ihn kennt – beginnt für Gantenbein, indem er nicht mehr den Blinden spielt, tatsächlich ein anderes Leben...

Ich stelle mir vor:

Einmal (kurz darauf) kommt Lila sonderbar nachhaus. Das ist nicht das erste Mal, aber zum ersten Mal weiß sie, daß ich es sehe schon auf dem Bahnsteig. Ich rufe ein Taxi, während sie sagt: Grüße von Henry! Ich danke. Sonst gibt's nichts Neues? Ein scheußliches Wetter schon seit Tagen, ich habe gearbeitet. Ich frage: Was hast du erlebt? Es geht den Taxi-Mann nichts an. Davon später! Also vorgestern war sie bei Henry und seiner Frau, die mich ebenfalls grüßen läßt. Lila erzählt mehr denn je nach einer Reise. Ich habe noch nie ein russisches Ballett gesehen, glaube aber sofort, daß es großartig ist. Was weiter? Ich mutmaße halt, ich fürchte, Lila hat wieder einen deutschen Film abgeschlossen. So sag's schon! Ich bin gespannt. Warum ich sie nicht küsse? Weil ich rauche. Meinem Vater geht's besser, ich danke, und das Wetter, ja, es ist nicht zu glauben, wie verschieden das Wetter sein kann in verschiedenen Ländern. In Hamburg, zum Beispiel, schien die Sonne, ja ausgerechnet in Hamburg. Also hier, sage ich, regnet es seit drei Tagen. Ich erfahre, daß Lila übrigens ihren ersten Mann getroffen hat. Wieso übrigens? Er war öde, sagt sie offen. Warum so offen? Also Svoboda war öde. Wer hätte das erwartet? Zum ersten Mal, seit ich von Svoboda höre, war er ausgesprochen öde. Was sonst? Übrigens läßt Svoboda mich grüßen; alle Welt läßt mich grüßen. Übrigens muß ich auch ein Geständnis machen: Unfall wegen Glatteis! Es hat mich einfach gedreht. Glatteis! Jetzt regnet es, aber vorgestern war Glatteis; unser Taxi-Mann kann es bezeugen. Zuhause nehme ich ihr den Mantel ab und hänge ihn an einen Bügel mit der Frage: Also, Lilalein, was ist los? Ich hole zwei Gläser, und Lila ist froh, daß nur dem Wagen etwas geschehen ist, aber nicht mir. Um es nochmals zu sagen: Ich fuhr mit 50, höchstens 60, aber gegen Glatteis ist nichts zu machen. Also Prost! Aber Lila kann sich nicht erholen von ihrem ersten Mann, der mich jetzt nochmals grüßen läßt. Wie kann ein erster Mann so öde werden! Ich hole Eis. Warum Lila das Flugzeug verpaßt hat, ist eine Frage, die offen bleibt, da ich gerade, wie gesagt, Eis hole, während Lila sich unterdessen überlegt, wer mich sonst noch grüßen läßt. Es sind noch einige, ich glaub's. Der einzige, der mich nicht grüßen läßt, hat keinen Namen, ich kenne ihn ja nicht, und drum läßt er mich auch nicht grüßen. Ich verstehe. Es war nach dem russischen Ballett, wie ich höre, eine Gruppe junger Studenten. Ich mißverstehe. Natürlich ist es nicht eine ganze Gruppe, die Lila heiraten will, sondern einer. Wie er sich das vorstellt? Auch Lila, höre ich, findet es irr, aber rechnet mit meinem Verständnis. Wie soll man verstehen, was man nicht kennt? Ich fordere Kenntnis, ich werde kleinlich, was Gantenbein nie war, und das ist für Lila eine schmerzliche Enttäuschung. Sie schweigt, um ihre Enttäuschung zu zeigen. Sollen wir ein gewöhnliches Paar wer-

den? Also am Montag, oder war's am Sonntag, nein, es ist ja
einerlei, jedenfalls war es nach der Vorstellung, die übrigens ein
Erfolg war. Was? Lila sagt es ja: eine Gruppe von Studenten,
aber auch von Tänzern. Ich versuche es mir vorzustellen; auch
ich war einmal Student, aber nicht so mutig wie dieser, den Lila,
um es kurz zu machen, ein Ekel nennt. Ich vermute Züge von
Genie, wenn ich Lila höre in ihrem widerwilligen Bericht, und
fülle mein Glas. Ich verstehe, o ja, ich finde es eindrucksvoll,
wenn ein Student, einundzwanzig oder so, einer Dame, der er
den Mantel hält, nachdem er mit ihr zu sprechen keine Gelegenheit gefunden hat, ohne Umschweife mitteilt, daß er mit ihr nach
Uruguay fliegen will, um daselbst mit ihr zu leben, und daß diese
Dame, Lila nämlich, immerhin verstört ist. Warum ich alles mißverstehe? Also kein Student, sondern ein Tänzer, nein, auch das
nicht; einfach ein Ekel. Wie es heißt, das Ekel, spielt doch wirklich keine Rolle. Also er begleitete sie nachhaus, das heißt, in
ihr Hotel. Was weiter? Ich mißverstehe schon wieder. Nichts
weiter! Ich begnüge mich also mit einem Studenten oder Tänzer,
der vermutlich ein Genie ist, da er alles, was einen Namen hat,
für einen alten Hut hält, auch das russische Ballett, und der Lila
heiraten will und zwar sofort. Schicksal! Ich frage ja bloß, ob
er wisse, daß Lila verheiratet ist. Warum bin ich unmöglich? Ich
frage ja nicht, ob er Geld habe; ich trinke und schweige; alles
was mir einfällt, ist banal. Wo eine Liebe ist, da ist auch ein
Flugzeug nach Uruguay. Also Lila beruhigt mich, obschon ich
ruhiger bin als sie: kein Tänzer, nein, auch kein Student, nein,
Lila weiß auch nicht, was er ist. Das ist ja das Großartige an
ihm. Es geht auch nicht um Heiraten im bürgerlichen Sinn, ich
verstehe, sondern um etwas anderes, Lila will es nicht nennen,
ich sage es: etwas Absolutes. Lila gibt zu, daß es von seiner Seite
nicht anders gemeint ist. Die Vorstellung, daß ich ihr jetzt eine
Ohrfeige geben könnte, die erste natürlich, verdutzt mich. Als
ich mich sachlich erkundige, wie Lila sich das Klima in Uruguay
vorstelle, sie, die für Klima so empfindlich ist, stellt sich heraus,
daß er gar nicht von Uruguay gesprochen hat, sondern von Paraguay; Lila hat sich nur versprochen. Ich habe Lila ganz verwirrt.
Überhaupt tue ich ihm Unrecht; daß er Lila heiraten will, hat
er gar nicht am ersten Abend gesagt, ich verdrehe alles, sondern
auf dem Bahnsteig vor ihrer Abreise. Ich bin beschämt. Anstelle
eines Geständnisses, das die Schleusen meines männlichen

Selbstmitleides öffnen würde, höre ich bloß von einem Erlebnis, das mit Worten überhaupt nicht zu fassen ist. Also lassen wir die Worte davon! Lila ist einfach betroffen. Ich seh's. Fest steht, daß sie ihn nicht mag, und hinzukommt, daß er schön ist, aber unmöglich, aber schön, ein Ekel, sie sagt es ja, Herrgottnochmal, und wie er spricht, was er spricht, alles ist ihr zuwider, seine Arroganz soll kindisch sein, und Lila findet ihn lästig, aber sie konnte sich nicht fassen, wenn er sie anblickte. Das Meerschweinchen und die Schlange! Lila sagt es nicht so, aber ich verstehe. Ich kenne Paraguay nicht, aber ich verstehe, daß er seinerseits nicht verstehen kann, warum Lila, eine Frau wie Lila, zu Gantenbein zurückkehrt. Sollen wir eine Platte spielen? Ich meine ja bloß. Wenn wir wenigstens Hunger hätten! Ich finde meine Frage, was nun weiter sein soll, nicht so abwegig, daß Lila mich deswegen anzuschreien braucht. Nichts wird sein, HerrgottimHimmel, überhaupt nichts! Und es ist auch nichts gewesen. Was kann Lila dafür, daß ihr ein Irrer begegnet? Das Wort ist von ihr. Ich lege eine Platte auf, ich setze die Nadel auf die Platte, ohne zu zittern, es ist ja nichts geschehen, Lila findet mich unmöglich, sie sagt ja, daß sie ihn nicht ausstehen kann, nicht ausstehen. Leider hat sie es ihm nicht sagen können; sie sagt es mir. Das war ja das Erlebnis: Wie kann man ein Ekel so schön finden? Die Platte läuft, aber wir hören sie nicht. Ich höre: wenn er ihr in die Augen blickte, konnte er sagen, was er wollte, dieser Kerl! Sie wiederholt: Dieser Kerl! Meinerseits möchte ich diese Benennung nicht übernehmen, sie steht mir nicht zu; auch weiß ich nicht, ob er ein Kerl ist. Es wird sich zeigen. Vielleicht kommt er in diesen Tagen hierher? frage ich, indem ich endlich die Pfeife anzünde, und Lila findet mich geschmacklos. Wieso soll er hierher kommen? Ich denke: Um Lila zu holen. Lila findet Humor nicht am Platz. Es ist ein Brandenburgisches Konzert, was wir hören, das fünfte, glaube ich, und was ich wissen möchte, ist dies: wie sie sich heute mittag verabschiedet haben, ich meine nicht, ob sie sich auf dem Bahnsteig im sonnigen Hamburg geküßt haben, ich meine bloß: in welchem Sinn? Lila antwortet nicht auf meine Frage, sondern wiederholt: Ein Irrer! Was ich wissen möchte, ist dies: ob Lila ihn in irgendeiner Weise hat wissen lasen, daß es Gantenbein gibt. Lila zieht vor, einen Brahms zu hören. Natürlich kann er sich denken, daß Lila nicht ohne einen Mann lebt. Ich suche Brahms, Lila hat recht, meine Frage ist blöd. Wieso sollte sie einem Unbekannten, nur weil er sie heiraten will, ihre Intimität mitteilen? Lila hat recht. Was ging es diesen Kerl denn an, daß Lila und Gantenbein, wie ich weiß, glücklich sind? Ich lege die Platte auf, Lila hat recht, ich lege die Nadel auf die laufende Platte...

So weit, so gut.

Die Depesche am andern Morgen verwundert mich nicht. Das Postamt, ahnungslos, gibt sie durchs Telefon. Ich schreibe auf: ANKOMME MORGEN EINHORN.

Ich danke dem Postamt, Lila schläft, und wenn sie schon heute nach Uruguay will, ist es Zeit, daß Lila packt, das heißt, ich sollte sie wecken. Vielleicht sollte ich warten, bis ich lockerer bin; vielleicht bin ich nie wieder so locker wie jetzt. Eine Weile frühstücke ich weiter, dann kleide ich mich an und vergesse nicht die Krawatte. Es könnte ja sein, daß die Depesche schon gestern aufgegeben worden ist, während wir noch Brahms hörten, und das würde heißen: morgen ist heute. Lila findet mich verrückt, ja, vollkommen verrückt; sie ist empört, als habe ich diese Depesche aufgegeben. Es komme nicht in Frage, sagt sie, aber das ist leicht gesagt. Ich hole ihren Morgenrock. Oder erwartet Lila, daß ich vor das Einhorn trete und sage, Lila sei nicht zu sprechen? Das erwartet sie, ja, in der Tat. Ob das Einhorn nicht lachen wird? Lila findet mich gemein, wenn ich nicht Kerl sage, sondern Einhorn. Keine Rede davon, sagt sie, keine Rede davon, daß sie irgend etwas vereinbart haben! Lila ist verwunderter als ich, daß er sich an ihre Blicke hält, und sagt mir klipp und klar, was sie dem Einhorn zu sagen versäumt hat: daß sie ganz und gar kein Verlangen hat nach einem Wiedersehen. Aber wenn er schon unterwegs ist? Lila kann sich einfach nicht erklären, woher er ihre Adresse überhaupt hat. Unsere Adresse. Ich frage mich natürlich, wie ich mich gegenüber einem Einhorn verhalten werde, und nun bin ich der Irre, weil Lila ein Blick-Erlebnis gehabt hat, das er ernstnimmt. Ich halte noch immer ihren Morgenrock. Aber Lila möchte ja nicht, daß er hierher kommt, keine Rede davon! Ich verstehe nicht, warum sie mich jetzt zurechtweist. Sie will sofort eine Depesche schicken. Hast du seine Adresse, frage ich sachlich, während Lila in ihrer Tasche sucht. Sie hat sie. Gott sei Dank. Ihr erster Einfall: BIN VERREIST. Wenn schon befragt, ob ich's richtig finde, muß ich gestehen, daß es mich, wäre ich ein Einhorn, nicht überzeugen würde. Nichts gegen Lügen! Aber ich bin befangen, nämlich verblüfft, daß offenbar zwischen Lila und diesem Einhorn bereits eine Innigkeit besteht, die zur Lüge zwingt. Zweite Fassung: BESUCH LEIDER UNMÖGLICH. Auch daraus geht nicht hervor, ob das Einhorn und Lila einander duzen, und wenn schon befragt, ich finde seinen Besuch nicht unmöglich, im Gegenteil, sondern folgerichtig. Aber Lila will ihn ja nicht sehen! Das wird er kaum erraten, meine ich, wenn er liest: BESUCH LEIDER UNMÖGLICH. Wieso LEIDER? Er wird daraus lesen, daß Lila einen kleinmütigen Gatten hat. Also: BESUCH UNMÖGLICH. Lila will ihn wirklich nicht sehen, das ist ausgemacht, aber ich möchte ihn sehen. Ich habe noch nie ein Einhorn gesehen. Dritte Fassung: ICH BIN VERHEIRATET. Das wird ihn nicht überraschen. Wieso mache ich es Lila so schwer? Vielleicht wäre es gut, wenn die beiden einander einmal umarmen, bevor's nach Uruguay oder Paraguay geht. Das habe ich nicht ausgesprochen, nein, ich bin schon beschämt, daß ich's denke. Wenn Lila nicht endlich ihren Morgenrock anzieht, denke ich, wird sie sich erkälten. Also: BITTE NEIN BITTE. Das ist deutlich. Ob ich jetzt zufrieden sei? Als ginge es darum. Er wird zufrieden sein. Welch ein Aufschrei! Ich bin einverstanden, o ja, nichts gegen Pathos, wo es empfunden ist. Das ist eine Depesche, wie sie sich nicht jeder Einundzwanzigjährige hinter den Spiegel stecken kann. Wenn schon befragt, ich denke dabei an Donna Proeza, die Lila einmal gespielt hat, vor allem aber daran, wie ich mich verhalten soll, wenn das Einhorn trotzdem kommt. Überhaupt heißt er nicht Einhorn! Ich mache eine Szene, findet Lila. Dabei möchte ich nur wissen, worauf ich gefaßt sein muß. Auch ich habe Mühe, mag sein, das rechte Wort zu finden. Ich weiß ja nicht, was los ist. Ich sehe bloß die Verwirrung einer reifen Frau. Ich mutmaße. Lappalie oder Schicksal? Ich muß auf alles gefaßt sein, scheint mir, und drum bin ich gespannt, als Lila sich erhebt und wortlos (böse gegen mich!) zum Telefon geht, um die Depesche durchzugeben. Welche Fassung wird es sein? Lila schließt aber die Türe; ich höre sie nicht, stehe und rauche...

Soweit die Szene.

Gantenbein, seit er nicht mehr den Blinden spielt, ist unmöglich. Ich mache mir Sorgen... Am Abend, Donnerstag, spricht man vernünftig und offen wie von einer überholten Sache, die nicht der Rede wert ist, sogar mit Humor, der nicht verletzt; man trinkt Wein dazu, nicht zuviel, aber eine besondere Flasche, und man spielt keine Platte, sondern redet plötzlich offen auch über Vergangenes, was noch niemals ausgesprochen worden ist; Gantenbein und Lila sind einander nahe wie schon lang nicht mehr...

So weit, so wunderbar.

Am andern Morgen, Freitag, kommt eine Depesche, die Lila vor meinen Augen, ich seh's, sofort in Fetzen zerreißt. Das ist beim Frühstück. Die Fetzen steckt sie in die Tasche ihres Morgenrocks. Nimmst du noch Toast? fragt sie, und ich rede über Weltereignisse, bis Lila sich plötzlich erhebt, um ein Taschentuch zu holen; sie braucht es, das Taschentuch, um es in die Tasche ihres Morgenrocks zu drücken, damit die Fetzchen nicht herausflattern. Ich frage sie nach ihren Proben. Später kommen die Fetzchen nicht in den Papierkorb, sondern verschwinden mit einer ausführlichen Wasserspülung. Ich muß gehen, ja, ich stehe schon im Mantel, als Lila mich bittet, daß wir verreisen und heute noch. Ich bin im Bild: Also er kommt! Lila hat in der nächsten Woche eine einzige Probe, die sie absagen wird; sie will diesen Irren nicht sehen. Verreisen? Ich frage, warum sie nicht allein verreisen will. Hat sie Angst, daß ich dem ersten besten Herrn, der an unsrer Tür klingelt, eine herunterhauen werde? Ich habe es nicht vor, aber man kennt sich ja nie, und da ich sehe, wie Lila bangt, kann ich ihr diese plötzliche Reise, die mir gar nicht in den Kram paßt, zwar ausreden, bis sie weint, aber ich kann mich ihrer Bitte, die sie meiner Vernunft entgegenstellt, nicht entziehen, scheint mir, gerade in diesen Tagen nicht. Also wir reisen! Zwar regnet es, aber irgendwo in der Welt wird schon die Sonne scheinen, Elba oder Engadin oder Mallorca...

Ich stelle mir vor:

Gantenbein und Lila am Strand, der fast menschenleer ist, Sonne, aber windig, und Lila trägt keinen Bikini, wie sonst, sondern ein Modell, das Gantenbein noch nie gesehen hat, das Aufsehen erregt nicht nur bei Gantenbein, sondern auch bei den braunen und barfüßigen Burschen, die einen Sonnenschirm vermieten, vor allem aber bei andern Strandgästen, die unter dem Vorwand, Muscheln zu suchen, hin und her schlendern, insbesondere bei Damen, die Bikini tragen und sich reizlos vorkommen, wie Gantenbein findet, zu Recht; was Lila trägt, ist ein Anti-Bikini; nur die Schenkel sind bloß und die Beine natürlich, der Leib ist bedeckt, Trikot, straff, ein Weiß wie Möwenflaum, ein Badeanzug mit langen Ärmeln, ja, bis zum Handgelenk, dazu ein décolleté wie bei einem großen Abendkleid, also offen von Schulter zu Schulter, dazu ihr schwarzes Haar, naß, da Lila ohne Bademütze schwimmt, vom Wasser gesträhnt wie das Haar antiker Skulpturen... So liegt Lila im Sand, ihre Hand auf meinem Knie, Gantenbein hockt, kein Wort über das Einhorn, oder Lila liegt auf dem Bauch und raucht und liest, während Gantenbein harpuniert, glücklich auch er, ja, jetzt darf er auch wieder harpunieren, seit er die Blindenrolle aufgegeben hat, und braucht nicht zu verschweigen, was er alles gesehen hat an Polypen und Igeln und Medusen. Er sieht, auch Lila denkt nicht an das Einhorn, nicht einen Augenblick. Er sieht es ihr an. Gut. Stundenlang spielen sie mit einem bunten Ball, Lila und Gantenbein, oder hopsen in der Brandung, ohne zu wissen, welcher Wochentag es ist. Niemand weiß ihre Adresse (Hotel Formentor, Mallorca), niemand in der Welt und niemand im Theater, niemand kann auch nur eine Depesche schicken. Lila träumt von einem Haus am Meer, ein Leben ohne Rollen, ferne von Film und Fernsehen, wenn auch nicht gerade in Formentor, sondern irgendwo, einfach ein Haus am Meer, das muß es ja geben, eine pure Geldfrage, eine Filmfrage. Man zeichnet Grundrisse, die von dem Kräuseln einer auslaufenden Welle gelöscht werden, aber das macht nichts, man zeichnet einen neuen Grundriß. Wo gehst du hin? Gantenbein kommt mit Zweigen zurück, Oleander, um den Garten anschaulich zu machen. Männer sind so erfinderisch und geschickt, während Lila in ihrem möwenflaumweißen Strandabendkleid, eine Zigarette rauchend und entzückt über den Grundriß, den sie nicht lesen kann, lediglich weiß: Es soll ein Haus sein mit vielen Zimmern und mit eigenen Oliven und mit eigenem Wein natürlich und dabei sehr schlicht, o ja, aber mit Bädern natürlich und mit Spannteppich, das schon, das braucht man, und wenn schon, denn schon. Sie reden durchaus ernsthaft, Gantenbein und Lila, sie reden sogar von ihrem Alter dereinst, ihrem gemeinsamen Alter, Philemon und Baucis...

Ich stelle mir vor:

Nie wieder ein Geschrei!

Ich stelle mir vor:

Philemon und Baucis, als sie nach einer Woche wieder nachhause kommen, werden von etlichen Briefen erwartet, aber Philemon kümmert sich nur um die seinigen, Philemon wieder ein

Mann von Geist...

Und Baucis?

Sie hat eine Schublade mit einem antiken Schloß, das stets geschlossen ist. Woher ich das weiß? Ich habe die Schublade nie zu öffnen versucht. Wie käme ich dazu! Ich sehe bloß, daß Baucis jedesmal mit einem Schlüsselchen öffnet, wenn sie etwas aus dieser Schublade braucht, und sage jedesmal zu Philemon, daß ihn diese Schublade einfach nichts angeht. Wir sind uns einig. Nur die Sorgsamkeit, wie sie das Schlüsselchen verschwinden läßt, belustigt ihn mehr und mehr, und eines Morgens will es der Zufall, daß diese Schublade offensteht, ein Versehen offensichtlich. Oder will sie ihn auf die Probe stellen? Er hat, weiß Gott, anderes zu tun. Soll er hingehen und die Schublade zuschieben, damit Baucis nachher nicht erschrickt? Das geht auch nicht, finde ich und bin dafür, daß Philemon sich an die verdammte Steuererklärung setzt, oder was nun die Forderung des Tages gerade ist. Eben hat sie angerufen, sie sei beim Coiffeur und komme später. Ich weigere mich zu denken, daß es eine Finte sei. Daß Philemon hingeht und beim Coiffeur anruft, um sicher zu sein, daß Baucis vor zwei Stunden nicht zurückkommt, verbietet sich. Das ist nicht der Stil zwischen Philemon und Baucis. Und wenn er es später dennoch tut, so nur, weil er wegen der Steuererklärung tatsächlich eine Auskunft braucht, die sie unter der Dauerwellenhaube natürlich nicht zu geben vermag. Jedenfalls ist Baucis also wirklich beim Coiffeur. Hat Philemon daran gezweifelt? Er kann nicht vorbeigehen, ohne es zu sehen: eine Schublade voller Briefe. Er könnte sie lesen zwei Stunden lang. Briefe vom Einhorn? Nun gibt es zweierlei: Er tut es oder er beherrscht sich. Natürlich tut er's nicht. Aber es verstimmt ihn gegen Baucis, daß er sich beherrschen muß. Er hat, wie gesagt, eigentlich andres zu tun. Und kurz und gut, er tut es nicht.

Ich bin erleichtert.

Es ist nichts dabei, daß eine Schauspielerin, von Millionen gesehen auf dem Fernsehschirm, Briefe bekommt. Es ist klar; nicht ohne weiteres klar, warum so viele Briefe mit dänischen Marken kommen. Die Dänen scheinen ein besonders fernsehfreudiges Volk zu sein und einen einzigen Typ von Schreibmaschine zu besitzen. Nicht ohne weiteres klar: warum unter allen Briefen, die Baucis oft wochenlang umherliegen läßt, nie ein Brief mit dänischen Marken ist. Nicht darauf zu achten, das ist das einzige, was ich dem guten Philemon raten kann. Ob er denn schlechte Post habe, fragt sie beim Frühstück, indem sie den Brief mit dänischen Marken (Philemon erkennt jetzt die dänischen Marken bereits auf eine Entfernung von drei bis vier Meter) in ihren Morgenrock steckt, ohne ihn zu lesen, damit der Toast nicht anbrennt. Seine Frage: Was gibt es Neues? bezieht sich ausschließlich auf Briefe ohne dänische Marken, und so wird sie von Baucis auch beantwortet. Im Durchschnitt kommen zwei bis drei Briefe in der Woche, dänische, alle ohne Absender. Natürlich schämt Philemon sich selber, daß er sie zählt, und ich brauche ihm nicht zu sagen, daß er, gelinde gesagt, ein Narr ist.

Kümmern wir uns um anderes!

Zum Beispiel:

das geteilte Deutschland, wobei man sich fragen muß, unter welchen Voraussetzungen die wirklich oder scheinbar geforderte Wiedervereinigung nicht eine Gefahr für Europa darstellte, eine Bedrohung des Friedens; warum tun wir nicht alles, um Voraussetzungen zu schaffen –

Oder:

die Verhältnisse in Spanien –

Oder:

die Verschlammung unsrer Seen –

Kümmern wir uns darum!

Was Philemon und Baucis betrifft, so weiß man, daß Eifersucht, begründet oder unbegründet, noch selten durch die Würde stiller Beherrschung getilgt worden ist, eher schon durch eine eigene Untreue, auch wenn die klassische Mär von Philemon und Baucis sie verschweigt und mit Recht; es genügt, daß Philemon es weiß. Er hat nicht gewußt, wie unbefangen er lügen kann; er staunt. Philemon hat zu lang nicht mehr gelogen; das hat ihn so empfindlich gemacht. Nur im ersten Augenblick, als er seine Baucis sieht, ist er befangen; er meint, ihre Lippen müßten es merken. Aber Baucis merkt nicht, was ihre Lippen merken, und ist glücklich, Philemon wieder ein munterer Mann, und als er sagt, er liebe sie, ist es wahr, obschon er vor drei Stunden eine andere Frau geliebt hat; er staunt, wie wahr es ist, o ja, wahr wie sein Geheimnis.

So weit, so gut.

Es ist eine pure Fopperei, als Philemon die dänischen Briefe, die trotz allem nicht ausbleiben, einmal eine Woche lang einfach

159

nicht aushändigt. Ich weiß nicht, was er sich davon verspricht. Eine pure Fopperei. Vielleicht will er mir nur zeigen, wie übermütig er jetzt dieser Sache gegenübersteht. Er fragt: Was gibt's Neues? und Baucis köpft das Ei oder gießt Tee ein, ohne auch nur zu fragen: Habe ich keine Post? Nach einer Woche ist es Philemon, der unruhig wird; nämlich nun sind es schon drei Briefe, die er in seiner Brusttasche trägt, Briefe mit dänischen Marken. Zum Glück kümmert sich Baucis nicht um seine Anzüge. Wie stünde er da! Ein beiläufiges Wort von ihr, auch nur eine Miene, die Unruhe bekennt, und sofort würde Philemon in die Brusttasche greifen, sich für seine Vergeßlichkeit entschuldigen und die dänischen Briefe aushändigen. Unversehrt! Statt dessen kommt ein Eilbrief, eingeschrieben, vom Boten überbracht, so daß Baucis ihn persönlich in Empfang nimmt. Sie liest, ohne deswegen den Toast zu vergessen, und fragt mit keinem Wort, ob er Briefe, mindestens drei, unterschlagen habe. Kein Wort. Philemon streicht Butter, Blick in die Morgenzeitung. Ich frage mich: Was jetzt mit den drei Briefen? Einen Augenblick lang, als er bereits in seinem Wagen sitzt und den Anlasser bedient, überlegt sich Philemon, ob er nicht ins Haus zurückgehen soll, um Baucis, dieses Erzweib von einer Schauspielerin, rundheraus zur Rede zu stellen. Philemon! sage ich und bleibe mit meiner Hand am Anlasser. Ist es denn nicht eine Ehre für ihn, daß diese Briefe so unverhohlen ins Haus kommen? Ich versuche ihn zu beschwichtigen. Heißt das denn nicht, daß sie ihn mindestens nicht für kleinlich halten? Ich sage: Fahr ab! Der Motor läuft schon lange, und ich bin erleichtert, daß er endlich seine Handschuhe anzieht: nur sein Gesicht im Rückspiegel macht mir noch Sorge. Warum so grimmig? Er sagt nicht, was er denkt, wahrscheinlich überhaupt nichts. Ich denke: Bisher hat Philemon sich tadellos gehalten. Bisher! Wenn zwei dänische Briefe auf einmal gekommen sind, hat er sie einfach neben die Serviette gelegt, ohne zu lächeln, und Baucis, sonst so unbefangen, hat sich mürrisch gegeben, gelangweilt, unwillig, belästigt. Was will man mehr? Ich verstehe: Philemon will die drei Briefe loswerden. Ohne sie zu lesen! Das wollen wir hoffen. Warum verdutzt es ihn, daß seine Baucis, wie aus dem dänischen Alarm zu schließen ist, offenbar auch ihrerseits mindestens zwei Mal in der Woche schreibt? Es verdutzt ihn tatsächlich. Hat er denn gemeint, ein Däne könne Pingpong spielen mit Bällen, die nicht zurückkommen? Ich muß noch einmal daran erinnern, daß Philemon sich bisher tadellos verhalten hat; 'nie hat er, was taktlos gewesen wäre, die dänischen Briefe obenaufgelegt. Was ihn ärgert, ist dieser eingeschriebene Eilbrief, ihr überlegenes Schweigen dazu, daß Briefe vermißt werden. Soll er vielleicht hinaufgehen und sich entschuldigen? Endlich sein erster Gedanke: Ich fahre jetzt zur Hauptpost und werfe die drei unterschlagenen Briefe einfach nochmals ein. Punktum. Ich fürchte nur, daß die Post, ordentlich wie sie ist, nochmals ihren Stempel dazugeben wird, Stempel mit Datum. Was dann? Es gibt nur eins: daß Philemon, obschon er wahrhaftig andres zu tun hätte, in den Wald hinauffährt, um die drei Briefe zu verbrennen.

Also Philemon fährt.

Ich sehe nicht ein, warum so weit?

Philemon möchte nicht gesehen werden, auch nicht von Waldarbeitern. Es regnet, Vormittag, sonst ist kein Mensch im Wald. Es ist schade, daß man nicht öfter in den Wald geht, wenn's regnet, und sich Zeit nimmt, um durch das grüne Farnkraut zu stapfen, knietief in nassen Wedeln, oder um unter einer Buche zu stehen, trocken wie in einem Zelt, während man ringsum die grüne Regenharfe hört: ein Ameisenhaufen im Regen, ein Hügel aus Tannennadeln, braun und naß, oder Moos, schwärzlich und schwammig. Schwämme je nach Jahreszeit, Stämme, und es tropft, man scheut sich vor Büschen, jeder Zweig ist eine Dusche, kein Vogel rührt sich, Stille unter grünen Schirmen, reglos, Spinnweben, aber ohne Spinne. Wurzeln, die schwarz sind und glänzen vor Nässe, manchmal ist es glitschig, dann wieder trocken wie ein Teppich, es regnet irgendwo in der Höhe, ein Rauschen, das nicht ankommt, in den Wegen sind braune Tümpel, dort kommt's an, man sieht es, Spritzer, und an den Zweigen rollen langsam die dicken Tropfen, Holz in Klaftern, dort wohnen die Käfer tropfenlos, das Holz ist vielmals getrocknet, die Rinde moosig, die runden Stammschnitte leuchten spiegeleiergelb, sonst ist die Welt ein grauer Dampf zwischen nassen Säulen mit grünem Filigran, und der Himmel darüber, der regnet, ist lila... Es ist ein Jammer, daß Philemon von alledem nichts sieht, ängstlich vor Waldarbeitern, die er eben gesehen hat, Männer in Stiefeln, die wie Kobolde unter einer Blache hocken; aber das ist zwei oder drei Kilometer von hier, ja, genau dort, wo er die Briefe hat verbrennen wollen. Inzwischen hat Philemon überlegt, wie es wäre, wenn man zur Bank führe und die Briefe in ein Safe gäbe. Vorteil: sie wären, sollten sie je erwähnt werden, jederzeit auslieferbar. Nachteil: sie blieben jederzeit lesbar, ausgenommen die Sonn- und allgemeinen Feiertage. Ich bin für Verbrennen, aber rasch. Ich möchte an die Arbeit. Warum nicht in dieser Kiesgrube? Ich bin ungeduldig, ja, und Philemon ist zerstreut; als er aussteigt, vergißt er den Scheibenwischer abzustellen. Die Tümpel in der Kiesgrube, mag sein, erinnern an das dänische Wattenmeer. Also her mit den Briefen! Der Ort ist günstig, eine kahle und verlassene Kiesgrube mit einer verrosteten Tafel *Zutritt bei Polizeibuße verboten,* einmal ein dröhnendes Flugzeug über dem Wald, Vampire, vielleicht gerade über der Kiesgrube, niedrig, aber in Regenwolken unsichtbar, dann wieder die tropfende Stille; Philemons schwarzer Wagen, verspritzt vom Durchfahren vieler Tümpel, steht schief drüben am Weg mit pendelnden Scheibenwischern; jetzt ein Eichelhäher, der aus dem Unterholz aufflattert und in den Lüften kräht, aber das ist es nicht, weswegen Philemon zögert. Die Briefe, nicht für den Regen bestimmt, sondern für die Schublade, sehen wie verheult aus. Ob sie überhaupt noch brennen werden? Es ist vorauszusehen, daß die Briefe, ungeöffnet, nur anbrennen, und nachher liegen sie dann da, Papier mit braunen Rändern, die bestenfalls glimmen und sich in Asche krümmen, und Philemon wird noch knien müssen, um zu blasen, um auf den Knien ein paar unverkohlte Wörter zu lesen, die ihn nichts angehen, Reste eines Satzes, in einem höhnischen Grad nichtssagend, so daß er auch noch die Asche entziffert, Wörter, die, da er sich den Zusammenhang selbst ersinnen muß, in seinem Hirn unvergeßlich weiterbrennen. Er wird es bereuen, die Briefe nicht wirklich gelesen zu haben, und wenn er sie gelesen hat, so wird er's auch bereuen. Ob es nicht besser wäre, einfach ein Loch zu machen und die Briefe zu begraben? Ich sehe, wie er einen Ast sucht, um damit ein Loch zu graben. Aber der Ast bricht; Lehm ist Lehm. Ein zweiter bricht ebenso; Kies ist Kies. Ich sehe, wie er vor Zorn errötet, ja, vor Zorn auf euch. Jetzt regnet es richtig, er fühlt es, ihr macht euch lustig über Philemon. Ihr! Das aber ist die Eröffnung der Eifersucht, daß ich denke: Ihr, das Paar, Ihr! Jetzt reißt er die Briefe tatsächlich auf, alle drei, unhastig, wie ich sehe, aber entschieden. Ich kann es nicht hindern. Ich denke bloß, dazu hätte man nicht in den nassen Wald fahren müssen. Wie Philemon

162

jetzt aussieht, seine Hosen, seine lehmigen Schuhe! Als er zum Wagen geht, um die Briefe wenigstens im Trockenen zu lesen, sage ich nochmals: Philemon? Die Briefe mit den dänischen Marken sind aufgerissen, ich seh's, aber noch ungelesen. Was kann schon drin stehen? Er zögert –

Ich kann es ihm sagen:

– Kopenhagen im Frühling, Paris des Nordens, aber menschenleer (nach diesen Briefen zu schließen) wie der Mond, keine einzige Dänin kommt vor, ein Leben in Kopenhagen muß unerträglich sein, unerträglich ohne Baucis, aber Hauptsache, daß sie sich wieder erholt hat, Kopenhagen auch regnerisch, kein Wort über Philemon, hingegen viel Liebes über Lila, eine Reise nach Hamburg verschoben aus Verständnis, Ausrufzeichen, Hoffnung auf Gastspiel in München, Fragezeichen, Hotel Vier Jahreszeiten, manchmal huscht durch das Kopenhagen dieser Briefe und verliert sich, ehe sie zu Wort kommt, doch eine Person, ein Gespenst, das sich das Leben nehmen will, daher Deckadresse, kommt Zeit, kommt Rat, inzwischen Erfolge im Beruf, leichthin erwähnt, versteht sich, eigentlich nicht der Rede wert, viel Kluges über Filme, Einverständnisse über tausend Meilen, Kopenhagen ist eine Millionenstadt, aber der einzige Mensch, der versteht, ist nicht in Kopenhagen, und der Weg zum Hauptpostamt, wo schon seit Tagen nichts zu finden ist, scheint von keinen Häusern gesäumt zu sein, sondern von Erinnerungen an den Jungfernstieg, dabei gibt es in Kopenhagen sehr hübsche Wohnungen gerade für Frauen, die selbständig leben wollen, Dank für das Foto, eben fliegt ein Flugzeug über das Haus, und so vergeht die Zeit, die Zeit, nochmals Dank für das Foto, Sehnsucht nach einem kalten Whisky im heißen Bad usw.

Also:

Philemon hat die Briefe nicht gelesen, er schiebt den ersten Gang hinein und löst die Bremse, es fehlt jetzt nur noch, daß er euretwegen nicht aus diesem Graben kommt; die Räder spulen im Lehm, aber dann gelingt es doch, und der Wagen ist längst aus dem Graben heraus, aber Philemon noch immer im Lehm seiner Gefühle, seine Gedanken spulen und spulen, ohne von der Stelle zu kommen –

Und so den ganzen Tag!

Die unbefangene Alltagsherzlichkeit von Baucis, ihre leichte und vorwurfsvolle Frage, woher so spät, ihre zufriedene Bemerkung darüber, daß er sich endlich ein Paar neue Schuhe gekauft hat und daß auch der Wagen wieder einmal gewaschen ist, diese durchaus natürliche und wirkliche und keineswegs gespielte Unbefangenheit, womit Baucis ihren Philemon begrüßt, ist himmelschreiend – ich geb's zu – unter der Voraussetzung, daß in den drei dänischen Briefen ungefähr steht, was ich vermute; ich kann es aber nicht beschwören!... Der Wagen ist gewaschen, ja aber er hat eine Beule; irgendwo muß er einen Baumstrunk gestreift haben, wahrscheinlich als er aus dem glitschigen Graben herausfuhr; eine sehr deutliche Beule. Das nebenbei.

Philemon lügt:

»Ach«, sagt er, »die ist alt.«

Das hat jetzt noch gefehlt, daß er, Philemon, ein schlechtes Gewissen haben muß, ja, daß er es ist, der dem andern nicht in die Augen blicken kann –

Philemon trinke zuviel Whisky.

Sie sagt nicht, er sei nicht mehr so jung, ein Mann seines Alters müsse sich langsam schonen. Kein Wort davon! Aber er hört es –

Philemon arbeite zuviel.

»Ja«, sagt er, »gehen wir ins Kino.«

»Da gibt es jetzt einen Film«, sagt sie, »der außerordentlich sein soll, stilistisch ganz außerordentlich, sagt man –«

»Wer sagt das?«

»Hast du keine Lust?«

»Was heißt stilistisch?«

»Ein Film«, sagt sie, »der überhaupt keine story hat, verstehst du, das einzige Ereignis ist sozusagen die Kamera selbst, es geschieht überhaupt nichts, verstehst du, nur die Bewegung der Kamera, verstehst du, die Zusammenhänge, die die Kamera herstellt –«

»Wer sagt das?«

Einen Augenblick sieht es aus, als wolle er sie zur Rede stellen, weil sie von einem Film, der hierzulande zum ersten Mal gespielt wird, bereits nicht bloß die fehlende story kennt, sondern weiß, wie er stilistisch sich anstellt –

»Ich habe darüber gelesen.«

Gelesen!

»Ja«, sagt sie, »gestern in der Zeitung.«

Also weiter:

Er wirft die drei Briefe, die aufgerissen, in eine Straßendole, als Baucis zugegen ist; sie beachtet es aber nicht, obschon er noch drei Mal, einmal für jeden Brief, mit der Fußspitze nachhelfen muß; sie sieht, daß es Briefe sind, aber sie kümmert sich nicht um seine Post.

So weit, so gut.

Sehnsucht nach einem kalten Whisky im warmen Bad, das hätte ich natürlich nicht sagen sollen, ich weiß ja nicht, was in diesen Briefen gestanden hat, es ist nur eine Mutmaßung gewesen, und nun sehe ich, wie Philemon, einen kalten Whisky in der Hand, vor den Vorhängen steht und starrt.

Ich frage, was Philemon denkt.

Keine Antwort.

Bist du eifersüchtig?

Wieso?

Ich frage.

Es kommt darauf an, meint er, was man unter Eifersucht versteht. Der Gedanke beispielsweise, daß die Frau, die ich liebe, einen kalten Whisky trinkt im warmen Bad mit einem andern Mann – mein Fehler, wenn ich es mir vorstelle, ich weiß! sagt er.

Aber?

Einmal offen gestanden, sagt er, die Vorstellung ist mir unangenehm –

Ich lache.

Er starrt.

Ich frage Philemon, warum er sich Dinge vorstellt, die, wie ich versichere, aus der Luft gegriffen sind, Mutmaßungen, nichts weiter. Oder glaubt er plötzlich, ich sei ein Hellseher, der Briefe durchschauen kann, ohne sie zu lesen? Abgesehen davon, daß uns solche Dinge überhaupt nichts angehen –

Philemon, sage ich, geh arbeiten!

Es ist gut, daß die Briefe jetzt in einer Straßendole sind, ich glaube, jetzt würde er sie tatsächlich lesen, bloß um meine Mutmaßung widerlegt zu sehen.

Philemon, sage ich –

Eintritt Baucis.

Ich frage, was Philemon eigentlich will.

Baucis summt.

Ein kalter Whisky im warmen Bad, ich muß es nochmals sagen,

daß es sich um eine blinde Mutmaßung handelt, nichts weiter, ohne ein wirkliches Indiz, eine Mutmaßung bezogen aus dem Arsenal meiner eignen Geheimnisse, nichts weiter.

Baucis summt.

Warum stellt er sie nicht zur Rede?

Keine Antwort.

Angst?

Ich stelle mir vor: Philemon stellt sie zur Rede, und Baucis hat etwas zu gestehen – Philemon wird nicht brüllen. Ich kenne ihn. Er wird tun, als wäre nichts dabei, und später wird er seine Pfeife wieder anzünden, da sie ihm ausgegangen ist. Also doch! Das ist das einzige, was ihm dazu einfallen wird: Also doch! Es ist wie eine Spritze, die noch nicht wirkt, und kann sogar sein, daß ich lächle, und Baucis kommt sich wie eine Närrin vor, daß sie's nicht schon im Januar gesagt hat. Im Januar? fragt er: im Januar? Aber Daten, so findet sie, erübrigen sich; ihr genügt jetzt die Erleichterung, daß ich die Ruhe wahre. Warum will Philemon jetzt wissen, wie der andere heißt? Vielleicht besteht er nur darauf, weil ihm sonst nichts andres einfällt. Ob er Nils heißt oder Olaf, was kümmert's mich! Aber Philemon will es wissen. Es wäre ihm lieber, wenn ich nicht zugegen wäre. Ich weiß ja schon, daß er es überleben wird. Ob sie den andern wirklich liebe und wie sie sich die Zukunft vorstelle, lauter Fragen, die ich auch schon gestellt habe, ich kann's nicht hindern, daß Philemon sie trotzdem stellt; aber ohne meine Anteilnahme. Wozu muß ich immer wieder dabei sein? Ich höre ihre Antworten nicht, sondern gieße mir einen nächsten Kaffee ein und verstehe, daß Baucis, indem sie sich beherrscht, keinen Zucker anbietet; es ist schmerzlicher Takt, der ihr jetzt diese gewohnte Geste verbietet; sie möchte jetzt nicht idyllisieren. Nun wisse er's! sagt sie, während ich Zucker nehme, einen Geschmack auf der Zunge, den ich kenne. Es ist zwei Uhr, eigentlich Zeit, um an die Arbeit zu gehen; Baucis stellt die Tassen zusammen. Warum ohrfeigt er sie nicht? Es verfeinert sich das Vermögen zu unterscheiden zwischen Gefühlen, die man hat, und solchen, die man schon gehabt hat. Das hat nichts mit Reife zu tun. Ich empfinde den Augenblick wie Erinnerung. Das ist alles. Ich erinnere mich, wie ich vor Jahren auch nicht geschrien habe, weil es auch nicht das erste Mal gewesen ist, und das erste Mal, als ich es gehört habe von einer Frau, daß sie bei einem andern gewesen ist, habe ich nur geschrien, weil es sich mit meiner Ahnung so vollkommen gedeckt hat, wie es sich seither deckt mit meiner Erinnerung an das erste Mal...

Also:

Philemon stellt sie nicht zur Rede.

Ich gehe arbeiten.

Eine Woche später, unversehens, bekommt Baucis einen eignen Wagen, was sie sich schon immer gewünscht hat, ja, einen kleinen Austin-Sport. Wie soll sie es fassen, sie, die keine Ahnung haben kann von der Szene beim schwarzen Kaffee, die nicht stattgefunden hat? Ich sehe sie in dem schicken Austin-Sport, als man ihr die Schaltung erklärt, glückselig über das Geschenk ohne Anlaß, etwas verwirrt allerdings und ohne Ahnung, wie das alles funktioniert –

So weit, so gut.

Ich bin erleichtert, daß Philemon sie nicht zur Rede gestellt hat – einmal angenommen, er hätte es getan, ich weiß: binnen zehn Tagen hätte er es zwar nicht vergessen, was Baucis gestanden hat, aber er hätte es verwunden, wie es sich ziemt, oder mindestens würde er's meinen, nachdem er sich bei Baucis entschuldigt hat. Ich habe noch keine Frau gekannt, die nicht eine Entschuldigung erwartet, wenn sie bei einem andern Mann gewesen ist, und sie auch erreicht, nämlich eine Entschuldigung meinerseits, damit der Zukunft nichts im Weg steht. Welcher Zukunft? Der Zukunft von Philemon und Baucis. Was sonst? Also. Warum nicht Champagner? Man lebt nur einmal. Wozu sparen? Sie erkennt ihn kaum wieder, ihren Philemon, er hat eine Freiheit der Laune, ja, fast unheimlich, dazu ein Glück mit Worten, daß sie wirklich lachen muß, die Grazie eines Eroberers, er merkt es selbst, sie schaut ihn jetzt an, wenn er redet, verloren wie ein Mädchen in die nahe Herrlichkeit dieses einzigmöglichen Mannes. Gesprächsweise alles aufs Spiel zu setzen, dieweil man Hummerbeine knackt, er kann es sich leisten. Nur im stillen erschrickt er zuweilen, wenn er sieht, wie Baucis ihrerseits, ohne Heuchelei, ihren unsichtbaren Dänen vergißt, dem man soviel verdankt. Die Kellner im Frack, die Teufel sind, wenn einer in Selbstzerwürfnis dasitzt, beugen sich vor seiner Laune und flitzen, um noch eine Zitrone zu holen. Auch der Mond kommt wie bestellt, nicht irgendein Mond, sondern Vollmond. Baucis ist selig; sie fühlt sich beschützt. Zum ersten Mal wagt es Philemon, eine entkorkte Flasche nicht mit einem verdutzten Nicken zu billigen, sondern zurückzuweisen und zwar ohne umständliche Erklärungen, die zu nichts führen, die bekanntermaßen nur ein ärgerliches Aufheben verursachen, eine Szene, die damit endet, daß man nach einer zweiten und dritten Schluckprobe aufgibt und ironisch-großmütig nickt, nein, zum ersten Mal genügt ein stummer Blick, ein Runzeln der Stirne, ein beiläufiges und kurzes Lächeln, das nicht einen Atemzug lang das Gespräch zwischen Philemon und Baucis unterbricht, und entschwunden ist die staubreiche Flasche in der weißen Handschuhhand des Kellners. Warum soll die Frau, die man liebt, nicht andere Männer haben? Es liegt in der Natur der Sache. Schmeckt es dir denn? fragt er, ohne dem Essen zuviel Wichtigkeit beizumessen. Einmal ein Wortspiel, das ihn selber trifft wie ein Messer; aber Baucis hat die Anspielung nicht verstanden, zum Glück, und der Fasan schmeckt köstlich, Fasan mit Orange, dazu Vollmond, wie gesagt, und Philemons heitere Vision, allein zu leben. Wie er das meine, fragt sie; jetzt muß er den neuen Wein kosten. Wieso allein? Er nickt, genehmigt durch Schweigen, worauf der Kellner mit der Grazie der Erleichterung langsam die Burgundergläser füllt. Man genießt die Stille dieser Verrichtung. Baucis redet wieder von Grundstücken, während Philemon sich junggesellig in New York sieht. Es ist schade, daß Baucis gar keinen Appetit hat. Was er denn in New York wolle, fragt sie; aber jetzt braucht er eine Zigarre: Romeo y Julieta. Wie es wäre, wenn Baucis jetzt ein Kind bekäme, insbesondere die Frage, wessen Kind es sein würde, scheint Philemon nicht zu beschäftigen; jedenfalls raucht er seine Zigarre und spricht, Blick auf den nächtlichen See hinaus, von der Verschlammung unsrer Seen, was ein ernsthaftes Problem ist. Schon lange hat Philemon nicht soviel gesprochen. Beim Cognac, natürlicherweise durch die Verdauung etwas gelassener, findet er keinen Grund, warum Baucis weint, und als man gezahlt hat – er muß nur noch auf das Wechselgeld warten – ist es klar, daß Philemon und Baucis zusammen nachhause gehen...

Ich stelle mir vor:

Eines Tages, lange danach, fahre ich nach München, um Lila abzuholen, und warte in der Halle auf ihr Gepäck, Hotel Vier Jahreszeiten, sehe einen jungen Herrn, der eben seine Rechnung bezahlt, Einzelzimmer oder Doppelzimmer, das höre ich nicht, und natürlich ist es lächerlich, daß ich sofort an den Dänen denke, abgesehen davon, daß der junge Herr gar nicht blond ist. Ich warte, eine Zeitung lesend, um an der Wirklichkeit zu bleiben. Ich bin mir bewußt, daß ich ja nicht weiß, was in jenen dänischen Briefen gestanden hat; nur um Philemon abzuhalten, daß er die Briefe liest, habe ich ihm vor Augen gestellt, was in jenen Briefen, die er später in eine Straßendole geworfen hat, beispielsweise stehen könnte: Kopenhagen im Frühling. Erfolge im Beruf, Sehnsucht nach einem Whisky im Bad, Urteil über Filme, Hoffnung auf München, Hotel Vier Jahreszeiten. Eine pure Flunkerei von mir. Tatsache ist, daß ich jetzt in dieser Halle sitze, Hotel Vier Jahreszeiten, und daß ein junger Geck (wieso Geck?) eben seine Rechnung bezahlt hat. Sicherlich gibt es auch Dänen mit schwarzem Haar, ich weiß nicht einmal, ob Kierkegaard blond war; ebenso wenig weiß ich, ob dieser junge Geck (er muß ein Geck sein, ja, nach seiner Kleidung zu schließen!) ein Däne ist. Daß er eine deutsche Zeitung in der Hand schlenkert, beweist auch nicht das Gegenteil; alle Dänen lesen auch Deutsch, und es gibt hier keine dänischen Zeitungen. Überdies versteht Lila, soviel ich weiß, kein Dänisch; somit muß er ja Deutsch verstehen. Anderseits, so sage ich mir, braucht nicht jeder Schönling, nur weil er Deutsch versteht, der Geliebte von Lila zu sein. Zudem finde ich ihn nicht beachtlich, wie er tut. Die Art und Weise, wie er seine Zeitung schlenkert, wie er mit der Zeitung gegen seine Schenkel klatscht, zeigt nur, daß er nervös ist. Weil ich gekommen bin? Es kann auch andere Gründe haben. Wieso soll er mich erkennen? Auch daß er mich schon zum zweiten Mal anblickt, kann andere Gründe haben; jeder Mensch, den man ins Auge faßt, blickt gelegentlich zurück... Da bist du ja! sagt Lila, als sie plötzlich neben mir steht reisefertig. Sie ist, wie ich sehe, von der Filmerei ziemlich hergenommen wie immer. Meine Frage, ob sie ihre Rechnung schon bezahlt habe, überhört sie, im Augenblick bekümmert um ihr Gepäck, während ich meine Zeitung zusammenfalte und feststelle, daß der Geck verschwunden ist. Ich hätte jetzt gerne sein Gesicht gesehen, aber er ist vor uns schon durch die Glastüre gegangen, um auf dem Bürgersteig draußen mit der Zeitung gegen seine Schenkel zu klatschen. Es soll wieder ein schauriger Film werden, berichtet Lila, als wir im Wagen sitzen; ich ziehe meine Handschuhe an, Blick in den Rückspiegel, wortlos. Leider sehe ich nur Schuhe und zwei

Hosenbeine. Mehr nicht. Der obere Teil, der persönlichere sozusagen, ist abgeschnitten, und den Rückspiegel zu verstellen wage ich nicht. Ich lasse den Motor an und warte, als wäre der Motor kalt. Warum soll ich nicht eine Zigarette anzünden, bevor wir fahren? Jetzt weiß ich nicht einmal, ob der junge Mann einen Bart trägt; es kann sein, aber plötzlich bin ich unsicher. Wir sperren den Verkehr, meint Lila, wenn ich nicht fahre; aber ich sehe keinen Verkehr, nur die untere Hälfte eines Mannes, der eine Weste trägt, und jetzt hat er die rechte Hand in die Hosentasche gesteckt, um nicht zu winken, ich verstehe, ein Mensch von Takt. Was er von meinem Hinterkopf halten mag? Ich hantiere am Aschenbecher, der wieder verklemmt ist. Warum soll der junge Mann nicht eine Weste tragen? Dann frage ich nochmals, ob Lila wirklich ihre Rechnung bezahlt habe. Ein Mann muß ja an alles denken. Nun gut: ich schiebe den ersten Gang hinein, ich löse die Bremse, ich knipse das Winklicht, alles wie es sich gehört, Blick in den Rückspiegel, um zu sehen, ob keine Gefahr droht, aber der Rückspiegel ist tatsächlich verschoben, einfach zu tief, ich muß ihn aufrichten, Ehrenwort, aus sachlichen Gründen. Inzwischen ist der vermeintliche Däne seitwärts aus meinem Spiegel getreten. Was kümmert es mich, ob er einen Bart trägt oder nicht! Als ich beim Ausschwenken in die Straße unwillkürlich wie immer durch das offene Seitenfenster zurückschaue, um mich nochmals zu versichern, daß da keine Gefahr droht, hat er sich umgedreht. Also die Bartfrage bleibt unentschieden. Ich solle, bittet Lila, nicht fahren wie ein Irrer. Wie geht's dir? frage ich gelassen, um anzudeuten, daß von Tempo nicht die Rede sein kann. Als ich nochmals wegen der Rechnung frage, wird Lila fast böse: Aber ja! Zechprellerei unter meinem Namen wäre mir furchtbar. Als Lila bei 160 auf offener Strecke droht, sie werde aussteigen, gehe ich sofort auf 100 zurück, um ihr das Aussteigen zu erleichtern; einmal sogar, als sie sich nochmals beschwert, halte ich an: Bitte! Ich weiß, ich werde ungenießbar...

Was ist eigentlich geschehen?

Baucis hat jetzt einen eignen Austin-Sport, und alles andere ist nicht geschehen: keine Aussprache beim schwarzen Kaffee, kein Hummeressen mit Vollmond über dem See, kein albernes Gebaren auf offener Strecke. Nichts von all dem! Als einziger Tatbestand bleibt: Baucis hat jetzt ihren weißen Austin-Sport, der sie entzückt und tadellos läuft.

So weit, so gut.

Und Philemon ist ein Mann, der sich wieder sehen lassen darf, Mann unter Männern, ein Zeitgenosse zwischen Ost und West, ein Staatsbürger, der sich gegen die Atomwaffen ausspricht, wenn auch erfolglos, ein Leser, ein Freund, der hilft, ein Schachspieler, ein Kopf, ein Glied der Gesellschaft, deren Veränderung ihm unerläßlich erscheint, ein Arbeiter von Morgen bis Abend, ein Tätiger, ein Teilnehmer und ein Widersacher, ein Mensch, den die Fragen der Welt beschäftigen, die Not der Völker, die Hoffnung der Völker, die Lügen der Machthaber, die Ideologien, die Technik, die Geschichte und die Zukunft, die Weltraumfahrt – ein Mensch... Was ihn fasziniert: der Gedanke, daß das menschliche Leben, wenn in Jahrmillionen unsere Erde erkaltet, während anderseits die Venus sich abkühlt und in Jahrmillionen ihrerseits eine Atmosphäre bekommt, in den Weltraum verpflanzt werden könnte *(Science and Future)*.

Ich bin erleichtert.

Was die Briefe mit den dänischen Marken betrifft, so sehe ich in dem Umstand, daß diese Briefe plötzlich ausbleiben, meinerseits keinen Grund zu erneuter Verblödung. Alle Liebesbriefwechsel versanden mit der Zeit. Es ist lediglich sein fades Gewissen, was Philemon dazu treibt, diesem äußerst natürlichen Zustand überhaupt nachzusinnen. Sein Verdacht, geschöpft aus eigner Erfahrung, ist simpel genug: sie haben gemerkt, daß drei Briefe unterschlagen worden sind, und nun schreiben sie einander unter einer Deckadresse. Wenn schon! – Ich sehe keinen Grund, deswegen ihre verschlossene Schublade zu erbrechen mit einem Stemmeisen. Es ist drei Uhr morgens. Ich sage: Du bist ja betrunken! Es muß sehr plötzlich gekommen sein; er konnte nicht schlafen, während Baucis schlief, und suchte Schlafpulver. Was hat diese Schublade damit zu tun? Offen ist offen. Und jetzt? Daß sie voller Briefe ist, wissen wir schon. Was weiter? Fast hofft er, daß Baucis erwacht, jetzt ins Zimmer tritt und ihn an ihrem Schreibtisch ertappt. Was dann? Aber Baucis schläft, der dreifache Stundenschlag des Münsters weckt sie nicht, sie läßt ihn allein in seiner Scham. Er haßt sie. Er schlottert, Philemon im Pyjama und barfuß, aber froh, daß er haßt. Das ist noch einmal wie das erste Gefühl so heiß, so eindeutig. Er haßt sie. Dazu hat sie ihn gebracht. Womit eigentlich? Er haßt sie, und das gibt ihm mehr und mehr das Recht, ihre Schublade zu erbrechen, was aber schon geschehen ist – ich kann Philemon nicht mehr hindern... *Liebstes,* dagegen ist nichts einzuwenden, das ist nicht unübertrefflich, *mein Liebstes,* eigentlich will er nur wissen, wie Ihr euch anredet, *Du mein Liebstes,* es braucht kein Geist aus Dänemark zu kommen, um das zu sagen, *meine Lilalil,* auch das ist schon dagewesen, so hat auch Philemon sie schon angeschrieben, und überhaupt scheinen Männer einander ähnlich zu sein, ausgenommen die Handschrift. Es ist sagenhaft, was dieser Herr sich leistet an persönlichen Buchstaben, vieles ist in der Hast des Einbruchs überhaupt nicht zu lesen, und dazu kommt das Herzklopfen, und wo der Blick einmal hangen bleibt, wie ein schleifender Anker plötzlich hangen bleibt, viel erfährt man eigentlich nicht. Chiffren einer Liebe, die unschwer zu enträtseln sind, aber unergiebig, sobald man verweilt und liest; es ist nicht zu fassen, wie wenig in einem echten Liebesbrief steht, beinahe gar nichts, wenn man die Ausrufzeichen nicht als Gefühle zählt, eine einzige Aussage: *Ich warte beim Kiosk,* Zeitangabe rechts oben: *Donnerstagmitternacht nach Deinem Besuch,* das Datum fehlt, ja, alle Lust will Ewigkeit, ich weiß, tiefe, tiefe Ewigkeit, aber damit hat sich's. Vielleicht weiß es der Poststempel, wann das gewesen ist? Aber die Kuverts sind weg, das ist es ja, eine Schublade voll nackter Briefe, und um sich zu setzen, um das Material einmal zu ordnen und wie ein Historiker zu arbeiten, nein, dazu ist Philemon zu betrunken; im Stehen, nur so, im Schlottern und ohne auch nur die Zimmertüre zu schließen, so, als wäre keine Absicht dabei, nur so gestattet er sich das unstatthafte Schnüffeln in Briefen, die so unleserlich sind vor Leidenschaft, wenn auch nichtssagend, so zärtlich, daß er sie nicht als seine eignen erkennt. Ein einziger Brief steckt noch in seinem Kuvert, ein einziger in der ganzen Schublade; aber das ist, wie sich zeigt, ein Brief von ihrem ersten Mann, *Dein alter Svob,* eigentlich ein schöner Brief, sachlich. Der trägt auch sein Datum. Es ist der einzige Brief, den Philemon jetzt auf der Sessellehne hockend, gänzlich zu lesen vermag, bestürzt und beruhigt zugleich. Die Zärtlichkeit, die nicht sich selbst zum Thema nimmt, die nur enthalten ist in der Art, wie über eine Sache geschrieben wird, wie der Schreiber wirklichen Bezug nimmt auf die Empfängerin und weiter nichts, ich finde auch, solche Zärtlichkeit konserviert sich besser als diese Ekstase-Depeschen: BALD STOP ÜBERMORGENABEND STOP BALD STOP NUR NOCH ZWEI TAGE STOP

172

BALD BALD. Nun ja. Warum will Philemon, wenn er schon schnüffelt, nicht das Datum der Depesche sehen? Er hat keine Ruhe, er durstet nach einer Ungeheuerlichkeit, aber was er findet: *Deine Stimme, Deine Stimme gestern am Telefon, Deine ferne Stimme, aber Deine Stimme, plötzlich Deine Stimme,* das ist einfach langweilig, finde ich, Lebenskitsch, aber sowie in diesen Briefen sich eine wirkliche Persönlichkeit meldet, nicht bloß ein Männchen, das balzt mit Kugelschreiber oder Schreibmaschine, eine Persönlichkeit, die ihn an Intelligenz übertrifft mindestens in seinem betrunkenen Zustand, nein, liest er nicht, Verehrung für seine schlafende Frau, eine einsichtige Huldigung, der er sich anschließen könnte, nein, liest er nicht. Was er sucht, ist solches: *Schreib mir, wohin ich Dir schreiben kann, damit Du keine Schwierigkeiten hast.* Das kommt der Wunde schon näher. *Damit Du keine Schwierigkeiten hast,* Fortsetzung auf dem nächsten Blatt, *wenn Svoboda nicht will, daß wir einander schreiben...* Wieso Svoboda? Das würde heißen, daß das seine eigenen Briefe sind. Nun ja, sage ich, das merkst du erst jetzt? Es ist seltsam, wie fremd uns bisweilen die eigene Handschrift sein kann, vor allem wenn man nicht drauf gefaßt ist, wenn man eine Schublade aufbricht, um einer schlafenden Frau auf die Schliche zu kommen, und dabei nur sich selbst auf die Schliche kommt.

Philemon, sage ich, geh schlafen!

Das Schloß ist kaputt –

Das ist das eine.

Philemon wird nicht um ein Geständnis herumkommen, daß Baucis für alle Zeiten warnt, während er von dieser Stunde an nur weiß, daß irgendwo in der Wohnung noch ein anderes Versteck sein muß...

Das ist das andere.

Philemon, sage ich, gib's auf!

Ich sehe die Schlafende:

Ihr offnes Haar schwarz, eben hat sie sich auf die andere Seite gedreht, ihr Ohr korallenrot, ihre Hand mit gespreizten Fingern auf dem Kissen neben ihrem Gesicht, sie atmet langsam und regelmäßig wie jemand, der tatsächlich schläft, und mit reglosen Lippen, ihre Lippen etwas offen und kindlich, ihre linke Schulter und der Ansatz der Brust sind bloß, ihr Körper nur mit einem Linnen bedeckt, ihr Körper unter dem Linnen deutlich wie eine Nike unter dem verräterischen Gefältel aus Marmor, aber warm,

173

sogar heiß von Schlaf, trocken, glühend, ihr korallenrotes Ohr unter dem schwarzen Haar, das ich berühren könnte, ohne daß sie's merkt, einmal zucken die Wimpern, aber sie schläft, ihre geschlossenen Augenlider bläulich und wächsern kühl glänzend wie die Blässe von Herbstzeitlosen über den schlafenden Augen, reglos, nur das Haar scheint schlaflos, auch die Fingerspitzen neben dem Gesicht könnten beinahe wach sein, aber sie schläft, der Schlaf ist im Nacken, dort ganz tief, traumlos, feucht, tiefer als im Gesicht, das auf dem dunklen Schlaf zu schwimmen scheint wie eine störbare Spiegelung –

Lilalil.

Philemon, sage ich, du liebst sie!

Alles andere ist Unsinn.

In Afrika (so berichtet ein Gast) soll es ein Naturvolk geben, wo durch Los bestimmt wird, welcher Mann zu welcher Frau gehört und zwar so, daß er für diese Frau zu sorgen hat, wenn sie jung und gesund ist, wenn sie krank ist, wenn sie Kinder bekommt, wenn sie altert; im übrigen aber paaren sich alle mit allen. Und es soll (laut Gast) das friedsamste Volk sein in diesem dunklen Erdteil. Eros als Allmend, wie es der Natur entspricht, Geschlecht und Person unterstehen nicht dem gleichen Gesetz; daher kommt es bei den Tuholi (oder wie sie heißen) nicht vor, daß Männer auf einander schießen wegen einer Frau. Sie brauchen ihren Geist wie ihre Pfeile für die Jagd; Streit entsteht nur wegen Beute. Diebstahl wird mit Tod bestraft, Todesart je nach Wert des gestohlenen Gegenstandes. Ein schlichter Tod, Schnitt in die Halsschlagader, erwartet den Dieb von Hausgerät. Schon der Dieb von Schmuck, beispielsweise von Ohrringen einer Frau, wird zwischen zwei Palmen gebunden, bis der nächste Wind, indem er die beiden Palmen hin und her wiegt und biegt, seinen diebischen Körper zerreißt. Ein Dieb von Pfeilen, die offenbar den höchsten Besitz darstellen, wird entmannt, dann lebendig begraben. Diebinnen werden von ihrem Mann verbrannt. Außer Diebstahl aber gibt es zwischen diesen Menschen nichts, was ihnen als verächtlich und strafbar gilt oder auch nur Kummer macht –

Baucis ist entzückt!

Außer diesem Entzücken, das übrigens von andern Damen der Gesellschaft geteilt worden ist, und außer jenen dänischen Briefen, die ebenfalls nichts beweisen, solange wir ihren Inhalt nicht

174

kennen, und die zudem, wie gesagt, neuerdings ausbleiben, ist eigentlich nichts vorgefallen, nichts Tatbeständiges, was Philemon, einmal beim Verstand genommen, irgendwie zur Annahme berechtigt, daß Baucis eine Tohuli-Ehe führt, überhaupt nichts –

Philemon, sage ich, ich möchte arbeiten!

Und der Westen-Geck im Rückspiegel?

Philemon, sage ich, es geht nicht, daß du jede Mutmaßung, die durch meinen Kopf huscht, blindlings als Tatbestand behandelst.

Aber er kann's nicht lassen:

Um das Vertrauen wiederherzustellen, greift er zum Mittel der Offenheit; ohne jeden zwingenden Grund, ungefragt, berichtet er plötzlich seine Affäre mit der kleinen Stenotypistin, und siehe da, Baucis hat es zwar nicht gewußt, aber sie möchte es auch nicht wissen, nein, sie möchte es auch in Zukunft nicht wissen... Blindgänger!

Ich halte nicht viel von Offenheit, ich kenne meinen Philemon, ich weiß, Geständnisse sind maskenhafter als Schweigen, man kann alles sagen, und das Geheimnis schlüpft doch nur hinter unsere Worte zurück, Schamlosigkeit ist noch nicht die Wahrheit, ganz abgesehen davon, daß man nie alles sagt, beispielsweise nicht die Geschichte mit der Schublade; unsere Aufrichtigkeit, wenn sie als solche auftritt, ist doch meistens nur eine schieberische Transaktion von Lügen, Sicherstellung von anderen Heimlichkeiten.

Ihr Schweigen ist hygienischer.

Das Geständnis wegen der aufgebrochenen Schublade, eines Tages leider fällig, damit die Putzfrau nicht unter falschem Verdacht entlassen werden muß, findet beim schwarzen Kaffee statt, ja, genau in den beiden Sesseln und so, wie ich mir das Geständnis von Baucis vorgestellt habe, nur mit vertauschten Rollen, was sie wiederum nicht wissen kann; jetzt ist sie es, die sprachlos erbleicht, während sie ihre Zigarette in den Aschenbecher quetscht, und er ist es, der den schwarzen Kaffee eingießt, aber nicht wagt, Zucker anzubieten; sie kann ihn nicht anblicken, so sehr er darauf wartet. Nur Liebe trauert so in sich hinein. Kein Lächeln gelingt ihr, während er sich dafür entschuldigt, daß er eines Abends seine eignen Briefe gelesen hat, und sie findet es nicht einmal lustig.

»Ja«, fragt sie, »und jetzt?«

Philemon faßt ihre Hand.

»Nein«, sagt sie, »bitte.«

Von einem Mann, der seine eignen Briefe liest, will Baucis keinen Kuß; sie hat es ihm nicht zugetraut, sie hat gemeint, sie kenne ihn; sie sitzt vor einem Fremden –

Wie weiter?

Baucis ist krank, nicht schlimm, Fieber mit Kopfschmerzen, jedenfalls bleibt sie im Bett, und ich koche Tee, ich stehe in der Küche und denke an meine Arbeit, bis das Wasser siedet, ich sitze auf dem Rand ihres Bettes, Philemon und Baucis, wie's im Buch steht. Ich glaube an Aspirin, aber finde keins. Baucis ist elend; sie bittet mich, daß ich in ihrer Handtasche nachsehe. Sie erlaubt es nicht nur, sie bittet darum, elend wie sie sich fühlt. Aber ihre Tasche ist nicht im Zimmer, es tut mir leid, ihre Tasche liegt drüben im Wohnzimmer. Ich habe von jeher gestaunt über das Tohuwabohu in ihren Handtaschen, und daß ich das Aspirin finde mit blindem Griff, wie die Arme es erwartet, wäre ein Wunder; ich versuch's, aber das Wunder tritt nicht ein. Was ich finde: Schlüssel, Geldnoten, Lippenstift, Taschentüchlein, Paß, Parfum, Münzen, noch einen Lippenstift, Handschuhe, Flugschein, Etui mit Pincetten, Münzen verschiedener Währung, zwei Tickets für ein Museum in München, Kugelschreiber, Führerschein, Kamm, Zigaretten, Puderdose, Hotelrechnung Vier Jahreszeiten, Einzelzimmer mit Bad, Wagenschlüsselchen, einen Zeitungsausschnitt, Ohrringe, einen Brief mit dänischen Marken, Datum von vorgestern, Adresse postlagernd, der Brief ist aufgeschlitzt –

Philemon, sage ich, laß das!

Es wäre zu billig.

Ja, rufe ich, ich hab's!

Schon sitze ich wieder auf dem Rand ihres Bettes, ein leeres Wasserglas in der Hand, meine andere Hand auf ihrer heißen schwitzenden Stirn…

Philemon ist unberechenbar.

Am Tag vor ihrer Reise nach Hamburg plötzlich findet er's vernünftiger, daß sie allein reist, plötzlich seine Erleuchtung; eine heitre Erleuchtung; er hat es sich überlegt: Jetzt nach Hamburg, offengestanden, es paßt mir gar nicht. Nein, sagt sie, jedenfalls nicht nach Kampen. Das ist doch Unsinn, sagt er, es tut dir gut, glaub mir, eine Woche in Kampen. Ohne dich? fragt sie, und es bleibt dabei, wie herzlich sie auch bittet. Hofft er, daß sie sich nicht getraut? Das wäre dumm. Wieso macht es ihm nichts aus? Es macht ihm nichts aus. List? Hohn? Nichts von alledem. Was hat er vor? Arbeiten. Was soll ich in Hamburg? sagt er, und es bleibt dabei; anderntags fährt er sie zum Flughafen, heiter ohne Verstellung; Kampen ist gesund, alles ist klar und richtig und braucht nicht erörtert zu werden –

Es gibt keine andere Lösung.

Einfach so: Spielraum –

bis es eines schönen Morgens klingelt, und da Lila noch schläft, gehe ich zur Tür, und draußen steht ein junger Mensch, den ich sofort zu erkennen meine, obschon ich ihn noch nie gesehen habe. Ich bitte einzutreten. Ich bin froh, daß ich schon angezogen bin, wenn auch noch ohne Krawatte. Er tritt ein, zögert nicht, nimmt seine Pfeife in die Hand. Ich brauche mich wohl nicht vorzustellen, da er es auch nicht tut. Nun steht er also da, lächelnd, ein schlacksiger Mensch, jung, verglichen mit uns, ein Student mit steilem Haar oder ein Tänzer, aber ohne Bart, auch ohne Weste. Ob er schön ist, kann ich nicht beurteilen; ein Ekel ist er nicht. Sein Blick hat keinerlei Macht über mich, aber er kommt ja auch nicht zu mir. Ich frage ihn, ob er Gepäck habe. Seine Antwort ist verworren. Er wolle aber nicht stören, sagt er, könne auch um elf Uhr nochmals kommen. Vielleicht hat er sein Gepäck draußen im Flughafen gelassen, um beide Hände freizuhaben für das Gepäck von Lila; es wird nicht wenig sein, wenn sie nach Uruguay fliegen. Er zieht seinen Mantel nicht aus. Etwas verlegen ist er schon, aber vermutlich nur meinetwegen; vielleicht hat sie ihm geschrieben, daß ich Szenen mache. Ich werde mich beherrschen, ich werde ihn verblüffen, aber nichts daran ändern, er scheint es zu wissen, Lila wird nicht Nein sagen können, wenn sie seinen Blick sieht. Also machen wir's kurz! Ich sage bloß: Sie möchten zu Lila? Er lächelt über meinen konventionellen Text. Ich füge hinzu: Lila ist hier! Indem ich ihn zum Schlafzimmer hinaufführe: Bitte. Das letztere tönt etwas scharf, so daß der junge Mensch nicht weiß, was er tun soll. Hat ihn der Schicksalschwung verlassen? Immerhin folgt er mir, die Pfeife in der Hand, die er nun, als ich klopfe, in seine Manteltasche steckt, vermutlich um beide Hände freizuhaben. Im Augenblick, da ich es tue, weiß ich nicht, warum ich's tue, keine Ahnung, ich tue es als das Einzigmögliche und ohne Herzklopfen. Ich klopfe nochmals an die Türe, sei es, um meine Lila nicht zu erschrecken, sei es, um mich nicht durch die Allüre des Besitzers lächerlich zu machen vor dem jungen Mann, der weiß, daß es in der Liebe natürlich kein Eigentum gibt. Also ich klopfe. Keine Antwort. Dann drücke ich die Klinke ganz leise, um Lila nicht durch Lärm zu wecken; das verträgt sie nämlich gar nicht. Das sollte er sich merken. Warum bleibt er jetzt auf der Schwelle stehen? Ich mache Licht, da ja die Vorhänge noch zugezogen sind. Hat er nicht gewußt, daß wir ein gemeinsames Schlafzimmer haben? Er scheint tatsächlich etwas verwirrt, sehe ich, sonst würde er jetzt nicht seine Pfeife wieder in den Mund stecken. Wie immer, wenn Lila nicht geweckt werden möchte, rollt sie sich auf die andere Seite; ich fasse sie an der Schulter. Zeit für Wirklichkeit, meine Lieben, Zeit für Wirklichkeit! Es dauert eine Weile, bis sie sich schmollig-wonnig reckt. Ich sage: Lilalein? Und da sie noch nicht aus ihren Augen sieht: Das Einhorn ist da! Ich spreche wie zu einem Kind. Wer ist da? fragt sie mit einem Gähnen, und der Student im offenen Mantel, Student oder Tänzer, der es sich anders erwartet hat, scheint es, tut, als wisse er von nichts, seine Pfeife wieder in der Hand; Lila aber schreit, als stünde ein Kaminfeger im Schlafzimmer, und schreit ein einziges Wort: meinen Namen, der, wie ich finde, mit der Sachlage wenig zu tun hat. Ich lache, fasse mich aber sofort. Ihr entschuldigt! sage ich, indem ich hinausgehe, und dann schließe ich die Türe von außen, stecke den Schlüssel in meine Hosentasche, langsam entsetzt, daß ich das wirklich getan habe, nicht bloß gedacht, sondern getan, ich nehme meine Krawatte von der Badezimmertür, binde meine Krawatte, nehme eine Jacke und stehe, versichere mich, ob ich die Wagenschlüsselchen in der Hosentasche habe, stehe, und da nichts geschieht, gehe ich halt und setze mich in meinen Wagen, den ich anlasse ohne Hast, fahre. Und da es ein sonniger Morgen ist, fahre ich offen, Wind im Haar, pfeifend, nur die rechte Hand am Steuer, pfeifend, meinen linken Arm lasse ich aus dem Wagen hängen, der leise-langsam durch die Landschaft rollt; ich habe Zeit. Etwas Peinigendes, was sich nicht wegpfeifen läßt, ein Zweifel, der mich überholt, auch als ich schneller fahre, ein plötzlicher Zweifel, ob der Unbekannte, den ich mit Lila eingeschlossen habe, der Vermutete sei, zwingt mich beharrlich-langsam, wie ein vorfahrender Gendarm, auf offener Strecke zu stoppen, damit ich mich ausweise vor meinem eignen Verdacht. Und wenn er's nicht ist? Ich habe keinen Ausweis dafür, in der Tat, ich habe keinen. Woher soll ich's wissen, wie ein Einhorn in Wirklichkeit aussieht? Ich greife in meine Hosentasche; ich habe wirklich ihren Zimmerschlüssel in der rechten Hosentasche. Das ist kein Traum. Ich tue eine Weile lang, als überlege ich. Was eigentlich? Eine Zigarette, die mich beruhigen soll, werfe ich weg, bevor ich sie angezündet habe, und schalte in den Rückwärtsgang, drehe mit beiden Händen, schalte und gebe Gas, als wäre die Geschichte mit Tempo auszulöschen... Die Zimmertüre ist aufgesprengt, das Schlafzimmer leer, sie sitzen drunten im Wohnraum, Lila im blauen Morgenrock, er hat inzwischen seinen Mantel ausgezogen, seinen Mantel gerollt auf den Knien, ein junger Mann, der Medizin studiert, aber zum Theater möchte und sich von Lila beraten läßt, nach wie vor etwas verdutzt über die Bräuche in unserm Haus, doch er läßt sich nichts anmerken. Das Gespräch, von Lila geführt mit einer Sachlichkeit, die ihr Negligé vergessen läßt, dauert noch eine halbe Stunde. Als er gegangen ist, sagt sie:

»– ich gehe.«

Eine Woche danach (leider lassen sich Gespräche, die überflüssig sind, im Leben nicht streichen) ist Lila gegangen; sie kann nicht mit einem Wahnsinnigen leben, ich versteh's.

Was hilft Sehen!

Ich hocke auf der Lehne eines Polstersessels und spiele mit dem Korkenzieher. Alle Polstermöbel sind mit weißen Tüchern bedeckt, die Aschenbecher geleert, alle Blumenvasen geleert, damit es nicht nach Fäulnis stinke, ich hocke in Mantel und Mütze, weil es draußen regnet. Die Teppiche sind gerollt, die Fensterläden geschlossen. Von den Personen, die hier gelebt haben, steht fest: eine männlich, eine weiblich. Ich sehe Blusen im Schrank, etwas Damenwäsche, die nicht mehr in den Koffer paßte, Krawatten auf der andern Seite, meine Jacken; unten im Schrank stehen meine Schuhe, teils mit Leisten drin, gereiht wie zum Appell. Alle Türen stehen offen; in der Küche tropft der Wasserhahn, aber sonst ist es still wie in Pompeji. Ich hocke noch immer in Mantel und Mütze, beide Hände in den Hosentaschen. Wie in Pompeji: man kann durch die Räume schlendern, Hände in den Hosentaschen, man versucht sich vorzustellen, wie hier gelebt worden ist, bevor die heiße Asche sie plötzlich verschüttet hat. Alles ist noch da, nur das Leben nicht mehr. Lang kann es nicht her sein. Im Badezimmer hängt noch ihr blauer Morgenrock. Ich weiß nicht, was wirklich geschehen ist...

Wir sitzen noch immer am Kamin, Mitternacht vorbei, ich habe lang nichts gesprochen. Lila hinter der ausgespannten Zeitung zwischen ihren Händen. Ich bin glücklich, daß ich mein Whisky-Glas, wenn auch leer, noch in der Hand habe. Lila gähnt, und das Scheit über der Aschenglut ist wieder erloschen. Zeit zum Schlafen. Ich erinnere mich genau, was wir zuletzt gesprochen haben:

»Hast du das gelesen?«

»Ja«, sagte ich, »– habe ich gelesen.«

Pause.

»Nein«, sagte sie, »wie ist das möglich.«

Sie meinte den Mord.

»Kannst du dir vorstellen«, fragte sie, »wieso einer das tut? Ich finde es schauerlich.«

»Ja«, sagte ich, »– habe ich gelesen.«

»Du«, fragte sie, »ist da noch Whisky?«

»Lila«, sagte ich, »ich habe etwas gesagt.«

»Entschuldige!« sagte sie und ich sah ihr Gesicht, als sie fragte: »Was hast du gesagt?«

»Ich habe gesagt«, sagte ich, »– ich habe gesagt, daß ich's gelesen habe.«

»Findest du's nicht schauerlich?«

»Ja –«

Seither haben wir geschwiegen.

»Ja«, sagt Lila jetzt, »gehn wir schlafen!«

Ich bleibe Gantenbein.

Ich frage mich, welche Berufe für Gantenbein in Frage kommen, ohne daß er berufshalber seine Blindenrolle aufgeben muß; es gibt viele Möglichkeiten, scheint mir, beispielsweise der Beruf eines Reiseführers: Gantentein, ausgestattet mit seiner Blinden-brille und mit dem schwarzen Stöcklein, das er klöppeln läßt an den marmornen Stufen der Akropolis, umringt von einer

Gruppe, Gantenbein als der einzige Mensch unsrer Tage, der nicht alles, was die Reisenden sehen, auch schon gesehen hat, nein, nicht einmal in Filmen oder auf Fotos – er sagt den Leuten nicht, was sie jetzt sehen links und rechts, sondern er fragt sie danach, und sie müssen es ihm mit Worten schildern, was sie selbst sehen, von seinen Fragen genötigt. Manchmal setzt er sich und wischt sich den Schweiß von der Stirne; Gantenbein läßt sie nicht merken, was sie alles nicht sehen. Sie knipsen. Gantenbein sieht nicht, was es soviel zu knipsen gibt, und stopft sich seine Pfeife, bis sie ausgeknipst haben. Seine Fragen sind rührend. Ob denn die Säulen des Parthenon allesamt die gleiche Höhe haben? Er will's nicht glauben; er hat Gründe, die aufhorchen lassen. Ob denn der Abstand zwischen diesen Säulen überall der gleiche sei? Jemand tut ihm den Gefallen und mißt nach. Nein! Gantenbein ist nicht verwundert, die alten Griechen waren ja nicht blind. Manchmal kommt man nicht vom Fleck, soviele Fragen hat Gantenbein, Fragen, die mit der Kamera nicht zu beantworten sind; er sieht den Bus nicht, der wartet, um die Gesellschaft auch noch nach Sunion zu fahren. Er tut, als wartete man nicht auf ihn; er stopft sich eine nächste Pfeife, und tut, als wartete er auf die Leute, die sich nicht sattsehen können an dieser Akropolis. Vor allem ist es sein Mangel an Entzücken, wodurch er die Gesellschaft aufmerksam macht. Es ist ein Jammer, was Gantenbein alles nicht sehen kann! Er hockt auf dem Bruchstück einer Säule, als wäre er nicht auf der Akropolis, beschäftigt nur mit seiner Pfeife, gelangweilt und nicht einmal beseelt von der Hoffnung, daß ihm die Farbfilme später zeigen werden, wo er heute gewesen ist. Man führt ihn am Arm, um es ihm zu zeigen, das Erechtheion, das Nike-Tempelchen da draußen, in der Ferne die violette Bucht von Salamis, das Dionysos-Theater, und es genügt, daß Gantenbein sich immer wieder in die verkehrte Richtung stellt, um ihnen die Sehenswürdigkeiten nahezubringen. Einzelne empfinden ein solches Erbarmen mit ihm, daß sie, um Worte zu finden, die ihm eine Vorstellung geben von der Weihe des Ortes, selber zu sehen anfangen. Ihre Worte sind hilflos, aber ihre Augen werden lebendig; Gantenbein nickt und horcht und nickt und läßt seine Pfeife erkalten; seine Trauer, daß er sterben wird, ohne je diese Akropolis gesehen zu haben, macht die andern erst dankbar für ihre Reise, koste sie, was sie wolle. Es ist mühsam mit einem blinden Reiseführer, aber es lohnt sich: innerlich für die Reisenden, wirtschaftlich für Gantenbein, denn was sie sich sparen an Farbfilmen, ergibt ein ordentliches Gehalt –

Ich werde ein Inserat aufgeben:

»Reisen Sie mit einem Blinden! Ihr größtes Erlebnis! Ich öffne Ihnen die Augen! Reisen nach Spanien, Marokko, Griechenland, Ägypten usw.«

Ich bleibe Gantenbein:

Lila ist glücklich dabei...

Woher ich das weiß?

Natürlich ist dieser Gantenbein so fein nicht, wie ich vorgebe, und einmal, scheint es, hat er doch einen dänischen Brief gelesen, wovon er zwei oder drei Sätze im Gedächtnis hat.

»Ich werde immer da sein.«

(Leider ohne Datum.)

»Es ist gut so. Warum weinst Du? Ich verstehe alles. Warum soll ich zornig sein, da Du dort, wie Du schreibst, glücklich bist? Es ist gut so.«

Lila ist also glücklich.

Was will Gantenbein mehr?

»Wann fahren wir in die sieben Himmel? Dein Nils.«

Gantenbein als Reiseführer –

Gantenbein beim Zerlegen von Forellen –

Gantenbein als Schachspieler –

Gantenbein an der Krummen Lanke –

Gantenbein als Gastgeber –

Gantenbein vor dem Stadtarzt –

Gantenbein bei Kurzschluß im Haus –

Gantenbein in der Dior-boutique –

Gantenbein beim Sträußebüscheln –

Gantenbein am Flugplatz –

Gantenbein als blinder Gatte –

All dies kann ich mir vorstellen.

– aber Gantenbein als Freund?

Man trifft sich auf der Straße, Gantenbein mit seiner gelben Armbinde, so daß er mir leid tut, und man redet so über die Welt, die er nicht sieht. Zwar erkundigt er sich jedesmal, wie es mir gehe; aber ich wage es ihm nicht zu sagen. Man kennt sich von früher. Man spricht nicht von der eignen Karriere, wenn der andere sie nicht sieht. Ich bin kein Angeber. Gantenbein kennt meine Ansichten von einst, und da ich überzeugt bin, daß Gantenbein nicht sieht, wie meine Lebensart sich von Jahr zu Jahr ändere, tue ich, als wären wir die alten von Handschlag zu Handschlag, und Gantenbein tut dasselbe...

Aber einmal wird Gantenbein mich besuchen.

Ich habe vergessen, wie meine Lebensart sich verändert hat, habe mich daran gewöhnt, komme nachhaus und pfeife so vor mich hin, stutze erst beim Aufhängen meiner Mütze: das ist meine, kein Zweifel, aber so neu. Eine Baskenmütze ohne verschwitztes Kunstlederfutter. Auch meine Jacke, sehe ich, kaum habe ich mich wieder in meine pfeifende Laune zurückgefunden, ist neu: Wildleder, jedoch ohne verschwitzten Kragen. Offenbar besitze ich mehrere solche Jacken, die ohne mein Wissen gereinigt werden; schließlich schwitzt man, und nach meiner Erinnerung ist ein helles Wildleder sehr empfindlich. Wie dem auch sei, ich schmeiße meine Jacke so hin, wie's grad kommt, liederlich, als wäre es meine Joppe von einst und als käme ich in meine Studentenbude von einst. Draußen aber bellt es. Ich sehe mich mit einer Leine in der Hand, Schweinsleder, ebenfalls neu. Das Gebell macht mich stutzig. Vielleicht haben wir neuerdings eine Dogge? Hoffentlich beißt sie niemand. Als ich meine Wildlederjacke, die liederlich hingeworfene, nochmals nehmen will, weil das Gekläff mich vermuten läßt, daß da jemand kommt, sehe ich trotz meiner Zerstreutheit: die Wildlederjacke hängt bereits an einem Bügel. Offenbar gibt es Dienstboten. Ohne mich weiter umzusehen, frage ich, warum denn die Dogge so belle. Ein Herr warte in der Halle. Das ist auch neu, muß ich sagen, daß wir eine Halle haben. Und das Dienstmädchen, das ein Häubchen trägt, sagt: Ein Herr namens Gantenbein. Ihr Tonfall deutet an, daß sie, falls mein Hund und sein Hund sich nicht vertragen, ganz und gar auf meiner Seite ist, was beweist, daß wir sie ordentlich bezahlen, die Person, die mir jetzt die Wildlederjacke hält. Ich bin durch das Gebell etwas verwirrt, und Gantenbein, offenbar von einem zweiten Dienstboten in die Halle geführt, muß mich entschuldigen; erst muß ich die Dogge, oder was es nun immer sei, an die Leine nehmen. Du entschuldigst! sage ich zu dem Blinden, der zum ersten Mal in unser neues Haus kommt, und ich sehe nicht eine Dogge, sondern drei Doggen, die sich beim Anblick ihres Herrn sofort beruhigen. Platz! sage ich, und die Schweinslederleine erübrigt sich; also werfe ich sie auf eine Truhe, die nicht neu ist, im Gegenteil, die Truhe ist ausgesprochen antik. Du entschuldigst! sage ich nochmals, und Gantenbein tut, als habe nicht ein Dienstmädchen inzwischen seinen Mantel abgenommen und ebenfalls auf einen Bügel gehängt, sondern ich, der ich ihn jetzt mit Handschlag begrüße. Unser Handschlag von einst. Meine Freude ist redlich. Nur die Doggen haben mich verwirrt. Da er zu dem Matisse, der hier in der Halle hängt, nichts sagt, darf ich annehmen, daß er wirklich blind ist, und das gibt mir langsam meine Unbefangenheit wieder; nur die Wildlederjacke stört mich noch. Mach's dir bequem! sage ich, und da er den Sessel nicht sieht, führe ich ihn hin, erleichtert, daß Gantenbein unsern Wohnraum nicht sieht; nur ich sehe ihn wie zum ersten Mal. Was gibt's denn Neues? frage ich, als wäre hier alles beim alten. Wie geht's deiner Lila? Dabei fasse ich Gantenbein, meinen Freund von einst, genau ins Auge. Ob er sich wirklich nicht umsieht? Immerhin scheint er zu spüren, daß auf dem Bar-Boy mehr als eine einzige Flasche steht, und wünscht sich, als ich ihm einen Campari vorschlage, eher einen Cognac. Habe ich nicht! sage ich mit einer gewissen Erleichterung, und es ist wahr. Hingegen habe ich einen Armagnac, einen neunzigjährigen, was ich nicht zu sagen brauche. Er schmeckt's aber. Tonnerwetter! sagt er, als habe er auch die Flasche dazu gesehen, eine Sonderflasche, eine Siebenliterflasche, die vielleicht protzig aussieht; dabei ist es billiger, wenn man im Großen einkauft –

Ich weiß jetzt nicht, wovon reden.

Ich sehe nur Spannteppich –

Gantenbein, glücklich mit Armagnac, redet von Lila, Gottseidank, wie immer mit einer Zärtlichkeit, die sich in Verehrung für ihre Kunst übersetzt (um nicht durch Intimität zu belästigen) und die das Geschwätz um diese Frau, das ich natürlich wie jedermann kenne, zuschanden macht. Hoffentlich täuscht er sich nicht! Ich möchte es ihm gönnen. Sie ist, kein Zweifel, eine große Schauspielerin.

Also wir reden über Kunst –

Ich sehe;

Spannteppich heidelbeerblau, davor meinen linken Schuh, der neu ist, es hilft nichts, daß ich manchmal die Beine anders verschränke, auch der rechte Schuh ist neu, ein gediegenes Mausgrau mit passenden Socken dazu; nur die Haut und das Haar an meinem Schienbein sind nicht neu. Auch unsere Kinder, die unversehens hineinstürmen und dann etwas verdutzt, da er so trefflich den Blinden spielt, Herrn Gantenbein begrüßen, sind nicht neu, es sieht nur so aus, da alles, was sie tragen, neu ist wie im Schaufenster und von allererster Qualität, sogar die Pantoffeln. Hinaus mit euch! sage ich, aber auch das ändert nichts daran, daß meine Manschettenknöpfe schlichterdings aus Gold sind; ich ziehe unauffällig die Ärmel meines Pullovers über die seidenen Manschetten, Kaschmir. Wovon haben wir gesprochen? Die Kinder, ja, und wie sie größer werden, und da wüßte ich nun einen herzerquickenden Kinderspruch, aber da der Witz davon nicht begreiflich würde ohne die Erwähnung, daß wir auf den Kanarischen Inseln gewesen sind, laß ich's und frage Gantenbein nach seinen Sorgen, die hoffentlich nichts mit Geld zu tun haben; sonst könnte ich ihm ohne weiteres helfen, und es würde offenkundig, daß ich ein reicher Mann geworden bin.

Schweigen.

Politisch sind wir uns nach wie vor einig, ja, verschieden nur im Grad unsres Ernstes; links sind wir beide, aber ich bin der Ernstere geworden; Gantenbein macht Witze über die Linke, die ich mir nicht leisten kann –

Einmal ertönt eine Pendeluhr.

Ein Erbstück! sage ich –

Gantenbein schaut sich nicht um, horcht nur, bis das Erbstück wieder verstummt, dann erbittet er sich einen zweiten Armagnac. Findest du's nicht sehr warm hier? frage ich gelegentlich und ziehe meine Wildlederjacke aus, auch meine Krawatte. Was ich nicht ausziehen kann, sind die Vorhänge, die Tapeten, die Spannteppiche. Gantenbein findet es nicht besonders warm, im Gegenteil, eher kühl, und ich überlege, ob ich nicht ein Kaminfeuer machen soll. Um abzulenken von dem Kamin, der aus einem toskanischen Palazzo stammt, und da ich gerade die Bücherwand sehe, spreche ich jetzt von einer Balzac-Erstausgabe, die ich neulich gefunden habe. Spottbillig! sage ich und nenne auch den Preis, damit Gantenbein nicht zuviel vermute, und da ich grad stehe, biete ich Zigarren an. Was hast du? fragt er, und plötzlich sehe ich nicht ein, warum ich ihn hinters Licht führen soll. Ich habe alles. Sogar etwas besonderes, was Gantenbein noch gar nicht kennt: eine Havanna, aber geflochten wie ein Zopf, ja, das gibt's; mein Händler verwöhnt mich. Versuch's mal! sage ich, ohne unser Gespräch deswegen zu unterbrechen. Unser Gespräch worüber? Jedenfalls beiße ich meine Zigarre ab, als sähe ich den silbernen Knipser nicht, und setze mich wieder. Ein Aschenbecher ist auch da, Porzellan, chinesisch, ebenfalls ein Bijou, das Gantenbein nicht sieht; aber ich sehe alles. Ich glaube, wir reden über Musik, über die Elektroniker. Ich hoffe bloß, daß meine Gattin nicht kommt; früher oder später zeigt sie jedem Gast, sobald Musik nur erwähnt wird, ihre Harfe, die ich neulich gefunden habe. Ebenfalls nicht teuer. Und dann spielt sie darauf, und die Kiste, wo die Noten verwahrt sind, ist gleichfalls ein Fund, Mittelalter, ich glaube Südfrankreich. Wenn Gantenbein nicht redet, ist es still, aber nicht eigentlich still; dann ist es, als rede das Sofa aus weißem Hirschleder, und wo ich hinschaue, sehe ich Geschmack, nichts Protziges, nein, aber nichts ist so, daß es noch besser, schöner oder auch nur nützlicher werden könnte. Fast bin ich froh um das Loch, das Gantenbein, um den Blinden zu spielen, in unser weißes Hirschleder brennt; ich sage nichts. Wie wär's mit einem Burgunder? Gantenbein redet noch immer, nicht ohne die Zopf-Havanna beiläufig gelobt zu haben, über Kunst, und ich verschließe mich nicht der Einsicht, daß die Kunst inhaltsfrei zu werden hat, voraussetzungslos, das ist klar, daß es nicht die Aufgabe der Kunst ist, die Welt zu verändern. Zum Glück ist eine Flasche im Zimmer, so daß ich kein Dienstmädchen zu rufen brauche, das uns unterbricht. Ich entkorke, frei für das Absurde. Ich weiß nicht, wofür Gantenbein mich hält. Es sind nicht Einsichten und Ansichten, die uns trennen, nur dieser Aschenbecher, den er nicht sieht, und alles andere. Hat der Reichtum mich verändert? Daß ich Geschmack habe, ist nicht neu; nur ließ er sich früher nicht verwirklichen. Was also? Hinzugekommen ist der Geschmack meiner Gattin… Aber Gantenbein sagt ja gar nichts, außer daß er den Burgunder lobt. Das freut mich. Warum soll ich Gantenbein nicht eine Kiste davon schicken? Es wäre mir eine Freude, wenn er's nicht mißversteht. Das nebenbei. Auch ich finde es eher kühl, ein Kaminfeuer fällig. Ich wundere mich, daß die Streichhölzer, die ich aus einer Jade-Dose nehme, nach wie vor aus Holz sind; auch die Tannenscheite und die Buchenbengel, die ich in den Palazzo-Kamin schichte, sind aus gewöhnlichem Holz, spottbillig; es ist überhaupt das Billige, was mich immer wieder ans Geld erinnert –

Später kommt meine Gattin.

Sie scheint nicht ganz zu glauben, daß Gantenbein wirklich blind ist, und das schafft eine gewisse Spannung zwischen uns; meinerseits glaube ich daran, daß Gantenbein nichts sieht von ihrem Schmuck; jedenfalls läßt er sich nichts anmerken, als wäre er schon dran gewöhnt wie ich.

Ich rede von meiner Arbeit.

Ich arbeite viel: nicht um reicher zu werden. Aber das ist unvermeidlich. Was ich jetzt anrühre, macht reicher. Dabei gebe ich aus, soviel ich nur kann im Rahmen der Vernunft. Ich kaufe einen Hügel im Tessin, eine Bucht bei Malaga, einen Wald in Österreich. Ich halte einen Rechtsanwalt, der sich an mir bereichert und dafür etwas leisten will, so daß er auch mich bereichert, und er ist nicht der einzige, alle wollen mich bereichern. Das Geld, ich kann's nicht ändern, hat ein anderes Gefälle bekommen: es fließt zu mir. Was hilft mir der Hügel im Tessin, den ich nur ein einziges Mal besichtigt habe? Das Gras habe ich einem alten Bauern verschenkt, damit er's mäht, ebenso die Kastanien, die ich nicht brauche, und die Brombeeren. Was aber tut er, dieser Hügel? Er hat seinen Wert verdreifacht. Dagegen ist mit dem schlichtesten Lebenswandel nicht anzukommen; ich könnte in Sack und Asche gehen, ich esse Würstchen mit Kartoffelsalat, wenn immer ich allein bin, ich arbeite nicht nur fünf Tage in der Woche wie meine Leute, sondern sechs, ja, sogar sonntags und oft in die Nacht hinein; es ändert nichts daran, daß ich reicher und reicher werde. Oder soll ich vielleicht Golf spielen? – Das sage ich natürlich nicht, sondern denke es bloß, während ich von meiner Arbeit rede, was für meine Gattin langweilig ist, sie kennt das.

»Du arbeitest zuviel.«

Ich rede aber zu Gantenbein, damit er mich versteht. Warum sagt er nichts? Er zwingt mich nur, daß ich selber alles sehe, was ich verschweige. Warum sagt er nicht, daß er das Ganze hier, vom Matisse in der Halle bis zur Platin-Uhr an meiner Gattin, zum Kotzen findet?

Wir sind keine Freunde mehr.

Es macht mich traurig.

Und obschon er den Blinden spielt, es wird kein guter Abend, und später dann, als ich ihn zum Bahnhof fahre, nehme ich unsern Volkswagen, nicht den Jaguar, damit er den Wandel in meinem Leben nicht höre, für den Fall, daß er wirklich blind sein sollte.

Gantenbein macht mich unsicher.

Ich frage mich, ob ich ihn mag...

Gespräch mit Burri nach einem Schach, das ich verloren habe, über Frauen, scheinbar über Frauen, eigentlich aber über Männer, die Unheil anrichten, indem sie die Frau zu wichtig nehmen –

Burri (soweit ich ihn begriffen habe):

Ein Mann, der an seiner Frau leidet, ist selbst schuld... Was Männer hörig macht: ihre Verachtung der Frau, die sie sich selbst nicht eingestehen; daher müssen sie verherrlichen und stellen sich blind; wenn die Wirklichkeit sie unterrichtet, laufen sie zur nächsten, als wäre die nächste nicht wieder eine Frau, und können von ihrem Traum nicht lassen... Was man verachtet: ihre Passivität, ihre Koketterie noch da, wo es um ganz andere Dinge geht, die Permanenz ihrer Frau-Mann-Position, alle andern Interessen entlarven sich als Vorwand oder Tarnung oder Zwischenspiel, ihr unstillbares Liebesbedürfnis, ihre Gewöhnung daran, daß sie bedient werden (Streichhölzer) und immer das Vorrecht haben, enttäuscht zu sein, überhaupt ihr Hang zum Vorwurf, wobei der Vorwurf erraten werden muß, ihr Schweigen-Können, sie wollen und können sich selbst undurchsichtig bleiben, ihr Dulden-Können, ihr Kniff, das Opfer zu sein, dazu ihre entsetzliche Tröstbarkeit in jedem Augenblick, ihre Flirt-Anfälligkeit noch im Glück, ihre Bereitschaft und List dabei, daß sie es dem Mann überlassen, was geschieht, und wenn der Mann, um handeln zu können, wissen möchte, woran er ist, ihre Kunst des Offen-Lassens, sie überlassen ihm die Entscheidung und damit die Schuld von vornherein, ihre Kränkbarkeit überhaupt, ihr Bedürfnis nach Schutz und Sicherheit und dazu der geisterhafte Wankelmut ihrerseits, kurzum: ihr Zauber… der Mann gibt sich um so ritterlicher, je mehr Verachtung er zu verheimlichen hat… Der biologische Unterschied: die Frau kann in einer Nacht mit zehn Männern zusammensein, der Mann nicht mit zehn Frauen; er muß Begierde haben, sie kann es geschehen lassen auch ohne Begierde; deswegen ist die Hure möglich, aber nicht das männliche Gegenstück. Die Frau, zur Schauspielerei genötigt durch die Eitelkeit des Mannes, spielt ihre Auflösung im Genuß, auch wenn er ausbleibt; der Mann weiß nie ganz sicher, was für die Frau wirklich geschehen ist; es ist der Mann, der sich preisgibt, nicht die Frau; das macht ihn mißtrauisch… Die Frau ist ein Mensch, bevor man sie liebt, manchmal auch nachher; sobald man sie liebt, ist sie ein Wunder, also unhaltbar –

»Ja«, sage ich, »spielen wir.«

»Einverstanden?«

»Nicht ganz«, sage ich. »Du bist am Zug.«

Burri nach seinem Zug:

»Was deine Lila betrifft –«

»Meine?«

Ich habe gezogen.

»Aha«, sagt Burri, »ahaaa.«

Ich wechsle den Beruf von Lila.

(Das Theater ist mir verleidet.)

Lila ist keine Schauspielerin von Beruf, sondern Wissenschaftlerin, Medizinerin, Lila im weißen Arbeitsmantel, Assistentin im Röntgen-Institut der Universität, alles ist vollkommen anders, Lila ist anmutig, aber nicht schwarz, sondern blond, ihr anderes Vokabular, das Gantenbein manchmal erschreckt, und wenigstens im Anfang ist Lila kaum wiederzuerkennen, sie spricht aus, was eine Schauspielerin verschweigt, und verstummt, wo eine Schauspielerin sich ausspricht, Verlagerung der Scham, ihre anderen Interessen, der andere Freundeskreis, vor allem aber ihr Vokabular, das so anders ist, daß sämtliche Gespräche zwischen Lila und Gantenbein nochmals zu führen sind, angefangen vom ersten Kuß an. Ihre Utensilien im Badezimmer, die Gantenbein sieht, bleiben dieselben –

Oder:

Lila ist eine Contessa, katholisch, eine venezianische Contessa, Morphinistin, frühstückt im Bett, bedient von einem Diener in blauer Bluse. Tollkirschaugen. Ihr Vokabular ist abermals anders, ebenso der Freundeskreis, der Gantenbein für blind hält; die Szenerie ist ein Palazzo. Ihre Utensilien im Badezimmer, die Gantenbein sieht, bleiben dieselben.

NB.

Gantenbein bleibt derselbe.

Die neue Zeitschrift ist erschienen, Enderlin als Herausgeber, die erste Nummer ist nicht schlecht, sogar erstaunlich; aber es bleibt dabei, daß ich Enderlin aufgegeben habe.

Lila als Contessa:

(warum es auch nicht geht)

Sie ist wirklich eine Contessa, seit Jahrhunderten nicht gewöhnt, daß man sie anschreit, und ich käme auch niemals auf die Idee, sie anzuschreien, wenn sie nicht selbst immer wieder sagen würde, ich solle sie nicht anschreien – dabei habe ich nur gefragt, ob sie den Gong nicht gehört habe. Das war im Anfang unsres Glücks; seit ich weiß, wie sensibel sie ist, wie erschreckbar, wie hellhörig für den Unterton in einer solchen Frage, habe ich nie wieder gefragt, ob sie den Gong nicht gehört habe. Ich warte einfach, bis sie zu Tisch kommt. Sie hat nun einmal keinen Sinn für Zeit, so viel Sinn für anderes, was wichtiger ist, weiß Gott; beispielsweise Sinn für Stil. Nicht bloß die venezianischen Möbel, nicht bloß ihr Vokabular, das ohne ein einziges vulgäres Wort auskommt und dabei alles auszudrücken vermag, was sie nicht verschweigen will, sogar ihr Schweigen hat Stil; es ist einfach undenkbar, daß jemand sie nicht als Contessa behandelt. Sogar die Menschen, die ihr begegnen, bekommen Stil. Ich sehe das immer wieder. Ich sehe es sogar an Gantenbein; er ist kein Conte, aber er benimmt sich wie einer, dabei habe ich noch keinen Conte gesehen, der sich wie einer benimmt. Also ich warte.

Ich warte nicht auf das Mittagessen. Ich warte bloß, weil es Zeit ist zum Mittagessen. Ich warte auf die Contessa, die jeden Augenblick erscheinen kann, weil es Zeit ist zum Mittagessen. Ich kann nicht arbeiten, wenn ich warte. Also warte ich: nicht auf die Contessa, sondern auf den Augenblick, da sie erscheinen wird von der Loggia her oder über die Treppe herab... Vielleicht schläft sie noch und hat den Gong nicht gehört... Ich könnte, um die Zeit zu vertreiben, jetzt schon beschreiben, wie sie erscheinen wird von der Loggia her oder über die Treppe herab: im Morgenrock, aber gekämmt, im Morgenrock oder in Hosen, kindlich verwundert, daß es in der Welt schon wieder Mittag ist, und eines tröstlichen Empfanges bedürftig, bleich, aber schön, unglücklich mit Tollkirschenaugen, im Mund einen langen Zigarettenhalter (Bernstein) mit einer Zigarette, die auf Feuer wartet... Also ich warte... Vielleicht kämmt sie sich gerade... Ich warte also, ohne auf die Uhr zu blicken, und versuche zu erraten, was sie macht mit der Zeit, mit meiner Zeit, mit ihrer Zeit; sie hat eine andere Zeit, und darum hilft es nichts, daß ich auf die Uhr blicke; Uhren kränken sie, Uhren tun immer, als gäbe es eine einzige Zeit, eine sozusagen allgemeine Zeit... Vielleicht liest sie ein Buch, das gerade spannend wird, oder sie spielt mit dem Hund oder sie ist schon unterwegs – es wäre schade, wenn ich jetzt (nach dreiviertel Stunden, schätze ich) in der letzten halben Minute noch ungeduldig würde. Jede Ungeduld, auch die beherrschte, empfindet sie als Zurechtweisung; jede Zurechtweisung als Schreierei. Also warte und warte ich, ohne auf die Uhr zu blicken; ich freue mich, um nicht ungeduldig zu werden, an der Aussicht –

So jeden Tag.

Wenn ich sie noch ein einziges Mal anschreie, sagt sie, werde sie ihren Koffer packen und voraussichtlich nie wiederkehren –

Und dabei sind wir so glücklich.

Antonio, unser Diener mit weißen Handschuhen, öffnet die Spiegeltüre zum Eßzimmer, das eheliche Mahl ist bereitet, aber da es Sommer ist, vermutlich ein kaltes Mahl, und jedenfalls zeigt Gantenbein keinerlei Eile, und da der vollendete Diener (wir haben ihn erst einen Monat) natürlich meint, Gantenbein sehe ihn nicht, sagt er nicht: pronto!, sondern sieht sich lautlos um, ob die Contessa auch da ist. Sie schläft. Und wiewohl Antonio schon nach einem Monat weiß, daß man mitunter bis drei Uhr warten kann, sagt er noch immer nicht: pronto!, sondern blickt auf die Uhr. Antonio ist rührend, er weiß nicht, daß Gantenbein ihn im Spiegel sieht, und zieht sich auf Fußspitzen zurück, tut, als sei es vielleicht erst zwölf Uhr. Und Gantenbein tut ebenso. Leider gibt es eine barocke Pendeluhr, die auch einem Blinden nicht verschweigt, daß es zwei Uhr ist. Es muß etwas geschehen; zwar ist Gantenbein nicht hungrig, aber ein Mann, der arbeiten möchte, und auch Antonio, der seinen freien Nachmittag hat, sollte um vier auf dem Fußballplatz sein oder bei seinem Mädchen, es ist sein gutes Recht.

Antonio! rufe ich –

Er tut nicht nur, als komme er aus der fernen Küche, um endlich zu sagen: pronto!, sondern er tut sogar, als sage er es zu der Contessa; er weiß schon, daß der Herr sich verdrießt, wenn die Contessa den ganzen Tag schläft, und dabei ist der brave Bursch, wie gesagt, erst einen Monat im Haus, das natürlich ein Palazzo ist, Renaissance.

Lila, sage ich, komm!

Und es wird alles getan, damit Gantenbein sich nicht verdrießt, damit er nicht merke, daß er sich wieder allein an den Tisch setzt; Gantenbein macht ein gelöstes Gesicht, schweigsam, während er nach der Serviette tastet, und der Diener mit den weißen Handschuhen, gleichfalls gelösten Gesichts, da sein freier Nachmittag gerettet ist, versäumt nichts, um die Gegenwart der Contessa, die Gantenbein nicht sieht, wenigstens hörbar zu machen. Ich sehe, wie er mit dem Knie ihren Sessel rückt. Man weiß, wie hellhörig die Blinden sind. Er macht es ausgezeichnet; er knickt sogar ein Grissini, bevor er geht, um die kalte Bouillon zu holen, und ich sehe, wie er sich beeilt, um unser eheliches Schweigen, bevor es sich durch das Speisen rechtfertigt, nicht zu überziehen. Immerhin dauert es eine Weile.

Bist du geritten? frage ich.

Lila schweigt; sie schläft, wahrscheinlich hat sie gestern wieder ihr Rauschgift genommen, die Unglückliche, und da sie überzeugt ist, daß Gantenbein ihre Drogen nicht sieht, kann sie sich die Folgen selbst nicht erklären.

Bist du beim Arzt gewesen? frage ich.

Antonio in der Tür, ich sehe ihn im Spiegel, wie er etwas unsicher auf seinen Auftritt wartet; es ist ein zauberhaftes Eßzimmer, lauter Gobelin und Spiegel, so daß man sich sogar mit seinem eignen Hinterkopf unterhalten kann; ich weiß nicht, wieso Antonio an seinen weißen Handschuhen zupft und zögert.

Was hat denn dein Arzt gesagt? frage ich.

Jetzt kommt er mit den Tassen, und es ist klar, daß die Contessa, selbst wenn sie zugegen wäre, nicht in Gegenwart eines Dieners über die ärztlichen Befunde berichtet; somit ist das Schweigen wieder natürlich. Das macht auch Antonio wieder sicher. Er stellt die erste Tasse, wie es sich ziemt, auf den Teller unsrer Contessa, die schläft, laut genug, damit Gantenbein es höre. Er macht es wirklich großartig, dieser Sohn eines armen Fischers mit seiner weißen Jacke und mit den goldnen Tressen; er bleibt im Eßzimmer die ganze Zeit, während Gantenbein löffelt. Man spricht ungern in Gegenwart eines Dieners. Es fehlt nur noch, daß er mit ihrem Löffel an ihrer Tasse klingelt. Er tut es nicht, und man hört nur, wie Gantenbein die kalte Bouillon schlürft; eine Contessa hört man nicht...

Aber wie weiter?

Ich hoffe nur, daß Lila jetzt nicht auftaucht, und dränge zur Eile, aber es gibt Fisch, und es bleibt nichts andres übrig, als daß Gantenbein den herrlichen Fisch zerlegt; um Antonio abzulenken von Zweifeln, ob Gantenbein wirklich blind ist, frage ich nach dem Namen des Fisches, nach seinem Vorkommen in venezianischen Gewässern, überhaupt nach allerlei, was mit Fischerei zu tun hat, nach der Art, wie die Netze ausgeworfen werden, nach den Preisen, nach der Not der Fischer; es ist nicht nur interessant, was Antonio, der Fischersohn, alles weiß, sondern auch schön, wie er immer wieder einmal tut, als interessiere es auch unsere Contessa, deren Fisch unberührt auf dem Porzellan erkaltet. Aber Gantenbein kann nicht nur mit dem Diener reden, versteht sich, das würde nach ehelichem Zerwürfnis aussehen. Vor allem jetzt, als der Diener hinausgeht, muß Gantenbein einfach reden, bis der Käse kommt. Worüber? Ich rede über Kommunismus und Antikommunismus, ein Thema, das jedenfalls, wo immer man stehe, keine Widerrede erheischt, da die Widerrede ja bekannt ist und eben widerlegt wird. Dabei rede ich nicht pausenlos, nicht ohne ab und zu ein Grissini zu knicken oder einen Schluck zu trinken, nicht filibusterig, aber so lapidar-überzeugt, daß das Schweigen der Contessa nicht unbegreiflich erscheint. Was Antonio sich dazu denkt, der im serviceroom zuhören mag, kümmert mich nicht; Gantenbein spricht zu Lila, deren Bruder ein lauterer Kommunist ist. Wenn Antonio draußen zuhört, muß er merken, daß von Standesdünkel bei den Leuten, die er bedient, nicht die Rede sein kann, jedenfalls nicht gegenüber einem armen Fischersohn; wir sind in Italien. Freilich gibt es diesen oder jenen Conte, der Faschist ist, daher verbittert; aber die hellen Köpfe in der Familie sind es nicht, im Gegenteil. Das Aristokratische (in Italien) äußert sich eher darin, daß man die bürgerliche Angst vor dem Kommunismus, die wie jede Massenangst etwas Vulgäres hat, nicht teilt. Insofern könnte Gantenbein durchaus offen sprechen, auch wenn die Contessa zugegen wäre, und also fällt es nicht auf, daß sie nicht zugegen ist, während er redet und redet. Was dieser Antonio nur solange macht? Indem man redet und redet, ohne einen Widerspruch zu hören, beginnt man selbst zu widersprechen; das ist fast unvermeidlich. Wem aber soll Gantenbein widersprechen, da die Contessa schläft? Er widerspricht ihrem Bruder; er findet es grotesk, daß Dino, dieser junge Großgrundbesitzer, ein Kommunist ist, dabei nicht einmal ein romantischer, o nein, Dino ist ein heller Junge, anzusehen wie ein heidnischer Lockengott, ein Hermes vielleicht, der nirgends anstößt, er hält sich an seine katholische Kinderstube, ich meine Dino, ihren Bruder, und daß der Conte (so nennt er sich selbst nur bei Zusammenstößen mit der Polizei) Kommunist ist, merken nicht einmal seine Bedienten. Dino ist kein Prolet mit erhobner Faust, Dino lächelt fast unmerklich über Leute, die den Streik seiner Landarbeiter verurteilen, und predigt nicht, er macht sich nicht lästig mit seinem Kommunismus, er versteht ihn nur, einer der wenigen, die sich das Studium des Kommunismus haben leisten können, und er dient dem Kommunismus, gerade indem er sich als Kapitalist verhält. O nein, Dino ist kein Träumer, o nein, er weiß, daß die Welt nicht durch private Aktionen zu revolutionieren ist – es läßt sich viel darüber sagen, und Gantenbein sieht tatsächlich nicht, daß der Käse schon lange da ist; der Diener hält die Platte mit weißen Handschuhen und mit einer Miene, als höre er nicht zu. Gorgonzola oder Mozzarella? Gantenbein nickt nur, ohne das Gespräch mit der Contessa, die schläft, deswegen zu unterbrechen, während Antonio wieder sein Glas füllt.

Ja, frage ich, oder ist es nicht so?

Schweigen.

Gantenbein redet weiter, ich sehe, wie Antonio wieder das Glas der schlafenden Contessa nimmt, um es auszutrinken; anders kann er es ja nicht nachfüllen, ich verstehe, und wenn er dann das Glas wieder füllt, tut er's aus ziemlicher Höhe, damit Gantenbein wirklich das Gurgeln höre.

Ob er wirklich glaubt, Gantenbein merke nichts?

Oder glaubt nur Gantenbein, der Diener glaube es?

Später beim schwarzen Kaffee, der draußen auf der Loggia genommen wird, wäre das Spiel eigentlich nicht mehr nötig; Antonio ist abgehauen, sein letzter Dienst ist erfüllt, indem er den Kaffee in die zwei kostbaren Täßlein gegossen hat, das eheliche Geschäft der Contessa verrichtend. Dabei hat er der Contessa, die nicht vorhanden ist, sogar eine kurze Antwort gegeben; es könnte ja sein, daß Gantenbein ihre beiläufige Frage, zumal sie immer leise zu sprechen pflegt, wegen Taubengeflatter überhört hat.

»Come no, Contessa, come no!«

Ein begabter Junge.

»Come mai«, lacht er, »come mai!«

Diese zweite Antwort liefert er schon aus Entfernung, ich sehe, wie er dabei schon seine weißen Handschuhe abstrupft; das würde er in Gegenwart der Contessa niemals tun. Dann ist er abgehauen, aber nun ist es soweit, daß Gantenbein wirklich (nicht bloß dem Diener zuliebe) mit der Contessa redet, die immer noch schläft, weil sie wieder ihr Rauschgift genommen hat, und das Rauschgift nimmt sie, weil sie unglücklich ist.

Lila, frage ich, warum bist du unglücklich?

Zum Glück nimmt Gantenbein keinen Zucker in den Kaffee, die Contessa weiß das, und also fällt ihre Ungegenwart nicht auf, wenn sie keinen Zucker gibt.

Bin ich kein Mann? frage ich.

Dazu raucht Gantenbein eine Zigarre, Blick auf den Canale Grande, der einem auch verleiden kann.

Bin ich's, der dich unglücklich macht?

Da die Contessa schweigt, ist wenigstens diese Frage beantwortet, und Offenheit schafft Offenheit. Die Wahrheit ist schmerzlich, aber es ist klar, daß man es jetzt genauer wissen will. Wenn schon, denn schon. Allein mit den beiden kostbaren Täßlein, die Gantenbein, bevor er weitersprechen kann, beide austrinkt, frage ich, ob und inwiefern die Umarmung mit andern Männern

195

anders sei, eine Frage, die eine Frau von Geschmack ohnehin nie beantwortet, und ihr Schweigen bedeutet abermals nicht, daß die Contessa nicht zugegen ist.

Es gurren die Tauben von Venedig.

Lila, sage ich, so geht das nicht weiter!

Sie fragt nicht:

Wieso? Was meinst du?

Sie ist ja nicht zugegen, aber es fällt nicht auf; auch wenn sie zugegen wäre, würde sie jetzt, zur Rede gestellt, ausgiebig schweigen, bis ich rundheraus frage:

Was ist eigentlich mit Nils?

Schweigen.

Oder ist es ein anderer? frage ich, und es ist das erste Mal, daß wir so offen reden, dabei vollkommen ruhig; sie kann nicht sagen, daß ich sie anschreie, und daher schweigt sie, während Gantenbein lächelt; ich genieße seine Ruhe, seine Männlichkeit, seine blinde Bereitschaft, jedweder Tatsache ins Auge zu schauen, und ich frage nochmals: Oder ist es ein anderer?

Keine Antwort.

Also wer ist's? frage ich.

Ich verstehe aber, daß sie darauf nicht antworten kann; es geht Gantenbein nichts an. Oder hat sie immer noch Angst, daß ich sie anschreie? Nur um etwas zu sagen, um dabei die Ruhe von Gantenbein zu zeigen, sage ich nach einer Weile mit dem Gurren der berühmten Tauben:

Ich dachte immer, es sei Nils.

Es ist das erste Mal, daß ich diesen Namen ausspreche, gefaßt, daß die Contessa daraufhin ihre Koffer packt, um voraussichtlich nie wiederzukehren, und zwar heute noch, auch wenn sie nicht zu Nils geht, denn das ist lange her, insofern komisch, aber nicht zum Lachen, jedenfalls lacht die Contessa nicht, und da Gantenbein, allein in der venezianischen Loggia, nun einmal diesen Namen ausgesprochen hat, komme ich um ein Geständnis nicht herum:

Einmal habe ich einen dänischen Brief gelesen –

Was soll die Contessa auf diese Ungeheuerlichkeit, die ich da unterbreite, antworten? – die Contessa, die schläft...

Gespräch mit Burri über unser Gespräch neulich; ich hätte doch gern gewußt, wie er »meine« Lila sieht. Er spricht von ihr mit einer Verehrung, die mir schmeichelt. Und zugleich war ich erschrocken. Als Burri gegangen war, saß ich noch stundenlang wie ausgestopft, mein Kinn in die gefalteten Hände gestützt. Er redete von ihr (übrigens nur kurz) wie von einem wirklichen Menschen, und ich scheine der Einzige zu sein, der sie nicht sieht.

Lila als Schauspielerin:
  (Nachtrag.)
  Ihr entzückendes Spiel mit der Küchenschürze, wenn Gäste kommen, und noch kein Gast hat es je durchschaut, nicht einmal der nüchtern-schlaue Burri, wahrscheinlich glaubt Lila selbst daran – eine Viertelstunde vor dem Eintreffen der Gäste kommt Lila nach Haus, zu Tod erschöpft von ihren Macbeth-Proben, die vormittags stattgefunden haben, und jetzt ist es Abend, sie sackt in einen Polstersessel, um sofort, zu Tod erschöpft, die neuen Magazine zu lesen, ohne ihren Mantel auszuziehen, ohne einen Blick auf den Tisch, den Gantenbein mittlerweile deckt; sie kann sich auf Gantenbein verlassen. Allenfalls eine bestürzte Frage zwischen Tür und Angel: Hast du an Mayonnaise gedacht? Er hat. Ein Glück, daß Gäste sich meistens verspäten; schließlich muß Lila sich noch kämmen. Er hat nicht nur an die Mayonnaise gedacht, sondern sogar an Brot, was wenig auffällt, wenn es vorhanden ist. Lila hat den Hummer bestellt, der in der Tat gekommen ist, und somit kann eigentlich nichts fehlen. Sie ist stolz auf den schönen Hummer, ein Jammer, daß Gantenbein nicht sehen kann, wie schön er ist, der Hummer, den sie telefonisch ausgewählt hat. Ein Wundertier, purpurrot, ein Hummer, der an alles denkt: Nicht nur an die Mayonnaise, sondern auch an den Wein, der zu ihm paßt, und an das kalte Fleisch, falls jemand ihn nicht mag, und an die Früchte, die später, wenn sein Gekröse schon im Kehrichteimer ist, willkommen sein werden. Zum Glück, wie gesagt, verspäten sich die Gäste immer, so daß Lila, während sie sich kämmt, den blinden Gantenbein unterrichten kann, wer kommen wird; es gibt ja in jeder Gesellschaft immer auch solche, die nicht zu Wort kommen, und dann ist es peinlich,

wenn Gantenbein daraus folgert, man könne über solche Personen reden, als wären sie nicht zugegen. Es ist unerläßlich, daß er die Liste der Namen sich merkt. Als es endlich klingelt, kann Lila, obschon bestens gekämmt, nicht zur Türe gehen; das ist der Augenblick, wo sie sich die Küchenschürze umbinden muß zum Empfang der Gäste. Gantenbein verteilt jetzt die Namen, die er sich gemerkt hat, und einen Sessel zu jedem Namen. Lila hat kaum Zeit zur Begrüßung, die seitens der Gäste ein einziges Staunen ist: Lady Macbeth in einer Küchenschürze. Man ist gerührt, alle möchten helfen, nur Gantenbein nicht, da er weiß, daß alles schon gemacht ist.

Bitte, sagt sie, das mach ich schon!

Sie hat kaum Zeit für einen Aperitif.

Bitte, sagt sie, ich mache alles!

Die Aufgabe von Gantenbein besteht dann darin, das Entzükken der Gäste zu teilen, mindestens nicht zu stören, während Lila in ihrer Küchenschürze hin und her geht, herein, hinaus, herein, Gantenbein als Pascha. Was Lila in der Küche macht, während die Gäste, Whisky trinkend, sich mit Entzücken schämen, wieviel Mühe sie dieser großen Schauspielerin machen, ist Salat, den Gantenbein sicherheitshalber zuvor gewaschen hat. Gantenbein als Pascha mit verschränkten Beinen im Schaukelstuhl. Hoffentlich vergißt sie nichts. Sie ist ganz verwirrt, aber es steht ihr. Leider fehlen Zitronen, sagt sie, und das ist schade; die Zitronen liegen in der Küche, aber Lila sieht sie nicht, es ist wirklich schade. Später dann, ungern, zieht sie die berühmte Küchenschürze ab. Von diesem Augenblick an weiß Gantenbein, daß er alles tun kann, ohne dadurch den ersten Eindruck aufzuheben; er holt die Zitronen usw.

Ich ändere nochmals:

Lila ist keine Contessa, sowenig wie eine Schauspielerin. Ich verstehe nicht, wie ich auf diese Idee habe kommen können. Lila ist einfach eine Frau, eine verheiratete Frau, verheiratet mit einem Mann, den ich damals in einer Bar hätte treffen sollen. Einunddreißig. Keine Morphinistin; nicht katholisch; berufslos. Eine faszinierende Frau; man braucht es mir nicht zu sagen, als wüßte ich das nicht. Wieso soll Lila einen Beruf ausüben? Vielleicht hat sie als junges Mädchen einmal Medizin studiert, sogar die ersten Prüfungen bestanden, dann kam halt die Ehe dazwischen, oder sie hat eine Schauspielschule besucht, sogar einen Winter lang gespielt neben großen Namen; all dies ist durchaus möglich, aber durchaus nicht wichtig. Sie kann es lassen, sie ist eine Frau. Sie fühlt sich unabhängig auch ohne eignes Einkommen. Andernfalls wäre sie jederzeit zu jeder Arbeit bereit, sie brauchte nicht zu darben und nicht in selbstgeschneiderten Kleidern zu gehen, sie mit ihren Sprachkenntnissen, sie würde jederzeit als Sekretärin arbeiten beispielsweise in einem Verlag, nicht im Handel oder in einem Fürsorgeamt, nicht in der öden Reihe mit andern; am liebsten in einem Verlag, sagt sie, als Lektorin. Sie wäre jederzeit dazu bereit. Es erübrigt sich, da sie verheiratet ist. Manchmal hat sie geradezu Sehnsucht nach Arbeit, Heimweh nach dem Beruf, der sich dann erübrigt hat. Sie ist keine Hausfrau. Sie liest lieber. Sie hat einen eignen Wagen; anders würde sie sich nicht unabhängig fühlen, ein Geschenk ihres Mannes, der genug verdient. Sie ist immer noch zum ersten Mal verheiratet. Sie ist gesund, sogar kräftig, dabei zierlich, so daß man gern eine zärtliche Angst um sie hat; eine frühe Tuberkulose ist ausgeheilt, eine Erinnerung, die sie nur selten benutzt, um Schonung zu fordern, nur im Notfall. Sie ist nicht untüchtig (wie die Contessa) und nicht ehrgeizig (wie die Schauspielerin), aber auch sie, wie gesagt, ist keine Hausfrau; dazu ist sie zu geistvoll und läßt sich nicht von Männern einreden, daß die Frau gerade für jene Arbeiten, die den Männern selbst zu langweilig sind, eine angeborene Begabung haben müsse. Sie ist eine Frau, aber kein Untertan, also durchaus eine Frau von heute, eine großartige Frau, finde ich, eine der ersten Frauen dieses Jahrhunderts, die sich selbst ohne Getue eingesteht, daß es sie zur Ausübung eines Berufs eigentlich überhaupt nicht drängt.

PS.

Ich weiß nicht, wie ihr Mann es erfahren hat oder erfahren wird, daß Lila mich liebt, und es kümmert mich auch nicht. Ich kenne diesen Svoboda nicht. Es ist nicht mein Fehler, daß wir einander damals in der Bar nicht getroffen haben. Nach dem Namen zu schließen, Frantisek Svoboda, ist er Böhme. Ich weiß nicht, wie ein Böhme sich verhält, wenn die Frau, die er liebt, einen andern Mann liebt –

Ich stelle mir vor:

Man hat Gäste, man trinkt und plaudert, Svoboda wie immer, er erzählt von London, Lila wie immer, die Gäste sind munter, Svoboda entkorkt, man redet über den russischen Vorsprung im Weltall, Lila trägt das gelbe Kostüm (es ist genau ein Monat nach unsrer ersten Nacht) oder ein andres Kostüm, das ich noch nicht kenne, und die Gäste finden, sie sehe glänzend aus, jemand redet gerade über die Oper, die Lila leider versäumt hat, und wenn Lila auch nicht einverstanden ist mit allem, was ich grundsätzlich gegen die Oper vorgebracht habe, so ist es, findet sie, immerhin eine Ansicht, die sich ins Gespräch werfen läßt, um nicht von dem versäumten Abend zu sprechen, sondern grundsätzlich; natürlich weiß niemand, wessen Ansicht es eigentlich ist, immerhin eine Ansicht, die Svoboda nicht einfach unter den Tisch werfen kann. (Selbstverständlich ist die Oper, wie Mozart sie gemacht hat, wundervoll und unanfechtbar, aber ich habe nicht von Mozart gesprochen, sondern von der heutigen Oper.) Svoboda ist seltsam, geradezu gereizt, als habe meine Ansicht ihn persönlich beleidigt; er legt eine Platte auf, um meine Ansicht zu widerlegen vor allen Gäsen: *Don Giovanni.* Man hört, Lila strahlt, selig nicht nur über Fischer-Dieskau, obschon er großartig ist, sondern über Zerlina: die einzige Person in dem ganzen Spuk, die einfach recht hat, ja, die keine tragische Geschichte daraus macht, weil sie die Natur auf ihrer Seite hat, die Einziggelöste, was auch musikalisch zum Ausdruck kommt. Ein Gast, ausgestattet mit ihrer Darlegung, muß ihr recht geben, als man die Stelle nochmals anhört. Später redet man über Leute... Drei Uhr morgens, nachdem er schon geschlafen hat, erwacht Svoboda, ohne Licht zu machen, erwacht, als sei ein Schuß gefallen. Aber es ist still. Als sei ein Einbrecher am Werk. Aber da ist niemand, nur Lila und Svoboda.

»Schläfst du?«

»Warum?«

»Ich weiß nicht«, sagt er, »ich bin verzweifelt.«

Lila schweigt.

»Ich bin verzweifelt«, sagt er. »Hörst du?«

Lila schweigt.

»Ich glaube«, sagt er, »du mußt mich verlassen.«

»Was redest du?«

»Du mußt mich verlassen.«

Es ist schwer zu sagen, ein Wissen, das durch nichts begründet ist, nicht einmal durch einen Verdacht, einfach eine Gewißheit, die einbricht. Vielleicht hat er zuviel getrunken, ja, dagegen gibt es Tabletten, aber nicht gegen ihr Strahlen vor dem Gast; daran ist er erwacht. Wie an einem Traum.

»Wieso denn verlassen?«

Das Gefühl, daß sie eine Larve trägt, eigentlich hat er's schon seit Wochen. Seit wann? Daß seine Gegenwart sie dazu nötigt, eine Larve zu tragen, das geht nicht; das muß ein Mangel von ihm sein; man kann nicht leben neben ihm.

»Komm«, sagt sie, »nimm ein Schlafpulver.«

Als sie Licht macht, glaubt er's, daß es ein Spuk gewesen sei; er will sich nicht bedienen lassen, sondern holt sich selbst das Wasser, und sagt nichts mehr; er hat wirklich zuviel getrunken. (Ich schlafe.)

Als auch Svoboda beinahe schläft, jedenfalls nicht mehr antwortet, sagt sie im Dunkeln, sie habe ihm einen Brief geschrieben, ja, einen Brief, ja, nach London, aber nicht abgeschickt, aber morgen könne er ihn lesen, wenn er wolle, aber jetzt sollte er schlafen...

Ich stelle mir vor:

Am andern Tag, gehetzt von beruflichen Dingen, hat Svoboda innerlich keine Zeit, um an das Halbtraumgerede zu denken, er vergißt es, er schämt sich, jedenfalls verlangt er den Brief nicht, aber Lila glaubt nicht daran, daß er alles vergessen hat; ihre heitere und durchaus unlistige Zuversicht, daß er ahnungslos sei, ist hin. Leider. Sie fühlt sich gezwungen, obschon Svoboda nichts verlangt und es sich allzuleicht macht, zu einem Gespräch...

Ich stelle mir vor:

Es ist sein Fehler, daß die Übergabe des erwähnten Briefes ausgerechnet in einem Restaurant stattfindet, also in einem Augenblick, in dem man von Kellnern beidseitig eskortiert ist, beidseitig eingesehen von anderen Gästen, die, auch wenn sie gerade lachen oder Hummer stochern, Ohren haben – sein Fehler, denn Lila wollte eigentlich nicht ausgehen, oder vielleicht ist es auch sein Glück, daß er den Brief nicht in London zu lesen bekommen hat, sondern hier in diesem Restaurant, wo man Svoboda kennt; der Fisch ist ausgezeichnet wie immer, schade, daß Lila keinen Appetit hat, der Kellner nicht ohne Anteilnahme, Lila raucht, Svoboda kann ja nicht einfach das Besteck fallen lassen, und so dauert es eine Weile, bis er den Brief über den Teller hinweg zu lesen beginnt, ja, ernst, aber offenbar ohne besondere Spannung, ruhig, er vergißt nicht den Salat, er kennt die erste Briefseite schon: ungefähr dasselbe, was in einem andern Brief steht, den sie wirklich geschickt hat, Kameraderie, Wünsche auf die Reise, Sorgen um seinen Magen, Mitteilungen. Eigentlich ein zärtlicher Brief. Warum hat sie ihn nicht geschickt? Lila raucht, während Svoboda seinen Fisch nicht aufgeben kann, sonst hat man die Kellner auf dem Hals, während er liest: Ich habe Dich sehr lieb wie immer, auch möchte ich nur, daß Du zu mir bist wie immer, auch wenn in mir noch ein andres Gefühl ist. Was geht das den Kellner an? Svoboda bestellt nochmals Wein, um ihn für einige Zeilen wegzuschicken, um zu verstehen, warum eigentlich, wie dieser Brief so sehr betont, kein Grund zur Beunruhigung vorliegt. Schon kommt der Wein; der Kellner gießt ein, ein andrer kommt, um auch den Teller von Svoboda abzuräumen, so daß der Brief nicht mehr über den Teller hinweg gelesen werden kann; dennoch hält Svoboda ihn nicht anders als zuvor, nachdem er die Lesung unterbrochen hat, um sich auch eine Zigarette anzustecken, bevor er zu Ende liest. Es scheint, er erwartet zuviel. Kein Grund zur Beunruhigung: Das würde ich Dir schon sagen, wenn sich zwischen uns etwas ändert. Hier bricht der Brief ab, und der Kellner wischt die Brosamen vom Tisch. Eigentlich ein lieber Brief. Was als Nachtisch? Es gibt Kirschen. Aber wem gehört dieser Brief nun? Noch liegt er neben dem Aschenbecher. Soll Svoboda ihn einstecken oder ihn an Lila zurückgeben? Kirschen haben den Vorteil, daß sie den Esser beschäftigen; Kirschen und eine Zigarette dazu, wie soll einer da noch sprechen? Svoboda scheint sich wirklich an den Brief zu halten, kein Grund zur Beunruhigung, Lila bedauert jetzt, daß sie den Brief überhaupt gezeigt hat, Svoboda zahlt, Svoboda kauft eine Zeitung, die er mitten auf der Straße sogar aufblättert, als habe er Verlangen nach Neuigkeiten, Kaffee in einer Bar, Svoboda geht zur Tagesordnung über, Lila erleichtert, sie hat es Svoboda offenbar nicht zugetraut, daß er sich genau so verhält, wie sie es erhofft – da steht er und schlürft seinen Kaffee – ruhig und doch nicht stumm, nicht verschlossen, nachdenklich, aber nicht unfreundlich, Blick auch auf anderes, nicht unberührt, aber überlegen und aufmerksam gegenüber Lila, die ihn ansieht mit großen Augen.

(Ich bin wie nie gewesen.)

Vielleicht gehen sie jetzt ins Kino…

(Ich warte vergeblich auf ihren Anruf.)

Später nachhause…

Ich stelle mir vor:

Svoboda, ein baumlanger Böhme, aber mit sanfter Stimme (nicht weich, aber sanft) und immer schon um einen Grad sicherer, wenn er den obersten Kragenknopf aufgemacht und die Krawatte etwas gelockert hat, ein Mann, der es nie begreifen wird, wenn man ihm sagt, daß seine Güte (er hat sie nicht aus Vorsatz, sondern angeboren) tyrannisiert, kurz und gut, Svoboda – ich weiß nicht, warum ich, bis mir das Gegenteil bewiesen wird, einen Mann mit wassergrauen Augen vermute und mit buschigen falben Augenbrauen – Svoboda also, nachdem er in die Küche gegangen ist und Eis geholt hat, um seiner Lila einen Whisky zu bereiten, spricht fast scherzhaft, nicht sarkastisch, aber so wie zu einem Kind, das eine Fensterscheibe zerbrochen hat und bänglich schweigt, als sei dieser Schaden nimmer zu bezahlen.

»Also«, sagt er, »was ist's?«

Dabei steht alles im Brief.

»Da ist kein Soda mehr«, sagt er –

Dabei steht alles im Brief, so findet Lila, die, um seiner zudringlichen Frage auszuweichen, sich erhebt und nach zerstreutem Suchen feststellt, daß wirklich kein Soda mehr da ist, sogar eine Notiz macht, daß Soda bestellt werden muß; Svoboda steht, sein Glas in der Hand, und eine Weile lang hat es den Anschein, daß die Post ihn beschäftigt, aber er öffnet sie nicht, sondern blickt nur auf die Absender, er hält jetzt die Briefe in der Hand, als wolle er in sein Zimmer gehen, und trinkt.

»So sprich schon!« sagt er.

Was will er? Was hat er?

»Du hast mir geschrieben«, sagt er, »daß ein anderes Gefühl in dir ist –«

Pause.

»Ich habe jemand sehr lieb«, sagt sie.

Pause.

Ihr Gesicht ist nicht ekstatisch, nur fremd, ihre Stimme dabei sachlich. Sehr lieb. Ihr Gesicht bezeugt es. Sehr lieb. Der schlichte Ausdruck deckt sich mit der Wahrheit; daher gibt es nichts beizufügen. Warum legt er seine Post auf den Tisch? Es dauert eine

Weile, bis Svoboda, seine Pfeife stopfend, sozusagen am Echo, das in ihm widerhallt, langsam wahrnimmt, daß das Harmlose ihres Ausdrucks nicht etwa eine listig schonende Verharmlosung ist, sondern die angemessene Bezeichnung eines Tatbestandes, dessen Ernst keine verstiegenen Wörter zuläßt. Svoboda blickt sie an, seine Pfeife stopfend noch immer, einen Atemzug lang in der Hoffnung, es handle sich um ein voreiliges Mißverständnis seinerseits; nur die Fremdheit ihres Gesichts widerlegt seine kurze Hoffnung. Sehr lieb. Dabei bleibt es. Sehr lieb. Das Echo hört nicht auf, als Svoboda endlich seine Pfeife angezündet hat, dann raucht; auch seine Stimme bleibt sachlich, als er fragt:

»Wer ist es?«

Pause.

»Willst du's nicht sagen?«

»Natürlich«, sagt sie mit einem Anflug von Trotz, aber sie wartet. Weiß er's denn nicht? Sie verzögert die Mitteilung, als wäre es ihr lieber, wenn er es erraten würde, so daß sie nur noch nicken müßte. Warum hilft er nicht? Svoboda wartet nicht ohne Vermutungen, die ihm verrückt vorkommen, und ist vorerst froh, als sie endlich sagt: »Du kennst ihn nicht.«

Er trinkt.

Es fällt ihr halt schwer –

Er sucht Streichhölzer, da seine Pfeife nicht zieht, dann Pfeifenputzer; Svoboda muß etwas verrichten jetzt, etwas Handliches, um in den lockeren und spielerisch-ermutigenden Ton zurückzufinden, um mit Beiläufigkeit fragen zu können:

»Wie heißt er?«

Pause.

»Enderlin.«

Dankbar, daß er den Namen nicht wiederholt, sondern schweigt, und mit einer Miene, als sei nichts mehr zu sagen, erhebt sie sich, während Svoboda noch immer seine Pfeife putzt ... Es braucht, nachdem der Name gesagt ist, nicht gesagt zu werden, wo und wann Lila mich getroffen hat; Svoboda erinnert sich an unser Rendezvous in der Bar, das nicht stattgefunden hat, seinetwegen nicht; Svoboda bereut jetzt vielleicht, daß er den Mann, den Lila sehr lieb hat, nie von Angesicht zu Angesicht gesehen hat. Ich habe gewartet auf Svoboda. Wann war das übrigens? Er rechnet. Wann war er in London? Das Datum wäre wichtig, scheint ihm. Anfang März? Es fallen ihm Schuppen von den Augen, während er auf den Teppich blickt, hinsichtlich ihrer Lebensfreude seit März. Das also war es, was ihn in letzter Zeit so beglückt hat? Lila errät seine böhmischen Gedanken nicht, und es ist jetzt ein Uhr, und da sie keine ungehörigen Fragen hören möchte, sagt sie ungefragt:

»Er wird nach Amerika gehen, er hat einen Ruf nach Harvard, er ist Dozent.« Was will er noch wissen? »Er ist Herausgeber einer Zeitschrift, wie du weißt –«

Svoboda schweigt.

»Ja«, sagt sie, »was willst du noch wissen?«

Sie spricht, als habe er sie mit Fragen bedrängt und überschüttet und gequält; ihre Miene reizt ihn, aber eine Weile lang, die Pfeife in der Faust, hört Svoboda zu, bis Lila verstummt und nach allem, was sie über meine akademische Laufbahn berichtet hat, nicht gefaßt ist auf seine abwegige Frage:

»Habt Ihr schon miteinander geschlafen?«

Pause.

»Du schweigst?« sagt er: »– also ja.«

»Ja.«

Beide sind ruhig.

»Ja«, sagt sie, »warum?«

»Ja«, sagt er, um die Ruhe seiner eignen Stimme zu hören, aber es fällt ihm eigentlich nichts ein, was sich mit dieser Stimme dazu sagen ließe, und Svoboda schweigt, indem er sich setzt. Noch wirkt der Schmerz als fast körperlicher Genuß. Als Lila, von seinen Augen gesucht, ihren Blick niederschlägt, tut sie's nicht aus Scham, versteht sich, sondern als Verletzte, verletzt durch Svoboda, der sie zu dieser Preisgabe vergewaltigt hat, und daß sie ihn, Svoboda, sehr lieb habe, wie es im Brief heißt, stimmt in diesem Augenblick nicht. Noch tut Svoboda ihr nicht den Gefallen, sie zu kränken; noch sitzt er, Hände in den Hosentaschen, verschlossen, aber unverzerrt; noch läßt er sich nicht dazu hinreißen, irgendein Anrecht anzumelden, und wäre es auch nur das Anrecht auf Offenheit. Noch hat er die Kraft, um dem Leben einfach rechtzugeben. Wie lang? Aber irgend etwas muß Svoboda doch sagen. Irgend etwas. Zum Beispiel:

»Wie alt ist er?«

Lila ist müde.

»Frag mich jetzt nichts«, sagt sie. »Das ist alles, Svob, was ich dir sagen kann.«

»Daß du ihn sehr lieb hast.«

Leider bleibt die Zeit nicht stehen; leider fällt kein Vorhang, solange Svoboda, jetzt die Ellbogen auf seine Knie gestützt, das Glas mit lauem Whisky in beiden Händen, stillschweigend die Würde des Verlierers wahrt, und wäre es auch bloß, weil ihm noch nichts einfällt dazu. Sogar die Frage, was nun weiter sein soll, ist verfrüht; er weiß bloß, daß sie sich stellen wird... Überhaupt weiß er. O ja. Aber er fühlt nichts, schmeckt bloß das Flaue eines Whisky, der durch geschmolzenes Eis verwässert ist und den er im Mund hat, als wollte er damit gurgeln.

»Svob«, sagt sie, »ich bin zum Unfallen müde.«

Wenn er, Svob, nicht so dasitzen würde, Lila könnte jetzt kameradschaftlich-zärtlich sein; es ist seine Schuld, daß sie frostig bleibt. Sie leert die Aschenbecher. Er sieht, es muß etwas geschehen sein, etwas Umwälzendes: sie leert nicht bloß die Aschenbecher, sondern räumt überhaupt die Wohnung auf, Lila als Hausfrau, sie nimmt seine Jacke und hängt sie auf einen Kleiderbügel. Das erschreckt ihn. Das hat Lila nie gemacht. Das zeigt den Grad ihrer Verwirrung; sie scheint nicht mehr zu wissen, was in ihrer Ehe üblich ist. So weit ist sie schon weg? Er schaut zu, die Ellbogen auf die beiden Knie gestützt.

»Das habe ich dir gesagt«, sagt sie, »daß heute die Garage angerufen hat. Wegen der Versicherung.«

»Das hast du gesagt.«

»Wegen der Rechnung«, sagt sie. »Die Rechnung muß an die Versicherung geschickt werden –«

Svoboda schweigt.

»Daß wir's nicht vergessen«, sagt sie –

»Was?«

Lila denkt jetzt an alles, sogar an den Geburtstag seines Vaters, an Besucher, die in Aussicht stehen, an das Paket, das immer noch am Zoll liegt, Lila wird es holen, ja, sie muß morgen sowieso in die Stadt, es wimmelt von Dringlichkeiten, Lila denkt daran, und wäre nicht Mitternacht vorbei, sie würde jetzt noch den Mann wegen des Kühlschranks anrufen, aber Lila muß morgen sowieso in die Stadt, Salzmandeln sind auch keine mehr da, am Freitag kommen Hinrichsens, am Sonntag ist das Mahler-Konzert, Lila wird die beiden Karten abholen, sie denkt jetzt wirklich an alles, nicht nur an das geheimnisvolle Paket, das immer noch am Zoll liegt, und an den Geburtstag seines Vaters, sogar an die Hundesteuer... das Leben geht weiter – während Svoboda schweigt.

Svoboda am Fenster –

Svoboda überlegt, wann er's hätte merken können. Wozu? Natürlich hätte er es merken können. Täglich! Es ist lustig zu sehen, was man alles gemerkt hat, angefangen mit der Tatsache, daß Lila, als er von London zurückkam, einfach schöner war, jünger; dann das maßlose Geschenk zu seinem Geburtstag; vorher schon das Verschwinden ihrer Migräne, ihr Schwung, ihr strahlender Übermut vor allem in Gesellschaft, ihre Initiative, ihr Teint. All dies hat Svoboda bemerkt. Wie ein Wunder. Ihr Brief nach London, jener andere, den sie wirklich geschickt hat: kurz, aber ein Liebesbrief. Dann ihr Nicht-Bericht über die Oper. Ihre flüchtige Erwähnung jenes Mannes, der den verreisten Svoboda nicht getroffen hat: kommentarlos. Dann der Schwund ihrer Neugierde auf die übliche Post, ihre Versäumnisse gegenüber der eignen Familie, ihr offensichtliches Interesse an der neuen Zeitschrift und ihr Schweigen darüber, was sie davon hält. Ihr Bedürfnis zu erwähnen, wen sie sonst getroffen hat. Ihre neue Frisur. Ihr Wankelmut in allen gemeinsamen Plänen. Ihre Nicht-Neugierde darauf, wen Svoboda seinerseits getroffen haben könnte, dafür ihre schwesterliche Freude an seinem beruflichen Erfolg. Einmal fand er sie beim Studium internationaler Flugpläne. Ihre nervöse Pünktlichkeit an bestimmten Wochentagen. All dies fällt Svoboda jetzt ein, dazu gewisse Nebensätze, scherzhafte, Offenheiten über Mann und Frau im allgemeinen, dazu ihre Begeisterung über einen Film, der keck war, insbesondere über die Szene, wo eine Frau, während ihr Mann sie küßt, mit dem Fuß einen andern streichelt; überhaupt ihr Humor, verbunden mit einer verschleierten Sorge um Svoboda, wenn er vor sich hin brütete; dazu ihr Mitleid mit den gefangenen Tieren im Zoo, ihre Bemerkung über Schwäne, die so sittsam stets zusammen schwimmen, und so weiter... Es ist nicht ihre Schuld, daß Svoboda nichts begriffen hat; sie hat ihre Lebensfreude nicht verhehlt; es ist seine Schuld, daß er sie auf sich bezogen hat oder auf ein Wunder, und übrigens war es eine glückliche Zeit auch für ihn, ja, genau seit London.

»Du«, sagt sie, »ich geh schlafen.«

Warum schüttelt er den Kopf?

Enderlin –!

207

Noch nimmt er den Namen nicht in den Mund. Es ist komisch, wie irgendein Name plötzlich herausfällt aus allen andern Namen und einhakt. Dabei könnte ich auch anders heißen.

»Ich weiß nicht«, sagt sie, »warum du lachst.«

Um es nicht tragisch zu nehmen.

Svoboda, so vermute ich, gehört zu den Männern, die von Frauen, wenn sie einen Kosenamen brauchen, vorzugsweise als Bär bezeichnet werden. Einen andern Kosenamen, soweit er aus dem Tierreich bezogen wird, hat Svoboda eigentlich nie erfahren; Frauen sehr verschiedener Art haben ihn als ihren Bären bezeichnet, unabhängig voneinander. Es muß etwas dran sein. Gemeint ist wahrscheinlich das Lieb-Patzige, aber auch das Kräftige und Langsame und Schwere, das Zärtlich-Verspielte, das Tükkisch-Drollige einer kleinäugigen Bestie, die plötzlich sehr bösartig und gewalttätig sein kann, unberechenbar, einmal ein rührendes Bitte-Männchen, das um eines Zuckers willen sich tolpatschig dreht, so daß man über das Mitleid hinweg sich entzückt an diesem zottigen Ausbund von Harmlosigkeit, und dann, ohne daß ein Grund zu solcher Verwandlung ersichtlich wäre, eine Bestie, der keine Schranke standhält und die kein Zucker mehr bändigt, die kein Spiel versteht, die von einer restlosen Zerfleischung des Opfers nicht abzuschrecken ist – Lila hat Furcht vor ihm – am andern Morgen, ernüchtert von seinem Wahnwitz, der eine Nacht lang (bis die Vögel zwitschern und die Sonne scheint) alles zerredet hat, ernüchtert und beschämt von Ungewißheit, was er eigentlich alles gesagt hat, am andern Tag dann entschuldigt er sich mit krallenlosen Pfoten, ja, das schon. Dann macht er wieder das Bitte-Männchen. Aber Lila weiß, er wird wieder losgehen, und seine Entschuldigung ändert ihn nicht; wieder und wieder wird er nicht abzuhalten sein davon, alles mit seinen scharfen Worten zu zerreißen –

Noch ist es nicht soweit.

»Ja«, sagt er, »geh schlafen.«

Noch ist er ziemlich nüchtern.

»Ja«, sagt er, »Gutnacht.«

Dazu nimmt er sich Whisky.

»Jetzt versteh ich«, sagt er, »jetzt versteh ich, warum du mich damals in London angerufen hast –.«

Was hat das damit zu tun?

»Ist er schön«, lächelt er, »dieser Enderlin?«

Darauf kann Lila nicht antworten. Dieser Enderlin! Das ist nicht der Ton, um über mich zu sprechen, und Svoboda fühlt es auch.

Er trinkt.

Warum, ja, warum fällt jetzt kein Vorhang?

Man weiß doch, was folgt –

Gegen fünf Uhr morgens (ich schlafe) ist es soweit, daß im Kamin plötzlich ein Whisky-Glas zerknallt. Warum? Nicht weil er nicht versteht, daß Lila gern einen andern Mann umarmt, sondern weil sie nicht versteht. Was? Sie versteht nicht, was es da zu verstehen geben soll. Soll Lila sich vielleicht in Svoboda versetzen, der mit jedem Wort, was er sagt, Unrecht tut? Sie hat ihn reden und reden lassen, ohne zu hadern. Warum schmettert er plötzlich sein Whisky-Glas gegen ihr schonendes Schweigen? Lila weiß wirklich nicht, was er will. Weiß er es?

»Entschuldige!« sagt er.

Draußen wird es Tag –

Und dabei, Svoboda erinnert sich wie an eine verspielte Unschuld, hat er selbst gewußt, daß es nichts zu reden gibt. Von neun Uhr abends, als er im Restaurant, von Kellnern eskortiert, ihren freundlichen Brief las, bis zwei Uhr nachts hat er sich an sein Wissen gehalten, daß Lila jetzt kein Interesse hat für seine Gefühle und Gedanken grundsätzlicher Art, nicht einmal für seine Pläne, schon gar nicht für seinen Großmut. Damit hat es angefangen, scheint es, mit seiner Großmut. Nicht daß Lila gegähnt hätte; dabei ist sie zum Umfallen müde seit Mitternacht. Ich glaube nicht einmal, daß sie, während Svoboda im Zimmer hin und her geht, dann wieder sich setzt und immer langsamer spricht, um sich nicht zu entzünden, geradezu an mich denkt; das möchte er, aber das geht nicht für Lila, daß ich (»dieser Enderlin«) Gegenstand eines gemeinsamen Gesprächs bin. Kann Svoboda, so bemüht um Verständigkeit, gerade das nicht verstehen? Sie schweigt nicht, weil sie nicht zuhört; sie hört zu, aber sie ist nicht hier. Sie ist auch nicht bei mir. Aber auch nicht hier. Sie ist allein. Das Ereignis, das ihn bewegt und das er klären möchte mit ihrer Hilfe, ist kein gemeinsames. Das ist ja das Befreiende daran, gerade das: Lila ist allein…

Schweigen.

Draußen zwitschern die Vögel. »Lila«, sagt er, »so sag doch etwas!«

»Ich kann dir nichts sagen«, sagt sie, »ich sehe ja, daß du mich in dieser ganzen Sache nur als Frau siehst, ich höre es aus allem, was du redest, alles siehst du einzig und allein daher.«

»Woher?«

»Du siehst mich bloß als Frau.«

Svoboda überlegt.

»Entschuldige!« sagt er, und es tönt wirklich, als habe er einen Irrtum eingesehen; aber dann lacht er: »Du hast recht. Entschuldige. Du hast recht.«

Was will er damit sagen?

»Ich nehme dich nur als Frau«, sagt er, und sein Blick nagelt sie fest, so daß Lila erschrickt; seine Augen haben plötzlich den bösen Blick, obschon er ganz ruhig ist: »Ich nehme dich nur als Frau«, wiederholt er, wie man die Worte eines schlechten Spaßes wiederholt: »– wogegen Herr Enderlin – Ich verstehe!« sagt er mit einem Versuch nochmals zu lachen, aber von ihrem Blick schon gerichtet: »Entschuldige!« sagt er und erhebt sich, um durchs Zimmer zu gehen, das eben die erste Morgensonne bekommt, und um stehenzubleiben: »Entschuldige!« sagt er, und es scheint, als beruhige ihn sein eignes Gift wenigstens eine Weile, dann ist es die Whisky-Flasche, die im Kamin zerknallt: »Entschuldige!« sagt er und zittert. »Entschuldige!«

Lila sieht ihn an.

Warum fällt noch immer kein Vorhang?

Jetzt wird er rührselig.

»Findest du es nicht ungeheuerlich, was du mir sagst?« fragt er, »du sagst, ich nehme dich nur als Frau, das sagst du jetzt, nachdem du bei einem andern Mann gewesen bist – offenbar nicht als Frau – ich mache euch keinen Vorwurf, aber du machst mir einen Vorwurf, ich verstehe nicht, warum du mir einen Vorwurf machst, ja das tust du, meine Liebe, auch wenn du schweigst, du sagst, du kannst mit mir nicht sprechen, ich sehe dich nur als Frau –«

»In dieser Sache.«

Lila ist einfach im Recht.

»Ja«, sagt er, »gehen wir schlafen.«

Inzwischen ist es Donnerstag geworden, ja, aber noch immer fällt kein Vorhang; das Leben, das tatsächliche, gestattet ja nicht, daß man es überspringt, nicht um ein Jahr und nicht um einen Monat und nicht um eine Woche, auch wenn man ungefähr weiß,

was folgen wird...
  (Ich möchte auch nicht Svoboda sein!)

Eine Geschichte für Camilla:
  Ein Mann und eine Frau, als der erste Rausch der unpersönlichen Liebe verrauscht war, erkannten, daß sie wie für einander geschaffen waren. Sie verstanden einander so trefflich. Nur war der Rausch eben verrauscht. Und so lebten sie zusammen, nicht übermütig, aber ohne Zerwürfnisse. Nur manchmal geschah es, daß er die Umarmung, während sie stattfand, wie von außen sah, als sitze er in einem Sessel daneben oder als stehe er grad am Fenster, er hatte Gedanken, wie wenn man auf die Straße hinausschaut, keine schlimmen, aber Gedanken, dann wieder war er eins mit sich und mit ihr, und später, wenn sie einen Tee kochte, rief er sie mit ihrem Kosenamen, und als sie den Tee eingoß, sagte er, daß er sie liebe. Es war durchaus wahr. Und ihr ging es wahrscheinlich ebenso. Auch sie liebte ihn, nur ihn, wenn auch anders als im Anfang, persönlicher. Sie waren unzertrennlich, sie reisten zusammen. Einmal, in einem Hotel, war er bestürzt, als er die Umarmung, während sie stattfand, in einem Spiegel sah, und froh, daß es sein Körper war, mit dem sie ihn betrog, und er schaute in den Spiegel, in dem er sie ebenso betrog. Es kam zu Krisen über Lappalien. Dabei liebten sie einander. Eines Abends, später, saß er eine Zeitung lesend, während sie im Bett lag; er hatte Gedanken, alltägliche, wie er sie manchmal in der Umarmung heimlich hatte, aber er saß tatsächlich in dem Sessel; sie schlief, und er konnte sich, von jenem Spiegel belehrt, ohne weiteres vorstellen, wie ein andrer sie umarmt, und saß daneben, keineswegs bestürzt, eher froh um die Tilgung seiner Person, eigentlich heiter: Er möchte nicht der andere sein. Zeitung lesend, während sie schlief und vielleicht träumte, was er sich von außen vorstellte, war er eins mit seiner großen Liebe. Sie hießen Philemon und Baucis: Das Paar.

Einmal angenommen, Svoboda sehe ungefähr so aus, wie ich mir vorstelle: – ein baumlanger Böhme, breitschultrig, rundschultrig, etwas zu baumlang für die grazile Lila, finde ich, selbst

211

auf ihren höchsten Absätzen reicht sie ihm gerade bis zur Schulter, und wenn sie barfuß ist, erscheinen sie als Paar fast ungehörig, ein schwerer Mann, dabei unfett und keineswegs schwerfällig, sportlich, ein Mann übrigens, den man sofort als blond bezeichnen würde, obwohl er eigentlich eine vollkommene Glatze hat, die aber nicht als Haarausfall erscheint, sondern zu seinem männlichen Gesicht gehört wie Kinn und Stirn, ein guter Kopf, ein Kopf, der auch einem Russen gehören könnte, ein harter Kopf, ein Kugel-Kopf, ein eigentümlicher Kopf, aber er tritt ungern vor den Spiegel, denn er versteht nicht, was die Frauen an ihm finden, Svoboda im Smoking ist ergreifend, das weiß er, dabei ein guter Tänzer, ein Mann, der meistens schwitzt und nie friert, trinkfest, dabei nicht laut, außer wenn er einen dreistündigen Koller hat, sonst eher wortkarg, Pfeifenraucher, ruhig und ein angenehmer Lacher in Gesellschaft, brillenlos, sicherlich ist er ein famoser Koch, Melancholiker, ein Bär, schwer, aber beweglich, linkisch nur aus dem Bedürfnis (insbesondere in Gegenwart von Lila) seine Kraft nicht zu zeigen. Lila hat Angst vor ihm, obschon er sie noch nie geschlagen hat... Einmal angenommen, Svoboda sehe so aus, dann läßt sich erraten, wie er sich seinerseits diesen Enderlin vorstellt: – ein schlanker und zierlicher Intellektueller, nicht gerade hühnerbrüstig, aber zierlich. Kein Bär. Eher ein Vogel. Kein Böhme. Eher ein spanischer oder französischer Typ, allenfalls Italiener, jedenfalls schwarzhaarig (was nicht stimmt) mit einer zierlichen Habichtnase (was ebenfalls nicht stimmt) unter einer klassisch-rechteckig-niedrigen Stirn, wie man sie bei Mittelmeervölkern eben findet. Der Name klingt zwar alemannisch, aber davon läßt Svoboda sich nicht einen Augenblick lang täuschen; er kennt ihren Typ. Kein Kugel-Kopf. Er versteht. Ein schmaler Kopf mit einem immer wieder erstaunlichen Wissen auf allen Gebieten, somit unterhaltsam. Vielleicht hat er einen homosexuellen Zug, so daß Svoboda ihn auf der Straße nie erraten würde, vielleicht einen Hund. Kein Geck, aber gepflegt; sicherlich hat er nie schwarze Fingernägel. Auch keine Sommersprossen. Schwarzhaarig, ein Typ, der nie eine Glatze bekommen wird, das steht fest. Unsportlich, dafür geistreich. Es kann sein, daß er die Frauen anzieht, gerade weil er eine gewisse Mühe hat. Das kann durchaus sein. Aber es muß nicht sein. Jedenfalls ist er ein Intellektueller. Hochbewußt. Arm in Arm mit Lila hat er einen jungenhaften Gang, Baskenmütze.

Jedenfalls ist er jünger, das steht fest, und gebildeter als Svoboda. Kein Koch. Und ratlos, wenn eine Steckdose kaputt ist; kein Handwerker. Lila hat keine Angst vor ihm. Sicherlich liest er sieben Sprachen, angefangen mit Griechisch. Im Badeanzug ist er bleich wie Wachs, jedoch nicht unmännlich und schwarzhaarig jedenfalls. Und witzig in jeder Lebenslage. Kein Geschichtenerzähler, aber witzig. Im Bett benimmt er sich wie in einem französischen Film. Politisch? Wahrscheinlich halblinks. Wenn Lila ihm seine Corbusier-Brille abnimmt, ein eher weiches Gesicht, aber mager. Kein Trinker. Kein Koloß. Nicht schwächlich; er trägt ihren Koffer, ohne größer zu sein als sie. Kein Tänzer. Was Lila fasziniert, weiß sie natürlich selbst nicht – es war ungehörig zu fragen... Einfach der Typ. Das Unböhmische. Das mußte einmal kommen. Das Schwarzhaarige. Das Romanische. Ein Torero, schlank und großäugig, ein Typ, den Svoboda seit eh und je, wenn auch bisher nur im Spaß, für die Gefahr gehalten hat, schwarzhaarig nicht nur auf dem Kopf, sondern auch an den Beinen –

Ich werde Svoboda enttäuschen!

Als ich Lila frage, wie er sich denn verhalten habe, schweigt sie. So oder so, Svoboda hat sie verloren, und sein Verhalten fortan spielt für sie keine Rolle mehr. Sie wünscht auch nicht, daß ich mich darum bekümmere. Soll er sich fortan verhalten, wie er will...

Ich sehe mehrere Möglichkeiten:

Svoboda saust mit seinem Wagen gegen einen Baum.

Oder:

Svoboda macht sich großmütig. Er hofft auf die Macht der Zeit, die immer gegen die Liebe ist, also gegen uns. Manchmal trinkt er, während wir eine kleine Reise machen im Spielraum seiner kameradschaftlichen Großmut. Wenn er nüchtern ist, verbietet er sich jedes atavistische Gefühl. Es ist keine Ranküne, daß er jetzt häuslicher ist als je; manchmal schläft er schon, wenn Lila nach Haus kommt, oder tut so, als schlafe er. Dann wieder, handkehrum, trinkt er, was seiner Niere nicht bekommt; aber dafür kann Lila nichts, und das weiß er. Ihre Sorge um seine Niere ist das einzige, was er sich verbittet. Er drängt nicht auf Entscheidung. Er versteht das Leben. Er wartet ab. Das dauert ein Vierteljahr, ein halbes Jahr. Er ist lieb, wie Lila es sich wünscht, und Lila wird ihn achten. Die Gefahr, daß Lila ihm gleichgültig wird, besteht nur zeitweise; ihr Glück mit mir, versteht sich, ist nicht ohne Schwankungen, die Svoboda natürlich sieht, und da es auch für Svoboda einen alltäglichen Unterschied macht, ob Lila singend oder versteinert durch den gemeinsamen Haushalt geht, kommt er um Teilnahme nicht herum, die an Liebe erinnert. Das dauert ein Jahr. Gestützt auf seine Erkenntnis, daß es keinen Menschen gibt, ohne den man nicht leben könnte, zeigt er ihr jederzeit, daß er ohne sie leben kann; aber er tut es nicht. Er hat sich an seine Großmut gewöhnt. Er bedrängt sie nicht mit gemeinsamen Plänen, sondern wartet. Worauf? Lila ist glücklich, so daß es sie zu keiner Wendung drängt. Sie achtet Svoboda, wie gesagt, mehr denn je. Um seiner Großmut willen. Natürlich verliert er sie auch so…

Oder:

Svoboda (nach der dummen Nacht, als er die Whisky-Gläser in den Kamin geschmettert hat, und nach einer Woche schonungsloser Gespräche, die am Tatbestand nichts ändern) wählt die Freiheit in Nachtklubs. Er tanzt. Er langweilt sich, aber er tanzt. Er geht ins Schwimmbad, und es wimmelt von Frauen und Mädchen, die Lila, sofern er sie nur als Frau nimmt, durchaus ersetzen könnten, wenn er bloß nicht immer an Lila denken würde. Er schwimmt, ein Tarzan, dann steht er umher und schaut, ein baumlanger und breitschultriger Mann, die Hände auf die Hüften gestützt. Er spielt Ball mit dem Kind einer Bikini-Dame, um sich anzunähern, und es bleibt beim Ballspiel mit ihrem Kind. Er kauft einen offenen Wagen, allzeitbereit für Autostop, aber meistens sind Burschen dabei, einmal zwei Mädchen, aber sie reden eine Sprache, die Svoboda nicht versteht, und es bleibt ein Gestotter. Er geht in jede Vernissage, er läßt es sich nicht nehmen, eine junge Fotografin nach Haus zu fahren. Er versucht sich zu verlieben, um ein Gleichgewicht herzustellen, wenn nicht ein Gleichgewicht des Glücks, so doch ein Gleichgewicht der Eifersucht. Als könnte Lila jetzt eifersüchtig werden! Er sieht ihre Münder, aber er kann sich nicht verlieben; Frauen wittern es, Svoboda hat jetzt den Geruch eines kranken Tiers, und die Natur ist gegen ihn. Immerhin kann er sich sagen, daß er jetzt auch seiner Wege gehe, und er läßt es durchblicken. Aber Lila ist nicht neugierig. Sie gönnt es ihm nicht ausdrücklich, das wäre geschmacklos, sie will nichts davon wissen. Es kümmert sie wirklich nicht. So wenig wie seine Treue. Er verliert sie so oder so…

Oder:

Svoboda nimmt die Sache nicht ernster, als sie unter berufstäti-
gen Männern ist; er macht sich andere Sorgen. Er denkt nie länger als eine Minute daran. Nun ja. Kommt vor. Das Übliche.
Geschlecht. Es berührt seine Person nicht, was die beiden machen, und er läßt sich nicht ins Bockshorn jagen. Geschlecht.
Es lächert ihn, wenn Lila mehr darin sieht. Aber bitte. Es ist
ihre Sache. Aber für Lila, die Frau, ist sie ernster, und wenn
er auch Recht behalten mag, was mich betrifft, er verliert sie
gerade dadurch, daß er allzubald ihre Verblendung durchschaut
hat...

Oder:

Svoboda sitzt in Salamanca, Plaza Mayor, wo er sich die Schuhe
putzen läßt, ein Tourist, der dazu auf der Welt ist, um die Schuh-
putzer zu beschäftigen, sie kennen ihn schon seit drei Tagen,
stundenlang hockt er am selben Tischlein, blickt auf die Uhr,
wartet auf niemand, aber er wartet, ohne eine Zeitung zu lesen,
ohne Blick auf die berühmte Architektur, blickt auf die Uhr und
klopft mit einer Münze, zahlt und erhebt sich und geht so langsam
als möglich zum Postamt, vormittags, mittags, abends, kommt
zurück und setzt sich, bestellt seinen Jerez, raucht vor sich hin
und läßt sich die Schuhe putzen, es braucht nicht Salamanca zu
sein, er sieht es ohnehin nicht, es kann auch Arles sein oder
Agrigent, wo er seine Briefe schreibt, es bleibt sich gleich, es
ist immer derselbe Schalter, wo er seinen Paß zeigt (was schon
nicht mehr nötig ist: man kennt ihn schon, man glaubt's, daß
er Svoboda ist) und vergeblich nach einem Brief fragt, sie weiß,
daß er in Salamanca ist oder in Siena oder sonst wo, es spielt
wirklich keine Rolle, wo Svoboda sich die Schuhe putzen läßt,
um sich die Zeit zu vertreiben, bis das Postamt öffnet, es kann
auch in Brindisi sein (was schauerlich ist: man kommt nach Brindisi, um sich einzuschiffen, kein Mensch bleibt freiwillig in Brindisi) oder in Cadiz –

Was Svoboda sieht:

Straßen schwarz, grau, weiß, gelb, Asphalt oder Beton heiß
Asphalt mit Luftspiegelung, Ginster, Kurven, die man schon un-
zählige Male gefahren ist, Meilensteine, Alleen mit Sprenkel-
schatten, Eselkarren, Teertonnen, Vorstädte, Schiffe im Hafen,
Volk, Stoplichter, Armut, Eisenbahndämme, ein Güterzug mit
Meer zwischen den Rädern, Küste mit Kurven links und Kurven

rechts, gradaus, dann wieder rechts und links und rechts, links,
rechts und weiter, zweiter Gang, dritter Gang, zweiter Gang,
Autobusse von hinten, Staub von Lastwagen von hinten, Bahn-
übergänge, Meer, Kakteen, Meer, Ginster, Meer, Brücken, Dör-
fer, die immer wieder kommen, Städtchen, Plätze mit einem
Denkmal, Irrlichter in der Dämmerung, Bäume im Scheinwerfer,
Meilensteine im Scheinwerfer, plötzlich ein weißes Ochsenge-
spann, Schilf im Scheinwerfer, Meer als Finsternis, Schlußlichter,
Schafherden als Gewimmel von grünen Augen im Scheinwerfer,
Hände am Steuer, Asphalt im Mond, Mond über Meer, Meilensteine im Scheinwerfer, Straße, Hände am Steuer, Straße usw.
  Was Svoboda nicht sieht:
  – ihr Gesicht.
  Einmal (so könnte ich mir vorstellen) platzt ihm ein Reifen
auf offner Strecke, Mittag, ein Radwechsel in dieser Affenhitze,
das hat noch gefehlt; er weiß sofort, daß Lila nichts dafür kann,
aber seine Wut, als er das Werkzeug herausholt und die Winde
ansetzt, richtet sich doch gegen dieses Weib, als wäre sie es gewesen, die solche Nägel auf der Straße verliert, es ist lächerlich,
ja, er weiß es, ja, die ganze Reise ist lächerlich... Ich fahre für
drei Wochen weg, um euch jetzt Zeit zu lassen! Das sagt sich
so. Warum gerade drei Wochen? Die Geste (am Morgen nach
den zerschmetterten Whisky-Gläsern) war nicht ohne nüchterne
und daher überzeugende Großartigkeit, aber drei Wochen sind
lang. Um euch jetzt Zeit zu lassen! Sie hat ihn nicht geschickt,
aber auch nicht zurückgehalten; etwas verblüfft war sie schon,
daß er die Sache so ernst nimmt, ernster als sie, und etwas ärgerlich auch, da er für gemeinsame Ferien nie so viel Zeit hat nehmen
können. Drei oder vier Wochen, sagte er, dann werden wir klarer
sehen, sagte er, so oder so, sagte er und küßte sie auf die Stirn,
während Lila, die seine Reise nicht braucht, sich einen andern
Sinn dafür suchte, einen vernünftigeren; sie begrüßt es, daß Svoboda sich einmal einer Kur unterziehe, überarbeitet wie er sei.
Wieso Cadiz? Sie dachte an Bozen oder Engadin. Wieso so weit?
Gesagt ist gesagt, ein Mann ist ein Mann – 110 km vor Cadiz
(oder Brindisi) in der Mittagsglut auf baumloser Strecke, als Svoboda, verschwitzt und verschmiert, das Werkzeug in den Koffer-
raum wirft und ebenso das Rad mit dem platten Reifen, gibt
es kein Zurück, obschon man gerade an dieser Stelle, wie Svoboda sieht, ohne Manöver wenden könnte; möglicherweise liegt

ein Brief in Cadiz (oder Brindisi)...

Was erwartet Svoboda?

Er nimmt die Sache ernster, als sie ist. Seine Reise und seine Briefe vor allem, die nicht ohne Würde sind, nicht ohne Kühnheit und vorwurfslos, Orgien nüchterner Einsicht, nötigen Lila zu einem Ernst, der sie trotzig macht, zu einer Entscheidung, die jedenfalls voreilig sein wird.

Telegramm:

BRIEF FOLGT ÜBERMORGEN STOP DEINE LILA

Svoboda läßt sich die Schuhe putzen.

Ich kenne Cadiz, aber ich war damals nicht allein; die Stadt, vom Land her ein weißer Muscheltraum, ist eine Enttäuschung, sobald man sie betritt, der Strand ist öd, dazu kiesig, das Essen trostlos, wenn man allein ist, erfreulich nur der Jerez...

Ich möchte nicht Svoboda sein.

Svoboda erkennt, daß er seinen Fall nicht ins Allgemeine durchzudenken vermag, und ergibt sich dem Jerez, der Gefühle, ohne sie fassen zu können, ins Recht setzt, also dem Kater...

Zweites Telegramm:

SCHICKE BRIEF NACH BARCELONA STOP FAHRE VORSICHTIG WENN DU IHN GELESEN HAST STOP BERICHTE BITTE RECHTZEITIG WANN DU ANKOMMST STOP LILA

Svoboda fährt wie ein Neapolitaner.

Der Wortlaut des Briefes, der ihn in Barcelona, wo er am Sonntag eintrifft, postlagernd erwartet, aber erst am Montag ausgeliefert wird, ist gleichfalls nicht ohne Würde, nicht ohne Kühnheit der Einsichten, nüchtern (wahrscheinlich empfindet es Svoboda schon als Feindseligkeit, wenn eine Frau ebenfalls nüchtern denkt) und gescheit, wenn auch noch ohne die Entscheidung. Und das genügt, um Svoboda bis in die Knie zu lähmen, so daß er sich setzen muß: Soweit ist es also! Zwar eine Pfeife stopfend, nachdem er den ausführlichen Brief überflogen und in die Tasche gesteckt hat, sitzt er noch immer in der Halle des Postamtes. Hat er, als er durch seine Reise und vor allem in seinen Briefen eine baldige Entscheidung herausforderte, nicht damit gerechnet, daß die Herausforderung angenommen würde? Zwar eine Pfeife rauchend, als sei er nicht entwaffnet und als habe er nichts andres erwartet, sitzt er und schwitzt nicht minder als bei einem Radwechsel am Mittag: – Lila erwägt also allen Ernstes, ob sie mit Svoboda oder mit einem Herrn namens Enderlin leben soll. Oder allein. Ihre Entscheidung, wie gesagt, ist noch nicht gefallen. Sie fühlt sich zu einer Überstürzung verführt, scheint es, nicht durch den andern, sondern durch Svoboda; sie bittet um Geduld, wobei für sie kein Zweifel zu bestehen scheint, daß dieser Herr namens Enderlin (ohne Vorname; der Vorname geht Svob schon nichts mehr an) alles aufzugeben, um mit Lila zu leben, nicht zögern würde. Ihre Gründe, warum sie mit Svoboda nicht leben kann, sind gescheit, nicht lieblos, aber so gescheit, daß sie mit Liebe nicht mehr zu widerlegen sind, Gründe, die offensichtlich nicht neu sind, nur zum ersten Mal ausgesprochen; andrerseits bedarf es keiner Gründe, warum sie mit Enderlin wohl leben könnte, das ist einfach so, Lila braucht diesen andern nicht einmal zu rühmen, nicht einmal zu kennen, und was sie von diesem Mann namens Enderlin meldet, ist wenig, Alter, Beruf, Staatszugehörigkeit und die Tatsache, daß er ihre Gefühle erwidert... Svoboda, als er, nicht ohne den Brief ein zweites Mal gelesen zu haben, so daß er gewisse Sätze schon auswendig weiß, endlich in seinem verstaubten Wagen sitzt, das Schlüsselchen einsteckt, langsam die Kupplung drückt, dann den Motor anläßt, bevor er den ersten Gang einrenkt, alles wie ein Fahrschüler in der Prüfung, eins nach dem andern, wobei er leider nur die Handbremse vergißt, Svoboda ist erleichtert, verwirrt wie nach einem Sturz, aber heil und erleichtert. Ist es nicht stets eine Ermunterung, wenn es scheint, daß das Leben vorwärtsgeht? In Nîmes besichtigt er das antike Theater, das einzige, was er auf dieser langen Reise wirklich gesehen hat. In Vienne (kurz vor Lyon) speist er dreisternig. Zum ersten Mal meint er wie ein Außenstehender, der nicht durch Gefühle gebremst wird, die Zukunft zu wissen, genauer gesagt: nicht die Zukunft, aber das Ende einer Vergangenheit, die in keine Gegenwart mehr mündet. Lila hat recht. Er fährt, seinen linken Arm in den Fahrtwind gehängt, einhändig und gelassen. Lila hat recht. Wie ein Außenstehender, der zwar keinen Rat erteilen will, aber es dennoch tut, weiß er, daß es für dieses Paar nur noch die Scheidung gibt, je rascher um so besser, also mach schon. Er pfeift. Frei für Menschheitsfragen, also erleichtert, nämlich entlassen aus all dem, was man das Private nennt, fährt er nachhaus, schlendernd mit Hundertstundenkilometer durchschnittlich, Vergangenheit hat keine Eile...

Ich stelle mir vor:

Svob, sonnengebräunt nach drei Wochen im offenen Wagen, dazu etwas hagerer, jedenfalls straff im Gesicht, also verjüngt, so daß Lila ihn bei seinem Eintreten kaum wiedererkennt, ist ein Eroberer ohne Absicht, ein Fremder, heiter, weil er nichts zu verlieren hat, daher gewinnend: Lila betrügt mich schon nach einer Stunde, selig, solange er sich keinerlei Rechte anmaßt, nicht einmal ein Recht auf Melancholie. Sie trifft mich kurz am andern Tag, um seine Rückkehr zu melden, damit ich nicht mehr anrufe, kurz und zerstreut, wortkarg, während Svoboda im Morgenrock zuhause seine Post öffnet und pfeift. Es folgt eine halbe Flitterwoche, halb nicht im Gefühl, halb nur als Woche, Glück, das nichts ändert an der entwaffnenden Gescheitheit ihres Barcelona-Briefes; dann ist Svoboda wieder der alte, er möchte wissen, woran er ist.

Ich stelle mir vor:

Das Leben geht weiter, aber nicht vorwärts, und es stellt sich, wenn auch verschwiegen, die Frage, wer daran schuld ist, Svoboda mit seiner lauernden Miene oder Lila, die sich ins Gesellschaftliche verschanzt.

»Svob«, lacht Lila, »bist du geizig?«

»Wieso?«

»Niemand hat Wein.«

»Verzeihung«, sagt er, Lila hat recht, er hat zugehört, wie Lila gerade die Geschichte mit der griechischen Schlange erzählt. Er erinnert sich: es war ein glücklicher Tag damals, ein Liebestag, was die durstigen Gäste nichts angeht, und insofern hat Lila recht, daß sie die Wahrheit verschweigt. Warum aber erzählt sie es dann? Sie erzählt bloß, daß man halt schläfrig war vor Hitze und bloß einen schauerlichen Wein bekam und Sonnenbrand und nicht einmal Zigaretten und nichts, und mitten auf dieser staubigen Straße ihrer ehelichen Reise kringelt sich also die überfahrene Schlange –

Svoboda entkorkt.

Ein Freund von ihr ist unterrichtet, daß Lila für diesen Sommer noch keinerlei Pläne hat, und es ist beiläufig die Rede davon, daß Lila vielleicht nach Kopenhagen gehe. Svoboda hört es zum ersten Mal. Andere scheinen besser unterrichtet zu sein. Es ist aber, wie der Freund weiß, nicht sicher, daß Lila nach Kopenhagen geht; es kann, wie der Freund weiß, auch sein, daß man sich irgendwo ans Meer setzt, nämlich Lila und Svoboda, um

Sommerfrische zu machen (wie der Freund zitiert, weil er ihren Ausdruck lustig findet:) »family style«.

Svoboda gießt ein.

Jemand spricht kurz von Enderlin, der einen Ruf nach Harvard hat, wie man weiß, aber nicht hingehe aus unbegreiflichen Gründen –

Und so weiter!

Svoboda wird immer empfindlicher.

»Dein Rauch!« sagt sie, »warum hältst du immer deine Pfeife so, daß dein ganzer Rauch immer in mein Gesicht kommt?«

Oder:

»Kannst du nicht fahren, daß ich nicht sterbe vor Angst?« sagt sie, »ist das nicht möglich?«

Oder:

»Svob«, sagt sie, »iß nicht soviel.«

Oder:

»Svob«, sagt sie, »schau deine Fingernägel an. Was soll das? Ich bitte dich seit sechs Jahren –«

Oder:

»Hast du wieder meinen Schlüssel genommen?«

»Ich«, fragt er, »wieso?«

»Ich finde ihn nicht.«

Er findet ihn.

»Entschuldige«, sagt sie, »ich habe es vergessen, ich kann auch nicht an alles denken«, sagt sie. »Entschuldige!«

Oder:

»Entschuldige«, sagt sie, »ich habe dir schon guten Morgen gesagt, aber wenn du nicht hörst –«

Oder:

»Svob«, sagt sie, »ich tu ja alles, was du willst.«

Usw.

Dabei ist es wahr, Lila tut alles, was Svoboda will, und sogar die sommerliche Reise ans Meer findet statt...

Was verspricht sich Svoboda davon?

»Family style:«

Ich liege am Strand, eine fremde Zeitung lesend, allein inmitten fremder Leute, es ist ein heißer Mittag, panisch, Sonnenschirme, links dudelt ein Radio, rechts liegt ein Paar, das nicht miteinander spricht: – natürlich nicht Svob und Lila, sondern irgendein Paar! ... Er sitzt im heißen Sand und ölt sich die Schultern; sie liegt

220

bäuchlings auf der Decke, ihr Gesicht nach der andern Seite gedreht. Gelegentlich gehe ich schwimmen, wobei ich übrigens beinahe ertrinke. – Als ich an meinen Platz zurückkomme, ist das schweigsame Paar nicht mehr da, nur ihr bunter Plunder. Es ist dem Mann gelungen, scheint es, die Frau zu bewegen; sie spielen jetzt mit einem Ball, der aber zu leicht ist, Wind krümmt seine Bahn, und der Ball rollt zu mir. Ich gebe ihn zurück. Sie bedankt sich (italienisch) mit einem Gesicht so liebenswürdig-munter, daß sie kaum wiederzuerkennen ist. Eigentlich eine sehenswerte Frau. Wenigstens für diesen Augenblick, da jemand sie beachtet, fast mädchenhaft; sie schüttelt ihr offnes Haar um den Nacken, damit ich's sehe, und hüpft, und ihr Ballwurf, bisher linkisch-müde, ist plötzlich graziös-linkisch. Sie ist gar nicht müde, nur verdrossen nach der andern Seite. Eigentlich eine entzückende Frau, oder wie man's nennen mag, die Munterkeit in Person. Wenn er nicht wäre! Zwar wirft er den Harlekin-Ball gar sorgsam, damit sie ihn sollte fangen können, wie sie ihn vor mir gefangen hat, aber vergeblich; sie paßt nicht auf, schüttelt ihr sehenswertes Haar, wenn er wirft, und dann rollt der Ball halt ins Meer, was verdrießlich ist. Um das Paar nicht durch Beobachtung zu belästigen, schaue ich gradaus: am Horizont raucht ein schwarzer Frachter, Meer wie Stanniol, die Sonne gleißt weiß über der dampfenden Küste. Als sie kurz darauf an ihren Platz zurückkommen, beide stumm, hinkt die Frau; ihre Bewegung, als sie sich setzt, macht deutlich, daß nur er daran schuld ist. Wer sonst hat sie zum Ballspiel genötigt? Ich lege mich auf den Rücken und schließe meine Augen, aber ich höre:

»Natürlich tut's weh!«

Später:

»Was machst du mit dem Sonnenschirm?«

»Schatten.«

»Ich friere«, sagt sie, »entschuldige!«

»Ich dachte, du hast Sonnenbrand.«

Später:

»Lieber«, sagt sie, »sei so lieb und gib mir das Sonnenöl, und wenn du so lieb sein willst, Lieber, und mir den Rücken einreiben kannst, aber so daß es nicht wehtut«, sagt sie, »du mit deinen Händen!« sagt sie. »Au!«

Später:

»Sei nicht bös«, sagt sie, »aber jetzt habe ich wieder deinen ganzen Rauch in meinem Gesicht«, sagt sie, »die ganze Zeit.«

Später:

»Ich bitte dich«, sagt sie, »kannst du nicht aufpassen?«, und da er nicht weiß was los ist, »immer wirfst du Sand auf mich«, sagt sie, und als er bewiesen hat, daß es niemand anders als der Wind gewesen sein kann, der die liegende Dame belästigt hat, und als er den bösen Sand von ihrer Schulter blasen will, »Laß das«, sagt sie. »Warum gehst du denn nicht schwimmen?«

Wie ein Außenstehender, wenn er solche Wortfetzen hören würde, weiß auch Svoboda, daß der unsichtbare Punkt, wo Abschied fällig wird, nicht nur erreicht, sondern bereits überschritten ist, the point of no return, es geht nur noch darum, wer den Abschied vollstrecken kann, um ihn nicht zu erleiden, und beide Teile lauern nur noch auf den Anlaß zum großen Zorn, der handlungsfähig macht; sie wissen es; die Liebe, die zu verabschieden ist, reicht beiderseits schon nicht mehr aus, um den andern nicht mehr zu durchschauen.

Neuigkeit:

Svoboda will Enderlin sehen und sprechen! ... Ich weiß nicht, wie er sich das vorstellt, und als Lila es mir mitteilt, streiche ich mit der Hand über meinen Mund. Sprechen worüber? Svoboda schlägt vor: Donnerstag oder Freitag oder Samstag. Natürlich bin ich bereit, Lila zuliebe, nur Donnerstag geht es keinesfalls, schließlich habe ich meinen Beruf, was Lila versteht. Lila ist überhaupt dagegen, was ich ebenfalls verstehe; sie hat kein Bedürfnis, Svoboda und Enderlin nebeneinander zu sehen. Was erhofft er sich überhaupt davon? Er könne nicht mit einem Gespenst leben, höre ich. Es tut mir leid, daß ich lache. Es wird nicht einmal peinlich sein, unser Treffen zu dritt, nur mühsam, jedenfalls zwecklos. Svoboda tut mir leid. Wenn ich mit einem blanken Nein antworten würde, vielleicht wäre Lila dankbar dafür; aber das geht nicht, würde aussehen, als kneife ich. Also gut! Nur fällt mir dabei gerade ein, daß es auch am Freitag leider nicht geht. Und das ist keine Ausrede. Aber ich erkläre mich also bereit, und wenn Svoboda bis dahin tatsächlich darauf beharren sollte, nun gut, komme ich gelegentlich zu einem Aperitif. Warum grad ein ganzes Abendessen? Ich werde wenig zu sagen haben; ich liebe seine Frau. Warum tut er, als wisse er das nicht, und will, daß ich es ihm sage? Was er zu sagen hat, kann ich mir vorstellen, und wenn er noch so gefaßt, so würdig-aufgeklärt,

222

so kameradschaftlich zu sprechen vermag, ändert es nichts daran, daß seine Frau zurzeit einen andern liebt. Das ist nun einmal so. Ich glaube wirklich, ein Aperitif genügt. In einer Bar wäre es mir lieber, aber ich verstehe: ich soll das Svoboda-Lila-Heim sehen, als kennte ich es nicht. Also gut. Also Samstag um sechs Uhr, ich werde antreten. Svoboda am Bar-Boy, den ich kenne, wird uns je einen Whisky bereiten, Whisky on the rocks oder mit Soda, je nach Wunsch, während er selbst ein Mineralwasser trinkt. Vielleicht wird Svoboda nicht verstehen, was Lila an mir findet –

Die Brandung war nicht besonders stürmisch, zwei oder drei Brecher mannshoch, bevor sie sich überschlagen in Gischt und Getöse, und dann, nachdem ich die Brecher untertaucht und ihr Gedonner einmal hinter mir hatte, Wogen ohne Gischt groß und glatt, ein wonniges Schwimmen, kampflos Woge um Woge hinauf und hinab und wieder hinauf, manchmal beginnt eine Kuppe zu kräuseln, aber ohne sich zu überschlagen, ein leichtes Schwimmen, Woge um Woge bierflaschen-grün mit einer zischelnden Rüsche von Sonnenglitzer, und wäre ich nicht allein gewesen, man hätte gejauchzt, die Mulden danach sind glatt und tintenblauschwarz mit weißlichen Mustern von Schaum. Einmal schluckte ich Wasser. Ich war der einzige Schwimmer, hinter mir das dumpfe Gedonner der Brandung, draußen die Stille, Mittag, Sonne, die blendete: aber wie aus einem violetten Nachthimmel. Ab und zu, wenn eine Woge mich hob, sah ich draußen einen Frachter am Horizont, rückwärts den flachen Strand mit seinen kunterbunten Sonnenschirmen nicht allzu fern, doch jenseits der Brandung, die gelbe Flagge flatternd an einem Mast und über den landwärts fliehenden Wogen, wenn sie hinter ihrem Gischt zusammenbrachen, fernhin das Land, Gebirge hinter milchigem Dampf, rosa... Als ich zum Ufer zurückschwamm, keineswegs müde, es waren kaum noch dreißig Meter, ich hoffte schon abstehen zu können: plötzlich kein Boden, sondern ein Klumpen von braunem und schwarzem Tang, so daß ich schwimmen mußte, jetzt überrollt von den Wogen, die mich untertauchten, nicht weitertrugen, jetzt mitten in den Brechern, aber ohne Boden zu finden, jetzt kämpfend mit allen Leibeskräften, ohne weiterzukommen gegen den Sog des zurückflutenden Wassers. Ich verlor den Atem vor Angst, aber wollte es noch nicht glauben, nicht um Hilfe rufen dreißig Meter vor dem Strand mit seinen Sonnenschirmen. Niemand hätte es gehört. Kaum hatte ich wieder Atem, schlug mich der nächste Brecher. Noch wehrte ich mich, dabei gewiß, daß es aus ist, eigentlich nicht überrascht, einmal hat das kommen müssen, warum hier, warum so, warum jetzt, das Bewußtsein, daß es jetzt aus ist, als Bewußtsein von etwas Lächerlichem, ich wehrte mich nur noch gegen das Lächerliche, bis das Bewußtsein mich verließ – plötzlich Sand… Als ich ans Ufer watete, schämte ich mich. Dabei hatte mich niemand gesehen. Am Ufer, jetzt möglicherweise gesehen, tat ich, als suchte ich Muscheln. Um meine Erschöpfung nicht zu zeigen. Dann mußte ich mich doch setzen. Ich ölte meinen Körper, Blick aufs Meer, Sonne, am Horizont der rauchende Frachter, ein blauer Mittag wie irgendeiner. Ich versuchte zu denken: Jetzt ersoffen sein? – und es fiel mir nichts dazu ein… Ich ölte meinen Körper sorgsam, die Schultern und die Waden, die Schenkel auch und die Brust und die Stirne und die Arme und nochmals die Waden; links dudelte ein Radio, rechts lag das italienische Paar mit dem Harlekin-Ball, das sich ödete, »family-style«.

Eine Geschichte für Camilla:

 von einem Mann, der immer wieder einmal entschlossen ist, seinen Lebenswandel zu ändern, und natürlich gelingt es ihm nie… Als er wieder einmal heimwärts flog, einer, der nicht mehr hinausguckt, wenn die Maschine draußen auf der Piste steht und auf die Starterlaubnis wartet, und der seine Zeitung schon vor dem Start entfaltet, las er in einem heimatlichen Morgenblatt, das, im fremden Flughafen gekauft, natürlich etwas veraltet war, zufällig seine eigene Todesanzeige. Niemand hatte ihm seinen Hinschied mitgeteilt; niemand hatte gewußt, wo er sich in diesen Tagen befand, nicht einmal seine Frau. Er selbst, kaum hatte er seine Todesanzeige wahrgenommen, guckte nun doch zu dem runden Fenster hinaus; aber an Aussteigen war nicht mehr zu denken, die Piste flitzte vorbei, und eben hob sich die Maschine vom Boden steilauf. Noch sah er Wiesen, Gehöfte von oben, Kiefernwald, mit Straßen, ein Fuhrwerk auf einer Straße, kurz darauf einen Bahnhof mit Geleisen, aber schon wie ein Spielzeug. Dann Nebel. Ein Glück, daß niemand neben ihm saß; er hätte sich kaum getraut das Morgenblatt nochmals aufzuschlagen. Nicht bloß der Name, schwarz umrahmt, war genau der seine; auch die Namen der Hinterbliebenen stimmten. Offenbar erbleichte er trotz besseren Wissens. Die Stewardeß lächelte, als sie fragte, ob sie irgend etwas für ihn tun könnte, und schraubte an der Zuluftdüse über ihm. Er ließ sich einen Fruchtsaft geben. Das Morgenblatt war von vorgestern, seine Todesanzeige darin dreifach, als wollten sie jeglichen Zweifel ausschließen: eine im Namen der Familie, eine im Namen des Verwaltungsrates, eine im Namen eines Berufsverbandes. Gott kam nur in der Anzeige der Familie vor, hingegen waren alle sich einig in bezug auf die Todesursache: Ein tragischer Unfall. Genaueres war aus dem Morgenblatt nicht zu erfahren, wie oft er es auch wieder las, seinen Fruchtsaft trinkend. Vielleicht hat, wie schon einmal, ein Strolch seinen Wagen genommen, diesmal um gegen einen Tanker zu fahren und sich aufs Unkenntlichste zu verbrennen. Begräbnis heute. Das heißt, es reichte dem Mann, wenn das Flugzeug keine Verspätung haben sollte, gerade noch zu seinem Begräbnis –

Nie flog ein Jet so langsam.

Sein Leben zu bedenken, das er auf Erden geführt hatte, vielleicht versuchte er's, während man über den besonnten Wolken flog; aber es gelang ihm nicht, und als sie das Tablett brachte, die Hosteß mit ihrem unentwegten Lächeln, schüttelte er nur den Kopf; er konnte nicht essen, eigentlich auch nicht denken, nur immer wieder auf seine Uhr blicken – während die Witwe jetzt ihren schwarzen Schleier über das verweinte Gesicht zog...

Endlich krächzte der Lautsprecher.

NO SMOKING.

Die Maschine, von Böen geschüttelt, so daß die Flügel wippten, kreiste noch mindestens zwanzig Minuten im Nebel; zum ersten Mal hatte er Angst.

Wie erwartet:

sein Wagen war einfach nicht mehr da; der Parkwärter, dem er sein Park-Ticket zeigte, konnte es nicht ändern und verwies ihn an die Polizei –

Er nahm ein Taxi.

Ohne sein Gepäck einzulösen.

225

Er war der erste auf dem Friedhof; natürlich hatte er sofort, kaum gelandet, zuhause angerufen, aber vergeblich, die Trauernden waren schon unterwegs. Ein Gärtner, der das faule Laub von den Wegen rechte, sonst war noch niemand auf dem Friedhof. Er las die Schleifen an den Kränzen. Ein regnerischer Tag. Vielleicht waren gewisse Schleifen, die er vermißte, drinnen auf dem Sarg; aber einzutreten in das Krematorium, um nachzusehen, wagte er nicht, zumal er einen hellen Regenmantel trug. Natürlich wollte er die Sache aufklären, das war seine Pflicht. Als er sich bei einem Wärter nach dem Namen des Dahingegangenen erkundigte, nahm er seine Pfeife aus dem Mund, etwas ratlos, dann immer verwirrter, als kurz darauf die ersten Wagen vorfuhren. Er trat, als sei er fehl am Platz, hinter eine Zypresse, etwas erschüttert war er schon: alle in Schwarz, ihr langsamer Gang in stummen Gruppen oder einzeln, es kamen ziemlich viele, und manche kannte er gar nicht, Leute, die vermutlich eine Gilde oder Firma vertraten, auch Kinder aus der Nachbarschaft, Freunde, die er lang nicht mehr gesehen hatte, alle in Schwarz, während er, als einziger in einem hellen Regenmantel, hinter der Zypresse stand, seine Pfeife in der Hand. Der Augenblick, um vorzutreten, war eigentlich schon verpaßt. Soviele waren es schon, einige weitergereist. Übrigens brauchte er sich nicht besonders zu verstecken, da alle, wenn sie auf dem knirschenden Kies vorbeigingen, auf den Boden blickten, Trauernde und solche, die Trauer spielten. Die einander kannten, nickten nur verhalten. Und niemand rauchte, natürlich nicht, so daß auch er unwillkürlich seine erloschene Pfeife in die Tasche versteckte. Das war schlecht; denn damit anerkannte er die Veranstaltung, noch bevor die verschleierte Witwe gekommen war, und konnte nur noch zuschauen, wie alles seinen Gang nahm, ohnmächtig. Die Rührung, die ihn beim Lesen der verregneten Schleifen beschlichen hatte, war vorbei; jetzt empfand er das Ganze als eine Verschwörung. Die Witwe kam, wie erwartet, unter einem schwarzen Schleier, gestützt von zwei Schwägern, die dabei aufrecht gingen und würdig-nüchtern und sie vor Grüßen schützten, indem sie, stellvertretend, dahin und dorthin sparsam nickten. Zu hören war nichts als das Knirschen der anfahrenden Wagen im Kies, das Klappern der Wagentüren, dazwischen das Tropfen von der Zypresse herab. Und jetzt vorzutreten in einem hellen Regenmantel, wer wagt das schon. Auch hörte man kurz darauf schon die Orgel. Als letzter zu folgen, eigentlich blieb dem Mann nichts andres übrig, wenn die Veranstaltung schon nicht mehr aufzuhalten war: als letzter zu folgen, um die Trauerrede zu hören, das wäre durchaus gegangen; in einem Krematorium sehen die Leute sich nicht um, wenn sie in den Bänken einmal Platz genommen haben, und der Verstorbene, wenn er sich nur ruhig verhält, könnte durchaus an der Tür stehen. Er wartete nur noch die letzten Nachzügler ab. Der Wagenpark, die Orgel, all das ließ ihn nicht gleichmütig; vor allem die Orgel. Es kamen immer noch mehr, in der Tat, mehr als es Sitzplätze gab; manche mußten in der Türe stehen, Hut in der Hand, sogar draußen. Es ging also nicht; sie hätten ihn gesehen, wenn er sich durch die Türe gedrängt hätte, um die Trauerrede zu hören. Jetzt war die Orgel verstummt. Er aber hörte nur das Tropfen von der Zypresse herab, jetzt wieder die Pfeife im Mund, allerdings ohne zu rauchen, und wußte nicht recht, was man in seinem Fall jetzt tun sollte. Ins Kino gehen oder nachhaus? Er erkundigte sich bei einem Fahrer, wohin die Trauergemeinde nachher zu fahren gedenke, und ging zu Fuß, Hände in den Hosentaschen, einer, der plötzlich zuviel Zeit hat, lungernd und müßig, während ein Pfarrer, der ihn nie gekannt hatte, seine Biographie verlas; ein Mann im hellen Regenmantel. Einmal blieb er stehen; er schaute zu, wie Buben Fußball spielten zwischen Schrebergärten, und wartete auf einen Ball, der über den Zaun fliegen würde. Das hätte ihn gelockt, Fußballspielen am Tag seines Begräbnisses. Es kam aber kein Ball für ihn, und als er weiterschlenderte, trat er eine leere Konservenbüchse, so daß sie wie ein Fußball flog, dann über eine Böschung kollerte, scheppernd, während die Trauergemeinde mit gesenkten Häuptern, neuerdings von der Orgel getröstet, seiner gedachte. Halb war er froh, daß er seine Biographie nicht hatte anhören müssen, halb verdroß es ihn, daß er nichts dazu sagen konnte. Jetzt stand er in der Wirtschaft, wo die Trauergemeinde sich nachher zu versammeln gedachte, und trank einen Grappa, dann ein Bier, dann einen zweiten Grappa, ohne seinen Mantel abzulegen. Ein unmögliches Etablissement, fand er, ein Café im Heimatstil. Für den Leichenschmaus war das obere Stockwerk bestellt. Es dauerte lang, bis der Strolch eingeäschert war unter seinem Namen. Was immer ihm einfiel, beispielsweise daß er im obern Stockwerk sitzen könnte, wenn die Trauergemeinde kommt, ging natürlich nicht aus Rücksicht auf die Witwe, die in diesen letzten drei Tagen wirklich etwas durchgemacht hatte. Auch war ihm selbst, offengestanden, nicht witzig zumute. Er war wirklich ratlos. Vermutlich machte er sich Vorwürfe, daß er nichts von seiner Flugreise gesagt hatte, und bestellte noch einen Grappa, blätterte in den Zeitungen von heute, ohne jedoch einen Nachruf zu finden; schließlich wechseln die Zeitungen von Tag zu Tag. Als die Leute, eben noch als Trauergemeinde angesprochen, in beruflichen Gruppen und in familiären Gruppen oder auch durch den Anlaß unvereinbar-vermischt die Treppe hinaufgingen, redeten sie mit alltäglichen Stimmen, jedoch wenig. Jeder wollte allen andern die Türe halten. Sicherlich waren auch zwei oder drei wirkliche Freunde dabei, denen er diesen Leichenschmaus gern erspart hätte, diese schwarze Peinlichkeit, die sie nicht ihm zuliebe, sondern seiner Familie zuliebe auszustehen sich verpflichtet fühlten. Warum kamen sie nicht ins untere Stockwerk! Es machte ihn traurig. Als er später, offenbar betrunken, an die Juke-Box gegangen war, um eine schmetternde Schnulze loszulassen, dauerte es nicht lang, bis der Wirt, übrigens auch in Schwarz, herunterkam und ihn zurechtwies, begreiflicherweise. Aber die Juke-Box, einmal in Betrieb gesetzt, war nicht abzustellen; sie mußten die Schnulze doch zu Ende hören. Wie es im obern Stock zuging, konnte er sich denken: würdig, ein Tisch in Hufeisenform, die Witwe jetzt ohne Schleier, aber verweint, ein schlichter Imbiß, Schinken und Clevner-Beerli, dazu Erinnerungen persönlicher Art. Einigen wird man schon fehlen, andern wiederum weniger als sie meinen. Eine Frau, die sich auch in der Erinnerung nie mit ihm versöhnen wird, war sicherlich nicht dabei, und das erleichterte ihn, überhaupt hatte die Gesellschaft da oben wenig mit seinem Leben zu tun, konnte ihm gleichgültig sein, gleichgültiger als man es zu Lebzeiten zeigen darf. Als er auf die Toilette gehen mußte, die sich im obern Stockwerk befand, war zum Glück niemand im Vorraum. Er mußte sich übergeben. Als dann jemand kam, war seine Türe verriegelt. Der Trauernde entfernte sich. Plötzlich fühlte er sich sehr elend, der Mann hinter der verriegelten Tür, fürchtete, daß er die Tür nicht mehr öffnen könnte, wollte aber nicht rufen. Sicherlich plauderten sie jetzt im Saal schon ganz natürlich, nur die Witwe schwieg, was jedermann verständlich war, aber die Stimmung dämpfte. Einmal hörte er Stimmen draußen im Vorraum, zwei Männer nebeneinander vor der Schüssel,

228

sie redeten über Berufliches, was auch den Mann hinter der Tür interessierte, und wuschen sich ausführlich die Hände, trockneten sich ausführlich die Hände, um länger über Berufliches reden zu können, endlich ein Witz auf der Schwelle – nicht über den Toten, versteht sich, sondern weitab davon... Der Mann war froh um den Witz, den er zwar schon kannte. Jetzt hätte er in den Saal treten können: Das Leben geht weiter. Im Saal wäre jetzt die richtige Stimmung dafür gewesen. Aber er war zu elend, leider, und es blieb ihm nur die Straße, wo es regnete.

Sein Gepäck lag noch im Flughafen.

So fühlte er sich ledig.

Gegen Mitternacht, nachdem er sich in einem Wartsaal ausgeschlafen hatte und nüchtern war, wurde er nochmals traurig. Obdachlos in der Vaterstadt, das geht an die Nerven. Zwar hätte er in ein Hotel gehen können. Zimmer mit Bad; ohne Gepäck, aber mit Geld. Und mit einem Paß. Als wüßte jeder Concierge, wer heute eingeäschert worden ist, scheute er sich. Die Kinos waren aus. So hockte er auf einer öffentlichen Bank hutlos im Regen, erschöpft, fröstelnd, langsam belustigt darüber, daß er lebte, und plötzlich bereit zu einem Fest, ja, zu einem ganz verrückten Fest. Aber mit wem? Hutlos im Regen allein, nachdem er die Einladung einer Straßendame höflich ausgeschlagen hatte, entdeckte er, daß er die wenigen Menschen, die nach diesem Tag noch als Freunde in Frage kämen, seit Jahr und Tag vernachlässigt hatte, und es ging nicht, daß man sie jetzt, kurz nach Mitternacht, heimsuchte wie ein Geist aus dem Grabe. Vielleicht hätte der eine oder andere sich gefreut. Er gedachte ihrer mit Reue. Aber Reue war kein Ort, um sitzen zu bleiben, und irgend etwas mußte geschehen. Als er schließlich in eine Kabine trat und zuhause anrief, nahm niemand ab; wahrscheinlich schlief die Witwe bei den Schwägern, das heißt, bei ihren Brüdern, die nie viel übrig hatten für diesen Schwager. Man kann's ihnen nicht verargen. Der Mann im hellen Regenmantel, der jetzt in der öffentlichen Kabine stand, paßte nie richtig in die Familie; er wußte es selbst. Sie hatten diese Heirat nie ganz verstehen können. Erschüttert von ihrer Trauer – der eigentliche Zusammenbruch kommt meistens erst nach dem Begräbnis – sagten sie wahrscheinlich auch jetzt nicht, was sie schon all die Jahre gedacht hatten, sondern trösteten die Unglückliche. Zum Glück waren da keine Kinder. Sie trösteten, indem sie die Unglückliche verstanden; sie widersprachen nicht, als sie schluchzte und schluchzte und redete wie die Portugiesische Nonne: nicht von ihm, sondern von ihrer Liebe...

Jedenfalls nahm niemand ab.

Der Mann im hellen Regenmantel, als er den Hörer schließlich aufgehängt und die wieder herausfallende Münze eingesteckt hatte, versicherte sich, ob er die Hausschlüssel habe, und nahm ein Taxi, fuhr nachhaus. Er wollte schlafen. Die Wohnung war dunkel; er machte Licht und stand da... es war komisch: – die sieben Teetassen auf dem Tisch, ihre letzte Stärkung vor dem Begräbnis, dazu die Blumen überall, eine Schachtel voll Beileidskarten und Briefe mit schwarzem Rand. Einige las er, ohne sich zu setzen, mit schrägem Kopf. Jemand hatte seine schwarze Melone vergessen. Sonst alles wie immer, abgesehen von den offenen Schubladen; man hat Dokumente gebraucht, versteht sich, ein Testament gesucht und gefunden. Um dann trotzdem einen Pfarrer sprechen zu lassen. Nun gut. Er machte Licht im Schlafzimmer: das Doppelbett, ihr schwarzer Schleier darauf. Er löschte das Licht. Eine Katze, die in ihrem Korb schlief, war das einzige Lebewesen zuhaus. Er machte Licht in der Küche, nahm sich ein Glas aus dem Schrank und füllte es mit Wasser, trank, füllte es nochmals. Wieder im Wohnzimmer, das Glas in der Hand, blickte er sich nochmals um, ohne seinen Regenmantel auszuziehen, die andere Hand in der Hosentasche, um nicht einzugreifen in seine eignen Sachen, die da aus der Schublade geräumt waren: Bündel von Briefen, Quittungen, ein Sportabzeichen von einst, Steuerbelege, eine Police der Unfallversicherung, Fotos, eine Ehrenurkunde. Plunder. Verwundert über all diese Zeugnisse einer Anstrengung, die plötzlich überholt ist, trank er sein Wasser, verwundert auf eine angenehme Weise. Als die Katze, inzwischen aufgewacht, ins Zimmer schlich, erschrak er; dann lachte er ein wenig, gab der Katze ein Biskuit vom Teetisch der Leidtragenden. Er blieb nicht lang in der Wohnung, hatte hier nichts zu bestellen, schien ihm, nichts anzurühren. Erst als er einen Zinnbecher sah mit sieben Pfeifen drin, konnte er's nicht lassen und suchte die beste heraus, steckte sie in seine Manteltasche, nicht ohne die Pfeife, die er bisher in der Manteltasche hatte, dafür in den Zinnbecher zu stecken. Und damit hatte es sich eigentlich. Dann nochmals ein Rundblick über alles, dann löschte er das Licht. Im Treppenhaus meinte er etwas gehört zu haben, versteckte sich sofort in einer Nische, eine Weile atemlos. Schritte treppauf! Aber dann hörte er eine Tür im untern Stock, dann Stille. Wie ein Liebhaber auf Fußspitzen, besorgt nach jedem Girren der Treppe, erreichte er die Haustür ungesehen; er öffnete sie behutsam. Der Regen hatte aufgehört. Er stülpte seinen Regenmantelkragen auf, schaute an der Fassade empor, ging – Außer daß er in der Küche versehentlich das Licht hatte brennen lassen, fand man keine Spuren von ihm; das Wasserglas auf dem Schreibtisch war nicht auffällig; sein Hausschlüssel lag im Briefkasten, was unerklärlich blieb...

Svoboda beschäftigt mich noch immer.

(– weil ich ihm Unrecht getan habe. Man kann einen Menschen nicht bloß in seiner Beziehung zum andern Geschlecht vorstellen, einen Mann nicht; die meiste Zeit unseres Lebens verbringen wir mit Arbeit.)

Ich stelle mir vor:

Svoboda in einem weißen Arbeitsmantel. Die beiden Zeichner, deren Arbeit er prüft, merken ihm nichts an. Svoboda wie jeden Morgen. Er sitzt, seine behaarten Hände links und rechts auf die Ecken des Zeichentisches gestützt, nachdenklich, während die beiden Angestellten, gespannt auf sein Urteil, links und rechts neben Svoboda stehen. Etwas scheint ihm nicht zu gefallen; eine Proportion vielleicht, er weiß es nicht sofort, nimmt einen Maßstab, mißt, schweigt, sieht und weiß: So geht's nicht. Schade. Svoboda nicht ärgerlich, nur nachdenklich: man müßte eine Idee haben. Eine andere. Also nachdenklich, aber ohne Vorwurf; schließlich ist es seine eigene Idee gewesen, was da säuberlich mit hartem Stift und maßstäblich aufgezeichnet worden ist in Grundriß und Aufriß. So geht es also nicht. Immerhin eine Einsicht. Und man gibt auf, was nicht geht; das ist Arbeit, das ist gut. Svoboda mit seinen behaarten Händen auf den Ecken des Zeichentisches, während man sozusagen in team-work auf eine Idee wartet, blickt zum Fenster hinaus, indem er grad an etwas anderes denkt – an den gestrigen Abend mit Lila – aber nicht lang... Das hier, Projekt für einen öffentlichen Wettbewerb, ist dringender, und er bittet um eine Rolle Pauspapier, die er gelassen ausrollt, ferner um einen Stift, einen weichen, einen B 5.

Vielleicht hat der Zeichenstift plötzlich eine Idee. Dann ein zweites Pauspapier, ein drittes, das er gelassen verzeichnet, ein viertes. Gelassen. Dabei mit gespanntem Blick, aber gelassen; nämlich es muß eine Lösung geben. Svoboda ist kein Tausendsassa, immerhin ein Mann vom Fach, ein gelernter Arbeiter, und was er an diesem Vormittag (nach der nächtlichen Böllerei mit Whisky-Flaschen) zu Papier bringt, ist schon besser, wenigstens klar; die beiden Angestellten, jetzt wieder vorgebeugt mit schrägen Köpfen, um seine Skizze zu lesen, beginnen zu nicken... Anderes kommt dazwischen, ein Anruf von einer Baustelle, Svoboda entscheidet; später hört man ihn lachen; später muß Svoboda zu einer Behörde, während die beiden Angestellten ein frisches Papier aufspannen und ihre Minen spitzen, und am Nachmittag sehe ich ihn neuerdings in seinem weißen Arbeitsmantel, seine behaarten Hände auf den Ecken des Zeichentisches: was er am Vormittag skizziert hat, scheint tatsächlich eine Idee gewesen zu sein, wenn auch zu schüchtern, findet er, maßstäblich zu schüchtern, so daß Svoboda nochmals ein knisterndes Pauspapier drüber rollt, und jetzt, siehe da, ist es nur noch eine Frage von Überstunden. Wenn man eintritt, von einer Sekretärin gemeldet, sieht man seine braune Glatze von hinten, ich warte, bis die Angestellten ganz begriffen haben, bis er sich langsam auf dem drehbaren Sessel dreht und dann sich erhebt, die Hornbrille abnimmt.

»Stör ich?« frage ich.

Seine Hände waschend, dann trocknend, ein Brocken von Mann, um den man nicht fürchtet, bezeichnet er meinen Besuch als willkommen, obschon seine Gedanken offensichtlich noch auf dem Pauspapier sind, herzlich, und ich glaube ihm, da er mich sogleich auf ein Modell verweist, um die Meinung eines Laien zu hören.

»Du entschuldigst«, sagt er –

Ich sehe:

Svoboda, den Hörer zwischen Ohr und Schulter geklemmt, zieht eine Rollschublade heraus, blättert in einem Eternit-Katalog, während er redet, und bittet die Sekretärin, daß sie einen Kostenvoranschlag bringt; dazwischen seine Frage:

»Was hältst du von der Raumbühne?«

»Nichts«, sage ich, »nicht viel.«

Vielleicht spreche ich mit Svoboda darüber, wenn er Zeit und

Ruhe hat, vielleicht nachher im Wagen; jetzt bleibe ich in der Hocke vor seinem Modell, das mir sehr gefällt. Ein Arbeitsmodell, so höre ich, das sich noch ändern wird. Dies nebenher. Die Eternit-Diskussion, die ihn offenkundig verdrießt, dauert lang. Als er den Hörer endlich aufgelegt hat und den Eternit-Katalog zusammenklappt, sagt er:

»Kram.«

Ich sehe Svoboda, wie er, nicht ohne einen Blick auf die Armbanduhr, seinen weißen Arbeitsmantel auszieht, dann seine Jacke nimmt, jetzt stumm; die Eternit-Sache scheint sehr ärgerlich zu sein.

»Danke«, sagt er, »– mir geht's glänzend.«

Bevor wir aber gehen können, ich habe meine Hand schon auf der Klinke, aber keine Eile, geht Svoboda noch in einen andern Raum, wo Menschen in weißen Arbeitsmänteln, teils sitzend, teils im Stehen, gebeugt über Reißschiene oder Rechenschieber, an lösbaren Aufgaben arbeiten, ein ebenso schneehelles Atelier; ein alter Techniker soll das ganze Projekt (soviel ich aus dem Telefon erraten habe, handelt es sich um ein Parkhaus) umrechnen auf Eternit, ja, leider.

»Und du?« fragt Svoboda im Wagen, »du bist ja in Jerusalem gewesen«, fällt ihm ein, »was hast du denn da gemacht?«

Ich sehe:

Svoboda am Steuer, beide Hände oben, wie wenn man auf einer Langstreckenfahrt einmal ausspannt, sein übernächtigtes Gesicht, aber wach; ein vernünftiger Fahrer; er überholt bei Gelegenheit sofort, ohne im Gespräch dabei auszufallen, und wenn's nicht geht, fährt er langsam ohne Nervosität; man hat das Gefühl, als steuerte nicht er, sondern die Straße, während er redet.

Kein Ton über Lila.

Unterwegs sehe ich eine Baustelle und Svoboda, wie er über die wippenden Bretter geht, Rohbau nach Feierabend, eine Betonmaschine, die schweigt und tropft, daneben Säcke mit Portland-Zement, eine Latrine unter einem blühenden Kirschbaum, Schubkarren, eine Baracke mit einem papiernen Plakat unter Drahtgeflecht: DAS BETRETEN DER BAUSTELLE IST UNBERECHTIGTEN STRENGSTENS UNTERSAGT. Svoboda im Mantel. Was er als Wohnzimmer bezeichnet, ist ein Dschungel aus senkrechten Rundhölzern und Latten, Versprießung genannt, die Decke ist heute betoniert worden, Sacktücher drauf, es tropft. Überall Material:

233

Rollen von Dachpappe, anzufühlen wie Schmirgelpapier, eine Wassertonne mit Kirschblüten auf dem schmutzigen Wasser, Schaufeln, Bündel von Armierungseisen im Gras, Hügel von braunem Humus mit Unkraut darauf, Stapel von Backsteinen blaß-rosa wie die Dämmerung. Einmal zieht Svoboda einen gelben Klappmeter heraus. Ein Öltank, der neben seiner Grube wartet, und Tümpel überall, Bretter mit der Klischee-Schrift: *Scotoni & Co.,* ein Schnurgerüst mit Senkblei, Rohre braunglänzend wie frische Roßkastanien, Kanalisation, ein Sammler aus Zement, darüber ein Dreibock mit Flaschenzug, ein Haufen von Kies neben Birken, die einen Mantel aus Latten haben, und Bierflaschen im Gras, Papier von leeren Zementsäcken. Svoboda blickt ganz zufrieden.

»Ja«, sagt Svoboda, »gehen wir?«

Zuhause:

»Was trinkst du«, fragt er, nicht ohne sich bedankt zu haben für das Eis, das Lila gebracht hat, und für die Whisky-Gläser, die er am Vorabend nicht in den Kamin geschmettert hat, »du mit deiner Leber?«

»Whisky.«

»Siehst du«, sagt er, »er findet es auch einen Quatsch, dieses Gerede von der Raumbühne –«

Das also ist sie.

Ich erzähle von Jerusalem...

Lila ist doch eine Schauspielerin!

Wenn ich Svoboda wäre:

Ich würde mein Gewehr aus dem Schrank holen, Armeegewehr, und mich auf den Bauch legen, vielleicht nochmals aufstehen, um die Jacke auszuziehen, ferner nehme ich die Pfeife aus dem Mund, bevor ich mich neuerdings auf den Bauch lege und dann den ersten Lader in das Gewehr drücke mit dem Daumen, alles wie gelernt, Verschluß zu, alles in Ruhe. Einen Augenblick lang, als ich das Gewehr nochmals niederlege, sieht es aus, als zögerte ich, als erkennte ich den Unsinn meiner Veranstaltung; aber ich

234

lege das Gewehr nur nieder, weil mir die Hosen spannen, ferner muß ich meine Brille putzen, bevor ich das Gewehr entsichere, dann Kolben an der Wange, dann zielen – in aller Ruhe – beispielsweise auf die Louis-Quinze-Uhr. Erinnerst du dich? Weiß und rund wie eine Zielscheibe, Porzellan mit goldenen Zeigerchen: Tack! und Verschluß auf, damit die leere heiße Hülse herauspurzelt, hoffentlich verbrennt sie unsern Teppich nicht, Verschluß zu, wichtig ist ruhiges und regelmäßiges Atmen, während ich ziele beispielsweise auf den venezianischen Spiegel, Druckpunkt, mein Auge mit gestrichenem Korn auf mein Spiegelauge, dann langsames Krümmen des Zeigfingers: Zirr! und wieder Verschluß auf, Verschluß zu, alles wie gelernt, nur keine Hast, während ich ziele – diesmal vielleicht auf den Hi-Fi-Lautsprecher, der immer noch Schubert spielt, Trio No. 1, und nicht mit dem Auge zucken, bevor man abdrückt: Pumm! Ich öffne die Krawatte, bevor ich zu feineren Aufgaben übergehe, und spanne den Gewehrriemen um den linken Ellbogen, um nicht zu zittern. Triff einmal den Nagel, woran dein Bildnis hängt! Ich verbrauche vier Patronen, bis das Bildnis auch nur baumelt. Bin ich betrunken? Ich muß nachladen, Griff zurück, Lader hinein, Griff zu, alles wie gelernt, Gewehr in die Achsel. Wie wäre es mit Büchern? Meine Wange genießt die Kühle des Kolbens, während ich auf Miller ziele. Puff! Ich höre lange schon Stimmen auf der Straße, Rufe, aber ich bin hier zu Haus. Verschluß auf, Verschluß zu, weiter. Die da rufen in der Straße, was geht es sie an! Ich wage mich unterdessen an schlankere Ziele, beispielsweise die Briefe einer Portugiesischen Nonne. Dazu brauche ich drei Patronen. Es steht nicht dafür, scheint mir, ich finde die Bar ein besseres Ziel: Whisky-Ping, Gin-Pong! Das klirrt, und wie jedesmal eine heiße Hülse heraushüpft, wenn ich den Verschluß aufreiße, finde ich lustig; ich verstehe nicht, warum jetzt das Telefon schellt. Ich stutze, aber ich sehne mich nach niemand. Das Telefon schellt und schellt, bis ich darauf ziele: Tack! und noch ohne zu ahnen, was mein nächstes Ziel sein soll, quetsche ich den nächsten und vorletzten Lader hinein, Verschluß zu, Kolben an die Wange. Stille. Es ist ausgeschlossen, daß du mich angerufen hast. Wie kämest du dazu? Du liegst bei dem andern, und ich muß weitermachen. Oder war es ein Dritter, ein Unschuldiger, der angerufen hat, um in deinem Auftrag (ungern; aber was tut man nicht alles für dich) zu melden, daß du deinen Zug verpaßt hast?

Ich glaub's. Wie wäre es mit dem Schlüsselloch an deiner Schublade? Aber deine Geheimnisse sind überholt; ich ziehe vor: Das Lederpolster. Piff-Paff-Puff! Eine dumpfe Büffeljagd. Dann ein beschämender Fehlschuß auf den tönernen Inka-Hund aus Peru, und schon wieder muß ich nachladen. Blick ins Gelände, wo wir zuhause waren. Bis zur letzten Patrone, ja, daran ist nicht zu zweifeln; Rückzug nicht mehr möglich. Wie wäre es mit den Glühbirnen? Für vier Glühbirnen brauche ich fünf Patronen, und aus der Finsternis regnet Gips; die letzte Patrone gilt dem Mond, der das Glühbirnenlicht sofort zu ersetzen versucht und sich hinter der Fensterscheibe offenbar gesichert meint: Kirr! und dann steht da ein Polizist, der das Glück hat, daß keine Patrone mehr im Lauf ist, und der, ausgerüstet mit einer schamlos blendenden Taschenlampe, meine Personalien erfragt...

Aber ich bin nicht Svoboda.

Mein Name sei Gantenbein.

Meine Geschichten für Camilla – eines schönen Morgens wird das zu Ende sein, meine letzte Manicure.

»Sie mit Ihren Geschichten!«

Sie lacht, während sie gerade den linken Daumen von Gantenbein in Arbeit nimmt, lacht kurz und ohne aufzublicken, so daß Gantenbein bloß ihren wasserstoffblonden Schopf sieht, und übrigens ist dieser Schopf nicht wasserstoffblond, nicht mehr. Vielleicht schon lang nicht mehr. Gantenbein hat aufgehört sie zu sehen, scheint es, sie wirklich zu sehen.

»Camilla«, frage ich, »was ist los mit Ihnen?«

Ihr Bedarf an Geschichten ist gedeckt; Camilla hat selbst eine Geschichte, scheint es, eine wirkliche Geschichte.

»Ja«, sagt sie, »Sie werden für Ihre Manicure jetzt eine andere suchen müssen«, und feilt zum letzten Mal den Nagel meines Daumens, ohne aufzublicken, als sie hinzufügt, »nämlich ich heirate –«

Hierzu meinen Glückwunsch.

Ihr Bräutigam, ein Zahnarzt, den sie durch Inserat gefunden

hat, möchte nicht, daß seine Camilla weiterhin Manicure macht. Also wieder das Ende einer selbständigen Frau.

»Ich werde ihm helfen«, sagt sie, »in der Praxis«, sagt sie mit unverkennbarer Hochachtung vor diesem Wort, »jedenfalls solange wir keine Kinder haben.«

»Sie möchten Kinder?«

Als ich später die Finger auch meiner rechten Hand betrachte, weiß ich also, daß es mein letzter Besuch bei Camilla Huber gewesen ist. Ich bedaure das. Ich verstehe den Zahnarzt, der nicht will, daß sie weiterhin Manicure macht. Wir werden einander überhaupt nicht wiedersehen, ich verstehe, sonst denkt sich der Zahnarzt noch etwas Falsches, und das möchte ich auch nicht. Ich wiederhole meinen Glückwunsch, aber ich bedaure; Camilla und Gantenbein sind Freunde geworden, wie sich jetzt zeigt, richtige Freunde.

»Herr Gantenbein«, sagt sie –

»Was denn?«

»Sie sind nicht blind.«

Ich frage nicht, seit wann sie's weiß.

»Nein«, sage ich, »warum?«

Als ich das schwarze Stöcklein nehme und als wir im Korridor stehen, eigentlich schon verabschiedet, ich habe bereits die Hand auf der Klinke, sehe ich in ihrem Gesicht, daß Camilla noch etwas sagen möchte.

»Herr Gantenbein«, sagt sie –

Ich warte.

»Ich werde niemand sagen«, sagt sie, »daß Sie nicht blind sind, verlassen Sie sich darauf, und auch Sie sagen niemand, was Sie gesehen haben.«

Das ist ein Vertrag.

Soeben bemerkte ich nicht ohne Schrecken, daß Lila, wie immer ich sie mir bisher vorzustellen versucht habe, nie ein Kind hat. Ich habe einfach nie dran gedacht.

Ein Kind von wem?

Ich stelle mir vor:

Nachmittags in jener Bar, von dem fremden Herrn befragt, ob sie Kinder habe, natürlich nicht mit Interesse befragt, sondern einfach so, Palaver zwischen einer Salzmandel und einer nächsten Salzmandel, hat sie keineswegs verschwiegen, sogar berichtet, wie alt es grad sei, ihr Kind. Nur er scheint es inzwischen vergessen zu haben, der fremde Herr im dunklen Abendanzug, als er, um sie zur Oper abzuholen, im Wohnzimmer steht und wartet. Mit schrägem Kopf, um Titel zu lesen, steht er vor dem Büchergestell, Hände in den Rocktaschen, um nichts anzurühren. Er weiß nicht, was sie so lange macht, nachdem er der Dame bereits in ihren Pelzmantel geholfen hat. Aber er wartet ohne Ungeduld, ohne eine Spur von Unwillen. Vielleicht findet sie die Schlüssel nicht, während er sich bewußt wird, wie vorteilhaft er sich ausnimmt im Vergleich zu ihrem Gatten, dessen Pfeifen in einem Inka-Becher stehen und der in London weilt; so frei von Ungeduld, wenn man ihn warten läßt, ist kein Gatte. Nicht zu wissen, nicht einmal zu ahnen, was Lila solange macht, hat geradezu einen Zauber für den fremden Herrn. Einmal das Klippklapp ihrer Stöckelschuhe draußen in der Diele. Zwar hat sie beim Hinausgehen gesagt, er möge sich an der Bar bedienen. Aber er mag nicht. Mag hier nichts anrühren. Hände in den Rocktaschen, ein fremder Herr, der da ist, aber nicht wissen will, wo er ist, wartet er gelassen; ohne Neugierde. Schon der Blick auf die Bücher ist zu viel gewesen, ein Einblick, eine Berührung mit ihrem Milieu, wovon er nichts wissen will. Dazu diese Pfeifen in einem Inka-Becher. Er weiß, daß sie nicht vom Himmel gefallen ist, nur um mit ihm in die Oper zu gehen; noch keine Dame ist vom Himmel gefallen in eine nachmittägliche Bar. Man kennt das; früher oder später kommt es zum Vorschein: Wirklichkeit eines Milieus, eine Familie, eine Geschichte, wirklich und verzwickt-gewöhnlich. Aber er mag es nicht wissen. Mag sich nicht einmal setzen. Schon die Benutzung eines Feuerzeugs, Dunhill-Gold, das sie ihrem Gatten vermutlich geschenkt hat, trübt seine Laune einen Atemzug lang; er möchte hier nicht heimisch werden. Er raucht, steht und raucht. Weiß nicht, warum ihn diese Svoboda-Lila-Wohnung irgendwie stört; sie ist geschmackvoll. Die Louis-Quinze-Uhr. Die weißen Lederpolster. Der tönerne Inka-Hund. Alles durchaus geschmackvoll; aber vorhanden. Warum schwebt ein Gesicht, das man trifft, nie im Leeren? Und er möchte sich nicht allzu genau umsehen. Dann lieber in die Oper! – Als sie gelegentlich zurückkommt, steht er am Fenster, um nicht in die Wohnung zu schauen, sondern hinaus; er hat vergessen, daß sie ein Kind hat, das getröstet werden muß, bevor Mama in die Oper geht.

»Warum trinken Sie denn nichts?«

Während sie an die Bar geht, um den fremden Herrn zu bedienen, vernimmt er, daß das Kind geweint habe; aber jetzt ist es getröstet, scheint es, mit dem Versprechen, daß die Mama die ganze Oper erzählen wird, wenn sie heimkommt.

»Wie alt ist es denn?« fragt er.

Sie sagt es nochmals.

»Danke«, sagt er, »danke sehr!«

Und man trinkt, redet über anderes und raucht, setzt sich und redet, die Oper ist längst verpaßt, Lila nach wie vor in ihrem Mantel, beide fühlen, daß sie aus der Wohnung und in die Stadt gehen sollten, obschon es nicht gegen den Brauch gewesen wäre, wenn sie noch um Mitternacht jemanden bewirtet. Übrigens ist es noch nicht Mitternacht... Das Kind schläft... Er hat es wieder vergessen, scheint es; sie nicht. Sie ist eine Mutter. Sie redet nicht von ihrem Kind, das schläft, und denkt auch nicht an das Kind; aber sie weiß, warum sie nicht mit Svob in London ist. Weil sie die Mutter ist. Das ist nun einmal so. Ein Glück. Morgen wird sie das Kind in den Kindergarten fahren; sie braucht nicht daran zu denken, sie weiß es. Sie kann sich verlassen darauf. Manchmal kommt sich Lila (einunddreißig) alt vor... Sie erheben sich, um in die Stadt zu gehen, einen Augenblick lang verdutzt über das stumme Einverständnis; sie löscht die Ständerlampe. Bisher ist die ganze Wohnung erleuchtet gewesen, und alle Türen, ausgenommen die Tür zum Kinderzimmer, stehen offen seit Stunden, seit sie die Straßenkarte von Peru gesucht hat, sogar die Tür zur Küche, als habe sie Scheu vor geschlossenen Türen. Es ist seltsam, als sie die Ständerlampe löscht, dann die Deckenlampe auch; es zwingt sie in die Diele, wo noch Licht ist, und er wartet nur noch, bis sie ihre Wagenschlüssel gefunden hat, zum Gehen bereit. Indem sie sich umsieht, als könne etwas nicht in Ordnung sein, hat sie ihre linke Hand schon am Lichtschalter. Gehn wir! flüstert sie, als seine Hand, wie zum Abschied von einer Möglichkeit, unwillkürlich und zugleich ironisch, indem er sich der Wiederholung bewußt ist, über ihre Stirn streicht. Gehen wir! flüstert er. Wohin? Davon ist nicht die Rede. Sie flüstern, um das Kind nicht zu wecken. Flüstern macht gemeinsam. Das bestürzt sie, und sie schaut den fremden Herrn nicht an, als sie das Licht in der Diele löscht, und dann wird kein Licht mehr, bis das Morgengrauen durch die Fenster kommt – ausgenommen einmal im Kinderzimmer: es ist drei Uhr, als sie hinübergeht, weil sie Husten gehört hat, und Licht macht, um sich zu vergewissern, ob das Kind schläft. Es schläft. Ist es schlau, daß sie es weckt? Sie tut's. Um zu sagen, daß die Mama zuhause ist, daß sie in der Oper gewesen sei. Sie erzählt ihm die Oper nicht ausführlich, immerhin so, daß das Kind sich daran erinnern wird. Und wenn es einmal größer ist, dann darf es auch in die Oper. Um größer zu werden, muß es jetzt schlafen. Sie macht ihm ein Zuckerwasser. Löscht später das Licht. Wartet an seinem Bettchen, ohne das Kind zu küssen; aber sie sagt, daß der Papa morgen kommen und sicherlich etwas bringen werde, eine Puppe mit schottischem Röcklein (wenn es ein Mädchen ist) oder ein Segelschiff (wenn es ein Bub ist), aber nur wenn es jetzt schläft. Und sie wartet noch, bis es vier Uhr schlägt; dann schließt sie die Türe von außen, und als sie zurückkommt, kein Wort, auch kein geflüstertes, sie verbirgt ihr Gesicht in seinem nackten Arm, während er regelmäßig atmet mit offenem Mund, horchend, es ist still…

Anderntags kommt Svoboda.

Das Kind (das mit der schottischen Puppe hat es offenbar schon nicht mehr gehört und ist nicht enttäuscht, daß der Papa nichts bringt) erzählt die Oper, die die Mama gesehen hat, sehr drollig.

Das Kind als Schutzengel?

Ich habe ein Tonbandgerät gekauft, um eure Gespräche aufzunehmen, Gespräche ohne mich. Das ist hinterlistig, ich weiß. Ich schäme mich auch jedesmal, wenn ich einen solchen braunen Bändel, besprochen in meiner Abwesenheit, in diese teuflische Maschine einschlaufe mit zittrigen Fingern –

Wozu?

Wie die Gespräche meiner Freunde weitergehen ohne mich, manchmal glaube ich es mir vorstellen zu können, dann wieder gar nicht. Reden sie jetzt, da ich gegangen bin, noch immer über die Geschichte der Päpste? Oder worüber? Vor allem aber: wie reden sie jetzt? Anders als zuvor? Genau so? Ernsthafter oder spaßiger? Ich weiß nicht, wieso ich das wissen möchte. Es gibt Leute, denen ich zutraue, daß sie nach meinem Austritt genau so weiterreden wie zuvor, und sie haben für mich, offengestanden, etwas Langweiliges, fast etwas Unmenschliches. Freilich kann ich mich täuschen. Daß jemand, wenn Burri sich verabschiedet hat, genau so weiterredet, heißt noch nicht, daß er genau so weiterredet, wenn ich gegangen bin. Gewisse Leute verlocken zum Verrat, andere nicht. Was heißt schon Verrat! Ich meine nicht, daß die andern, kaum allein, über meine Person reden, und wenn sie's tun, nun also; was meine Neugierde reizt, ist etwas andres. Ob Burri beispielsweise, allein mit Lila, nicht auch noch ein ganz anderes Gesicht hat? Indem ich Gespräche erfinde, die ohne mich stattfinden, laufe ich Gefahr, Menschen zu fürchten oder zu achten oder zu lieben, je nachdem wie sie in meiner Einbildung reden, wenn ich nicht zugegen bin. Mein fast blindes Vertrauen beispielsweise zu Burri, nur weil er in meinen erfundenen Gesprächen nicht anders redet und nicht anders schweigt und nicht anders lacht als in meiner Gegenwart, geht so weit, daß ich es einfach nicht glaube, wenn ich auf Umwegen erfahre, was Burri neulich gesagt haben soll. Klatsch! Ich will keinen Klatsch hören. Was dabei herauskommt: ich verdächtige nicht Burri, sondern nur die Leute, die mir sagen, was Burri neulich in meiner Abwesenheit gesagt haben soll. Vielleicht hat er's wirklich gesagt, aber nicht so, wie der Klatsch es weitergibt. Wörtlich, mag sein, aber nicht in diesem Ton. Ganz einfach: ich kann es mir nicht vorstellen, daß Burri mich um einer Pointe willen verkauft. Und genauso begründet oder unbegründet, nämlich ein Ergebnis meiner blinden Erfindung, die sich früher oder später um jeden Menschen bildet, ist mein jahrelanges Mißtrauen gegenüber andern, beispielsweise meine schmerzliche Befangenheit gegenüber Dolf, nur weil er, sobald er nicht in meiner Gegenwart, sondern in meiner Einbildung redet, plötzlich viel feiner und viel gescheiter redet, nicht nur wissensreicher, sobald er sein großes Wissen nicht unterschlagen muß vor meinem Unwissen, sondern auch reicher an Einfällen, witziger. Ich bin überzeugt, gewisse Menschen verbergen ihren Witz vor mir; ich nehme es ihnen nicht übel, ich bin nur immerzu erstaunt, daß sie in meiner Gegenwart nicht witzig werden, nicht sprühend von Einfällen, nicht heiter bis zum Übermut, nicht überlegen. Ich nehme an, daß sie sich dafür rächen; ich habe keine Beweise dafür. So einer ist Dolf. Denn in den Gesprächen, die ich auf dem Heimweg erfinde oder wenn ich im Bad liege, in Gesprächen ohne mich ist dieser Dolf ein wahrer Ausbund von Humor, ein Verschwender von Wissen, das er vor mir stets verhehlt. Wie kommt das? Oft gehe ich nur darum nicht in eine Gesellschaft, weil ich dabei sein werde, und wenn ich mich noch so still verhielte; es ist, sobald ich dabei bin, nicht die Gesellschaft, die mich interessiert, sondern eine Gesellschaft von Larven, die ich verschulde –

Daher das Tonband!

Hastig, während ich mich gelassen schäme, hantieren meine zittrigen Finger an der Spule, ich schäme mich wirklich jedesmal, wenn ich die Maschine einschalte, aber ich schreite nicht gegen mich ein. Den ersten Meter schneide ich immer weg, aber auf einigen Bändern erwische ich trotzdem die eigene Stimme noch, ihre halblaute Lüge: Ich geh Zigaretten holen! was ich dann auch tue, nachdem ich die Höllenmaschine, versteckt hinter Büchern, in Betrieb gesetzt habe. Mein Gelübde, von diesen Bändern nie Gebrauch zu machen, ist billig. Das Tonband läßt sich löschen, nicht das Gedächtnis. Was erwarte ich eigentlich? Meistens verstehe ich nicht viel, da alle durcheinander reden, ein Wirrwarr von Stimmen, ich rauche dazu. Ich wundere mich, daß Ihr einander versteht. Gelächter! Es geht nicht aus dem Text hervor, was euch so belustigt. Ebenso unverständlich ist ein plötzliches Schweigen. Plötzlich ist es, als wäre das Tonband gerissen. Aber es läuft. Grabesstille. Ich habe keine Ahnung, was jetzt los ist. Grabesstille noch immer. Habt Ihr bemerkt, daß eine Maschine verborgen ist, ein Ohr, ein Gedächtnis? Jetzt eine Stimme, halblaut, eine Dame: Dienstbotenfragen. Ich rauche, wartend auf die dunkle Stimme von Dolf, auf seinen Humor, der nicht kommt, und langsam bin ich enttäuscht; ich könnte genau so gut dabeisitzen. Und Lila? Nur Lila tönt anders, so daß ich den Atem anhalte. Aber auch sie sagt nichts, was ich nicht ohne weiteres hören dürfte, und meidet die selben Namen, wie wenn ich zugegen bin. Immerhin: sie tönt anders. Freier. Sie lacht anders und mehr, wenn jemand geistreich ist, lauter. Hat sie, wenn ich zugegen bin, Angst, daß ich ihr Lachen auf mich beziehe? Sie ist unwiderstehlicher, glaube ich, wenn ich nicht im Zimmer sitze. Mädchenhafter. Das ist aber verständlich. Dann tönt sie wie damals, als ich sie kennegelernt habe, lang ist's her. Genau so; dabei ist das Band, das ich abhöre, heute aufgenommen worden. Sie wagt Scherze, die auch mich entzücken würden, und es kommt vor, daß ich, obschon in der mißlichen Lage eines Abhörers, lachen muß. Ihr redet jetzt über Politik. Einmal, als ich kaum zugehört habe, fällt mein Name. Soll ich abstellen? Zu spät: jemand hat mich schon gelobt. Wofür, das habe ich nicht verstanden. Ich könnte ja die Maschine zurückschalten, um es zu hören, tue es aber nicht. Vielleicht habt Ihr meinen Keller gelobt, da jetzt ein Gespräch über Weine folgt, Lila fragt nebenher, wo ich denn hingegangen sei. Darüber geht mir die Pfeife aus. Das Tonband ist jetzt bis zur Hälfte abgespielt. Ihr laßt euch Zeit, scheint es, Ihr wartet das Ende meiner Spule ab, um dann wirklich zu reden, larvenlos. Ihr sucht jetzt den Korkenzieher, höre ich und kann nicht helfen; der Korkenzieher war in der Küche. Dolf findet es schade, daß ich nicht in die Politik gehe, ausgesprochen schade. Wieso? Seine Behauptung, daß er mir dazu geraten habe, stimmt keineswegs, mindestens kann ich mich nicht daran erinnern, auch nicht an den brillanten (auf dem Tonband sehr erfolgreichen) Ausspruch über Sozialdemokratie heute, den ich gemacht haben soll. Warum schmückt er mich mit seinen eignen Federn? Darauf verstummt er, als könnte der Urheber seines brillanten Ausspruchs jederzeit ins Zimmer treten, und Lila ist unterdessen in die Küche gegangen, scheint es, um den Korkenzieher zu holen. Ich höre, daß sie jetzt nicht im Zimmer ist. Ich höre es wie ein Blinder; sie schweigt nicht wie alle andern, sie ist nicht da. Unsere Gäste unter sich. Vielleicht höre ich es an der leichten Veränderung des Tons. Ihr redet jetzt über einen Fellini-Film, alle, es tönt froher als zuvor, lebhafter, zugleich befangen, da Ihr jetzt unter euch seid, frei von der Pflicht zu reden über die vermeintlichen Belange der Gastgeber, Stimmengewirr, es ist, als hätte man vorher nicht über Fellini sprechen dürfen. Um nicht in Klatsch zu verfallen über die Gastgeber, scheut Ihr jetzt jegliche Pause. Jemand ruft: Lila, was machen Sie denn? Und wie ein Echo der gleichen Stimme: Was macht sie denn? Ein Glück, daß alle diesen Fellini-Film gesehen haben, ein Glück vor allem, daß man sich uneinig ist. Das Katholische bei Fellini –

Ende der Spule.

Ich zünde meine Pfeife wieder an.

Das war alles.

Verrat (wenn man es einmal so nennen will) hat nicht stattgefunden, ich lösche die Spule, die mich nur eines gelehrt hat: Ich lechze nach Verrat. Ich möchte wissen, daß ich bin. Was mich nicht verrät, verfällt dem Verdacht, daß es nur in meiner Einbildung lebt, und ich möchte aus meiner Einbildung heraus, ich möchte in der Welt sein. Ich möchte im Innersten verraten sein. Das ist merkwürdig. (Beim Lesen der Jesus-Geschichte hatte ich oft das Gefühl, daß es dem Jesus, wenn er beim Abendmahl vom kommenden Verrat spricht, nicht nur daran gelegen ist, den Verräter zu beschämen, sondern daß er einen seiner Jünger zum Verrat bestellt, um in der Welt zu sein, um seine Wirklichkeit in der Welt zu bezeugen…)

Also ich rauche meine Pfeife.

Beruhigt?

Das Tonbandgerät erweist sich als Versager. Zwar höre ich eure Gespräche, aber ich sehe nicht den Verrat, der in den Mienen liegen muß, und wenn ich sie filmen würde, eure Mienen in meiner Abwesenheit, auch der Film würde vollkommen versagen. Der Verrat ist etwas sehr Feines, scheint es, er läßt sich weder sehen noch hören, wenn nicht der Wahn ihn vergrößert.

PS.

Eifersucht als Beispiel dafür, Eifersucht als wirklicher Schmerz darüber, daß ein Wesen, das uns ausfüllt, zugleich außen ist. Ein Traumschreck bei hellichtem Tag. Eifersucht hat mit der Liebe der Geschlechter weniger zu tun, als es scheint; es ist die Kluft zwischen der Welt und dem Wahn, die Eifersucht im engern Sinn nur eine Fußnote dazu, Schock: die Welt deckt sich mit dem Partner, nicht mit mir, die Liebe hat mich nur mit meinem Wahn vereint.

Mein Name sei Gantenbein!
  (Aber endgültig.)

Ich stelle mir vor:

Gantenbein als blinder Zeuge vor dem Schwurgericht, ausgestattet mit der Brille und mit dem schwarzen Stöcklein und mit der gelben Armbinde, die er zu allen öffentlichen Auftritten trägt, sonst nicht immer, aber als Wähler an der sonntäglichen Urne oder auf dem Standesamt oder vor Gericht selbstverständlich, Gantenbein im Vorzimmer allein, sein Stöcklein zwischen den Knien, als brauchte er Halt.

Was will man wissen von mir?

Der Fall, seit Wochen spaltenlang in allen Blättern behandelt, ist jedem Zeitungsleser bekannt, so auch Gantenbein; anfänglich war's nur eine Schlagzeile auf dem Schild, das die Zeitungsverkäufer auf ihrem Bauch tragen, *Mord im Seefeld,* ausgerufen und sofort in allen Straßenbahnen gelesen und dann vergessen, während die Kriminalpolizei sich monatelang in vergeblichen Fahndungen verlief, später eine Sensation, als eine bekannte Persönlichkeit des öffentlichen Lebens verhaftet wurde, ein Skandal, der die Gemüter bewegte und endlich, vor dem Schwurgericht aufgerollt, ein politischer Skandal zu werden droht –

»Herr Gantenbein«, sagt eine Stimme, »es eilt nicht, aber machen Sie sich bereit.«

Was werde ich aussagen?

»Bleiben Sie sitzen«, sagt die Stimme, »ich werde Sie schon führen, wenn's Zeit ist.«

Es ist der Vormittag der letzten Zeugeneinvernahmen, ich weiß nicht, ob es die Anklage oder die Verteidigung ist, die Gantenbein angefordert hat; ich weiß nur, daß der Wahrspruch, den die Geschworenen zu fällen haben, in der öffentlichen Stimmung eigentlich schon gefällt ist, und was Gantenbein betrifft, weiß ich, daß er, wie jeder Zeuge, ein einziges Interesse hat: seine Rolle zu wahren – daher die geschlossenen Augen... Draußen das Elfuhrgeläute, und als es verstummt ist, wieder das Gurren der Tauben, ihr behagliches Gurren, ihr blödes Gurren.

Ich weiß nur eins:

Wenn Gantenbein, als Zeuge, die Wahrheit sagen würde und Lila würde aus der Zeitung erfahren, daß ich nicht blind bin, Lila und alle meine Bekannten –

»Hier ist Wasser.«

Offenbar sieht man, daß ich schwitze, aber natürlich greife ich nicht nach dem Krug und dem Glas, höre nur, wie der Gerichtsdiener es füllt; ich scheine nicht der erste zu sein, der, lediglich

245

als Zeuge bestellt, sich wie ein Angeklagter fühlt.

»Herr Gantenbein«, sagt die Stimme, »wenn ich bitten darf –«
Ich erhebe mich.

»– es eilt aber nicht.«

Mit geschlossenen Augen, um vor Gericht nicht aus der Rolle zu fallen, jetzt schon mit geschlossenen Augen, denn unter keinen Umständen möchte ich den Angeklagten wiedersehen, stehe ich, gestützt auf mein schwarzes Stöcklein, dem Gericht zur Verfügung. Man muß mich nur führen. Ich spüre die kräftige Hand an meinem Ellbogen, die freundliche Hand, die mich nicht loslassen wird, bis ich, Gantenbein Theo, vor der Zeugenschranke stehe oder sitze.

»Langsam«, höre ich, »nur langsam.«
Ich höre meine Schritte im Korridor.

»Achtung«, höre ich, »hier sind Stufen –«
Ich hebe meinen Fuß.

»– drei Stufen.«
Also rechts, links, rechts.

»Schon gut«, höre ich, indem die Hand jetzt meinen Ellbogen verläßt. »Warten Sie hier!«
Ich höre, wie eine Tür geöffnet wird, eine lautlose Tür; ich höre plötzlich einen Saal.

»Kommen Sie!«
Wieder am Ellbogen gefaßt und geführt, so daß ich tatsächlich die Augen nicht zu öffnen brauche, klöpple ich mit dem schwarzen Stöcklein in die geräumige Stille, die nur von meinem Klöppeln gestört wird, eine Stille voll Spannung.

»Hier«, höre ich, »nehmen Sie Platz.«
Ich taste nach der Bank, die denn auch vorhanden ist, und setze mich, jetzt verlassen von der Hand. Nur jetzt nicht die Augen aufmachen! Ich höre Papier, es muß ein großer hoher kahler Saal sein, ein Saal mit geschlossenen Fenstern, kein Taubengurren, ein Saal voll atmender Menschen; darunter muß der Angeklagte sein. Ob er mich wieder erkennt? Was ich vor allem höre oder fühle, als höre ich's, ist mein Puls im Hals. Sonst geschieht vorläufig nichts. Dann und wann ein Räuspern weit hinten, vorne ein Geflüster, dann wieder Geraschel von Papier; alles in allem aber Stille. Was zu sehen wäre, wenn ich die Augen aufmachen würde, weiß ich: ein Angeklagter zwischen zwei Gendarmen, dahinter und darüber der Vorsitzende des Gerichts, irgendwo

ein Staatsanwalt in Tracht, vielleicht ist er's, der immer noch in Papieren raschelt, und ein Jurist mit Zwicker gleichfalls in Tracht, der Verteidiger, der, vornüber gebeugt, dem Angeklagten gerade einen Zettel hinunterreicht. Ferner die Geschworenen, die heute noch zu ihrem Spruch kommen müssen, eine Reihe von überanstrengten Gesichtern sehr verschiedener Herkunft. Und in der Höhe vermutlich eine klassizistische Darstellung der Justitia mit Waage und mit verbundenen Augen... Jetzt verliest jemand die Personalien von Gantenbein, die ich zu bestätigen habe, dann die Ermahnung, daß ich die Wahrheit sprechen werde und nichts als die Wahrheit, ich höre das Echo meines Schwurs, dann Husten, Papier, das Girren in den hölzernen Bänken, Schritte zu mir, eine Stimme:

»Herr Gantenbein, haben Sie die Camilla Huber gekannt?« höre ich, »und seit wann?«

Ich nicke.

»Seit wann?«

Ich besinne mich.

»Haben Sie je den Eindruck gehabt –«

»Ich möchte darauf verweisen«, unterbricht eine andere Stimme, »daß der Zeuge blind ist, daß es sich infolgedessen erübrigt, meine Herren, Fragen zu stellen, die ein Blinder unter Eid nicht beantworten kann, insbesondere die Frage –«

Klingel.

»Ich verwahre mich dagegen –«

Klingel.

»Meine Herren –«

Stimmengewirr, alles scheint überspannt zu sein; ich warte, bis der Vorsitzende wieder das Wort hat, das er aber nicht gebraucht, das er als Stille, gleichsam als Augenblick ohne Echo, weitergibt an eine Stimme von rechts, die ich noch nicht gehört habe.

»Haben Sie die Ermordete gekannt?«

Ich öffne die Augen, aber sehe sie nicht.

»Welcher Art war Ihre Beziehung?«

»Manicure.«

Gelächter auf der Tribüne.

»Das ist wahr«, sage ich.

Man glaubt mir nicht.

»Haben Sie die Huber öfter besucht?«

»Camilla Huber?«

»Ja.«

»Regelmäßig.«

»Zwecks Manicure –?«

»Ja«, sage ich, »zwecks Manicure.«

Natürlich erleichtert es mich, daß sie die Wahrheit, die zu sagen ich als Zeuge geschworen habe, offensichtlich nicht wissen wollen.

Vorsitzender:

»Um bei der Sache zu bleiben –«

»Ich möchte noch einmal und mit allem Nachdruck darauf verweisen«, sagt die andere Stimme laut in den Saal, »daß der Zeuge blind ist, das heißt, daß er die Ermordete nie gesehen haben kann.«

Zwischenruf:

»Darum geht es nicht!«

Klingel.

»Ein Blinder ist kein Zeuge!«

Es ist, wie gesagt, ein Fall, der die Gemüter bewegt. Nur die Geschworenen sitzen mit erstarrten Gesichtern, ebenso der Angeklagte, der aber, im Gegensatz zu den Geschworenen, kaum zuhört; sein Leben ist so oder so bereits vernichtet.

Was ich aus der Zeitung weiß:

Erdrosselung mittels einer Vorhangkordel. Selbstmord unwahrscheinlich. Die Ermordete wird als ein fröhliches Wesen geschildert. Raubmord oder Lustmord. Ihr Gewerbe (»Milieu-Dame«) und ihre Vorgeschichte; Tochter aus mittelbürgerlichem Haus. Der Verdacht fiel auf einen Mann, der ihr einen Karmann geschenkt hat. Dazu eine Reihe andrer Indizien, die aber umstritten sind; kein Alibi. Ihr Briefwechsel mit dem Angeklagten. Ihre Inserate zwecks Heirat. Der Mord ereignete sich am Vorabend ihrer Verheiratung mit einem Zahnarzt –

Verteidiger:

»Um zur Sache zu kommen«, fragt er, »Sie haben also seitens der Camilla Huber nie den Namen des Angeklagten gehört?«

Staatsanwalt:

»Haben Sie auch nicht namenlos von einem Kunden gehört, der die Huber jahrelang durch briefliche Eifersucht bedroht hat?«

Das also ist es, was man von mir wissen will, und ich weiß nicht, warum ich nicht einfach den Kopf schüttle, sondern frage:

»Was verstehen Sie unter Eifersucht?«

Blitzlicht im Saal.

»Antworten Sie auf meine Frage –«

Unsicher, ob es nicht bemerkt worden ist, daß auch Gantenbein beim Blitzlicht gezuckt hat, gebe ich meine Antwort: Nein! Aber der Blitzlichtschreck entzieht meiner Aussage alle Glaubwürdigkeit, ich fühle es.

Ich sehe den Angeklagten:

Ein Herr, den ich manchmal gesehen habe, ehedem eine Persönlichkeit, ein Mann von Bildung, was nicht heißen soll, daß ich es ihm nicht zutraue; ich kenne die Eifersucht, der keine Bildung gewachsen ist. Im Gegenteil, die Bildung staut sie nur, bis sie ganz primitiv wird. Das ist schrecklich, ja, ich verstehe ihn vielleicht. Ehedem eine Persönlichkeit; jetzt ist er eine Ruine, tadellos gekleidet und gepflegt, schweigsam mit einem Zucken um die Mundwinkel, wenn von einer Vorhangkordel (wie in einem Krimi) die Rede ist. Seine Nervenzusammenbrüche, in den Zeitungsberichten vorwurfsvoll vermerkt, sprechen nicht zu seinen Gunsten. Warum gesteht er nicht? Dabei sieht man ihm an, daß er zeitweise unter schwerer Reue leidet; dann hält er sich die Hand vor die Stirne, Gebärde eines Menschen, der sich selbst nicht mehr begreift. Allein die Bekanntgabe seines jahrelangen Briefwechsels mit einer Milieu-Dame hat diesen Mann erledigt, obschon seine Briefe, im Gerichtssaal vorgelesen und in der Presse zitiert, eigentlich sehr schön sind, sogar außerordentlich; sogar gedruckt erscheinen sie nicht lächerlich, Zeugnisse einer Leidenschaft, die etwas Mörderisches hat, mag sein, aber nicht durch rohe Drohungen, sondern durch eine zärtliche Sucht zu erraten, wen er liebt. Vor allem die Verteidigung arbeitet mit diesen Briefen, da sie geistvoll sind in ihrer unermüdlichen Werbung, rührend. Wie sollte eine Persönlichkeit solcher Art, so sagt die Verteidigung seit Wochen und wird es im Plädoyer wiederholen, zu einer Vorhangkordel greifen? Aber das verfängt nicht. Was den Angeklagten vor allem belastet, ist nicht die Summe der Indizien, nicht die strittige Expertise über Fingerabdrücke, nicht die Sache mit dem Liftschlüssel, nicht einmal der Umstand, daß er um ein stichfestes Alibi für jene Viertelstunde, als man Schreie in ihrer Wohnung gehört hat, verlegen ist, sondern das unwillkürliche Zucken seiner Mundwinkel, seine Nervenzusammenbrüche, vor allem das feine Schuldgefühl, das seine Briefe vorwegnehmen, die Ironie seiner Briefe gegenüber sich selbst und gegenüber allem, was einer führenden Persönlichkeit doch wohl heilig ist. Ein verlorener Mann, öffentlich verloren, ein Kopf, der die Reden seines Verteidigers entkräftet dadurch, daß er sie zu simpel findet; man sieht es ihm an, auch wenn er schweigt. Und wenn er spricht, was immer seltener geschieht, ist er hilflos, wie behindert durch eine Erfahrung, die andere nur aus einer Tat beziehen können. Bekannt als ein glänzender Redner vor dem Parlament, dem er angehörte, hat der Angeklagte sich einen besonderen Verdacht zugezogen dadurch, daß er zu mehreren Malen, vom Staatsanwalt bedrängt, der übrigens sein Parteigenosse ist, ins Stottern geraten sein soll, richtig ins Stottern. Es fehlen ihm die Worte der blanken Unschuld. So war es nicht! Das kann jeder sagen. Wie aber war es? Als halte er es nicht für ausgeschlossen, daß er es getan haben könnte, sagt er seit Wochen, er habe es nicht getan, nicht getan. Anfänglich war es, wie gesagt, ein Skandal, daß dieser Mann überhaupt unter Verdacht gestellt worden ist. Niemand hätte ihm einen solchen Briefwechsel zugetraut. Während er noch in den ersten Gerichtsverhandlungen, obschon mit schweren Indizien belastet, keineswegs der Vorstellung entsprach, die man sich von einem Nuttenmörder macht, ist es ihm gelungen (kraft seiner Persönlichkeit) die diesbezüglichen Vorstellungen zu wandeln, so daß der Wahrspruch eigentlich feststeht...

Vorsitzender:

»Hiemit sind die Zeugeneinvernahmen beendigt. Das Gericht versammelt sich heute nachmittag um zwei Uhr«, sagt er mit abflauender Stimme, »zu den Plädoyers der Anklage und der Verteidigung.«

Ich bin frei. –

Die Frage, die einzige, die ich befürchtet habe, ist nicht gestellt worden, die Frage, ob Gantenbein in der fraglichen Nacht und zu der fraglichen Zeit (00.35–00.50) den Angeklagten gesehen habe, sei es in der genannten Bar oder auf der Straße. Ich kenne die genannte Bar nicht, nach den Schilderungen ein spießig-dubioses Lokal, der Polizei längst vertraut, und Gantenbein hätte in diesem Sinn antworten können, dann schweigen. Aber natürlich hat man diese Frage überhaupt nicht gestellt angesichts seiner gelben Armbinde. Andere Zeugen, die in der Bar gewesen sind, können sich nicht mit Bestimmtheit erinnern; einige davon, die sich anfänglich zu erinnern meinten, sind später, als ihr Lebenswandel sie als unglaubwürdig hat erscheinen lassen, unsicher geworden. Und jetzt zum Schluß der Zeugeneinvernahmen noch einen Blinden zu fragen, wäre ein schlechter Witz gewesen. Unbestritten ist, daß der Wagen des Angeklagten in der Feldeggstraße gestanden hat; dadurch verführt, sein Alibi in jener Bar zu suchen, scheint sich der Angeklagte selbst nicht mehr erinnern zu können, wo er zur fraglichen Zeit tatsächlich gewesen ist. Nachdem die Verteidigung, einmal von seiner falschen Erinnerung geleitet, seit Wochen auf diese Bar gesetzt hat, wäre ein anderes Alibi auch kaum noch glaubhaft gewesen, zumal nicht ein Alibi durch Gantenbein mit seiner gelben Armbinde. Wir haben einander öfter gesehen, wenn ich zu meiner Manicure ging, einmal im Lift, doch da er nicht wissen konnte, daß Gantenbein ihn sieht, haben wir einander nie begrüßt, was bedauerlich ist; sonst hätte sich in jener Nacht, als ich zwischen zwölf Uhr und ein Uhr, um meinen Patsch auszuführen, am Utoquai ging und ihn beim Füttern der Schwäne sah, vielleicht ein Alibi-Gespräch ergeben, dessen er sich erinnern und das auch Gantenbein ohne weiteres bezeugen könnte, ohne deswegen seine Blindenrolle opfern zu müssen.

Vorsitzender:

»Die Sitzung ist geschlossen.«

Stimmen durcheinander.

Bevor ich die Augen schließe, sehe ich nochmals den Angeklagten, das Zucken seiner Mundwinkel, als wisse er längst, was in Wirklichkeit gespielt wird: die führende Gesellschaft eines Landes, schuldig in vielem, was aber nicht einzugestehen ist ohne die Folge, daß sie die Führung verlieren würde, kann es sich nicht leisten, daß einer der ihren, eines schändlichen Lebenswandels überführt und eines Verbrechens verdächtig, das jedoch bloß sein persönliches ist, mangels Beweis freigesprochen wird vor allem Volk; es könnte aussehen, als seien vor dem Gesetz nicht alle gleich, und es bliebe ein vager Verdacht, der die führende Gesellschaft selbst belasten würde; ein solcher Mann ist nicht zu halten; die führende Gesellschaft eines Landes muß wenigstens an ihren Spitzen vertreten sein durch Persönlichkeiten, deren private Korrektheit alles andere deckt; sonst geht die Führung nur noch mit Diktatur.

»Herr Gantenbein –«

251

Ich schließe die Augen.

»Hier sind Stufen!« sagt der Gerichtsdiener, indem er den Ellbogen des blinden Zeugen faßt, und als wir auf der Straße sind, fragt er: »Werden Sie sich denn zurechtfinden?«

Ich danke.

»Hier ist der Randstein.«

Ich klöpple.

Jede Rolle hat ihre Schuld...

Ich bin gespannt auf den Wahrspruch.

Einzige Gewißheit über Lila: so wie ich sie mir vorstelle, gibt es sie nicht; später einmal werde auch ich sie sehen, mag sein, Lila von außen –

Ich stehe wieder einmal an Bord eines Schiffs in den letzten Minuten vor der Ausfahrt aufs offene Meer, vergnügt trotz grauen Wetters, eine Pfeife stopfend, eigentlich weiß ich nur keine andere Gebärde für diese Augenblicke gespannter Zufriedenheit, man kann ja nicht anfangen zu trällern oder zu tänzeln inmitten der Leute auf Deck; will mich auch nicht fragen, warum es mir so gut geht an Bord eines weißen Schiffes vor der Ausfahrt und allein nicht nur an Bord, allein im Hafen, eine Pfeife stopfend, die nicht angezündet sein will, müßig, während Männer die langen und schweren Taue von den eisernen Klauen auf der Mole auszuhängen versuchen und sich mühen, meinerseits müßig schon jetzt in Anbetracht müßiger Tage auf diesem Schiff, das seine Treppenstege aufgezogen hat, also Pfeife im Mund, ohne zu rauchen, Hände in den Hosentaschen; warum es mir so gut geht: ich habe nichts zu winken, sondern warte auf das stumpfe Tuten, das durch Mark und Bein geht, das zweite, das heisere Tuten; einmal hat es schon getutet durch Mark und Bein. Ich denke an niemand, stütze mich mit beiden Ellbogen auf die Reling, um zu sehen Schlepper unter Rauch wie Köter an der Leine, Neapel hinter Dunst. Später schlendere ich auf die andere Seite, um zu sehen Leute, viel Leute, die an Land bleiben und winken, Familien, Freunde, Bräute, ein altes Mütterchen schluchzend.

Ich sehe keinen Vesuv. Ein grauer Tag, schwül, dabei windig. Und jetzt platschen die schweren Taue ins finstere Hafenwasser, Tuten verschmettert zwischen Baracken und Zollhäusern, die Winkerei nimmt zu, Taschentücher weiß wie ein Narzissenbeet; neben mir eine Dame, die ebenfalls nicht winkt, während der Schlitz zwischen Mole und Schiff sich langsam erweitert; dabei das Gefühl, daß die Mole ausschwenkt, nicht unser Schiff; die Schlepper qualmen und machen sich wichtig mit viel Gischt. Ihr Gesicht ist nicht zu sehen (was geht's mich an!) wegen des flatternden Kopftuches. Sie steht einfach da, Hände im Jackett; auch sie hat nichts zu winken. Langsam kommen wir in Fahrt, sehe ich, noch wellenlos. Einige an Bord winken winken winken noch immer, aber ihre Gesichter verändern sich schon während des Winkens; sie sehen nicht mehr, wem genau sie winken, und die Gefühle drehen auf Gegenwart, die vorerst einfach leer ist, offen, leicht, etwas verwirrend leer. Jetzt haben die schwarzen Schlepper auch getutet, klinken die braunen Taue aus, lassen sie ins Wasser fallen und drehen ab, und wir fahren jetzt aus eigner Kraft langsam, aber pünktlich. Die letzte Mole, schwarz von Algen und von Möwen geweißelt, gleitet vorüber mit einem Leuchtturm; dort spritzt es in den Wellenbrechern, dann sind wir frei – für sieben Tage – die Schleppe unsrer Wellen, immer gleich, verliert sich in Morgen und Mittag und Abend...

Ich sitze auf Deck.

Langweile mit Blick aufs Meer, eine wonnige Langweile: nicht tot sein und nicht leben müssen...

Ich versuche zu lesen.

Hat man an Bord je arbeiten können?

Müßiggang in die Bar –

Es geht mir gut, wie gesagt, nicht sehr gut, aber gleichgültig gut; ich suche kein Gespräch, keine sogenannte Begegnung; ich habe bloß, als ich in die Bar schlenderte, das blaue Kopftuch wiedererkannt, ihr Gesicht zur Kenntnis genommen – ein gutes Gesicht, vielleicht Anfang dreißig, ein ungewöhnliches Gesicht, aber bekümmert, schüchtern, ein Gesicht, das sich umsieht nach den Menschen an Bord und selbst nicht gesehen werden möchte. Ich werde sie nicht ansprechen, sie irrt sich, wir haben einander nur erkannt, zwei Leute, die in Neapel nicht gewinkt haben. Und ich bleibe in der Bar, um mein Taschenbuch zu lesen.

Das Meer ist grau, öd-glatt.

Ich sehe mich um:

Viel Italiener, dazu Amerikaner –

Ich lese weiter.

Sie sitzt, Rücken gegen mich, an der Bar. Ohne Kopftuch jetzt; blond, wie Italienerinnen blond sein können, mit dunklen Augen. Ihr Gesicht, das sie mit Zigarettenrauch verschleiert, sehe ich in einem Spiegel. Schön. Sie weiß es und gibt sich unscheinbar; aber sie ist auffallend, weil sie, wie reglos und gelangweilt sie sich auch gibt, nervös ist. Wie ein Mensch auf der Flucht. Sie hat (so könnte ich mir denken) in einer verzweifelten Laune etwas beschlossen, die Laune ist weg, die Verzweiflung nicht, der Entschluß muß vollstreckt werden zwecks Selbstachtung; sie trinkt –

Erster Lunch:

Ich komme an den Tisch mit einem jungen Paar, alles ziemlich steif, der vierte Stuhl an unserem runden Tisch bleibt leer –

Das Wetter wird besser.

Nachmittags auf Deck.

Palermo:

wir sitzen gerade beim Dinner, das junge Paar und ich, der ich mich unterrichten lasse über die wirtschaftlichen Möglichkeiten in Canada, und nicken, als sie sich, vom Steward gewiesen, an unseren Tisch setzt, die Dame mit dem blauen Kopftuch, jetzt in einem schwarzen Abendkleid und natürlich ohne Kopftuch. Sie ist enttäuscht, scheint es, über das Tisch-Los, das sie gezogen hat; wir können nichts dafür. Sie trägt eine Perlenkette, wie ich sie auch schon geschenkt habe, ihr Haar jetzt emporgekämmt, dazu eine Sonnenbrille, damit man nicht in ihren Augen lesen kann. Ihre Hand (ich sehe sie, als sie die große Speisekarte hält) trägt einen Ehering. Um nicht weiter hinzuschauen, tue ich, als sei mein Fisch voller Gräten. Ihr Italienisch mit dem Ober: vorzüglich, aber nicht ihre Muttersprache. Ihr Haar (ich sehe es, als ich mich umdrehe, um den Weinkellner herbeizuwinken) ist nicht blond, aber vielleicht macht das die Beleuchtung in diesem Saal. Draußen Palermo in der Dämmerung, wir liegen noch immer vor Anker. Blick auf meinen Fisch, arbeitend wie ein Chirurg, ich blicke nicht einmal auf, als der Weinkellner mir die Etikette zeigt, vollauf beschäftigt mit Gräten, die nicht zu finden sind, sehe ich lediglich ihre Hand, die Grissini knickt und zerbröselt, und ihren Ellbogen; ihr Alter. Dann redet das junge Canada-Paar unter sich. Gott sei Dank; jemand muß reden. Und nachdem der Kellner meinen Teller weggenommen hat, blicke ich gradaus. Sie muß schön sein; ich lese es aus den Gesichtern am Nebentisch. Ob sie schon rauchen dürfe, fragt sie, und dann unterhalte ich mich wieder mit dem jungen Paar, dessen Zukunft so gewiß ist. Sie ißt fast nichts. Sie verläßt uns vor dem Nachtisch, wobei wir wiederum nicken, vergißt allerdings ihre Handtasche; der junge Ehemann gibt sie ihr, Gentleman. Ihre Zähne, wenn sie lächelt, ihr Nacken, ihr Gang durch den Saal – einen Apfel schälend schaue ich ihr nach...

So könnte Lila sein.

(Lila von außen.)

Die Herren in der Bar, als sie eintritt, machen sich schlank, um sie durchzulassen fast ohne körperliche Berührung, und da die roten Hocker alle schon besetzt sind, erhebe ich mich. Ohne sie anzusprechen. Und sie setzt sich, ohne zu nicken. Ich verstehe ihre Verachtung der Männer und gehe auf Deck, um die Nacht zu besichtigen...

Gibraltar:

wir ankern in der Bucht stundenlang mit Blick auf den bekannten Fels, umwimmelt von schaukelnden Barken, Händler bieten marokkanische Teppiche feil, Geschrei, werfen Stricke hinauf, und man muß nur ziehen, dann seine Dollars in den Korb legen, Wind, aber jedermann steht auf Deck, so auch wir, die Dame mit dem blauen Kopftuch und ich, Hände in den Hosentaschen, ich weiß nicht einmal, wie wir ins Gespräch gekommen sind – ohne Umschweife, glaube ich, ohne solche Fragen: Fahren Sie zum ersten Mal über den Atlantik?... Auch Lila (einmal angenommen, sie sei Lila) kauft keine Andenken, sondern schaut dem Handel bloß zu, die Hände in den Taschen ihrer Wildlederjacke; sie ist munter, scheint es, möwenleicht.

»Ja«, sage ich, »jetzt steigt niemand mehr zu.«

Wir sprechen Deutsch.

»Diese Möwen«, sage ich, »ich möchte einmal wissen, ob es immer dieselben sind, die uns seit Neapel umkreisen.«

Sie scheint andere Sorgen zu haben.

»Der junge Mann an unserm Tisch«, sage ich, um das Gespräch nicht ausfallen zu lassen, »behauptet, daß es dieselben Möwen sind, die uns begleiten bis Amerika.« Pause, da mir zu den Möwen weiter nichts einfällt, und ich klopfe meine Pfeife aus –

Soweit unser Gespräch!

Die Füße auf das weiße immer zitternde Geländer gestemmt, Atlantik zwischen meinen Schuhen, sitze ich wieder in meinem Decksessel; nicht einmal ein Taschenbuch kann ich lesen in diesem stundenlosen Sog von blauem Müßiggang – und ich möchte jetzt nicht in die Bar, weil sie vermutlich in der Bar ist...

Wir haben einander nichts zu sagen.

Leider spielt sie nicht Schach.

Sowie ich mir vorstelle, diese Frau sei Lila, oder mich auch nur frage, ob Lila aussehen könnte wie diese Frau, geschieht das Merkwürdige: ich habe keine Ahnung, wer sie ist, und ich weiß, daß ich keine Ahnung habe, und trotzdem beginne ich zu deuten, was sie verschweigt –

Eine liebenswerte Frau.

Ich bin sicher:

Eine Frau mit diesem Gesicht zerschmettert nicht nur keine Whisky-Gläser, sondern tut, was Svoboda im umgekehrten Fall nicht vermag: sie macht es ihm leicht, und da sie nicht zeigt, wenn sie nächtelang geheult hat, weiß er nicht einmal, wem er sein Glück verdankt. Sie ist nicht beleidigt wie ein Mann. Und sie schwatzt nicht herum; wer sie in solchen Monaten sieht, vermutet nichts. Hat das je ein Mann vermocht? Sie erfüllt, was ihr die andere überläßt, die Forderungen des ehelichen Alltags, wird etwas häßlich; aber auch das macht es ihm leicht. Sie rechnet nicht mit dem Zerfall aller Liebe; sie glaubt an Wunder; sie droht nicht, daß er sie verliere; sie übt sich in der Nebenrolle. Ihre Großmut ist keine Erpressung. Sie verehrt ihn. Sie richtet nicht über die andere, nur weil er die andere liebt. Und sie wühlt nicht in Ursachen, zerredet nicht. Sie würgt seine Munterkeit nicht ab, wenn er den Mut dazu hat, munter zu sein, und wenn er von seiner Arbeit berichtet, hört sie zu, als redete man von der Hauptsache. Sie macht es ihm möglich, lieb zu sein; nur zeigt sie sich nicht im Bad, nicht nackt. Sie weiß, daß eine andere da ist, und will nicht wissen, was sie im einzelnen nichts angeht; sie findet Kämme, die nicht ihr gehören, und läßt sie verschwinden wortlos. Sie zeigen sich zu Dritt. Sie ist nicht geizig. Sie spricht zu der andern wie zu einer glücklicheren Schwester, die sie bewundert –

Eine großartige Frau.

Weiß Svoboda das nicht?

Seine Auslegung:

Der naturhafte und durch keine Gleichberechtigung tilgbare Unterschied zwischen Mann und Frau bestehe darin, daß es immer der Mann ist, der in der Umarmung handelt. Er bleibt er selbst, und das weiß die Frau; sie kennt ihn. Sie will gar nicht wissen, was sie erraten kann. Umgekehrt weiß der Mann keineswegs, wie eine Frau, wenn sie weg geht, in der Umarmung mit einem andern ist; er kann es überhaupt nicht erraten. Die Frau ist ungeheuer durch ihre fast grenzenlose Anpassung, und wenn sie von einem andern kommt, ist sie nicht dieselbe; das geht, wenn es einige Dauer hat, bis in ihre geistigen Interessen hinein und ihre Meinungen, ihre Urteile. Weil die Frau, wenn sie weg geht, weiter weg geht als der Mann, muß sie sich verstellen, wenn sie zurückkommt, noch im Gespräch über dies und jenes; drum will er wissen, was ihn nichts angeht; die Frau von Geschmack wird es ihm nie verraten, während der Mann, im umgekehrten Fall, sie so gerne langweilt, indem er erzählt. Als könne er, wenn er umarmt, je sehr anders sein! Darauf beruht die Großmut der gescheiten Frau, ihre unerträgliche Großmut, die uns an unsere Begrenztheit erinnert.

So Svoboda.

»Sehen Sie«, sagte ich, »jetzt sind wir schon hier!« Ich zeige ihr die roten Fähnlein, die jeden Morgen auf die große Atlantik-karte gesteckt werden, unser Standort in der blauen Leere mit Meridianen. »Wir kommen vorwärts.«

»Heute ist schon Donnerstag?«

»Ja«, sage ich.

»Ja«, sagt der junge Mann, der auf Canada schwört, »es ist schade, übermorgen kommen wir schon an.«

Ich lasse die beiden allein.

In meinem Decksessel, die Füße auf das immer zitternde Geländer gestemmt, lese ich durch die Sonnenbrille gerade ein Taschenbuch, das ihr gefallen würde, Geschichte eines Mannes ohne Atavismus; ich bin gerade bei dem Kapitel, wo dieser Mann, der eine Frau liebt und schon über zweihundertunddreißig Seiten unterrichtet ist, daß sie die Nacht mit einem andern verbracht hat, das Frühstück auftischt, ein Frühstück zu dritt, appetitlich nicht nur Speise und Trank, es gibt Schinken mit Ei, lese ich, allerlei Käse, Schwarzbrot, Früchte, alles sehr appetitlich beschrieben, aber appetitlich auch das Gespräch zu dritt, witzig

257

ohne Auseinandersetzung und solche Krämpfe, ohne Verheimlichung, ohne Bezug auf die Verhältnisse, die somit als selbstverständlich erscheinen – und ich bin gespannt, wie's weitergeht...

Leider ist das Meer sehr bewegt.

Vorletztes Mittagessen:

unser junges Paar hat sich weniger zu sagen von Tag zu Tag, vor allem der junge Mann scheint nicht mehr damit zu rechnen, daß seine junge Frau, die er nach Canada verpflanzt, irgend etwas zu sagen habe –

Nachmittag:

ich lese, wie's in meinem Taschenbuch weitergeht, ab und zu überschlage ich einige Seiten, ungeduldig, weiß nicht worauf, schaue, ob die Möwen uns noch immer begleiten, dieselben, ich bin ein schlechter Leser: meine Gedanken wie Möwen hinter einem fahrenden Schiff, sie folgen und folgen, plötzlich kurven sie ab und hinaus aufs offene Meer, kommen aber wieder, fliegen voraus, immer dieselben, bleiben zurück wie meine Gedanken hinter der Geschichte, die unablässig unter Volldampf weiterfährt.

Einmal, sehe ich, spielen sie Pingpong.

Es scheint noch immer keinen Farbanstrich zu geben, der sich gegen die Salzwasserluft hält; drei Matrosen pinseln das immer zitternde Geländer von Neapel bis New York und dann wieder zurück, alles Weiße scheint die Pocken zu haben, unheilbar, die Krane und die Winden und die Leitern, die flötenden Lüftungsrohre, alles Weiße wie vernarbt, sie überpinseln, aber immer wieder beginnt's mit gelblichen und braunen Rostblattern...

Vorletzter Abend:

sie tanzen, die Dame, die Lila sein könnte, und der junge Ingenieur. Ihr Gesicht über seiner Schulter – das ich umsonst zu beschreiben versuche: – ein Senken ihrer Lider genügt, ein Wechsel ihres Blickes auf Nähe oder Ferne, eine Hand, die ihre Haare hinters Ohr streicht im Profil, und dann wieder ihr Lachen von vorne, eine Drehung, ein Lichtwechsel, ein Wechsel vom Lachen ins Schweigen, ein Stirnrunzeln genügt, daß alle Beiwörter, die ich gesammelt habe, einfach abfallen von ihrem Gesicht...

Ich gehe schlafen.

Letzter Nachmittag:

mein Taschenbuch ausgelesen, und sonst habe ich überhaupt nichts getan in diesen langen kurzen Tagen; kaum ein Gespräch;

einfallslos in bezug auf mich selbst, gesichtslos, ohne Pläne; ich stelle fest, daß ich halbe Tage lang an niemand denke und nicht an mich, und genieße es, meine Füße auf das immer zitternde Geländer gestemmt, jetzt ohne zu lesen, aber wach, sehe eben die junge Ehefrau, die ihren Ingenieur sucht; habe ihn gesehen, ja, im Schwimmbecken, aber da sei er nicht mehr; nehme nicht an, daß die beiden über Bord gegangen sind, vielleicht besichtigen sie den Maschinenraum, da er Ingenieur ist, ein Schiff ist ein Labyrinth –

Letzter Abend:

sie kommt nicht zu Tisch.

Ich unterhalte mich ausführlich (eigentlich bloß um das Ausbleiben unsrer Tischgenossin nicht durch Schweigen hervorzuheben, und weil die junge Ingenieurfrau wie versteinert vor sich hin schweigt) und ausführlicher, als es meinem Interesse entspricht, mit dem jungen Ingenieur, der nicht über Bord gegangen ist, und zwar über das immer zitternde Geländer, das Problem der Vibration, das, wie ich schon vermutet habe, noch immer nicht gelöst worden ist –

Mitternacht auf Deck, Sterne, Wind.

Ich unterhalte mich mit einem amerikanischen Geistlichen von Heck bis Bug und Bug bis Heck und gehe neben seinem schwarzen flatternden Rock, nicke, als die beiden auf Deck sich erkannt fühlen –

Letzter Morgen:

ein Lotse kommt an Bord, Lautsprecher bitten sämtliche Passagiere in drei Sprachen und so fort, Unruhe im Korridor, es wimmelt wie in einem gestörten Ameisenhaufen, Passagiere in Mänteln, Koffer stapeln sich, Personal, die Bettücher sind abgezogen, die Trinkgelder verteilt, USA-Offiziere sitzen plötzlich in der Lounge und prüfen ungemütlich-sachlich die Pässe, mehr als nur die Pässe, sogar Röntgenbilder, Impfzeugnisse sowieso, das dauert, sämtliche Passagiere werden zum letzten Mal gebeten, Bündel von Bettüchern im Korridor... Ich denke: hoffentlich sind ihre Koffer und Taschen gepackt! – vielleicht sitzt sie in ihrer Kabine und kämmt sich, bevor sie sich das blaue Kopftuch wieder umbindet. (Was kümmert's mich, der ich, Paß und Impfzeugnis zur Hand, in der Schlange stehe, froh, daß ich mich diesmal um niemand kümmern muß)...

Sie könnte Lila sein.

Ich habe sie nicht mehr gesehen.

Lila von außen:

ihr Gesicht im Spiegel, während sie das Haar auskämmt bei schrägem Kopf, und wenn sie den Spiegel verstellt, ihr Nacken und ihr bloßes Ohr, jetzt wie sie's emporhält, ihr offenes Haar, dann läßt sie es fallen, ihr offenes Haar, zuviel wie ein Wasserfall, sie schüttelt's hinter die Schulter, hört die Lautsprecher draußen im Korridor und streicht mit den Fingern beider Hände über die Backenknochen und Schläfen, dann unter das trockene Haar hinter die warmen Ohren, Salbe an den Fingern, sie fühlt ihre fühlende Haut, die Wangen weich und nachgiebig, dann das Kinn, dann wieder hinauf an die Schläfen, wo es hart ist, dann die steif-zarte Nase mit ihrem Grat, ihre Nüstern, salbt, während sie draußen über dem nahen Wasser fernhin die Küste sieht – Fire-Island vermutlich – und dann wieder ihr Gesicht im Spiegel, hält inne: man kann sich nicht zugleich in beide Augen schauen: hält inne vor ihrem Blick, der dicht hinter dem Glas bleibt, alles andere bleibt hinter dem Glas, ihre Stirn und ihre blassen Lippen und die Wimpern, die sie bürstet, das dauert, die Haut unter ihren Augen schimmert durchsichtig wie Seidenpapier, glänzend, mürbe, bläulich-bräunlich wie feuchtes Herbstlaub, sie pudert sich, das dauert, dann kämmt sie sich, die Küste kommt näher, während sie sich kämmt, eine Spange zwischen den Lippen, eine flache Küste mit gleitenden Bäumen und Baracken, ab und zu eine Boje, auch das Kämmen dauert, die Lautsprecher im Korridor bitten schon nicht mehr, sie nimmt die Spange aus dem Mund und malt sich die Lippen, die sie aufstülpt über dem Perlmutter- weiß ihrer Zähne, ihre weichen und vollen und sanft-kräftigen Lippen, die sie strafft, sie läßt sie quillen oder preßt sie verschlos- sen, um die Linie zu malen, die feine Linie zwischen Außenhaut und Innenhaut, Mund, sie neigt sich zum Spiegel, um genauer zu sehen, Mund, feucht wie das Fleisch einer aufgebrochenen Aprikose, dann rollt sie die Lippen gegeneinander, um die Farbe besser zu verteilen, und schraubt den Lippenstift zu, Blick auf den Mund im Spiegel, sie läßt ihn sich öffnen, aber stumm, es wird Zeit, Rasseln von Ankerketten, Zeit für das blaue Kopftuch, falls es draußen windig ist, das Schiff scheint nicht mehr zu glei- ten, Rasseln von Ankerketten, sie vergißt nichts, da sie allein ist, und sieht sich um, ihr Körper im Spiegel: so wie ein Mann ihn sieht, ihr Körper von außen, sie denkt nicht an ihn, während

sie das blaue Kopftuch um die gekämmten Haare legt, ihr Körper
hat ihn schon vergessen, sie bindet das Kopftuch unter dem Kinn,
bereit, in einer Viertelstunde auf dem Pier empfangen zu werden
mit ahnungslosen Händen und Augen und Küssen –

Ist es so?

Wer es so sieht, ist Svoboda.

Ich stehe an der Reling, Hände in den Hosentaschen, während
die Taue ausgeworfen werden, ungefähr der letzte auf Deck, alle
drängen zum Ausgang, Ankunftsfieber, es ist ein kühler Morgen,
Skyline im Dunst.

Bin ich Svoboda?

Die Prüfungen für Gantenbein nehmen kein Ende: – ich schlurfe
in Wasser, allein in der Wohnung, Wasser, das spiegelt, das
schwappt, Wellchen bei jedem Schritt, das gluckst, Wasser in
der ganzen Länge unsres langen Korridors, ich hör's, und da
hilft kein Blindenspiel, das schwappt und gluckst, wo ich gehe,
im Wohnzimmer auch, Wasser von Zimmer zu Zimmer, die Fen-
sterhelle spiegelnd, lauwarm... Es ist nicht das erste Mal, daß
Lila, von Verspätung gehetzt, die Dusche abzustellen vergessen
hat; aber zum ersten Mal hat Gantenbein es nicht zeitig genug
bemerkt... Also ich schlurfe in Wasser, während Lila auf der
Bühne steht. Verstehe: sie hat an ihren Text gedacht. Halte ihr
den Daumen. Oder besser: ich stelle die Dusche ab. Das hat
Gantenbein schon öfter getan. Ohne je ein Wort. Aber diesmal
kommt Gantenbein zu spät. Diesmal wird Lila merken, wer ihr
die Dusche abgestellt hat, und ich werde mich verraten. Was
tun? In Mantel und Hut, allein, stehe ich ratlos in der bewässerten
Wohnung. Das kommt davon, daß Gantenbein, um seine Rolle
zu wahren, nie ein Wort gesagt hat. Oder soll ich mich, indem
ich die Dusche weiterrieseln lasse, in den Schaukelstuhl setzen,
Füße auf das Tischlein, um glaubhaft zu machen, daß Gantenbein, blind wie er ist, die Überschwemmung nicht wahrgenommen hat? Eine kostspielige Lösung; das Parkett wird schwellen.
Es wird Mitternacht werden, bis Lila heimkehrt, und die untern
Mieter werden sich melden. Oder soll Gantenbein einfach ausgehen? Höher als die Schwelle zum Balkon kann das Wasser nicht
steigen. Es gibt, so scheint mir, keine andere Lösung, als die

Dusche wieder anzustellen und so hängen zu lassen, daß es halbwegs über den Rand der Wanne regnet, und auszugehen. Was mich an der Ausführung hindert: das Pädagogische dran. Und dann, zum Ausgehen schon bereit, sehe ich, wie das Wasser mit seinen launischen Zungen sich langsam-sicher den Büchern und Platten nähert, die zwar nicht auf den Boden gehören, aber da sind sie halt, und ich bring's nicht übers Herz: ich rette die Bücher und Platten, ihre seidenen Schuhe, die Vorhänge, die schon mit der Osmose begonnen haben. Wie kann ein Blinder so handeln? Das Abstellen der Dusche ließe sich noch erklären: auch Gantenbein spürt, wenn er nasse Füße bekommt, und hört, wo es rieselt. Aber die Rettung der Bücher und Platten? So stehe ich nun, nachdem ich die Bücher und Platten in Sicherheit gebracht habe, barfuß in der Erkenntnis, daß ich auch das Wasser aus der Welt schaffen muß, damit es mich nicht verrät, und zwar sofort, damit die Böden wirklich trocken sind, bis Lila heimkehrt. Fluchen hilft nichts, es geht nur mit einem Frottiertuch, das ich sorgsam, um keine Wellen zu verursachen und damit Erweiterung der kleinen Sintflut, aufs Parkett lege und sich vollsaugen lasse, dann im Bad auswringe, jedesmal ein Viertelliter, mehr nicht, und so hin und her, barfuß, her und hin und wieder her, vorerst ohne eine Wirkung zu sehen, noch immer spiegelt es und glückst es. In anderthalb Stunden ist's getan. Ich rauche die erste Zigarette, Blick auf die Uhr: jetzt ist Lila im dritten Akt. Ich halte ihr den Daumen. Aber die Teppiche? Daran habe ich in meiner Panik nicht gedacht, an die platschnassen Teppiche, ich schwitze ratlos. Ich komme nicht umhin, und sei's auch nur aus Wut auf Gantenbein, also knie ich und rolle die Teppiche, bis meine Hände den Krampf bekommen, und walke. Und Patsch findet es lustig; ich sehe nur das trübe Wasser, das ich aus den Teppichen walke, und nicht seine Pfoten in der ganzen Wohnung, noch nicht. Nach einer weiteren Stunde geben die Teppiche nichts mehr her. Natürlich sind sie noch nicht trocken, aber den Rest überlasse ich dem Durchzug; ich öffne alle vorhandenen Fenster. Dann ein Bier. Noch eine Stunde bis Mitternacht! Dann im Schaukelstuhl, einigermaßen erschöpft, frage ich mich, ob mein Verhalten grundsätzlich richtig ist. Komme aber nicht zum Denken; jetzt sehe ich die schmutzigen Pfoten, die Patsch unterdessen in die ganze Wohnung getupft hat, und das erfordert eine zweite Runde mit dem Frottiertuch, dann Reinigung der Badewanne. Zum Glück kommt Lila nicht zur versprochenen Stunde, und die Teppiche haben Zeit; sicherlich hat sie noch jemand getroffen, der sie mit Recht verehrt, und das kann drei Uhr werden, hoffe ich. Jetzt ist Mitternacht; ich lege meine Hand auf die Teppiche. Ich kann nur hoffen, daß man noch zu Siebenhagen geht; dann wird es vier Uhr. Trocken werden die Teppiche nicht sein, aber ich werde Lila sofort auf meine Knie nehmen, damit ihre Füße nicht den Boden berühren. Sie wird mich fragen, was ich denn diesen ganzen Abend gemacht habe.

»Ach«, werde ich sagen, »– gearbeitet.«

Es wird sie erfreuen.

Ich werde lächeln.

Aber am andern Morgen (daran denke ich erst jetzt!) das Parkett: grau, bleich, fleckig, und ich weiß nicht, wie Gantenbein das erklären soll... Ich bin neuerdings ratlos. Das Parkett wird mich verraten. Es hilft alles nichts. Nur eins: – ich ziehe meine Krawatte wieder an, zuerst ein frisches Hemd, dann die Krawatte, dann lasse ich die Dusche laufen und zwar so, daß es über die Wanne hinaus regnet, ich lege die Bücher und Platten wieder hin, nachdem die Überschwemmung eingeleitet ist, und dann nehme ich meine Jacke, das schwarze Stöcklein, um auszugehen.

Und?

Lila kann nicht glauben, daß sie die Dusche abzustellen vergessen hat, trotz Überschwemmung. Das kann nur ich verschuldet haben. Das mit der Dusche, sagt sie, sei ihr noch nie widerfahren. Gantenbein kann nicht widersprechen.

Ist Gantenbein ein Narr?

Gantenbein als Vater: –

Als die Oberschwester ihn vor das weiße Bettchen führt, einerseits sieht sie nicht ein, wozu sich der Blinde dies wünscht, andererseits denkt sie es sich ergreifend, daß ein Vater nie sein Kind erkennen kann, nie und nimmer, und als sie unter der strengen Bedingung, daß er den Säugling nicht betaste oder gar küsse, endlich den ebenfalls weißen Schleier lüftet, braucht Gantenbein sich nicht zu verstellen: er sieht tatsächlich nichts Einmaliges. Ein großer Augenblick, kein Zweifel, aber nicht für die Augen. Ein geschichtlicher Augenblick. Was er sieht: ein Säugling. Was die Oberschwester hiezu berichtet, kann Gantenbein nicht sehen. Ein Säugling wie tausend andere. Wie erwartet; wie nicht anders erwartet. Er schweigt; Gantenbein braucht sich nicht zu verstellen; das ist eine gute erste Begegnung. Er ist froh, daß Lila es überstanden hat. Ihre Schreie waren entsetzlich. Jetzt liegt sie da, bleich mit verklebtem Haar, aber lächelnd, und Gantenbein hält ihre feuchte Hand.

Es sei ein Mädchen.

Später, allein auf der Straße mit dem schwarzen Stöcklein, das er klöppeln läßt, und begleitet von Patsch, der von dem Ereignis nichts weiß, dann in einem öffentlichen Park, wo er sich setzt, fühlt er die erste väterliche Sorge: daß sie den Säugling, wenn sie ihn waschen und wiegen und wickeln, mit einem andern Säugling verwechseln könnten. Er selbst, wie gesagt, könnte es nicht sehen. Von Unruhe befallen geht er nochmals zurück ins Krankenhaus. Um den Säugling zu sehen. Er läßt sich nicht abweisen, Hausordnung hin oder her, er muß den Säugling sehen, und wie seltsam sich dieses Begehren auch ausnimmt, wenn einer die gelbe Blindenbinde am Arm trägt, man kann es ihm nicht abschlagen. Lila schläft. Und man muß auf den Fußspitzen gehen. Und die Oberschwester, als sie sieht, wie Herr Gantenbein, als blinder Vater, mindestens zehn Minuten lang vor dem weißen Bettchen steht, ist tatsächlich gerührt. Natürlich fragt er nicht, ob dies denn wirklich sein Kind sei; die Frage würde mißverstanden. Im Korridor draußen, wo es von Säuglingen gerade wimmelt, führt die Oberschwester ihn am Arm; er fühlt sich wirklich blind. Wie noch nie. Seine Sorge ist keineswegs verscheucht, als Gantenbein wieder auf der Straße geht, von Patsch geführt, und kurz darauf in einer Bar steht, um einen Kirsch zu kippen. Um zur Vernunft zu kommen. Und die Vernunft besteht darin, daß er einfach glaubt; daß er jetzt in eine Druckerei geht, nicht ohne vorher seine Blindenbrille und die gelbe Armbinde abzunehmen; denn es ist ihm nicht gleichgültig, welche Schrift, welche Typographie, und er will genau die Muster sehen, bevor er die frohe Anzeige drucken läßt:

BEATRICE

Ein schöner Name ...

Beatrice Gantenbein, wie es später einmal heißen wird, klingt weniger schön, aber das läßt sich nicht ändern, nicht wählen; man hat nun einmal einen Vater, wie immer er heiße.

Ich stelle mir vor:

Einige, als sie die frohe Anzeige lesen, haben nicht die mindesten Zweifel, daß es wirklich ein Kind von Gantenbein ist; andere fragen sich, ohne aber zu sprechen darüber, versteht sich. Schließlich geht es sie ja nichts an. Sie verehren Lila, sie mögen Gantenbein, sie beglückwünschen beide, es fehlt nicht an Blumen. Sie versichern Gantenbein, wie ähnlich es ihm ist. Er kann's ja nicht sehen. Wie aus dem Gesicht geschnitten! findet jedermann, und es freut Lila, wenn die Leute vor dem Stubenwagen, um etwas gesagt zu haben, das sagen; sie findet es ja auch...

Ich stelle mir vor:

Gantenbein, wenn es eines Tages soweit ist, daß er mit der Kleinen ausgeht Hand in Hand, und man weiß nicht, wer eigentlich führt, Hauptsache, daß sie nicht unter einen Lastwagen geraten, die beiden, das Kind mit dem blinden Vater und Gantenbein, der das Kind von Lila führt oder sich führen läßt, Gantenbein kauft ihm ein Eis und zeigt ihm die tappigen Bären im Zoo, die mit den Pfoten bitten und auf den Hinterbeinen tanzen, bis man ihnen die Rüben wirft, und Gantenbein, der Blinde, ist geschickter (wie es sich für einen Papi gehört) beim Werfen der Rüben –

Ich stelle mir vor:

Seine Sorge, das Kind könnte ihn eines Tages durchschauen und sein Blindenspiel auch vor den Erwachsenen, denen es so paßt, unwiderruflich entlarven, wird wachsen wie Beatrice –

Wie lang glaubt ein Kind?

Ich habe einmal, im Freundeskreis, ein Kind gekannt, das man nicht aufs Knie nehmen konnte, ohne daß es nach der Brille des Erwachsenen griff, sie herunterriß, eine Manie, der mit Warnung und selbst mit Strafe so wenig beizukommen war wie mit Humor; das Kind, damals vierjährig, redete kaum; mitten in der lustigen Geschichte, die es aufmerksam anzuhören schien, griff es zu und hatte sie schon wieder, die Brille, nicht um sie haben zu wollen, nur einfach so, nur einfach herunter damit.

Ich stelle mir vor:

Gantenbein, wenn er ihre Kinderzeichnungen sieht, und diese Kinderzeichnungen sind von jener aufregenden Schönheit, daß man an Genie zu glauben nicht umhin kann, aber Gantenbein darf sie nicht loben, er muß sein Staunen verhehlen, fragen, was Beatrice denn gezeichnet habe, aber das kann sie eben nicht sagen, nur mit Ölkreide malen, und Gantenbein sieht's: das ist Papi, der Mann mit der Armbinde, und da ist alles gemalt, was er unterwegs gezeigt und erzählt hat, alles in grellen Farben, der Zirkus, das Schiff mit dem Wasserrad, die Hexe, die Fahnen und der Blitz im violetten Himmel und der Schirm, der gestülpt ist, und alles, die Berge, die Pauke, die den Donner macht, der dicke Feuerwehrmann mit dem Schlauch auf der Leiter, Beatrice und der Papi mit der gelben Armbinde und mit dem Stöcklein, womit er zeigt, und alles und alles, und nun erkennt er's nicht einmal.

Es wird schwierig.

Später ihre ersten Lügen –

Beatrice hat genascht, und er sieht's an ihren keuschen Lippen, die leugnen, und an der Schürze, Marmelade, aber Gantenbein kann sie nicht überführen, nur schweigen und lächeln, Beatrice weint. Man kann nicht naschen, scheint es, ohne daß Papi es weiß. Woher nur? Alles weiß er. Oder Beatrice hat das Brot, das sie halt nicht mag, unter die Tischplatte geklemmt und zwar schon wochenlang, und Gantenbein hat nichts gemerkt, aber eines Morgens liegen alle diese dürren Krusten auf dem Tisch, und wenn der blinde Papi sie auch nicht einmal mit Worten straft, weil er die Bescherung ja nicht sehen kann, so errötet sie doch. Alles kommt an den Tag. Man kann nicht lügen. Der liebe Gott und Papi sind eins – eine Zeit lang… dann merkt Beatrice, daß dort, wo Gantenbein nicht hinkommt, beispielsweise im Wald, wo sie mit den Buben etwas macht, auch der liebe Gott nicht hinkommt.

Man kann lügen.

Papi weiß nicht alles.

Er weiß nicht einmal, wie Herr Siebenhagen aussieht, der mit Lila manchmal Tennis spielt, und welche Farbe sein feiner Wagen hat; das möchte er wissen, aber das sagt der liebe Gott ihm nicht – das sieht Gantenbein nur auf ihren Kinderzeichnungen: die weiße Mami und der weiße Ball über dem Netz und Herr Siebenhagen, der offenbar ein schwarzes Bärtlein trägt, mit weißen Beinen und langen Schritten…

Ich stelle mir vor:

Obschon Lila, jetzt wieder im Beruf, neben ihren Proben und Aufführungen (dazu die Gastspielreisen) begreiflicherweise wenig Zeit hat, ist ihre Liebe zum Kind durchaus grenzenlos, ihr Verständnis, wenn Beatrice nur tut, wozu sie grad Lust hat. Was Gantenbein unter Erziehung versteht, ist ihr ein Greuel, der sie verstummen läßt mit Blick auf das Kind. Sie ist eins mit dem Kind. Wer das Kind rügt, rügt die Mutter. Und natürlich wirkt es schon als Rüge, wenn Gantenbein, ohne zu rügen, von dem Kind verlangt, was die schöne Mutter von sich selbst nicht verlangt. Plötzlich sieht es aus, als wolle er Lila erziehen. Wie soll die Kleine angehalten werden, daß sie ihr Mäntelchen nicht einfach (als komme sie müde von der Probe wie Lila) auf den Boden wirft? Dann ist es Lila, die gelegentlich ihr Mäntelchen aufhebt und an seinen Ort hängt. Was will Gantenbein mehr? Ihre Geduld gegenüber dem Kind ist unerschöpflich, und was dabei herauskommt: ein Kind, das den Gästen sämtliche Salzmandeln wegfrißt, ein schönes Kind, und schließlich sind die Gäste nicht wegen der Salzmandeln gekommen, Lila hat recht. Auch haben Gäste immer Humor. Wenn es zu weit geht, beispielsweise wenn Klein-Beatrice verständlicherweise, weil die Unterhaltung der Erwachsenen sie langweilt, einem Gast, während dieser von Lila fasziniert ist, seine Havanna-Zigarre zerbröselt, ist es immer noch Zeit, daß der blinde Gantenbein eingreift:

»Laß das!«

Natürlich hat der Gast, da es sich nicht um sein Kind, sondern nur um seine Zigarre handelt, mehr Humor als Gantenbein; allerdings ist es, wie er feststellt, seine letzte Havanna gewesen, und er erinnert sich nicht sogleich, wovon eben die Rede war. Pause. Also wovon war die Rede? Lila streikt, als Mutter gekränkt; daher ihr tröstender Blick zum Kind, das schließlich ein Kind ist –

»Papi ist nicht lieb.«

Das kommt.

»Ich will einen andern Papi.«

Das hingegen, findet auch Lila, geht zu weit, obschon der Humor der Gäste sich gerade daran erholt. Jetzt ist es Lila, die das Kind zurechtweist und zwar unter Androhung von Strafe. Das darf Beatrice nicht sagen. Daß sie einen andern Papi will. Das kostet sie den Nachtisch. In diesem Punkt ist Lila sehr streng. Und Gantenbein schält schweigend seine Banane – das Kind

hat so unrecht ja nicht: vielleicht ist dieser Mann, der da blindlings seine Banane schält, wirklich nicht ihr Papi... Aber wie
dem auch sei: Fernsehen, davon war die Rede, Fernsehen als
Instrument der Bewußtseinsindustrie und überhaupt Kunst im
technischen Zeitalter, insbesondere Fernsehen, dazu kann jedermann etwas sagen, ausgenommen Gantenbein mit dem Mund
voll Banane.

Ich stelle mir vor:

Sonst aber geht es gut und schön, Lila und Gantenbein mit
Kind, man macht Ausflüge, und das Kind ist ein Kind, und Gantenbein und Lila fassen es an den Ärmchen, damit es schaukeln
kann, und Lila hält den vollen Löffel und erzählt die Geschichte
vom Heuwagen, der in die Scheune will, und wenn es müde ist,
nimmt Gantenbein es auf die Schultern, macht Reite-reite-
hopp-hopp-hopp, und wenn diese Zeit vorbei ist, gibt's andere
Spiele, einmal auch Keuchhusten, und es kommen Max und Mo-
ritz, und man badet im Sommer, man rodelt im Winter, alles
zu seiner Zeit, und Lila kauft ihm die Röcklein mit Geschmack,
Gantenbein erzählt von Sintflut und Arche, man lacht über Kin-
dersprüche, und wenn Lila auf Gastspielreisen ist, ruft sie an,
um mit Beatrice zu plaudern, und Beatrice sitzt auf einem Pony
unvergeßlich, und es kommt die Blockflöte, und so weiter, und
Lila und Gantenbein brauchen nicht allzuviel miteinander zu
sprechen, das Kind ist fast immer zugegen, und als Beatrice wissen will, woher die Kinder kommen, sagt man es so und so...

Ich stelle mir vor:

Die Anekdote von ihrer ersten Begegnung in der Garderobe,
Gantenbein als der begeisterte Blinde mit Rosen, stimmt beinah,
aber nicht ganz – das tut keine Anekdote... Lila lebte damals
natürlich nicht ohne einen Gefährten, was jedoch Gantenbein
in keiner Weise beschäftigte. Insofern ist es richtig, daß die Anekdote, die Lila immer so gern erzählt, ihn nicht erwähnt; Gantenbein hatte diesen Lila-Gefährten, der damals in der Garderobe saß, tatsächlich nicht gesehen. Und dabei saß dieser Mann
(wenn auch nicht in der Anekdote, so doch in der Wirklichkeit
damals) die ganze Zeit zwar nicht neben ihrem Schminktisch,
immerhin sichtbar genug in dem einzig bequemen Fauteuil,
stumm, eine Zeitung blätternd, Hut auf dem Kopf, breitbeinig
und sicher, daß er vorhanden sei. So saß er. Möbelhaft. Ein Mann
in den besten Jahren, ehedem sehr verliebt in Lila, jetzt im Sta-

dium reifer Liebe, zur Heirat bereit ohne Ungeduld, Hut auf dem Kopf. Und während Gantenbein seine sehr hilflose und erst in der Anekdote überzeugende Rosen-Nummer machte, hörte er nicht einmal zu, dieser Mann mit dem Hut auf dem Kopf, der ihren Bedarf an blinder Huldigung zu kennen schien. Er hätte bloß zu husten brauchen, um den blinden Verehrer zu erschrecken. Ohne aus der Zeitung aufzublicken, fragte er später beiläufig: Was ist denn das für ein Vogel gewesen? Er sagte Vogel, was Lila leise beleidigte. Immerhin war's ein Begeisterter. Ohne Hut auf dem Kopf. Sie schwieg. Zugunsten von Gantenbein. Er hatte wirklich nur Lila gesehen damals. Einen schlichteren Beweis, daß er blind ist, hätte er nicht spielen können... Später erfuhr er natürlich, daß Lila nicht allein lebte; aber da war's zu spät, um sich umzusehen: da saß niemand mehr in ihrer Garderobe. Nur noch der Fauteuil, wo er gesessen haben soll, war da. Und darin saß jetzt Gantenbein. Und draußen auf der Bühne spielte Lila immer noch dieselbe Rolle. In einer Zeitung zu blättern, bis draußen der Beifall losbrach, konnte Gantenbein sich nicht erlauben, da Lila an seine Blindnis glaubte; sie liebte ihn um seiner Blindnis willen. Er sah die Depeschen rings um ihren Spiegel gesteckt, Glückwünsche, teilweise vergilbt; er sah sich selbst in ihrem Spiegel: ein Verliebter, der blindlings wartet, bis draußen der Beifall rauscht. So jeden Abend, bis Lila dann plötzlich kam: eine Verkleidete, dazu versehen mit fremden Haaren, eine Puppe teilweise, schön, aber geschminkt für Scheinwerfer, schön auf Entfernung, Augenbrauen blau und Augenlider grün und gelb die Wange, ihr Gesicht so vergröbert, so auf Schönheit vergröbert, sogar ihre Augen waren vergrößert; insgeheim erschrak Gantenbein jedesmal. Wie vor einem Vogel. Die Garderobe war zu klein; Lila noch mit den Schwingen der Rolle, aber ohne Text. Wie war die Vorstellung? fragte er, um ihre Stimme zu hören. Nur die Stimme war Lila. Dann mußte sie nochmals auf die Bühne; sie klatschten noch immer. Demonstrativ. Als wollten sie den blinden Gantenbein unterrichten, wie großartig die Frau ist, die er liebt. So jeden Abend. Er war stolz, versteht sich, und entkorkte unterdessen den kleinen Sekt. Stolz worauf? Zugleich kam er sich überflüssig vor. Gantenbein konnte nicht klatschen; die Verehrung wurde ihm abgenommen. Er füllte ihr Glas, das war alles, was er tun konnte. Jeder Beifall vertröpfelt einmal, und dann war Lila froh um seine Liebe, sie trank ihren

Sekt, Lila am Schminktisch, während Gantenbein in jenem einzig bequemen Fauteuil saß, ausgestattet mit seiner dunklen Blindenbrille. Er sah, wie sie sich mit Watte wusch, Lila im seidenen Morgenrock, Gantenbein mit seinem schwarzen Stöcklein. So saß er in ihrer Garderobe blind, aber vorhanden. Lila wie immer nach der Vorstellung: abgespannt, erregt, zerstreut. Sie hörte das Klopfen nicht, und der Herr, der, ohne lang auf Antwort zu warten, eingetreten war, schien zu wissen, daß Gantenbein blind ist; er nickte nicht einmal. Als sei Gantenbein nicht in der Garderobe, nicht vorhanden. Es hätte der Intendant sein können, dieser Herr, der sich allen Anstands enthoben fühlte. Ein Herr am Ende der besten Jahre. Da Lila ihn nicht sah, denn sie hatte gerade ihre Augen geschlossen, um die Schminke von ihren Lidern zu wischen, sagte Gantenbein: Ich glaube, es hat geklopft. Aber Lila hörte kein Klopfen, und der Herr, überzeugt, daß Gantenbein ihn nicht sieht, blieb still, während Lila die schmierigen Wattebäusche in den Papierkorb warf, mehr und mehr zu einem Gespräch mit Gantenbein bereit. Beschäftigt mit ihren Fingern, die sie an einem Tüchlein reinigte, fragte sie, wo man essen gehe, und merkte einfach nicht, daß in der Garderobe noch ein Mann vorhanden war. Was denn er, Gantenbein, heute erlebt habe? Man hätte meinen können, der andere sei gekommen, um einen Revolver aus der Tasche zu ziehen und auf Lila zu schießen, ein Verstörter, stumm, als machte er sich dadurch unsichtbar vor Gantenbein; vielleicht wollte er auch nur mit Lila sprechen. Unter vier Augen. Er war bleich, unrasiert, übernächtig. Noch immer hatte Gantenbein keine Idee, wo man essen könnte, und streichelte schweigsam den Hund; Patsch war unruhig, wachsam. All dies dauerte keine Minute, dennoch endlos. Erst als Lila sich gegen den Spiegel vorneigte, ihre Wimpern prüfend, erschrak sie, und ihre dünnen Finger, die gerade ihre Schläfen reiben wollten, erstarrten vor dem Mann im Spiegel. Sie erkannte ihn. Auch Lila sagte kein Wort, um ihn unsichtbar zu lassen. Ihr Gesicht, das Gantenbein sah, ließ keinen Zweifel: Das also war der Mann, den Gantenbein damals nicht gesehen hatte. Jetzt ohne Hut auf dem Kopf. Und jetzt zu zeigen, daß er nicht blind ist und die Lage begreift, wäre heimtückisch gewesen. So streichelte er den Hund. Ein Schweigen auch seinerseits hätte ihn verraten; er machte jetzt Vorschläge, wo man essen könnte, Gantenbein als Einziger, der redete. Als Lila sich umdrehte, hatte der Mann nicht bloß den Spiegel verlassen, sondern auch die Garderobe. Wortlos. Sein Auftritt, komisch im Augenblick, wirkte hinterher eher unheimlich. Nun konnte Gantenbein ja nicht fragen: Wer ist das gewesen? Zudem wußte er's, und was dieser Besuch bedeuten sollte, das schien auch Lila nicht zu wissen. Sie tat ihm leid; sie war bleich vor Schreck. Aber Gantenbein wußte nichts zu reden; schließlich hatte er auch seinen Schreck, den es zu verbergen galt. Was dieser Mann wollte, der andere, war eigentlich klar: Er wollte seine Lila wieder. Seine! Das war es, was ihn so grimmig erscheinen ließ, nur dieser wortlose Anspruch in den Augen, so, daß man auf einen Revolver gefaßt war und daher fassungslos wie er selbst. Sicherlich hatte Lila ihn nie so gesehen. Sie erhob sich jetzt, noch immer bleich vor Schreck, riegelte die Tür ihrer Garderobe, worauf Gantenbein, um sie zu zerstreuen, einen lustigen Streich von seinem Patsch erzählte, einen neuen, genau so erfunden wie alle andern, was Patsch nicht hinderte vor Stolz zu wedeln; aber vergeblich, Lila erstarrte mehr und mehr, wahrscheinlich beim Gedanken, der Mann könnte beim Bühnenausgang auf sie warten, versteckt im dunklen Hinterhof. Möglich wäre es. Dabei hatte er sicherlich keinen Revolver; er wirkte nur so; er war nicht gekommen, um sie zu erschießen, sondern um sie zu heiraten. Zu spät. Als es an der Tür klopfte, wollte Lila nicht aufriegeln; Gantenbein mußte es tun. Und er tat es dann auch, eine willkommene Gelegenheit, um sich als Mann zu zeigen. Es war nur die Garderobiere; sie überreichte ein Brieflein, das Lila sofort aufriß und las, dann aber nicht in den Rahmen ihres Spiegels steckte. Als ihr endlich das falsche Haar abgenommen wurde, beobachtete sie Gantenbein, als zweifelte sie zum ersten Mal an seiner Blindnis, unsicher, ob er wirklich nichts gesehen habe, jetzt in ihrem eignen Haar und schön, offenbar beruhigt durch das Brieflein, erlöst von der Angst, daß man im Hinterhof auf sie lauert. Und später ging man essen, Lila und Gantenbein, der ihr die Forelle zerlegte wie immer. Und später ging man nachhaus. Unbehelligt. Und als Gantenbein beiläufig fragte, ob sie eigentlich je wieder von ihrem früheren Freund etwas gehört habe, sagte sie offen, er sei zurückgekommen, ja, er sei in der Stadt. Sie habe ihn gesehen, aber nicht gesprochen. Ihre Antwort tönte so ungewichtig wie seine Frage, und was Lila dabei verschwieg, ihre Verwirrung, sah er...

Ich verstehe:

Man muß einen andern verlassen, Entschluß ist Entschluß und unerschütterlich, aber damit ist die Trennung noch nicht vollstreckt; man möchte die Vollstreckung in Würde, aber die Würde hindert die Vollstreckung; einer der beiden Partner kann's nicht fassen, so lange die Würde gewahrt bleibt, und liebt wie noch nie; eines Abends steht er wieder da; man kann Abschiede nicht durch Briefe vollstrecken – Gantenbein zeigte, als nichts andres übrigblieb, volles stilles Verständnis dafür, daß sie einander wiedersehen mußten...

Das war Februar.

Lila am Schminktisch (diesmal vor der Vorstellung) machte ihre Eröffnung fast scherzhaft, ohne sich umzudrehen dabei, gespannt-gelassen in Erwartung des Klingelzeichens, das sie demnächst auf die Bühne rufen würde, übrigens nicht nervös, nur zu keinem Gespräch mehr imstand, nicht geistesabwesend, im Gegenteil, bereit zum Auftritt, eine Eröffnung nebenher, während sie bloß noch die Nase puderte, kurz, ohne sich umzudrehen dabei, ohne nachzusehen, wer jetzt gerade in dem einzig bequemen Fauteuil saß, scherzhaft: Er brauche deswegen nicht feierlich zu werden oder zu erschrecken, ihre Beschwerden seien oftmals unregelmäßig. – Dann klingelte es... Lila war damals einunddreißig, kein unerfahrenes Mädchen, Gantenbein auch kein Jüngling mehr, der sich zum ersten Mal vor gewisse Fragen gestellt sieht. Aber einmal würde man darüber sprechen müssen, dachte er, grundsätzlich. Aber nach jener Vorstellung, nachdem Gantenbein seinen Spaziergang mit Patsch gemacht hatte, und auch am folgenden Tag schien Lila überhaupt nicht mehr daran zu denken. Wozu sollte Gantenbein daran denken. Er tat's aber, übrigens nicht bestürzt und für Augenblicke fast munter in der Erwägung, wie Lila sich als Mutter ausnehmen würde, und es wunderte ihn, daß sie drei Tage lang nichts verlauten ließ, vier Tage lang. Ihre Unbekümmertheit war bestechend, aber nicht ansteckend. Ein Gedanke, blitzhaft gedacht neulich in der Garderobe, hatte sich bisher verdrängen lassen, ein Kalender-Gedanke, und für den Fall, daß alle Gedanken sich erübrigten, wünschte Gantenbein gerade diesen Gedanken nicht gedacht zu haben. Lila blieb unbekümmert, er sah's, sie war selig in Erwartung einer einmaligen Rolle im nächsten Herbst. Als Gantenbein einmal unter einem Vorwand (Mietzins) nach dem Datum fragte, war's März; Lila erschrak wegen des fälligen Mietzinses wie allgemein: Wie die Zeit vergeht. Das war in einem Restaurant, Lila im décolleté, Kerzenlicht mit Perlen drauf, lachend: Was würdest du denn sagen, wenn wir wirklich ein Kind bekommen würden? Das Restaurant war natürlich nicht der Ort, um daran zu glauben; der Oberkellner drängte, wenn auch in gediegenem Abstand, auf die Bestellung. Es folgte schweigsames Brötchen-Knabbern. Der Verdacht, daß sie das Kind zur Welt bringen wollte, ohne es Gantenbein je zu sagen, war natürlich Unsinn; im fünften Monat würde auch ein Blinder es merken. Das Restaurant war einfach nicht der Ort, um davon zu reden. Schon sein Vorschlag, Lila sollte zum Arzt gehen, wurde als unschicklich empfunden, und es entstand eine schiefe Stimmung trotz Kerzenschimmer.

Fortan schwieg Gantenbein.

Im Freundeskreis, früher einmal, hatte sie gesagt: Wenn sie je ein Kind wollte, dann wäre es ihr gleichgültig, wer der Vater sei! als Widerrede gegen einen Blut-Mystiker und insofern verständlich, im Augenblick richtig; der Mensch sagt so vielerlei, was im Augenblick richtig ist – Gantenbein wollte nicht mehr daran denken... Als Lila es mitteilte, war es ein Augenblick, wo er wirklich nicht daran dachte, drei Minuten vor Ankunft der Gäste:

»Wir haben ein Kind.«

Gantenbein schwieg verblüfft.

»Ich bin beim Arzt gewesen –«

Es klingelte wie aufs Stichwort. Die Gäste! Und es geschah ein Wunder: jener Kalender-Gedanke, dessen Gantenbein sich schämte, traf tatsächlich nicht ein, Gantenbein freute sich blindlings, Gäste begrüßend, die seine überschwengliche Laune durchaus auf sich selbst beziehen mußten; etliche kannten Herrn Gantenbein noch nicht, er sah ihre Verlegenheit vor dem Blinden, der ihnen vorgestellt wurde... Damals erzählte sie zum ersten Mal die köstliche Anekdote, wie Gantenbein in ihre Garderobe kommt mit Rosen... Am andern Morgen, erwacht wie mit einer Axt im Schädel, erinnerte sich Gantenbein nicht mehr an den Abend, nur an die Nachricht wegen des Kindes, und es war ein Glück, daß Lila damals Proben hatte und eben weggehen mußte; sonst hätte er vielleicht gefragt, ob sie im Februar mit dem andern geschlafen habe. Was dann? Vielleicht hätte sie gesagt: Ja. Ohne Zögern, schlicht: Ja. Oder verzögert und nach einem Schweigen, bis ihn die Lächerlichkeit seiner Frage durchdrungen hat, beim Anzünden einer Zigarette: Warum fragst du das? Auch dann könnte es ein Kind von Gantenbein sein; es fragt sich bloß, ob Lila ihn nach dieser Frage noch als Vater ihres Kindes wollte; vielleicht würde sie nie wieder sagen: Unser Kind. Es bliebe ihr Kind... Also lag Gantenbein, erwacht wie mit einer Axt im Schädel, und da er allein zu Haus war, blieb die Frage ungestellt... Vielleicht hätte sie auch gesagt: Nein. Nicht ohne Zögern, dann aber schlicht: Nein. Und es wäre für die Zukunft kaum besser gewesen, eine Erleichterung im Augenblick, aber seine Erleichterung wäre ihr widerwärtig, sie würde den Vater ihres Kindes nicht küssen wollen nach solcher Enttäuschung, vielleicht wäre das Kind daraufhin nicht zur Welt gekommen... Also ein Glück... Es gibt nur eins: Gantenbein nimmt einmal an, daß das Kind, ihr Kind, nicht von ihm sei, zeigt aber nie, daß er das annimmt, in der Hoffnung, es werde sein Kind.

Ich stelle mir vor:

Ihre verständliche Widerrede gegen den Blut-Mystiker damals, Lila würde jetzt bestreiten, daß sie das jemals gesagt habe.

Ich stelle mir vor:

Beatrice im Bad, sechsjährig, Gantenbein als Papi, der sie seift, ihr Körperchen, ihre keusche Haut, vor allem diese Haut, Seifenschaumlocken, ihr Papi kann ja nicht sehen, wo Beatrice jetzt den Fuß versteckt, aber dann erwischt er sie doch, die kitzligen Zehen, um auch sie einzuseifen, Gantenbein in Hemdsärmeln, die er auch noch aufkrempeln muß, natürlich ist es nie Beatrice, die eine solche Spritzerei macht, sondern der Krisimisi, das schwuppt und schwappt in der Wanne, Krisimisi ist das Wesen, das den Papi kitzelt und die Seife versteckt, unsichtbar für Papi, Krisimisi nämlich ist der Mann von der Hexe, und nur wenn Beatrice mit dem Krisimisi spricht, dann gehorcht er, dann spritzt er nicht, dann kann Gantenbein ihren kindlichen Rücken seifen und ihren kindlichen Popo, sogar die Ohren, die Achselhöhlen, nur darf sie nie einem Blinden verraten, wie Krisimisi denn aussieht, dann wieder möchte Beatrice doch, daß Papi ihre fürchterliche Schramme sieht, und Gantenbein sieht sie ja auch, die winzige Schramme am Knie, verschont sie mit der Seife und wird sie pudern und verbinden mit Andacht, nur den Krisimisi sieht er halt nicht, auch wenn er seine Brille abnimmt wegen des

Dampfes, und drum fürchtet sich der Krisimisi nicht, wenn Gantenbein schimpft oder auch nur warnt, und das Schwuppen und Schwappen nimmt kein Ende, bis Gantenbein schließlich die Wanne auslaufen läßt, um sie duschen zu können, ihre Seifenschaumlocken, ihre seifenglanznassen Ärmchen und Schenkel, ihr Körperchen rundum, nein, das wird kein Matrose, o nein, das wird bestimmt ein Mädchen, Beatrice, ganz bestimmt, da hilft kein Hosentragen mit Händchen in den Hosentaschen und mit Ellbogen nach vorn, kein Kunststück auf dem Rand der Wanne, jetzt ihr Sprung auf den Teppich, das hätte der Papi sehen sollen, und als sie, eingehüllt ins weiße Frottiertuch, eine Weile still, um es ganz zu genießen, sich von seinen starken Händen frottieren läßt, plötzlich die Frage: Ist es wahr, Papi, daß du überhaupt nichts sehen kannst? Und um es zu erproben, kurz darauf ihre Behauptung: Ich kann fliegen! was der Papi, blind wie er ist, nicht bezweifeln kann, und so muß er's wohl glauben und seine Hände von ihr lassen, damit Beatrice sagen kann: Siehst du nicht, wie ich fliege? Und nachdem er einen Blick lang daran denkt, daß Beatrice vielleicht wirklich nicht sein Kind ist, und als er sie mit gestreckten Armen emporhebt, ihr Jauchzen: Siehst du! Ihr Jauchzen: Siehst du mich nicht? Ihr Jauchzen –

Ich stelle mir vor:

Beatrice, zehnjährig, ist mit dem Fahrrad gestürzt, Hirnblutung, eine Nacht lang die Angst, daß sie sterben könnte, die gemeinsame Angst von Mutter und Vater, diese Angst mit offenen Augen, die weinen –

Ich stelle mir vor:

Gantenbein ist gar kein schlechter Vater, nachdem er seinen Drang, das Kind zu erziehen, mehr und mehr aufgegeben hat – gezwungen durch seine Blindenrolle... Wenn Beatrice einfach nicht tut, wozu sie gerade keine Lust verspürt, hoffend, daß Gantenbein es ja nicht sehen kann, beispielsweise ob ihre Kleider auf einen Bügel gehängt sind oder noch immer umherliegen, und wenn Gantenbein dann, weniger besorgt um die Kleider als um das Menschenkind, das nach seiner Meinung irgendwann und irgendwo doch einmal lernen muß zu tun, wozu es grad keine rechte Lust hat, am Abend fragt, ob es getan sei, leider sehend, daß nichts getan worden ist, ja, was dann? Wenn Lila, als Mutter, dann ebenfalls die Blinde spielt und schweigt, um jedenfalls auf Seite des Kindes zu sein und jede Maßregelung zu verhindern

– es braucht Jahre, bis Gantenbein einsieht, daß man ein Kind nicht erziehen kann, wenn die Mutter es nicht will, und bis er seine Blindenrolle auch gegenüber dem Kind beherrscht und sich in tausend Kleinigkeiten beschwindeln läßt, um ein lieber Papi zu sein, frei von jeglicher Erzieherei und bereit, Beatrice zu helfen, wenn das Leben selbst sie maßregeln wird.

Das kommt.

Das kommt und vergißt sich von Mal zu Mal, wenn Hilfe gelingt, ja, aber ein Vater ist kein Zauberer; eine leichte Lähmung der Augenlider infolge ungehorsamen Verhaltens während der Masern bleibt unheilbar; ein Fall von versäumter Maßregelung, ein leichter Fall von Schuld, einer von vielen, aber Schuld stiftet väterliche Liebe, und Gantenbein kann sich ein Leben ohne Kind nicht mehr denken –

Beatrice ist keine Anekdote.

Die Zeit der Kinderzeichnungen ist vorbei, und die väterliche Liebe ist nicht mehr zu erweisen mit Reite-reite-hopp-hopp-hopp. Längst nicht mehr. Beatrice kämpft mit Latein, *accusativ cum infinitiv,* die Liebe sieht sich vor Aufgaben, die Gantenbein auch Mühe machen. Was wird von unsern Kindern nicht alles verlangt und von ihren Vätern! Um tun zu können, als wüßte er blindlings, was er selbst einmal gelernt hat, muß er, während Beatrice in der Schule sitzt und nicht aufpaßt, selbst nochmals zur Schule gehen insgeheim. Und Algebra! Da meint ein reifer Mann, er könne Wurzeln ziehen, und siehe, er muß es wieder lernen, ein Mann mit grauen Schläfen vor einer Gleichung mit einer Unbekannten, mit zwei Unbekannten, mit drei Unbekannten usw.

Ich stelle mir vor:

Eines Tages, eines besonders schönen und sehr blauen Tages kommt man von einem Ausflug zurück, Lila am Steuer nervös, Kolonne, und Lila sollte um sieben Uhr am Flugplatz sein, um jemand abzuholen, jemand, Gantenbein fragt nicht, jemand, der allein ankommt und enttäuscht sein könnte, wenn niemand ihn abholt am Flugplatz, zumal er wegen Lila kommt beruflich, eine Filmsache vermutlich, also ihre Sache, Gantenbein versteht, Gantenbein mit Blindenbrille, so daß er das offene Telegramm (gestern) nicht gesehen haben kann, weiß, wer um sieben Uhr zwanzig anlanden wird, also er fragt nicht, und jetzt ist es schon sechs Uhr, aber Kolonne bleibt Kolonne, Lila verzweifelt, die

Zeit, immer die Zeit, die Zeit wird nicht mehr reichen, um Gantenbein und das Kind nach Haus zu fahren und dann zum Flugplatz hinaus, unmöglich, die arme Lila am Steuer, jemand wird sehr enttäuscht sein, zumal Lila ihn eingeladen hat, eine Katastrophe, Gantenbein schlägt eine schlaue Abkürzung vor, also nicht nachhaus, sondern stracks hinaus zum Flughafen, Lila verstummt, nein, das ist unmöglich, unmöglich wieso, das würde heißen, daß Lila mit Mann und Kind, family-style, jemand müßte enttäuscht sein, und wenn Gantenbein dies nicht versteht, nein, aber Gantenbein versteht, Gantenbein beharrt auf der Abkürzung, Gantenbein gemein-gemütlich mit Pfeife im Mund, und Lila stoppt vor der Abkürzung: Das ist unmöglich, sagt sie, das geht nicht!, als zweifelte sie daran, daß Gantenbein blind ist, und Gantenbein nimmt das Kind und steigt aus, bitte, mitten auf der Straße, hinten wird gehupt –

Betreffend Siebenhagen:

Ob der auch mit Lila schläft oder ehedem geschlafen hat, als er noch ein Bärtlein trug, wer weiß es, Freunde vielleicht, die aber keinen Klatsch machen, vielleicht haben alle schon mit ihr geschlafen irgendwann einmal, ausgenommen Burri, wer weiß es. Und wenn schon! Gantenbein zuckt die Achsel. Wo seine Lila schläft und wo auch wieder nicht, die Frage ist ihm verleidet, die Frage als solche. Und wenn schon! Ihr Geheimnis in Ehren, aber es wird einerlei, ob auch Herr Siebenhagen oder nicht. Kann sein, muß nicht sein. Und wer weiß es wirklich. Gantenbein jedenfalls nicht, Freunde vielleicht, aber vielleicht täuschen sie sich alle.

Gewiß ist das Kind.

BEATRICE.

Später einmal (aber dazu kommt es vielleicht nicht mehr) sitzen sie in einem Café, Vater und Tochter, die jetzt ein Fräulein ist und in Bedrängnis; groß ist die Panne ja nicht, die es zu beraten gilt, ein Durchfall in der Schule, Pech, man muß halt überlegen, welche Schulen es sonst noch gibt, Pech mit Patisserie, während Gantenbein raucht nicht ohne Stolz, daß er in der Welt ist durch dieses blühende Geschöpf, das in der Schule durchgefallen ist und seine Hilfe braucht und dazu Patisserie ißt. Wer ist in seinem Leben niemals durchgefallen? Gantenbein mit seiner Blindenbrille: – er sieht seine alte Hand auf dem Tisch wie eine Großaufnahme, während er sich sprechen hört als ein Vater, der auch verstanden sein möchte, der um Kameradschaft bittet, während Beatrice sich mit Sahne vergnügt, sie, die er meint aufrichten zu müssen, indem er von seinen eignen Schiffbrüchen berichtet, was das Kind doch nur langweilt. Sie ist ein Kind, siebzehnjährig, also im Vollbesitz ihrer Intelligenz, dabei frei von Erfahrung, infolgedessen schweigsam mit ihrer Patisserie; nur das unwillkürliche Zucken ihrer Mundwinkel und manchmal das Flackern ihrer Augen verrät ihre Ungeduld, wenn sie lauter Selbstverständlichkeiten hört, beispielsweise, daß die Frau einen gelernten Beruf brauche, um unabhängig zu sein, lauter Selbstverständlichkeiten. Wozu diese umständlichen Beispiele! Schiffbrüche andrer interessieren nicht; Beatrice braucht keinen Trost, sondern seine Unterschrift und das Geld für eine bessere Schule; ihr Anspruch ist blank und lauter, kein Anspruch auf Kameradschaft, und es erübrigt sich, daß ein Vater, um sich anzubiedern, von seinem eignen Leben erzählt und von seinen schweren Fehlern; das Kind sieht sie ohnehin, lächelnd, Blick hinüber zum Park. Dagegen ist nicht anzukommen, Gantenbein sieht es, gegen Intelligenz ohne Erfahrung. Was will er eigentlich? Seine Unterschrift und Patisserie, das genügt. Wie soll ein Kind, und sei es noch so lieb, auf die Idee kommen, daß der Vater auch seine Misere hat? Das ist doch seine Sache. Wie alle, die heute noch am Zug sind, gehört er zur Vergangenheit, und die Gegenwart ist nicht der Vater mit der Tochter, sondern die Tochter. Das wäre noch schöner, ein Vater, der nicht hilft! Er redet vielzuviel, nachdem er die Unterschrift gegeben hat. Beatrice hat recht, er sieht es durch den Rauch seiner Pfeife oder Zigarre, ihr Lächeln leicht und kühl, ihr Erröten über den Vater, der auf Kameradschaft angewiesen ist – Gantenbein ruft endlich den Kellner und zahlt; drüben im Park wartet ihr Freund, der sie am Arm nimmt...

Ach mein Kind.

Es wird seinen Weg schon gehen...

Unser Kind!

Eines späten Abends (wovon war die Rede eigentlich, so daß diese überflüssige Kunde sich als unumgänglich erweisen mußte?) sagt Burri, jemand habe ihm gesagt, Siebenhagen habe gesagt, Lila habe gesagt, eine Frau wisse immer, wer der wirkliche Vater ihres Kindes sei, sie selbst beispielsweise wisse es bestimmt, Lila laut Siebenhagen, laut jemand, dem Siebenhagen es gesagt habe –

278

Klatsch!

Einen Augenblick lang, so könnte ich mir denken, empfindet es Gantenbein als das Ende; zwar hat er immer angenommen, daß es so sei, aber nicht erwartet, daß sie das Geheimnis um Beatrice, das sie vor ihm gewahrt hat und das auch er gewahrt hat, vor Drittpersonen (Siebenhagen) aufhebt – einen Augenblick lang, dann sagt er kein Wort.

Er hat keines.

(»Verrat«?)

Ihr Gesicht wie immer...

Sehr ihr Gesicht!

Ihr Gesicht weiß von gar nichts...

Klatsch!

Vielleicht ist Burri auch ein Schwätzer.

Was weiter?

Gantenbein am Flugplatz: – man könnte meinen, das komme jeden Tag vor, einmal in jeder Woche mindestens, Gantenbein am Flugplatz und immerzu in dieser gleichen Halle, gestützt auf seinen schwarzen Stock, um Lila abzuholen mit seiner Blindenbrille; dabei kommt es nicht einmal jede Woche vor, Gantenbein weiß, das scheint ihm nur so, als stehe er zeitlebens, so wie jetzt, zeitlebens am Flugplatz und in dieser Halle und genau an dieser Stelle, um Lila abzuholen zeitlebens... wie heute, wie immer: Gantenbein am Kiosk, bis es Zeit wird für die Blindenbrille, und dann geht er auf die Terrasse, um die Landung zu verfolgen von lauter Maschinen anderswoher, und dann: Verspätung wegen Nebel in Hamburg, Gantenbein hört die Meldung, lang bevor die Lautsprecher knacken und krösen und dann schallen, und danach, wenn die Meldung dreisprachig in ihrem eignen Hall und Widerhall untergegangen ist, weiß Gantenbein plötzlich nicht: War's heute, diese Meldung wegen Nebel, oder war's das letzte Mal? Und er muß sich am information-desk erkundigen, ob die Lautsprecher, die ohrenbetäubenden, die er eben gehört hat, wirklich oder nur die Lautsprecher seiner Erinnerung gewesen sind – was für das Warten eigentlich keinen Unterschied macht... Patsch, der Hund, hat es leichter mit dem Warten; er wartet nicht, er ist ein Hund mit gespitzten Ohren, schnuppert umher, Gegenwart von der Schnauze bis zum Schwanz, ein Hund ohne Zeit, ein Hund immerzu, stellt sich vor eine Windhündin, die viel zu groß ist, die er vergißt, sobald sein Herr ihn an die vorschriftsmäßige Leine schnallt, vergißt und streckt sich auf den Boden, ohne sich zu langweilen.

Ein Hund hat's gut.

Von seinen Gedanken gelangweilt, die er kennt wie das Zucken der Uhrzeiger, wandelt Gantenbein hin und her und hin, froh um das Muster auf dem Boden, das die Zeit gliedert, und gespannt nicht auf Lila, gespannt, ob er jedesmal mit dem schwarzen Stöcklein gerade die Rillen im Plattenbelag trifft; wandelnd so langsam wie möglich, denn je schneller er wandelt, um so langsamer vergeht die Zeit, und es dauert, laut information-desk, noch immer vierzig Minuten mindestens, bis er Lila sehen wird, Lila mit ihren Taschen und Magazinen wie immer und zeitlebens. Was ist Zeit? Ein Muster im Bodenbelag, ein Gedanke: je schneller Gantenbein geht, um so langsamer fliegt das Flugzeug, und er erschrickt, Flugzeuge brauchen eine Mindestgeschwindigkeit bekanntlich, damit sie nicht aus den Wolken fallen; was Lila trägt, ist seine Geduld, die Kraft eines Mannes, der langsam wartet, langsam wandelt, langsam Schritt vor Schritt, langsam hin, langsam her, langsam wie die Uhrzeiger wartet zeitlebens.

(Muß ich auch Siebenhagen noch erfinden?)

Lila ist gelandet, und siehe da, Lila allein, beladen mit Mantel und Handtasche und Magazinen, mutterseelenallein.

Was ist geschehen?

Kein Herr hilft am Zoll –

Wozu jetzt noch die Blindenehe?

Kein Herr geht grußlos am blinden Gantenbein vorbei – ich meine: alle gehen grußlos an Gantenbein vorbei, aber keiner ist dabei, der die Blindnis des Gatten nutzt... Es fehlt wenig, daß Gantenbein winkt. Als Lila durch die Schranke kommt, ihr Kuß wie immer. Dann Arm in Arm wie immer. Nur Gantenbein ist anders, schweigsam, während Lila tut, als sei es wie immer. Was ihn verwirrt: kein Unterschied in ihrem Gesicht. Er nimmt ihr den schweren Mantel und die Taschen. Wie immer. Aber sprachlos. Es ist ihrem Gesicht nicht anzusehen, daß sie nicht lügt, daß sie nicht verheimlicht. Ihr Gesicht ist offen wie immer. Im Wagen, als er noch immer schweigt, fragt sie bekümmert, was mit Gantenbein los sei. Und sie ihrerseits berichtet, was und wie sie immer berichtet hat; nur daß es jetzt die schlichte Wahrheit ist. Glaubt er ihr nicht? Er trägt ihr Gepäck wie immer. Und als sie einander gegenübersitzen: ihre Freude wie immer, ihre Freude, daß sie wieder zuhause ist. Freut Gantenbein sich nicht? Er staunt. Ihre Freude, daß sie wieder zuhause ist, jahrelang hat Gantenbein getan, als glaubte er daran, und sieht erst jetzt, wie vollkommen ihr Spiel gewesen ist, haargenau wie die Wirklichkeit jetzt. Das ist es vielleicht, was ihn sprachlos macht. Sie setzt sich auf seine Knie wie immer. Zum ersten Mal streicht er nicht über ihr Haar, obschon es dasselbe ist wie immer; sondern Gantenbein erhebt sich mit dem Vorwand, durstig zu sein. Er ist unmöglich. Wie kann man jetzt durstig sein, und selbst wenn er's wäre! Da steht er und trinkt Wasser.

Lila betrügt ihn nicht.

Dafür hat er keine Rolle.

»Lila«, sagt er –

»Was ist los?« fragt sie.

Und als Gantenbein seine Brille abnimmt – er tut's nicht heftig wie auch schon und nicht, um mit den Handballen in den Augen zu reiben und nachher die Brille wieder aufzusetzen, sondern anders als je: er tut's zum letzten Mal – lächelt er oder meint, daß er lächle; dabei hat er bloß kein Gesicht mehr.

»Was ist denn los?« fragt sie.

»Lila«, sagt er –

»So sprich schon«, sagt sie, »ich bitte dich, ich weiß nicht, was los ist, ich weiß es wirklich nicht.«

Ich stelle mir vor:

Als die Szene plötzlich da ist, die Gantenbein sich tausendmal und auf mannigfaltige Weise vorgestellt hat, überrascht die Wirklichkeit vorerst durch vollkommene Leere. Und er schüttelt vorerst nur den Kopf. Aber natürlich will Lila wissen, was er verschweigt. Und als Gantenbein, obschon es ihn zum Sprechen nicht drängt, langsam ausspricht, was er seit Jahr und Tag verschwiegen hat, ist's eigentlich nichts. Er muß sich tatsächlich besinnen; er wirft die Brille nicht weg, die sich fortan erübrigt, und steckt sie auch nicht ein, sondern hält sie und betrachtet sie wie ein Überbleibsel, ein Souvenir, und wenn er sich an das eine und andere erinnert, was ihn dann und dann erregt hat, sind's Bagatellen, eigentlich nicht des Sagens wert... Nun ja – eigentlich ist es eine Liebeserklärung, meint er, was er ausspricht gleichmütig-belustigt: daß er wohl gesehen hat und so und wohl nicht alles weiß, was seit Jahr und Tag gespielt worden ist, doch ziemlich viel und übrigens nichts Genaues, wobei er Genaues auch nicht mehr wissen will, und daß er nämlich auch gespielt hat...

Das Ende:

(kurz, unverhältnismäßig)

Geh! sagt sie und nimmt sich eine Zigarette, dann Feuer, während ich frage, was denn, Herrgottnochmal, geschehen sei. All diese Jahre! sagt sie und raucht. Was habe ich denn gesagt? Vorher ihr Schluchzen, jetzt sagt sie bloß: Geh!, rauchend. Wieso habe ich sie betrogen? Das sagt man so: jemand stehen die Haare zu Berg. Aber das gibt es, ich seh's, ihr Haar steht ihr zu Berge. Hat Lila wirklich geglaubt, ich sei blind? Das also ist das Ende. Wieso eigentlich? Vergeblich bitte ich um Verzeihung dafür, daß ich manches gesehen habe. All diese Jahre! sagt sie, du hast mich nie geliebt, nie, jetzt weiß ich's und jetzt will ich, daß du gehst, daß du gehst!, rauchend, dann schreiend: daß du gehst!

Das Erwachen (als wäre alles nicht geschehen!) erweist sich als Trug; es ist immer etwas geschehen, aber anders.

Eines Tages werde ich verhört werden.

»Also«, sagt jemand, den es nichts angeht, und wir sind unter vier Augen, »was ist nun eigentlich geschehen in Ihrem Leben, das zu Ende geht?«

Ich schweige.

»Ein Mann liebt eine Frau«, sagt er, »diese Frau liebt einen andern Mann«, sagt er, »der erste Mann liebt eine andere Frau, die wiederum von einem andern Mann geliebt wird«, sagt er und kommt zum Schluß, »eine durchaus alltägliche Geschichte, die nach allen Seiten auseinander geht –«

Ich nicke.

»Warum sagen Sie nicht klipp und klar«, fragt er mit einem letzten Rest von Geduld, »welcher von den beiden Herren Sie selbst sind?«

Ich zucke die Achsel.

»Die Untersuchung hat ergeben«, sagt er nicht ohne einen Unterton von Drohung, »daß es eine Person namens Camilla Huber beispielsweise nicht gibt und nie gegeben hat, ebensowenig wie einen Herrn namens Gantenbein –«

»Weiß ich.«

»Sie erzählen lauter Erfindungen.«

»Ich erlebe lauter Erfindungen.«

»Schon«, sagt er, »aber was ist wirklich geschehen in dieser Zeit und an den Orten, wo Sie gewesen sind?«

Ich schließe die Augen.

»Warum antworten Sie nicht?«

Ich schweige.

»Sie vergessen, mein Lieber, daß es Zeugen gibt.«

Darauf öffnet er die Tür, ich höre es, und als ich das Tick-Tack spitzer Absätze höre, öffne ich nochmals meine Augen, um zu sehen, was da gespielt wird –

Ich sehe:

Reste von Burgunder in einer Flasche, ich kenne das, Inselchen von Schimmel auf rotem Wein, ferner Reste von Brot ziegelhart, im Eisschrank krümmt sich verdorrter Schinken, in einer Schüssel schwimmt ein trüber Rest von Kompott, Aprikosenschlamm, Wegzehrung für eine Mumie, ich weiß, ich hocke in Mantel und Mütze, es riecht nach Kampfer, Staub, Bodenwichse, die Teppiche sind gerollt, und ich hocke auf der Lehne eines Polstersessels und spiele mit einem Korkenzieher, weiß nicht, was geschehen ist, alle Polstersessel sind mit weißen Tüchern bedeckt, ich kenne das, Fensterläden geschlossen, alle Türen offen, brauche mich nicht zu erheben, kenne das –

Ich bin blind. Ich weiß es nicht immer, aber manchmal. Dann wieder zweifle ich, ob die Geschichten, die ich mir vorstellen kann, nicht doch mein Leben sind. Ich glaub's nicht. Ich kann nicht glauben, daß das, was ich sehe, schon der Lauf der Welt ist.

Eine Geschichte für Camilla:

(nachdem der Kantonspolizist dagewesen ist)

»Ordnung muß sein«, sage ich. »Vor Jahren hatten sie einen Fall, der sie sehr nervös machte. Hier in der Stadt. Plötzlich ein Mensch, der nicht einmal einen Namen hinterlassen wollte, geschweige denn eine Geschichte. Man wußte von diesem Zeitgenossen nur, daß er gelebt haben mußte, das bewies schließlich seine Leiche, die sie eines Morgens in der Limmat fanden – eines sehr schönen Morgens, ich erinnere mich, ich kam grade über die Helmhausbrücke, um dort die Schwäne zu füttern. Damals stand dort eine große Weide, vielleicht heute noch, eine Trauerweide im Gehege für Enten und Schwäne, die ihre langen Zweige in die grüne Limmat hängen ließ, Laub in rieselnden Girlanden, ein Idyll mit Entlein bunt wie aus Glanzpapier, dazu die weiße Würde der Schwäne, drüben das Großmünster, Karl der Große mit Möwen auf der Krone, Elfuhrgeläute... dort also hatte er sich verfangen. Man hätte ihn noch lang nicht gefunden, vielleicht nie, wären nicht jene Tonnen, die das Entengitter tragen, mit den Jahren gerostet. Eine Sache des Tiefbauamtes, denke ich, oder des Gartenamtes, jedenfalls mußten die verrosteten Tonnen unter dem Schwanenhaus einmal ersetzt werden. Als sie die morschen Bretter abdeckten, um an die verschlammten Tonnen heranzukommen, und die verschlammte Leiche sahen, stellten sie sofort ihre Arbeit ein, unterrichteten die Polizei, die kurz darauf mit einem grünen Weidling anruderte während des Elfuhrgeläutes, das zehn Minuten dauerte – es gehört zu meinen frohesten Erinnerungen, dieses Elfuhrgeläute; am besten, finde ich, tönt es, wenn man über die Helmhausbrücke schlendert, dann mischt es sich von allen Türmen über dem Wasser... Vielleicht hat sich drum die Leiche gerade dort verfangen. Natürlich blieb ich nicht der einzige, der jetzt sehen wollte, was da los war. Die beiden Polizisten in ihrem grünen Weidling mit dem städtischen Wappen, einer am Stehruder, der andere gerüstet mit einer langen Stange, beide in Uniform und Helm, als hätten sie eine Verhaftung vorzunehmen, erschienen etwas nervös, begafft von so vielen Leuten auf der Brücke, und lange Zeit geschah überhaupt nichts. Elfuhrgeläute. Besserwisser oben am Geländer meinten, die Leiche wäre mit einem herzhaften Zugriff herauszuholen, denn man wußte nun, daß es sich um eine Leiche handelte, und die Öffentlichkeit, so schien es, hatte ein Anrecht zu wissen, wer diese Leiche ist. Die Leiche war aber zwischen den verrosteten Tonnen verklemmt. Je weniger geschah, um so spannender wurde es, inzwischen war das Elfuhrgeläute verklungen, und es mußte endlich etwas geschehen, wenn auch nicht der Leiche wegen, der es auf Stunden nicht mehr ankam. Offenbar gab es kein anderes Verfahren: der Polizist mit der Stange, beraten von dem andern, der vollbeschäftigt gegen die Strömung arbeitete mit seinem langen Ruder, stocherte zwischen den verrosteten und verschlammten Tonnen herum, nicht bedenkend, daß die Leiche

einmal aus ihrer jahrelangen Verklemmung befreit, sofort flußabwärts ziehen würde. Und so geschah's, und die Zuschauer auf
der Brücke hatten das Nachsehen. Da schwamm etwas, eine Leiche, langsam, aber als hätte sie noch einen Willen, sogar einen
sehr entschiedenen Willen: zu entkommen. Bis der lange Weidling mit tüchtigen Ruderschlägen gedreht war und die Verfolgung
aufnehmen konnte, hatte sie schon einen Vorsprung von etlichen
Metern. Gesicht nach unten, reglos natürlich, ohne mit den Armen nachzuhelfen, schwamm sie, als hätte sie nur darauf gewartet
schon immer, flußabwärts, begleitet jetzt von dem Weidling mit
dem städtischen Wappen, der bedenklich schaukelte unter den
stämmigen Ruderschlägen. Dabei war es jedem Einheimischen
klar, daß die Verfolgung nur bis zur Urania-Brücke möglich sein
würde; dort nämlich kommt kein Weidling unten durch. Einige
Zuschauer liefen der Limmat entlang, liefen nicht eigentlich, gingen nur so rasch man halt gehen kann. Die meisten jedoch, um
die Würde der Stadt zu wahren, unterließen das, sie gingen ihres
Weges, als wäre nichts vorgefallen, würdig wie die Schwäne, die
ihre Flügel gespreizt hatten, jetzt wieder zusammenfalteten,
schwimmend in Gelassenheit. Die Leiche kam indessen nicht
weit. Schon bei der Gemüse-Brücke, dieser vielstützigen, verfing
sie sich neuerdings, wobei die Strömung sie drehte. Gesicht nach
oben. Es war ein Mann. Ein Paar Blumenverkäufer, die dort
ihre Stände haben, sahen das verweste Gesicht; die Polizei, die
dort gerade einen Posten hat, war sofort zur Stelle und zahlreich
genug, um die Fußgänger umzuleiten, und wenigstens auf der
Brücke war sie Herr der Lage, nicht ohne Aufsehen zu erregen,
versteht sich, die Leute hier wußten nicht, was los war, und Fragen wurden nicht beantwortet, und es sah aus, als ginge es um
die Blumenstände. Aber den Blumenständen war nichts anzusehen. Es sah aus, als dürften in Zürich plötzlich keine Blumen
mehr gekauft werden. Und wieder geschah lange Zeit nichts.
Ein Polizei-Inspektor, Leiter der weiteren Aktion, erschien zwar
bald, aber die Anordnungen, die er auf Grund eines Augen-
scheins gab, erforderten Zeit. Er rauchte einen Rössli-Stumpen,
wartend, in Zivil. Die Leiche war in einem Zustand, daß sie,
wenn man sie an den Gliedmaßen ziehen würde, sich kaum als
Ganzes ergeben hätte. Inzwischen war's Mittag geworden, Stoßverkehr, nur die Leiche hatte keine Eile; Gesicht nach oben,
taub für den Verkehrslärm, ließ sie die Limmat mit leise gurgeln-

den Wirbeln an ihren Schlammbärten vorbeiziehen, und es schien, daß sie jeden Gedanken an Flucht aufgegeben hatte. Doch der Polizei-Inspektor, ein umsichtiger Mann, ließ sie trotzdem bewachen, während er seinen Stumpen mehr kaute als rauchte; der Weidling war jetzt an eine Eisenstütze gebunden, gleichfalls von den Wirbeln der Strömung umgurgelt, eine Stangenlänge von der verfangenen Leiche entfernt, und der Polizist hatte ein dienstliches Auge auf sie. Es war ein warmer Mittag. August. Der Kadaver trug einen Wintermantel, Handschuhe, jedoch keine Mütze. Einmal nahm der Polizist seinen Helm ab, wischte den Schweiß aus und setzte den Helm wieder auf, allzeitbereit. Am liebsten, so schien es, wäre der Kadaver einfach gesunken, aber das gelang nur dem Kopf. Es wurde Zeit, daß endlich der schwarze Wagen vorfuhr mit einem Sarg. Nun gab's für die Neugierigen etwas zu sehen trotz Absperrung: ein Sarg, Tannenholzroh. Als es darum ging, diesen Sarg mit Stricken zu versehen, griff der Polizei-Inspektor eigenhändig ein. Der Plan wurde klar: Unterwasser-Einsargung. So verwest mußte die Leiche schon sein, so schlammig, und die beiden Polizisten mit der städtischen Kokarde am Helm, die sie mit dem Sarg sozusagen herausschöpfen sollten, waren um ihre Arbeit nicht zu beneiden. Es dauerte denn auch lang, nachdem der Sarg an vier Stricken heruntergelassen war, und die Neugierigen, in Schranken gehalten, sahen nur den Polizei-Inspektor, wie er vom Geländer herab seine Weisungen gab, als wäre nichts dabei, sachlich und anfangs ohne Aufregung, später mit Kopfschütteln; der Kadaver schien sich nicht an seine Weisungen zu halten. Als die Neugierigen, einige schon gereizt, weil die stumme Polizei nach wie vor keine Fragen beantwortete, endlich einen Schrei hörten, einen kurzen Schrei, wußte niemand, was nun geschehen war; einige hätten vielleicht gelacht. Der Polizei-Inspektor schüttelte nur den Kopf wortlos, und kurz darauf sah man einen leeren Helm die grüne Limmat hinunterschwimmen, gefolgt von dem Sarg mit der Leiche drin, gefolgt von dem Weidling mit dem wackeren Stehruderer allein, während der andere, der ins Wasser gefallen war, in Uniform und Stiefeln gegen die Schipfe hinüber schwamm, ohne sich weiter um die Unternehmung zu kümmern. Der Weidling konnte auch nichts mehr ausrichten; das Geleit, das er dem langsam schwimmenden Sarg noch gab, endete bei der Urania-Brücke, wie erwartet. Danach schwamm der Sarg allein, einmal

Füße voran, einmal Kopf voran, als müßte er erproben, was für eine lange Reise bequemer ist. Dabei trieb er rechtsab, so daß er alsbald gegen die Ufermauer kickte und zwar mehrere Male, zu kippen drohte, dies bei der Bahnhofbrücke, wo er nicht sogleich bemerkt wurde. Nicht jedermann, wenn er keine Polizei sieht, schaut übers Geländer hinunter. Während die Abschrankung auf der Gemüse-Brücke, obschon überflüssig, weiterhin gehalten wurde, fehlte hier jegliche Polizei, und der Kadaver hatte eine Rast, zumal die Ufermauer dort ziemlich hoch ist; man konnte ihn sehen, wie er da in dem Sarg schaukelte, aber konnte nicht eingreifen. Nachdem er mehrere Male gegen die Mauer gekickt war, hatte er Schlagseite, der Sarg; ein Arm hing heraus. Auch ein Verkehrspolizist, den man von seiner Kanzel gerufen hatte, konnte da nichts ausrichten; er zog seine weißen Handschuhe aus, offensichtlich selbst gespannt, was er danach tun werde, und dabei blieb es. Viele wandten sich ab. Vor allem die Hand, scheint es, entsetzte sie, weil sie sich im Wasser bewegte, wenn auch spärlich, ab und zu, aber immerhin. Nur der Verkehrspolizist, die weißen Handschuhe in der Faust, wandte sich nicht ab, als schuldete er's seiner Uniform. Sein Beschluß, die Hauptwache anzurufen und Meldung zu erstatten, war der einzig vernünftige; der Kadaver selbst schien darauf zu warten. Kaum aber war der Verkehrspolizist gegangen, um von einer öffentlichen Kabine aus anzurufen, genügte ein Wirbel in der Strömung, und der Sarg kam wieder in Fahrt. Ohne zu kippen. In sanfter Kurve fand er die Öffnung unter der Bahnhofbrücke und kam auf der andern Seite dieser Brücke anstandslos heraus und zwar Kopf voran; jetzt nur noch Kopf voran; er hatte aufgehört sich zu drehen, wirkte entschlossen und schien, dort bei den Amtshäusern, seine Fahrt zu beschleunigen, als wollte er heute noch das Meer erreichen. Ob jemand in den Amtshäusern gerade zum Fenster hinausschaute, weiß ich nicht. Zwar streifte er einen Pfeiler der neuen Walche-Brücke, was ihn aber nicht lang aufhielt; er drehte sich bloß einmal herum, ohne zu kippen, und schwamm, jetzt mit gewechselter Schlagseite, an dem sommergrünen Park des Schweizerischen Landesmuseums vorbei, jetzt wieder Füße voran, schaukelnd, aber unaufhaltsam, und es machte schon den Eindruck, daß Zürich ihn wirklich nicht würde halten können – Zürich, das zur Tagesordnung zurückkehrte: die Schwäne gelassen-weiß unter der Trauerweide beim

Helmhaus, hochoben die Möwen auf der Krone Karls des Großen, statt des Elfuhrgeläutes hörte man jetzt das Zeitzeichen
von Beromünster, die Absperrung auf der Gemüse-Brücke war
aufgehoben, der Weidling an seine Boje gekettet, der Verkehrspolizist winkte auf seiner Kanzel wieder mit weißen Handschuhen… Es war eine Mutter mit Kinderwagen, die es später meldete, genötigt von ihrem Mann, der fand, das müsse man melden;
sie fanden ihn beim sogenannten Draht-Schmiedli, wo ein Wehr
ist, das ihn überrascht haben mußte: der offene Sarg stand ziemlich senkrecht aus dem gurgelnden Wasser, die Leiche lehnte
drin.«

   Camilla machte ein Uh-Gesicht.

   »Ja«, sage ich, »so war das.«

   »Scheußlich!«

   »Dabei hätte er's beinah erreicht«, sage ich mit Blick auf meine
Fingernägel, die wieder einmal in Ordnung sind, »beinah –«

   »Was erreicht?«

   »Abzuschwimmen ohne Geschichte.«

Alles ist wie nicht geschehen… Es ist ein Tag im September,
und wenn man aus den finstern und gar nicht kühlen Gräbern
wieder ans Licht kommt, blinzeln wir, so grell ist der Tag; ich
sehe die roten Schollen der Äcker über den Gräbern, fernhin
und dunkel das Herbstmeer, Mittag, alles ist Gegenwart, Wind
in den staubigen Disteln, ich höre Flötentöne, aber das sind nicht
die etruskischen Flöten in den Gräbern, sondern Wind in den
Drähten, unter dem rieselnden Schatten einer Olive steht mein
Wagen grau von Staub und glühend, Schlangenhitze trotz Wind,
aber schon wieder September: aber Gegenwart, und wir sitzen
an einem Tisch im Schatten und essen Brot, bis der Fisch geröstet
ist, ich greife mit der Hand um die Flasche, prüfend, ob der Wein
(Verdicchio) auch kalt sei, Durst, dann Hunger, Leben gefällt
mir –

Zeittafel

1911	geboren in Zürich am 15. Mai als Sohn eines Architekten
1924–1930	Realgymnasium in Zürich
1931–1933	Studium der Germanistik in Zürich, abgebrochen, freier Journalist
	Balkan-Reise
1934	*Jürg Reinhart*
1936–1941	Studium der Architektur an der ETH in Zürich. Diplom
1938	Conrad Ferdinand Meyer-Preis
1939–1945	Militärdienst als Kanonier
1940	*Blätter aus dem Brotsack*
1942	Architekturbüro in Zürich
1943	*J'adore ce qui me brûle oder Die Schwierigen*
1945	*Bin oder Die Reise nach Peking*
	Nun singen sie wieder
1946	Reise nach Deutschland, Italien, Frankreich
1947	*Tagebuch mit Marion*
	Die Chinesische Mauer
1948	Reisen nach Prag, Berlin, Warschau
	Kontakt mit Bertolt Brecht in Zürich
1949	*Als der Krieg zu Ende war*
1950	*Tagebuch 1946–1949*
1951	*Graf Öderland*
	Rockefeller Grant for Drama
1952	Einjähriger Aufenthalt in den USA, Mexiko
1953	*Don Juan oder Die Liebe zur Geometrie*
1954	*Stiller*
	Auflösung des Architekturbüros, freier Schriftsteller
1955	Wilhelm Raabe-Preis der Stadt Braunschweig
	Pamphlet *achtung: die schweiz*
1956	Reise nach den USA, Mexiko, Kuba
1957	*Homo faber*
	Reise in die arabischen Staaten
1958	*Biedermann und die Brandstifter*
	Die große Wut des Philipp Hotz
	Georg Büchner-Preis
	Literaturpreis der Stadt Zürich
1960–1965	Wohnsitz in Rom
1961	*Andorra*

Max Frisch
Sein Werk im Suhrkamp Verlag

Gesammelte Werke in zeitlicher Folge. 7 Bände. Herausgegeben von Hans Mayer unter Mitwirkung von Walter Schmitz. Leinen

Band 1: Kleine Prosaschriften, Blätter aus dem Brotsack. Jürg Reinhart. Die Schwierigen oder J'adore ce qui me brûle. Bin oder die Reise nach Peking

Band 2: Santa Cruz. Nun singen sie wieder. Die Chinesische Mauer. Als der Krieg zu Ende war. Kleine Prosaschriften. Tagebuch 1946–1949

Band 3: Graf Öderland. Don Juan oder die Liebe zur Geometrie. Kleine Prosaschriften. Der Laie und die Architektur. Achtung: Die Schweiz. Stiller. Rip van Winkle

Band 4: Homo faber. Kleine Prosaschriften. Herr Biedermann und die Brandstifter. Biedermann und die Brandstifter. Mit einem Nachspiel. Die große Wut des Philipp Hotz. Andorra

Band 5: Mein Name sei Gantenbein. Kleine Prosaschriften. Zürich-Transit. Biographie: Ein Spiel

Band 6: Tagebuch 1966–1971. Wilhelm Tell für die Schule. Kleine Prosaschriften. Dienstbüchlein. Montauk

Band 7: Kleine Prosaschriften. Triptychon. Der Mensch erscheint im Holozän. Blaubart

Gesammelte Werke in zeitlicher Folge. Jubiläumsausgabe in sieben Bänden in den suhrkamp taschenbüchern. Herausgegeben von Hans Mayer unter Mitwirkung von Walter Schmitz. Textidentisch mit der Leinenausgabe. st 1401–1407

Einzelausgaben

Andorra. Stück in zwölf Bildern. BS 101 und st 277

Ausgewählte Prosa. Nachwort von Joachim Kaiser. es 36

Biedermann und die Brandstifter. Ein Lehrstück ohne Lehre. Mit einem Nachspiel. es 41

Biedermann und die Brandstifter. Ein Lehrstück ohne Lehre. BS 1075

Bin oder Die Reise nach Peking. BS 8

Biografie: Ein Spiel. Engl. Broschur und BS 225

Biografie: Ein Spiel. Neue Fassung 1984. BS 873

Blaubart. Eine Erzählung. Gebunden und BS 882

Die Chinesische Mauer. Eine Farce. es 65

Dienstbüchlein. st 205

Don Juan oder Die Liebe zur Geometrie. Komödie in fünf Akten. es 4

Erzählungen des Anatol Ludwig Stiller. Mit einem Nachwort von Walter Jens. Großdruck. it 2304

23/1/5.91

Max Frisch
Sein Werk im Suhrkamp Verlag

Forderungen des Tages. Porträts, Skizzen, Reden 1943-1982. Herausgegeben von Walter Schmitz. st 957

Frühe Stücke. Santa Cruz. Nun singen sie wieder. es 154

Graf Öderland. Eine Moritat in zwölf Bildern. es 32

Herr Biedermann und die Brandstifter. Rip van Winkle. Zwei Hörspiele. st 599

Homo faber. Ein Bericht. Leinen, BS 87 und st 354

Mein Name sei Gantenbein. Roman. Leinen und st 286

Der Mensch erscheint im Holozän. Eine Erzählung. Leinen und st 734

Montauk. Eine Erzählung. Leinen, BS 581 und st 700

Schweiz als Heimat? Versuche über 50 Jahre. Herausgegeben und mit einem Nachwort versehen von Walter Obschlager. Leinen

Stich-Worte. Ausgesucht von Uwe Johnson. st 1208

Stiller. Roman. Leinen und st 105

Stücke 1. st 70

Stücke 2. Don Juan oder Die Liebe zur Geometrie. Biedermann und die Brandstifter. Die große Wut des Philipp Hotz. Andorra. Leinen und st 81

Tagebuch 1946-1949. st 1148

Tagebuch 1946-1949. Tagebuch 1966-1971. 2 Bände in Kassette. Leinen und Leder

Tagebuch 1966-1971. Leinen, kartoniert, BS 1015 und st 256

Der Traum des Apothekers von Locarno. Erzählungen aus dem Tagebuch 1966-1971. BS 604

Triptychon. Drei szenische Bilder. Engl. Broschur und BS 722

Wilhelm Tell für die Schule. Leinen und st 2

Blaubart. Ein Buch zum Film von Krzysztof Zanussi. Herausgegeben von Michael Schmid-Ospach und Hartwig Schmidt. st 1191

Wir hoffen. Rede zum Friedenspreis des Deutschen Buchhandels. Schallplatte

Vorworte

Bertolt Brecht. Sein Leben in Bildern und Texten. Mit einem Vorwort von Max Frisch. Herausgegeben von Werner Hecht. Leinen

Albin Zollinger: Pfannenstiel. Roman. Mit einem Vorwort von Max Frisch und einem illustrierten Nachwort von Erwin Jaeckle. Kartoniert

23/2/5.91

Max Frisch
Sein Werk im Suhrkamp Verlag

Über Max Frisch

Begegnungen. Eine Festschrift für Max Frisch zum siebzigsten Geburtstag. Herausgegeben von Siegfried Unseld. Leinen

Max Frisch. Herausgegeben von Walter Schmitz. stm. st 2059

Frischs ›Andorra‹. Herausgegeben von Walter Schmitz und Ernst
Wendt. stm. st 2053

Materialien zu Max Frisch ›Biedermann und die Brandstifter‹. Herausgegeben von Walter Schmitz. st 503

Frischs ›Don Juan oder Die Liebe zur Geometrie‹. Herausgegeben von
Walter Schmitz. stm. st 2046

Frischs ›Homo faber‹. Herausgegeben von Walter Schmitz. stm. st 2028

Fünf Orte im Leben von Max Frisch. Gesehen von Fernand Rausser.
Broschur

23/3/5.91

suhrkamp taschenbücher
Eine Auswahl

suhrkamp taschenbücher
Eine Auswahl

suhrkamp taschenbücher
Eine Auswahl

suhrkamp taschenbücher
Eine Auswahl

suhrkamp taschenbücher
Eine Auswahl

suhrkamp taschenbücher
Eine Auswahl

suhrkamp taschenbücher
Eine Auswahl

suhrkamp taschenbücher
Eine Auswahl

265/9/8.90